COLLE

Santiago H. Amigorena

Le premier amour

Gallimard

à Julie

« *Le voilà de nouveau ce beau-yo-laid apocryphe, démolisseur inné d'anses de porcelaine ! Le voilà venu conter ses mésaventures amoureuses ! Toujours prêt à nous tromper, le voilà qui nous ment qu'il a aimé, qu'il a aimé du premier amour véritablement littéraire ! Il nous dit qu'il lui écrivait ! Qu'il lui écrivait vraiment ! Sur les mains, sur les pieds, et même sur du papier !*

Mais laissons-le dire, désormais et à jamais nous sommes prévenus : ses dires sont à maudire, ses mots de vagues échos, ses phrases de fausses extases. Laissons-le, laissons-le s'empêtrer dans son langage futile, dans ses tourments bilingues, dans ses "je" inutiles. Car lorsqu'il se sera définitivement perdu ; — peut-être est-ce nous, qui n'aurons plus rien à perdre. »

I

L'histoire d'amour que vous allez lire a duré presque un an. Elle a provoqué ensuite cinq années de douleurs aiguës autres que dentaires. Une des particularités de cet amour adolescent, vécu à la fin des années soixante-dix, a été de se trouver, du fait même que j'en fus le héros et la victime – moi, Santiago H. Amigorena, l'illustre crapaud graphomane – entortillé dans d'innombrables écrits. Philippine, ou plutôt *Φilippine*, car j'ai toujours écrit son nom comme ça, *Φ*ilippine, la femme qui fut mon premier amour, acceptait avec un innocent bonheur (et au-delà peut-être des limites qui pour certains circonscrivent la perversion) que je ne parlasse pas et que j'écrivisse constamment. Un de mes jeux préférés, avant que la séparation ne me condamne à écrire de nouveau dans l'infini du désespoir et de la solitude,

11

était d'écrire sous son regard. Un de *nos* jeux préférés, devrais-je plutôt écrire. Et ce n'était pas le seul.

rue du Regard, septembre 1980

J'essaie encore de te trouver quelques mots. Je parie sur leur différence. Je feins de croire que les mots que je t'écris n'ont de mot que le nom. Je feins de croire, et je me trompe, et j'ai raison, que t'écrivant, c'est-à-dire écrivant sans raison, écrivant à ta petite absence que même le téléphone pourrait combler, t'écrivant alors que je sais que tu m'aimes, que je sais que tu vas rentrer, je ne fais que jouer à me souvenir. Que jouer à me souvenir hors de l'impératif de la mémoire. J'écris sans que le passé me le demande. J'écris dans l'esquisse, dans l'esquive, dans l'exquis d'un présent. J'écris à être là, et là. J'ubiquë. Comme une langue déliée. Je t'aime ici, et là-bas. Je t'aime ici où je suis seul, et là-bas, où tu es seule aussi. Je ne fais qu'être deux : moi, et nous. J'écris dans le goût de tes lèvres. Loin de l'odeur de l'encre, j'écris dans le goût de tes lèvres – sans dire quelles lèvres, délicieusement. Je mélange. Pour une fois, la parole, mêlée à la salive, malaxée par la langue et les dents, se sculpte dans la bouche : je savoure ce que je dis. Je suis la courbe de ton sein gauche. Je m'arrête. Je profite : je suis la courbe de ton sein gauche et je la (pour)suis en même temps. Je reprends. Je suis la courbe de ton sein gauche du bout de mes cils. Et j'avance. Je m'épanche dans tes reins en minuscules gouttelettes sombres. Je te fais la raison de mon absurdité. Je te fais le sens de mon extravagance. Je te fais la mesure de mes excès. Je te fais la lumière incandescente de l'astuce de ton corps. Je te voile et te dévoile tour à tour. A-letheia ! Je joue dans des divisions perdues. Le goût de musc, le goût de camphre. Le goût rare de ta gorge et âcre de ton ventre. J'écris et tu m'appartiens sous toutes tes coutures. J'écris et tu es ma langue et l'ombre de mon silence. Et pourtant, j'écris et je supporte à peine ta petite absence. Ton insupportable petite absence qui – j'entends la clef tourner, la porte s'ouvrir – va laisser place à ton insupportable et immense présence. Tes pas dans le couloir et tu entres dans la chambre. Comme tu me l'avais promis, tu es rentrée tôt. Tu es rentrée à l'heure dite. Courbé sur la feuille, je te tourne le dos. Tu n'as pas encore enlevé ton manteau. J'hésite à faire semblant d'être intéressé par ce que j'écris, à faire semblant de ne pas seulement t'attendre sur cette page qui fut blanche. Et puis, je lève les yeux. Tu me regardes écrire et je laisse ma main poursuivre seule,

traçant des mots que je ne vois pas. Et tu sou-
ris. Et les mots quittent la ligne pour déraper ho
hors du cahier. Je connais ce regard. Tu me dem
demandes d'un presque rien de poser le stylo et
de sauter sur toi. Je vais le faire. Je te regarde en
encore un peu en écrivant. Pour que tu doutes. T
Tes lèvres s'assombrissent. Tu es tout. Belle et lai
laide. Belle et belle. Je te regarde sans plus tenir.
Je vais poser mon stylo. Je te regar

*Après l'amour, je me suis traîné vers le
cahier abandonné loin de ton corps. J'ai attrapé
le stylo éteint pour t'écrire une dernière phrase,
pour t'écrire encore :*

*Ton regard…
Je voudrais mourir pour moins que ça.*

Non-non-non-non-non-non-non. Dans l'ordre.
Commençons par le milieu. *On ne commence jamais que
par le milieu.* J'avais dix-sept ans. Voilà qui est dit. J'avais
dix-sept ans et l'histoire a duré presque un an. Un an
qui, par un étrange hasard, commença en septembre
1979 et se termina en septembre 1981. Cette nouvelle
année rouge et noire devait marquer la fin du troisième
tiers de mon existence et le début de son quatrième
quart. Elle devait confirmer, sans failles, la théorie des

six : premier exil à six ans, second exil à douze ans, premier amour à dix-huit. Fin de la première défaite à vingt-quatre. Oui, le constat est triste comme la chair : si le premier amour dura une année – fût-elle étrangement étendue –, la première défaite en dura cinq.

Non. C'est toujours pas ça. C'est pas ça du tout. C'est pas de *ça* qu'il s'agit.

L'histoire commence au lycée, en ce mois qui est, selon saint Isidore, le premier de l'année, c'est-à-dire au mois de mars. Son nom vient du fait que c'est alors que les femelles se sentent attirées par les mâles et désirent s'apparier. Pourquoi mon regard avait-il omis de te caresser depuis la rentrée ? En septembre, j'étais venu au lycée Fénelon combler un déficit masculin. Ancien lycée de filles, le lycée Fénelon inaugurait difficilement sa nouvelle mixité et recrutait ses futurs reclus parmi le rebut d'autres lycées. Le lundi 3 septembre, le jour de la rentrée, je me souviens, seul, en dehors de la mémoire commune qui habitera à jamais cette année joyeuse et bavarde à partir de ce jour incertain du mois de mars où je te vis réellement, d'avoir été convoqué avant la première heure de cours dans le bureau de Mme *la* proviseur. Elle passa sa main dans mes longs cheveux brûlés par le soleil patiniote comme si je fusse âgé de cinq ans et me dit d'un ton de gentille réprimande : « Faudra couper tout ça. Mes filles aiment mieux les cheveux courts. » Si ses dires étaient vrais, Dieu me bénisse de ne les avoir pas coupés : qu'en eût-il été de moi si j'avais, cette année-là, été davantage aimé ? Mais sans doute elle avait tort. Car cette année-

15

là, je fus aimé pleinement, absolument, à l'extrême limite du maximum qu'un être humain puisse être aimé. Lorsque je poussai la porte de la salle de classe, encore sous le coup de cet étrange entretien – comme vous le savez sûrement, ô Frigidaires éclairés, en 1979, dans un lycée public français, il était pour le moins surprenant que quelqu'un osât demander à un élève qui entrait en terminale de se couper les cheveux –, je compris mon bonheur et mon futur malheur : dans la salle, assises sagement, il y avait Béatrice, Catherine, Christine, Isabelle, Anne, Marie, Clémence, Jeanne, Martine, Hélène, Ève, Aude, Agnès, Véronique, Agathe, Léa, Justine, Irène, Emma, Valérie, Estelle, Diane, Sylvie, Nadège, Émilie, Claire, Natacha, Juliette, Nathalie, Nathalie, Madeleine, Élodie et toi. Et Christophe. Oui, il y avait trente-cinq élèves et nous étions deux garçons. Je vous laisse faire le compte : soixante-six jambes, soixante-six seins, trente-trois tendres sourires, quatorze regards joueurs et inconstants. Plus tard, je vous donnerai à lire quelque extrait du *Traité du Narcisse (ou de l'amour de Moi)* que je commençai à rédiger au mois d'avril après que Christine eut fait sa tentative de suicide et que Catherine fut devenue lesbienne. Mais pour l'instant, restons-en à ces premières impressions, à cette douceur suprême que j'éprouvais devant cette vision céleste, moi qui n'ai jamais aimé au lycée qu'en nombre, qu'en diffuse profusion. C'est vrai, dans le nombre, je ne t'ai pas vue. Debout et frappé de stupeur à l'entrée de la salle, mon regard ne distinguait, parmi les innombrables regards – le nombre de personnes était fixe, les regards infinis –, que celui, déçu et soulagé à la fois, de Christophe, le seul autre garçon de la classe, et celui, furieux et amoureux comme si elle eût été elle aussi âgée de dix-sept ans, de l'épouvantable vieille carne qu'on nous proposait d'accepter en tant que professeur d'anglais et qui, si ma mémoire est bonne, se nommait Mme Malaurein. Christophe dura une semaine. Le lundi qui suivit la rentrée, il était absent – définitivement absent. Vu les conclusions terribles qu'on eût pu tirer de sa mort, il n'en fut dit mot. Et je ne sais si moi-même à ce moment-là, seul reliquat mâle dans la féminine classe, je songeai statistiquement à ce que représentait sa disparition (si 50 % des hommes avaient péri en quelques jours, quelle probabilité y avait-il que les 50 % restants – c'est-à-dire moi – demeurassent en vie une année entière?). Non, sans doute je ne songeai pas, sans doute me suis-je dit plus simplement qu'il était mort de joie, qu'il avait trépassé dans l'extase que la première semaine de terminale lui avait procurée. Car bien qu'il fût laid comme un poux, car bien qu'il fût laid comme j'étais beau, il dut se dire que mon corps seul ne pourrait contenter les trente-trois corps qui s'offraient à nous. Il avait tort. Il avait raison. Car tout ce babillage que j'aligne ici prétentieusement, tout cet habillage sensuel, ne peut cacher la seule certitude qui demeure en dehors de mon esprit perturbé par sa prétention : de septembre 1979 à mars 1980 je ne connus aucune fille du lycée Fénelon. Elles m'aimaient sans exception et je les craignais toutes; et je prenais soin de mon appréhension et de

leurs amours de mon mieux : c'est-à-dire sans me laisser aller à l'une et sans en satisfaire aucun.

*rue du Regard, un des premiers soirs
où nous avons joué à ce jeu-là*

*Je suis assis au bureau, tu es debout derrière
moi. Tu viens de te lever du lit. Tu es nue et je sens
le sens de tes seins qui pointe à mes épaules. Non,
ne parle pas. Je sais ce que tu vas dire : pourquoi
écrire exactement ce qui est en train de se passer.
Tu lis encore. Et tu ne parles plus. Tu souris de ma
faculté de te voir sans quitter des yeux le cahier.
Tes seins jouent sur ma nuque. (Arrête, j'écris.)
Tu tournes autour de moi. Ton sein droit accoste
mes lèvres. (D'accord. Ma langue peut jouer avec
lui.) Tu jettes un regard au cahier. Tu souris. Oui,
je peux t'embrasser et écrire, remuer ma langue
alerte sur ton téton agile et agiter cette autre
langue inerte sur la feuille inutile. Quoi ? Si je
peux faire plus que ça ? Je ne sais pas. Arrête de
sourire comme ça. Ton sein gauche parvient à
ma bouche entrouverte. (Bien sûr qu'un autre
gros stylo tient tout seul un peu plus bas. T'es
grossière parfois !) Ton sein gauche. Puis de nouveau le droit. L'un et l'autre passent à portée de
ma langue. Je les*

*(Je sais ! Mais comment tu veux que je
continue d'écrire si je ne vois plus rien ? D'accord,
je continue.)*

18

Tu te mets à gen!… oux. Tu te relèves et tu regardes le cahier. Oui, j'ai sursauté. Ça compte pas ce que tu fais là. (Si? Quoi? Tu veux que je continue d'écrire? Quoi que tu fasses? D'accord, je veux bien essayer.) Tu te mets. À gen. Oux. Je ne te. Re. Garde. Pas. Tu me. Et ta. Bouche. Va. Et vi. Et vient. Je ne te. Je. Ne. Je. Va et. Oui. Non. Je n'ai. Rien. Rien. Dit. Tu te relèves. Je respire. Tu te mets sur moi. Ta main sur ma. Que tu mets dans toi. Calmement. Et tu lis encore. (Non, je n'y arriverai pas!) Tu vas et tu. Viens. Je dis. Rien. Respi. Iration. Respi. Iration. Respi. Iration. Oui je t'a. Tends.

Comme disait le fils de Diogène et Hypatia, célèbre auteur de Contre l'Œdème, de Sur les blessures qu'on reçoit en dormant et De l'Œuf, *il est dommage que certains écrivains abandonnent la ponctuation; et si j'écris quant à moi cette prose simple – et eussé-je été poète j'aurasse écrit de simples vers – c'est qu'il m'est et qu'il m'a toujours-déjà-été impossible de penser en delà et au-deçà des limites du langage. Il nous faut écrire selon les contraintes les plus anciennes car tout ce qui est personnel se pétrifie.*

Tu lis encore. Rigole pas. Je sais, j'écris n'importe quoi. Je t'attends comme je peux. Tu rigoles plus. Va et. Viens. Va et. Va. Va et

Voilà. On s'est effondrés. Passé composé.
Je n'ai pas pu écrire au-delà.

Non. Non, non et non. Ce n'est toujours pas ça.
C'est trop facile de vous livrer comme ça ces textes
écrits à l'âge impur de dix-sept ans. C'est vrai, Φilippine promenait la nudité parfaite de ses dix-sept ans
comme une invitation constante à un festin cannibale.
C'est vrai, Φilippine aimait énormément que je tortille des mots autour de notre amour. Mais ça ne suffit pas. Je recommence encore une fois.

L'histoire que vous allez lire prit place et temps à
Paris à la fin des années soixante-dix. Ou au début des
années quatre-vingt. L'essentiel et le superflu se
déroulèrent entre trois lieux précis : le 3, rue du Sommerard, le lycée Fénelon et le 22, rue du Regard.
Non. C'est faux. Ces lieux n'ont jamais été précis et
ils n'ont jamais été trois. Il faudrait, dans un premier
temps, ajouter au moins la Pâtisserie viennoise de la
rue de l'École-de-Médecine, la fontaine de Médicis
du Jardin du Luxembourg et le jardin du musée
Rodin. Et la Mosquée rue Geoffroy-Saint-Hilaire et
les quais de l'île Saint-Louis. Et la petite place Fürstenberg. Puis, dans un deuxième temps, on pourrait
ajouter la plage de Psiliamos à Patmos, la place du

Ghetto et les Fondamente Nove à Venise, la via Margutta au pied du Pincio à Rome, et quelques canaux d'Amsterdam. Et sans doute, aussi bien en ce qui concerne l'espace que le temps, on pourrait ajouter enfin St. James's Park à Londres, la tristesse hirsute de Rio, la désolante chaleur de La Boca, l'immensité du Cabo Polonio et tous les autres lieux où j'ai cherché en vain à l'oublier après qu'elle me quitte, pendant les cinq interminables années de la première défaite. Il faudrait ensuite se demander à quoi ça rime de commencer à raconter une histoire en plaçant la situation dans un contexte spatiotemporel. Il faudrait se demander si cette histoire s'est vraiment passée dans notre siècle *où les lumières, répandues de toutes parts, ont rendu, comme chacun sait, tous les hommes si honnêtes et toutes les femmes si réservées*. Il faudrait se demander si cette histoire n'aurait pas dû se passer plutôt en Chine ou en Égypte, au Bhoutan, en Mandchourie, en Terre de Feu ou dans les années vingt. Il faudrait aussi se demander si c'est réellement une histoire et si je peux vraiment m'en souvenir. Il faudrait enfin se demander si, m'en souvenant, je serais capable de la raconter, si, racontée, vous serez capables de l'entendre, si, l'entendant... Il faudrait arrêter de se raconter des salades.

L'histoire se déroula sur la terre à la fin du début des temps. Comme tout le monde, n'en déplaise à saint Isidore, nous étions rentrés en terminale au lycée Fénelon au début du mois de septembre, et Mme la Proviseur me caressa, et Mme Malaurein me regarda, et Christophe moura et je ne te vis pas. Une fois assis, en classe d'anglais donc, je regardai ébahi. Trente-trois filles. Importance du nombre. Pendant quelques jours, aucune n'eut nom ni visage. Et que je vécusse ainsi, dans le flou de la profusion, me laissant emporter comme un centaure ivre par le léger courant des cours, socialement dans la masse et intimement à la masse, provoqua quelques infortunes, mais très peu de scandales. Et puis, le troisième mardi, alors que j'avais déjà séché plusieurs jours de cours, comme j'étais distraitement assis à côté d'une des deux Nathalie, je sentis une petite chose tiède et timide effleurer mon genou. Et rester là longtemps, s'assurant sans doute que ma surprise demeurerait silencieuse, que mon genou était définitivement accueillant. Puis, très lentement, la petite main intrépide – car c'était sa main – commença de remonter le long de ma cuisse et après une pause infime au pli de l'aine...

Non. Ne cédons pas à la tentation de n'écrire – et de n'entendre, puisqu'il s'agit de « nous » – que les débordements sensuels de cette année voluptueuse. Non. Dans l'ordre. Dans l'ordre impétueux des jours passés.

Mme Malaurein détestait les hommes. En ce cours anguleux et premier, pour épater la galerie, elle dicta un sonnet que son accent – quelle inflexible exigence accula-t-elle l'Éducation nationale pendant des décennies à ne trouver que des professeurs de langue dont l'accent, s'ils l'eussent entendu, eût fait sortir les premiers Angles de leurs germaniques gonds ? – rendait proprement incompréhensible : on ne pouvait dire, non seulement quels étaient les mots surarticulés, mais également s'ils étaient anglais ou s'ils appartenaient au féminin arawak, au familier tzotzil, ou – car entre certaines syllabes Mme Malaurein claquait la langue et l'on ne savait si elle cherchait à ellipser une consonne ou à apaiser une crampe labiale – à quelque langue nguni ou des Hottentots.

– Nôou longuère, clap-clac, moooorne faure miii, clac-clap, gouène aïe hhhham dède...

Lorsqu'elle eut fini sa dictée, elle posa une question :

– Wou iz ze hhhauteure, clap-clac, auff diz sonette ?

Bien que je fusse occupé par la distraction la plus totale et n'eusse écrit le moindre mot de la dictée, je répondis d'une voix égarée :

– Shakespeare.

Que les choses soient claires : je n'avais pas compris un traître mot de son clac-clap babillage. Mais j'ignorais alors Spenser et Sidney, le « Pétrarque anglais », et le *troisième S* (Shakespeare) était le seul nom anglo-saxon qui se rattachât dans ma cervelle d'auguste moineau à la forme du sonnet. Mme Malaurein, furieuse que j'eusse répondu à sa question avant qu'aucune des trente-trois filles qu'elle éduquait depuis des années n'eût eu le temps d'ouvrir la bouche, me fixa avec haine. Et hurla :

– Anadeur dictéïcheun !... « Taïgueur, taïgueur, clac-clac, beurninne-gue braïte, clap-clac, in ze faureste auff, clac-clac, ze naïkte... »

Elle ne dicta que les deux première strophes. Puis, comme si ce fût une affaire personnelle, elle me dévisagea de nouveau avec rage. Malgré son accent impitoyable, je savais de quoi elle parlait. Pire : je connaissais le poème. Blake m'avait accompagné pendant une partie de l'été et je connaissais les six strophes du poème pratiquement par cœur. Pourtant, je ne voulus pas la vexer.

– And what shoulder, & what art,
   Could twist sinews of thy heart ?

Je citai juste les deux vers qui suivaient celui où elle s'était interrompue. Bonne perdante, à partir de ce jour-là, et pendant à peu près un mois, elle mêla quelques grammes d'estime à la haine tonique qu'elle éprouvait à mon égard. Puis, très vite, comprenant qu'après ce duel initial ma bouche demeurerait à jamais fermée, sa phallophobie (ou sa misophallie) naturelle revint au galop. Les huit autres mois de la scolaire année, ma bouche hermétiquement close ne laissa plus échapper le moindre son, et Mme Malaurein me détesta simplement, sans estime ni haine ni aucune forme de passion.

un autre jour, jouant toujours

Oui. Encore. Ma main gauche perdue dans. Perdue entre. Perdue dans son sinistre chemin. Tu es sur le dos. Presque calme. Seul ton visage frissonne : bouche qui se, yeux qui, paupières aussi. Et, rarement, le nez. S'écarte.

24

Je te regarde, puis j'écris. Puis je te regarde. J'aime ton amour. Simple amour. Qui me dit oui. Oui. Oui j'aime. J'aime ça. Et ça. Oui, j'aime tout. J'aime toi. Ton amour qui me dit j'aime ton doigt. Aller-aller. Retour. Et ta bouche aussi. Ta bouche que je sais. Que je vois. Que je sais que je vois que je veux. Qui veut. Oui. Ma bouche aussi. Mais je ne pourrais plus t'. Je ne pourrais plus jouer. Técrire. À *qui perd gagne. Comme si quand on avait inventé le langage il y avait une différence. Je te. Continue. T'ouvre la bouche. Petite langue. Petites dents. Petites lèvres. Te mords presque. Je voudrais. Te donner. Mon autre main. Et mon autre bouche. Et mon autre aussi. Mais non. Le jeu a ses règles. La main droite reste là.* Jécris. *Je te regarde.* Jécris. *Je te regarde.* Jécris. *Je te reg.* Jécr. Jet. Jéc.

Tu. Tu. Tu.

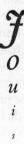

25

Bon. Je recommence une dernière fois.

Le premier mercredi survint calmement. L'herbe était noire. La forêt était molle. Le matin, nous – les filles, l'éphémère Christophe et moi – avions cours de gym. Je ne saurais le certifier avec certitude ni l'affirmer avec fermeté, mais il me semble me souvenir que le professeur était un homme. Sans doute attendais-je avec quelque excitation que nous nous étirassions, que nous nous échauffassions, que nous nous épuisassions et que morts de fatigue nous nous douchassions dans un vestiaire que je ne pouvais imaginer, vu que la tradition de « lycée de Filles » de l'établissement était aussi ancienne que sa mixité était récente, qu'unique, unisexe et fortement équivoque. Tout se déroula comme prévu – sauf la douche. Pendant le cours, malgré les efforts titanesques du professeur pour nous maintenir, Christophe et moi, loin des filles, le moindre regard, à quelque distance que ce fût, devenait provoquant ; l'agitation des muscles déchaînait l'embrasement des sens ; l'enfièvrement, de part et d'autre, comme les corps fauves ruisselaient de sueur, atteignait au plus grand trouble, à la plus profonde ivresse. Les filles faisaient des cabrioles, la roue, de grands écarts ; Christophe et moi, des sauts en hauteur, du cheval d'arçon. Le ravissement pouvait surgir du plus simple étirement, de la plus fugace audace aux barres asymétriques, de la plus petite maladresse aux barres parallèles. Nous étions en émoi. Nous devions seulement nous échauffer, mais la chaleur devenait torride. Le thermomètre intime des corps montait avec délice, appétit, délectation. Et puis, après que pendant une heure interminable le partage absolu des efforts, malgré la distance, nous avait fait atteindre un paroxysme de sensualité tel que la vue, par des regards de plus en plus explicites, l'odorat, par les délices de la transpiration, et le goût, par la volupté de l'air qui était si chargé de désir qu'il en devenait nourrissant, nous excitaient plus que ne l'eût fait n'importe quel toucher, le professeur nous fit comprendre, à Christophe et à moi, que c'était bon, que ça allait bien comme ça, et que la douche, nous la prendrions tranquillement à la maison.

Le lendemain, car les corps partout diffèrent, on nous informa que ce cours de gym avait été, pour nous, garçons, le dernier de l'année.

En cette première semaine de septembre, deux de mes meilleurs amis du lycée Rodin, les deux plus lubriques, venaient me chercher chaque jour à la sortie des classes. Et chaque jour, obnubilés comme des langoustes, ils ne me voyaient, perdu parmi les quelques centaines de filles, que lorsque je m'approchais si près qu'il était impossible que ma présence ne les tirât de leur profonde rêverie. Puis, alors que les semaines s'égrenaient, comme si dans le XIIIe arrondissement tout entier la rumeur du gynécée féerique dans lequel j'étais tombé se fût répandue comme une traînée de foutre, la troupe de langoustes languissantes s'amplifia. Aux précurseurs Cédric et Alexis, vinrent s'ajouter le timide Hervé, Christophe Thierry, Jean-

François Vernigaud, mais aussi des amis qui ne l'étaient plus (Pascal Odile, Pascal Putavie, Bruno Coupé, François), des amis qui l'avaient à peine été (Olivier, Fabrice, Didier) et même Stéphane Seguin avec qui la fin de l'amitié fut particulièrement brusque et douloureuse. Je n'étais pas jaloux ; au contraire, j'aimais bien sentir que quelque chose de cet énorme privilège pût être partagé. Et puis aussi : j'étais absent. Mon errant désir s'attardait encore sur les hauteurs helvétiques, du côté de Marianne Un, la fille qui à Patmos me fit perdre ma virginité. Et je ne te voyais pas. *Mais comment t'aurais-je vue, moi, dont les yeux ne voyaient rien au-delà du corps, et l'intelligence rien au-delà des fantômes ?* Perdue dans l'immense foule féminine, pour des raisons des plus obscures, mon regard t'évitait, ma peau ne parvenait pas à te toucher, mes oreilles n'entendaient pas ta voix *douce et sonore*, ma bouche ne sentait pas ton goût de poivre et de miel, mon nez ignorait ton odeur de rose profonde.

Mais l'univers entier attendait notre rencontre.

Et la première semaine est passée, et les jours s'en allaient, et les heures longues et molles du lycée parcouraient ma peau comme autant de caresses fluides. Une semaine et demie après la petite main tiède de Nathalie sous la table, ce fut au tour d'Irène de passer à l'attaque. C'était un vendredi matin et, comme presque chaque jour, j'étais arrivé au lycée avec une heure et quelque de retard. Je me souviens que mon esprit ensommeillé était entièrement absorbé par la recherche d'une raison nouvelle qui eût pu excuser mon arrivée tardive : en à peine quelques semaines de cours, j'avais épuisé la réserve de prétextes qui allaient de l'accident ou la grève de bus à la panne de réveil en passant par la mort d'une cousine lointaine devenue, oui, brusquement, extrêmement proche, la fuite inexplicable et nocturne de mon chat, la crise d'appendicite aussi aiguë que subite de ma mère, ma propre rage de dents matinale et, c'est vrai, très éphémère, ou le simple oubli d'un livre, un cahier, mon portefeuille, mes chaussettes, mon caleçon, non madame, je me moque pas, mais pour une fois j'avais décidé d'en changer et je sais pas ce qui s'est passé mais j'ai complètement oublié et c'est seulement dans le bus que je m'en suis souvenu et je pouvais tout de même pas passer la journée entière ainsi justement ici dans ce lycée où... oui madame, non, ça n'arrivera plus. Bref, ce matin-là, comme chaque matin, j'arrivais endormi et préoccupé par le couloir désert. La porte de la salle de classe était fermée. Et, avant que je n'eusse eu le temps de porter ma main à la poignée, le visage de petite souris d'Irène surgit de derrière une rangée de ces armoires inutiles qui hantent les couloirs des lycées.

– Pssst !
– Oui ?
– Viens.

Songeant qu'elle avait quelque chose à me dire, je fis deux pas vers elle. Elle me prit par la main et me fit entrer dans l'une des armoires.

– Oui ?
– Je...

29

– Oui ?

Dans l'armoire fermée, il faisait un noir à faire pâlir les plus profondes obscurités. Soudain, sans savoir au juste ce que c'était, je sentis quelque tendre morceau de chair s'écraser contre mon nez. J'ose à peine écrire qu'il s'agissait d'un baiser. De son nez à elle, de ses lèvres entr'ouvertes, de sa langue intrépide, elle avait tenté d'atteindre ma bouche. Mais elle l'avait ratée. Puis, plus rien. Temps sans temps d'après les baisers. Irène ne bougeait pas. Elle ne parlait plus. Et j'attendais aussi, intrigué et, comme presque toujours, gêné et irrésolu. Après quelques secondes de silence, sans que nous eussions, ni elle ni moi, rien entrepris de licencieux, gagnée peut-être par la honte qui suit naturellement l'audace, elle ouvrit brutalement la porte de l'armoire et partit en courant se réfugier dans la salle de classe. Plus surpris qu'effrayé, je la suivis. Dès que j'entrai, ce furent trente-deux regards furieux qui m'accueillirent. Sans doute certaines voyaient dans ces entrées en classe brusques et tardives le résultat de quelque agression dont j'avais été le coupable et non la victime, mais la plupart n'étaient pas dupes : comprenant pertinemment qu'Irène, avant elles, était passée à l'attaque, leur furie était due surtout à leur jalousie.

Quoi qu'il en fût, car il était trop tôt pour que je pusse penser, je les regardais à peine et, oubliant de m'excuser de mon retard pour cette raison que, de toute façon, je n'avais pas trouvée, je m'assis sagement et scrutai Mlle L., notre professeur de philosophie. En raison de je ne sais quelle maladie, elle avait été absente pendant les premières semaines de l'année. Mais voilà, les cours de philosophie allaient enfin commencer. Je les avais attendus avec impatience. L'été précédent cette terminale année de lycée, ma mère m'avait donné à lire quelques livres de philo. J'avais avalé, avec, comme d'habitude, une gloutonnerie enfantine plutôt qu'une voracité adolescente, l'*Introduction à la philosophie* de Jean Wahl et les *Leçons préliminaires* de Manuel García Morente. J'étais préparé au pire : avide d'histoire de la philosophie, je savais qu'en France il existait une fâcheuse tendance à forcer les élèves – pour ignorants qu'ils fussent – à philosopher. J'imaginais déjà les cours où un jeune maître ivre ou quelque maîtresse imbue convaincus que la Vérité existe et qu'il est du devoir de la philosophie de la dévoiler, nous demanderaient – à nous, pauvres têtes sans monde ! – de donner des réponses alambiquées à des questions stupides du style : « La culture est-elle le passage du mythe à la philosophie ? », ou alors « Peut-on dire du totalitarisme qu'il est le refus de reconnaître autrui en tant que tel ? », ou encore « La mort abolit-elle le sens de notre existence ? ». Bref qu'on ne nous poserait que ce type de questions auxquelles il suffisait de répondre « oui, mais non » ou « non, mais oui » pour avoir une bonne note. Heureusement, Mlle L. était vétuste et confondait aimablement la philosophie et la philologie. Grosse et vieille, elle était le contraire absolu du professeur de philosophie espéré par les jeunes filles du lycée Fénelon. Et sans doute ne correspondait-elle pas non plus à la jeune maîtresse dont j'avais moi-même, tout aussi naïvement, rêvé. Mais, peut-être parce que l'abuela Rosita était malade, parce qu'elle était loin, parce qu'elle était notre dernier aïeul et qu'elle allait mourir, alors que tout le monde la détestait, je pris Mlle L. en profonde amitié. C'est vrai qu'elle mentait sur son âge, c'est vrai qu'elle avait falsifié ses papiers d'identité et qu'elle continuait d'enseigner alors qu'elle approchait les quatre-vingts ans. C'est vrai que son mémorable cours sur la psychanalyse – une « science » qui pour elle se résumait à une interprétation des signes dans les rêves – trahissait une vision générale de la philosophie qui datait des années vingt. Mais son omnipotence naïve n'était-elle pas réjouissante lorsqu'elle nous demandait gentiment en cours de quoi nous avions rêvé et qu'aussitôt elle interprétait formellement la peur du sexe dans le rêve arachnéen de l'une et la peur du père dans celui phalloïde de l'autre ? Et puis elle avait été l'élève de Bachelard, n'était-ce pas une raison suffisante pour que tous nous l'aimassions ?

Mlle L. m'appréciait particulièrement. Parce que j'étais le seul garçon et qu'à l'inverse de Mme Malaurein aucun désagrément conjugal n'avait troublé son calme destin de vieille fille, parce que mes parents étaient psychanalystes et que, vivant encore dans un passé lointain, cela lui semblait follement original, elle tentait sans arrêt de me faire parler. Et bien que comme tant de gens au cours de ma taciturne existence elle n'y parvînt pratiquement jamais, j'ai répondu à sa bienveillance par quelques devoirs écrits, – devoirs que je conserve jalousement, comme toute trace textuelle de mon passé, et dont je vous épargne la lecture, non par soudaine indulgence pour votre paresse, mais pour préserver votre supposée aménité à mon égard et vous infliger la lecture de quelque autre devoir un peu plus tard.

À la fin du premier trimestre, Mlle L. manqua un mardi matin. Et le lendemain, nous apprîmes qu'elle était morte. C'était notre deuxième mort en moins de trois mois. Mais la mort est étrangère au lycée. Et celle de Mlle L., comme celle de Christophe quelque temps plus tôt, n'affecta en rien le quotidien, flexible comme un chewing-gum, de la terminale A1. Après quelques nouvelles semaines sans philosophie, Jean Lévy arriva parmi nous. Il était l'opposé absolu de Mlle L. Âgé d'à peine plus de vingt ans, il ne jurait que par Héraclite et Heidegger et semblait éternellement déçu par notre curiosité et notre ignorance. Le premier jour, au deuxième nom de l'appel – c'est-à-dire au troisième mot qu'il eût jamais prononcé en notre présence –, il s'arrêta longuement et se caressa voluptueusement le menton.

– Amigorena ?… Vous êtes le fils d'Horacio et Nenuka ?…

Mon silence acquiesça à ma place. Et l'appel reprit, sans qu'il jugeât utile de donner un sens à ce propos déconcertant pour les trente-trois filles de la classe qui n'avaient jamais entendu les prénoms de mes parents. À l'époque, cet incident anonyme – ou plutôt cet incident profondément onomastique – me sembla presque une provocation. Pourquoi n'avait-il pas poursuivi sa phrase ? Pourquoi n'avait-il pas expliqué, avec la même simplicité avec laquelle il avait introduit en cours des noms qui m'étaient propres, qui m'étaient intimes, le lien qui les reliait à eux ? Ne savait-il pas qu'il m'était impossible de lui demander d'où il connaissait mes parents, non seulement à cause de mon incapacité à parler mais surtout parce que mes parents m'interdisaient de poser ce type de question de peur qu'elles ne s'adressassent à des patients impertinents ? Oui, cela me sembla une provocation. Débarquant dans ma classe purement féminine, il n'avait trouvé, pensai-je, d'autre moyen d'imposer sa virilité de jeune coq que cette fine astuce de basse-cour. Mais le résultat, comme l'était l'intention, fut tout autre : cette complicité mystérieuse qu'il établit entre lui et moi dès son premier jour au lycée Fénelon me contamina de son inévitable aura de jeune, et plutôt mignon, professeur de philosophie. Plus tard, j'appris qu'il avait vécu en Uruguay, qu'il avait connu les Viñar, qu'il s'était retiré dans le Grand Est, comme je le ferais quelques années plus tard, pour confondre l'amour et la philosophie. Mais pendant tout le deuxième trimestre, mon cœur fut partagé à son égard entre, d'une part, un sentiment de haine et de rivalité et, d'autre part, la même admiration béate que la plupart des filles lui témoignaient. À la mi-janvier, il nous donna un sujet de dissertation qui m'était personnellement adressé. Jusque-là, la compétition pour ses faveurs s'exprimait, entre les filles exclusivement, par une vivacité extrême à répondre à ses questions (vivacité qui décuplait souvent l'inévitable et compréhensible ineptie des réponses) et, entre les filles et moi – entre les filles et moi, à part toi, qui ne le voyais pas, qui n'avais d'yeux que pour moi –, par une attente anxieuse lorsque Jean rendait les copies. Ce devoir-là, ce devoir du 15 janvier 1980, comme à son habitude, il le rendit en plusieurs fois. Le premier jour, il rendait les plus mauvaises copies, souvent plus des deux tiers de l'ensemble. Ensuite, débutait une période plus ou moins longue – mais qui n'avait jamais dépassé deux semaines – pendant laquelle il distillait les copies au compte-gouttes, commentant longuement les erreurs et les réussites de chacune. L'attente – pour anxieuse qu'elle fût – était plaisante. Et en ce qui concerne les trois premières disserts, ce fut à chaque fois celle de Catherine et la mienne qu'il rendit en dernier. Catherine était en tout la meilleure élève ; moi, en dehors de la philosophie, en tout le plus mauvais. Ma paresse et ma puérile insoumission m'avaient contraint jusqu'à cette quatrième dissertation à rendre toujours des textes courts, écrits avec un certain détachement. Mais lorsque Jean Lévy nous proposa de commenter un extrait de *L'Intuition de l'instant* de Gaston Bachelard, il me fut impossible de ne pas répondre à sa requête avec un minimum de sérieux, avec un minimum de passion. Mon intérêt pour l'instant vertical datait de l'année précédente. Ayant lu par hasard un texte de Lacan sur la « chaîne signifiante » et les deux figures du discours, contradictoires et pourtant compatibles, caractéristiques de deux genres littéraires, que sont la métaphore et la métonymie, je m'étais laissé allé ensuite à folâtrer d'un texte à l'autre, flottant comme un papillon insouciant au gré des références, au gré des citations. Étant passé de Lacan aux *Huit questions de poétique* de Roman Jakobson (dont je fis un commentaire au bac français), intrigué toujours par ce qui pourrait définir la poésie et le temps, j'avais ensuite été picorer du côté de Maïakovski, Khlebnikov et Pasternak bien sûr, mais également de Shelley (dont la *Défense de la poésie* venait d'être traduite par Fouad El-Etr) et de Celan (qu'André du Bouchet avait traduit un an plus tôt) ; puis, en passant par Rilke, j'étais arrivé à Novalis (et son *fantastique transcendantal*, purement métaphysique) et, faisant un détour par les frères Schlegel et l'Athenaeum (*annoter un poème, c'est tenir des conférences anatomiques sur un rôti*), puis par Saint-John Perse (l'obscurité qu'on reproche à la poésie *ne tient pas à sa nature propre, qui est d'éclairer, mais à la nuit même qu'elle explore, et qu'elle se doit d'explorer : celle de l'âme elle-même et du mystère où baigne l'être humain*), Ponge et René Char, mais aussi par Bergson et Saussure, puis Proust (la métaphore et sa *brusque naissance toute divine*, la métaphore *qui nous soustrait aux contingences du temps*), et enfin quelques penseurs contemporains dont Colli (*l'instant comme intuition précède la secousse*), j'en étais arrivé à Héraclite (*la foudre gouverne toute chose*). Bref, en piochant adroitement dans la masse de matériaux que j'avais accumulés sur le sujet, j'écrivis rapidement une trentaine de pages que ma prétention présente, inférieure ou supérieure à ma prétention passée, ne m'autorise pas, heureusement direz-vous, à vous donner à lire *in extenso*.

Jean Lévy rendit toutes les dissertations qui répondaient à sa pertinente question par d'impertinentes réponses dans les quinze jours, – toutes sauf une : la mienne. Les semaines passaient et les spéculations entre les filles sur ma note allaient bon train : si Catherine avait eu 13 sur 20 et qu'il lui avait rendu sa copie depuis déjà trois semaines en la commentant pendant deux heures de cours, on pouvait parier à coup sûr que la mienne – obtenant un point et une heure par semaine supplémentaire – serait notée 15 sur 20 et commentée pendant cinq heures. Mais la troisième semaine s'acheva et la quatrième passa et la cinquième finissa et la sixième s'enfuiya et la septième dispara et la huitième de même. À la neuvième semaine de retard sur le rendu de ma copie, les spéculations devinrent absurdes : je ne pouvais en aucun cas obtenir la note de 22 sur 20, et que Jean Lévy passât deux semaines entières à commenter mon travail alors que le bac approchait et que son exégèse d'*Être et Temps* n'avait duré que six heures semblait pour le moins peu probable. Finalement, un lundi matin, il me rendit ma dissertation avec un inexplicable 12 sur 20 et un commentaire qui se résuma à une simple phrase : « C'est la note que tu aurais eue au bac. » Ma déception fut à la hauteur de mes espérances. Et à partir de ce jour-là, je considérai Jean Lévy comme un ami à qui il était inutile de remettre des copies.

Comment parler d'un regard? Comment trouver des mots pour ce regard infernal qui me demande, qui m'ordonne? Comment trouver des mots pour ce langage impalpable que parlent tes yeux? Un minuscule flottement et tout devient limpide. Juste une vague lumière, un désir nouveau qui étincelle. Nous voilà de nouveau, toi couchée sur le lit, moi assis au bureau. Comme ton regard le requiert, je me lève. Comme ton regard m'en somme, je vais jusqu'à toi le cahier à la main. Je suis nu et tu es nue. Tu regardes le cahier. Je t'écris donc en vif et en direct : je te dis presque. À part ma main droite, tout t'appartient. Tu te détournes du cahier. Ignorant les mots morts, tu me caresses. Tu embrasses mon torse, mon ventre. Tu lèves ton visage, tu me regardes, vois que j'écris encore. Et tu me souris. SOUDAIN. Trop sou. Dain – et parfait. Et. Tu m', brusquement, as pris dans la bouche! (Je cherche d'autres mots, d'autres noms. Je les trouve pas. Je cherche : pas long. Temps.) J'ajoute, après coup, des virgules et des points. Arrêts, minuscules sursauts de mon inspiration. Expiration. Tes lèvres tour à tour entourent tout. Et vont. Et viennent. Et! Et j'arrête.

Tu t'arrêtes. Constates que je n'écris plus. Regard noir, regard du soir. D'accord : non : j'écris encore.

Tu rec. Ommences. Tes lèvres. Non. Autre chose. Écrire autre chose. Je t'a. temps. Regard. J'en étais à. Ah. Oui : non. Oui. Autre chose :

Iba y venía, delicado y fatal, cargado de infinita energía. Era el tigre de esa mañana, en Palermo, y el tigre del Oriente y el tigre de Blake y de Hugo y Share Khan, y los tigres que fueron y que serán.

J'aime les animaux : l'âne qui crie (ou-I !), les cochons qui comptent (neuf ! neuf !). J'aime les animaux et ils me le rendent bien : les serpents depuis toujours m'apparaissent, les papillons choisissent inévitablement mon épaule, toute sorte d'oiseaux égayent mon chemin, les Allemands même constamment m'encerclent. Et j'attire les lézards. Les animaux m'aiment. Et les hommes ! (Et toi, encore. Oui non. Je n'arrête pas.) Voilà. Ton visage disparaît une nouvelle fois.

Tu souris peut-être, et j'aime ton sourire. Hier encore tu me disais de reprendre la rédaction de mon Traité du Narcisse. *Œuvre avortée – comme tant d'autres qui auraient pu tomber de ma plume toujours a. Lerte (oui non je sais je n'arrête pas. mais parfois pardon c'est pas fa.) voilà, je recommence : – et en cela seul intéressante. Pourquoi tu m'as dit ça ? Aujourd'hui moins que jamais je serais capable d'écrire autre chose que ces textes minuscules, ces lettres que je ne t'envoie jamais mais que je*

couche sous ton regard sur le lit de mes pages.
Je sais que mon narcissisme te fait rire. Que je
me trouve si beau te rend gaie. Est-ce que ça
confirme ton amour? Est-ce que mon jugement
t'importe tellement? À moi, être le seul inven-
teur de ta beauté ne me déplairait pas. Bien
sûr, je ne le suis pas. Tout le monde te trouve
belle. Mais moi, je connais la faille. Je sais que
ton désir de jouer, ton besoin de séduire, est le
signe d'une faiblesse. Non. *(*Oui. *Je recom-*
mence. Mais ça compte pas : tu m'as mordu.)

Comme si souvent ces derniers jours, je
commence par t'écrire et très vite je ne fais plus
qu'écrire, sans t'. Je m'écris à moi seul. Peut-
être c'est ça. Tu souris encore. Peut-être c'est ça
que tu veux. Que j'écrive ici, sous ta langue
– absolu.ment sous ta langue –, ce traité. Ins-
pirer. Expirer. Inspirer en expirant. Expirer en
inspirant. Tu disais que mon narcissisme était
faux (ou petit?) parce que j'éprouvais
constamment le besoin d'en parler – pour m'en
moquer. Mais justement. Je me moque de mon
narcissisme pour parfaire *ma perfection : je*
fais de ma certitude une faiblesse aux yeux du
monde pour qu'ils m'aiment davantage,
comme si j'étais imparfait. Mais, en même
temps, comme tu le sais, je me moque de
l'amour du monde. Mon narcissisme, sans jeu,
sans séduction, est absolu. Ab-solutum. *De*
même que je n'ai jamais eu la tentation de me

conforter dans un miroir, de même que j'ai tou-
jours penché pour la vision du mythe où Nar-
cisse est amoureux de sa sœur jumelle morte et
non seulement de sa propre image, je n'ai
jamais besoin de me rassurer par le regard des
autres. Le Narcisse véritable – moi ici en
somme : PRIS ENTRE DEUX LANGUES – est pro-
fondément seul, buté, enfermé dans sa perfec-
tion ontologique, sa perfection qui se prouve
par elle-même, sa perfection que personne ne
peut mettre en question. Je n'en peux plus.
S'il te plaît!
Je n'en

Tu lèves les yeux.
Tu souris.
Pourquoi vouloir parler d'un regard?

Non. Sérieusement, non. Ces textes infidèles comme des nouilles, ces textes sûrs d'eux qui prennent toujours le dessus sur les propos aléatoires de la mémoire, ça devient n'importe quoi. Je recommence encore une fois.

À la fin du deuxième trimestre, en cours d'italien, survint quelque chose de semblable et de diamétralement opposé à ce qui était arrivé en tout début d'année en cours d'anglais. Les dons pédagogiques de Mme Diset étaient inversement proportionnels à ceux de Mme Malaurein : elle était intelligente, aimable, et bien que ce ne fût pas sa langue maternelle, elle parlait correctement l'italien. Épuisé par les quelques mots prononcés lors du premier cours d'anglais, et savourant peut-être une sorte de satisfaction du travail accompli, comme si d'avoir répondu par deux fois à un professeur eût exprimé à la fois la joie profonde que me procurait ce nouveau lycée, ce terrain vierge, ce terrain d'une virginité extrême, et toute ma reconnaissance, mon immense gratitude envers les maîtres et le destin, je n'avais pas jugé nécessaire de reparler en cours – en aucun autre cours – pendant le reste de l'année. Mme Diset, donc, pas plus que mes autres professeurs, n'entendit le son de mon aphone voix pendant presque six mois. Mais un beau jour (qu'il est étrange de constater que les expressions les plus simples disent parfois ce qu'elles veulent dire : car je me souviens que dans la salle de cours située au rez-de-chaussée du bâtiment principal du lycée, comme le printemps arrivait lentement, il faisait particulièrement beau), elle demanda si quelqu'un connaissait le nom usuel des *ospedale psichiatrichi*.

– *Manicomio*.

Le mot sortit tout seul de ma bouche. Non qu'elle se délectât de quelque souvenir des saveurs du grec ancien, mais tout simplement parce qu'elle était hispanophone. En fait, je ne savais pas si on disait *manicomio* en italien. Mais, d'une manière saugrenue, je risquai ce terme qui en espagnol – n'oublions pas que j'ai grandi encerclé par des psychanalystes argentins – m'était férocement familier. L'admiration de Mme Diset, à la suite de cette unique et tardive réponse, fut bien différente de celle de Mme Malaurein après que j'eus cité les deux premiers vers de la troisième strophe du poème de Blake. À partir de ce jour-là, et pendant tout le dernier trimestre, elle me considéra avec un puissant mélange de pitié et de ravissement. Et je la comprenais – ou plutôt, je comprenais son erreur. Qu'il eût été touchant d'avoir un élève dont le vocabulaire se limitât à cet unique mot : *manicomio* !

Lorsqu'au conseil de classe de la fin du deuxième trimestre elle conseilla aux autres professeurs de supporter mes absences et mon silence, de traiter mon insolence et mon insubordination avec d'infinies précautions, bref de me foutre la paix comme on le fait aux grands malades et aux fous dangereux, je me promis de la remercier ; et de la rassurer, de lui expliquer que bien que *manicomio* fût le seul mot que j'eusse prononcé de toute l'année en cours d'italien, je n'étais ni pyromane, ni cleptomane, ni mégalomane, ni mélomane, ni érotomane, ni maniaque en aucune sorte qui méritât d'autre mauvais traitement que celui que ma fervente dévotion à Harpocrate et Angerona m'inflige ici ; – que ma seule folie, déjà! était la graphomanie à laquelle me contraignait ma quiétude. Et cette perversité, alors innocente, et dont l'innocence à partir du mois de mars se déploierait avec tant de candeur dans les milliers de textes écrits à mon premier amour – ces textes que je vous force à lire parallèlement ici –, ne pouvait, à l'inverse de ce qu'elle peut à présent, comme la légèreté d'un éditeur l'étale sous vos yeux lucides, faire souffrir personne. Mme Diset était gentille. J'aurais pu parler avec elle, comme je le faisais avec Jean Lévy, de mon intention d'écrire un grand œuvre semblable à ces mémoires de la folie que la Raison eût écrits sous sa dictée; ou alors du plaisir intense que j'avais éprouvé à lire dans un dictionnaire que, de même que la noèse et la nodosité vont de pair, le grec *mania* (« folie, ferveur, passion inspirée par la divinité ») ne doit pas être rattaché à *Mânia*, la mère des larves, des *mânes*, qui troublent l'esprit, mais qu'il se rapporte en réalité au sanskrit *mányate*, à l'avestique *mainyeite*, au vieux slave *mĭněti* et au *mens* tout bête du latin,– bref à la grande racine *man* qui veut dire « réfléchir, penser ». J'aurais pu justifier alors et ainsi, comme je le fais ici et à présent, que

les fous ont leur manie, et nous avons la nôtre,

que ma folie était pensante, qu'affolante était ma pensée. Mais nenni. Je ne tins pas ma promesse. Ni en italien ni en français je ne parlai plus jamais à l'aimable Mme Diset.

Il est une autre raison de ce *manicomio* innocemment proféré. À la fin du mois de février, peu de jours avant le cours où je prononçai mon seul mot en italien, Christine m'avait demandé de l'emmener au manicomio de Sainte-Anne.

Depuis l'été précédent, vous vous en doutez j'espère, je n'avais cessé de voir Marianne Un, la Suissesse rencontrée à Patmos qui fut la femme avec qui je fis l'amour pour la première fois. Je l'avais convaincue de quitter la sinistre Lucerne où elle habitait avec ses parents, et où elle s'apprêtait à entamer des études de pharmacologie, pour la presque aussi sinistre Lausanne où elle s'inscrivit, comme tout un chacun, en lettres et philosophie. Je lui rendais visite chaque week-end. Et bien que je rechigne à voir dans mon amour pour cette fille alémanique autre chose qu'un leurre, qu'un égarement démocratique, je dois avouer que nombreux furent les lundis où, à l'aube, il m'était tout simplement impossible de quitter la chaleur de son corps pour parcourir les quelques centaines de mètres qui me séparaient de la gare d'où le train me ramenait, avec seulement quelques heures de retard, au lycée Fénelon de Paris. Quoi qu'il en fût, et, je l'admets, c'était en cette terre abhorrée et helvétique, mon esprit était occupé ailleurs. Que chaque jour où j'allais en classe les filles se battissent pour s'asseoir à mes côtés, qu'à chaque heure de cours celle qui avait triomphé se collât à moi, que les plus téméraires, dès que les professeurs tournaient le dos, tendissent leurs lèvres et tentassent de m'embrasser, que sous la table leurs mains volages effleurassent mes cuisses inquiètes, que celles qui n'avaient pas réussi à m'approcher me fissent constamment parvenir des petits mots ardents qui déclaraient leur amour ou des regards brûlants qui trahissaient leur flamme, tout cela me laissait indifférent. Et je ne te voyais pas, et je ne voyais ni Anne et son hystérie désespérée, ni Catherine et son homosexualité désespérée, ni Christine et sa névrose désespérée. Les menaces de suicide, les métamorphoses sexuelles, les crises de folie, n'attiraient pas mon attention. Au fil des jours, l'indifférence que j'éprouvais pour l'amour protéiforme que me témoignaient les trente-trois filles de la classe et mon silence, dans lequel elles lisaient les pensées les plus subtiles, avaient décuplé mon pouvoir de séduction. Et j'étais devenu, quoique je l'ignorasse, de la dizaine de garçons perdus parmi les mille et quelques filles du lycée Fénelon, celui dont chacune rêvait. Des lycéennes multiples dont j'ai oublié les noms me suivaient comme des corps en peine lorsque je quittais le lycée et que j'allais errer rue de Buci, rue Gît-le-Cœur, au Luxembourg, sur les quais ou entre les rayonnages touffus de Shakespeare and Company. Et de toutes ces filles, des mille et une filles du lycée Fénelon, Christine était la seule dont l'amour rongé de haine était recouvert de mépris. Pourquoi? Pour une raison très simple : plus lucide que toutes les autres, Christine avait compris le mensonge. Christine savait que je n'étais pas ce jeune homme adulé. Elle avait compris, grâce à la lucidité de sa folie, que ce Santiago **qui** avait débarqué de Patmos directement au lycée

Fénelon, ce Santiago bronzé, dont le silence et la douce distance semblaient dissimuler une force et une délicatesse admirables, ce Santiago laconique mais heureux, poète et révolté, romantique et exotique, ce Santiago, elle le savait inventé par les quatorze regards féminins qui se posaient sur lui. Comment avait-elle réussi à démasquer, derrière ce Santiago sûr de lui auquel moi-même je crus parfois, le Santiago éternel qui, taciturne, souffrait de son silence, et, poète, souffrait de son écriture? je ne sais pas. Mais chaque fois que son regard se posait sur moi, chaque fois que sans raison apparente elle éclatait de rire, alors que toutes les filles se disaient simplement qu'elle était folle, je savais quant à moi que c'était elle qui, seule, percevait la réalité. Oui, j'étais encore un adolescent incapable d'aimer. J'étais encore un écrivain incertain de son écriture. J'étais encore un petit homme qui avait honte de son corps. J'étais déjà une vieille branche qui ne savait pas danser, et encore une jeune pousse qui eût adoré aller dans des fêtes mais à qui toute distraction frivole semblait coupable – et qui en souffrait. J'étais encore ce petit enfant qui avait mal parce qu'il ne savait pas parler et qui songeait, comme il avait toujours songé, que le monde s'animait dès qu'il avait le dos tourné, que les rires fusaient dès qu'il quittait la scène, que dès qu'il s'absentait, la vie, comme si elle n'eût attendu que son absence, surgissait des cendres qu'il avait semées sur son passage.

Non, non. Dans l'ordre. Dans l'ordre désordonné du parallélisme.

*Tu dors et assis au bureau je te tourne le
dos. Et je t'entends :*
Respi.
Ration.
Respi.
Ration.
Respi.
Ration.
*Je te tourne le dos assis au bureau et je
lis. Plutôt : je lisais. Maintenant, j'. Je lisais
donc pendant que tu dormais et je suis arrivé
au bout de la lettre C. J'ai trouvé deux nou-
veaux mots dont la contiguïté a été imposée à
Petit Robert pour répondre aux désirs de mon
vocabulaire intime :*

cunéiforme - cunnilingus

*Je m'arrête d'écrire. Je regarde mes
caractères. Je me retourne. Je te regarde (tu
dors encore). J'hésite. Nouveau coup d'œil à
mes caractères : particuliers, illisibles même au
commun des mortels, mais tracés par une
plume avec un mélange de camphre et de musc
sur l'écorce d'un arbre meurtri. Sur le bureau,
rien qui eût permis de tracer ces signes en fer*

de lance diversement combinés, *pas la moindre trace d'argile ni de roseau. Pas de briques crues qu'un incendie palatial viendrait cuire pour les conserver* dans les siècles des siècles. *Rien à faire : ni cunéiformes ni linéaire b. Mes caractères sont singuliers mais mon alphabet est phénicien.*

Tu dors.

Je te regarde.

Non, rien ne justifie que je me lève et que j'abandonne la langue écrite pour jouer entre tes cuisses avec la langue orale.

Tu dors.

Je te regarde encore.

Est-il vrai qu'en amour un silence vaut mieux qu'un langage ? Est-il vraiment bon de demeurer interdit ? Y a-t-il, comme le pensait Pascal, une éloquence du silence qui pénètre plus que la langue ne saurait faire ?

Cunéiforme-cunnilingus.

Terrible contiguïté.

J'hésite.

J'hésite.

J'hés

Tant pis. Tant pis pour les Phéniciens je veux dire.

* *
*

49

Tu viens de partir. Avant, tu m'as à peine réveillé. Souvenir confus des quelques mots que tu as prononcés :

— Refais-le. Refais-le-moi encore. Refais-le tous les jours, s'il te plaît.

Faut pas dire des choses comme ça. Je t'aime. Même si mon écriture n'est pas cunéiforme, même si je ne peux prétexter aucune contiguïté lexicale pour passer du bureau au lit, pour glisser d'une langue à une autre, je te ferai ça tous les jours. Tous les jours, tout le temps. Vingt-quatre heures par jour. Et même la nuit. Sept jours par semaine. Et aussi le dimanche. Je te ferai ça tous les jours à toutes les aubes. À tous les midis. Comme dessert après le déjeuner. Même à la cantine. Sous la table. Tous les jours l'après-midi aussi. Dans les parcs où l'on s'oublie. Tous les jours et toutes les nuits. Promis.

Cunéiforme-cunnilingus. C'est pas de ma faute : j'aime te manger encore plus que tu n'aimes que je te mange.

Et peu à peu, comme s'éteignait l'indifférence, de la diffuse profusion diaphane, outre Christine, se détachèrent définitivement quelques autres filles. Et, fin février début mars, sur le point de te voir, j'eus des amies. Oui, elles apparurent à mes yeux de taupe éblouie avant que de te voir. Oui, pour être tout à fait logique – ou au moins chronologique –, j'eusse dû parler d'elles avant que de parler de toi. Je recommence donc une dernière fois.

Béatrice habitait avec Hugues rue Galande, Catherine habitait dans le XIIIe, Christine n'habitait nulle part. Quant à moi, depuis le début de l'année, j'avais honte de là où j'habitais. Bizarrement, avant de découvrir la honte d'aimer quelqu'un de différent – c'est-à-dire avant de découvrir ce qu'est véritablement l'amour –, j'avais honte de ma propre différence. J'avais honte comme si je n'étais plus moi-même et qu'il me fût impossible d'accepter ou de me dissocier de cet autre Santiago que je ne reconnaissais plus qu'avec peine. La rue Brillat-Savarin, le lycée Rodin et d'autres restes de mon passé, me faisaient rougir. Non, c'est faux. Rien de plus. La rue Brillat-Savarin et le lycée Rodin, c'est tout. Ni mes amis, ni mes vêtements, ni mon passé. Ce nouveau lieu – le lycée Fénelon –, ce nouvel univers – le VIe arrondissement –, me laissaient deviner une sorte de possible où les valeurs n'étaient plus distinctes, où tout se confondait, où tout se valait, où la postmodernité était depuis toujours déjà commencée, un état de choses que j'avais soupçonné pouvoir exister et dont seulement à présent j'avais la certitude. Le snobisme culturel – ce trait caractéristique du rapport à la culture en France – existait bel et bien. La gauche frivole, indifférente, *heureuse*, qui, à peine un an plus tard allait devenir une gauche de pouvoir et de caviar, était déjà installée, là, dans cette insouciance aisée. Je découvrais qu'on pouvait être d'accord avec moi, avoir des égards pour mon histoire d'exilé sud-américain, et ne pas prendre tout ça au sérieux. Je découvrais le premier monde du premier monde. Et je ne leur en voulais pas. Au contraire : j'étais heureux de leur bonheur. L'euthanasie du politique avait débuté. Avec quelques années d'avance sur le reste de l'univers (et sur les autres quartiers de Paris), dans le VIe arrondissement, on commençait à croire qu'on pourrait régler son compte au réel et au passé – alors que c'était simplement la pensée qui s'en allait. L'effroyable idéologie des années quatre-vingt, cette idéologie triomphante bâtie sur le mythe de la « fin des idéologies » qui vise à décourager de toute action publique et qui a permis à la classe politique, *en dépolitisant l'espace social*, d'ouvrir la voie au populisme de la haine pure de l'autre, cette idéologie qui s'avère être, *de toutes les idéologies*, la plus dogmatique, la plus totalitaire, la plus dominante et la plus répugnante ; cette idéologie du marché, de la communication, de l'« entreprendre », mais aussi de la sociologie et des spécialistes, qui dévoile à présent derrière son démocratisme son fascisme et derrière son humanisme son pouvoir de détruire, au-delà de la vie publique, la vie nue ; cette idéologie terrifiante qui fait que dans le monde dans lequel j'écris il ne reste presque rien du monde où je vécus, ce monde dont je témoigne et qui, en à peine vingt ans, a été entièrement détruit ; cette idéologie, avant de l'emporter définitivement au

cours des années quatre-vingt, se mettait formidablement en place dans nos têtes d'augustes moineaux.

Je n'étais pas surpris. Tout me semblait normal.
Bien que je ne fusse pas venu au lycée Fénelon pour
faire plaisir à mes parents ou pour contenter un quelconque désir ou besoin de changement social, mais
tout simplement parce que ce fut le seul lycée qui
m'acceptât, à cause du manque de garçons, après
mon expulsion du lycée Rodin, je commençais, en raison de ce changement purement spatial qui eût dû
plutôt me faire changer de sexe, ou de sexualité, à
changer de classe sociale. Et ce changement était profond, – incommensurable. Car entre les distances qui
séparent les êtres, ou entre les distances qui nous
séparent nous-mêmes, qui séparent celui que nous
sommes de celui que nous étions, celui que nous
fûmes de celui que nous serons, il n'y a pas de comparaison possible. Brusquement, en abandonnant le
XIIIe arrondissement pour le VIe, comme lorsque
j'étais parti de l'Argentine pour l'Uruguay, puis de
l'Uruguay pour le France, je m'étais éloigné de moi-
même. Et que ce fût de quelques centaines de mètres
plutôt que des trois cents kilomètres du premier ou
des douze mille kilomètres du second exil, ne rendait
pas le changement moins définitif, moins irréversible.
Encore une fois, à cause d'un simple déménagement,
un Santiago s'était perdu, un Santiago s'était évanoui,
un Santiago était parti en fumée, et celui qui restait,
condamné à en être le funeste témoin, *ne serait plus
jamais lui-même.*

Et je ne te voyais pas. Que plus tard ce fût entre tes bras que le changement fondamental me semblât avoir eu lieu, que ce fût d'entre tes bras que le départ, après tant d'exils, me semblât pour toujours avoir été le plus difficile, le plus douloureux, ne m'empêche pas aujourd'hui, alors que la souffrance de ton amour est loin et douce – adoucie par l'éloignement, tenue à distance par la douceur –, de t'imaginer éparse parmi trente-deux autres filles que je n'aimai jamais mais dont le nombre, pourtant certain, attesté par mainte liste, par maint appel, me procure toujours un plaisir diffus. J'étais aimé. À cet âge où le besoin d'être aimé peut nous contraindre aux plus grands voyages, peut nous mener à affronter les plus infranchissables obstacles, j'avais la joie et le privilège de pouvoir être aimé tous les jours, de trouver, par le simple fait de me rendre en cours, un amour énorme et varié. Et ce privilège immense, souvent je le dédaignais. Et que j'allasse rarement en cours, que mon cœur pendant presque toute l'année fût égaré en Suisse, rendait l'amour et le privilège encore plus énormes. Car plus j'étais indifférent, plus j'étais aimé ; et plus je négligeais le pouvoir que me concédait d'être adulé, plus j'étais souverain.

Rarement tu m'as parlé de ta souffrance. Que sentais-tu alors que je ne te voyais pas ? Mon amour te fut-il impossible comme le tien ensuite me fut insupportable ? Vous parliez-vous entre filles ? Le partage de mon indifférence avant le mois de mars suscitait-il autant de disputes que mon narcissisme le désire à présent ?

Moi, je savais ce que vous ignoriez. Je savais que j'étais toujours le triste sire, je savais que ma quiétude, qui vous fascinait, n'était que le symptôme de cette maladie qui me rongeait depuis ma naissance et que l'exil en France n'avait fait qu'aggraver : la funeste mélancolie. Vous me voyiez comme un prince retiré dans sa tour d'ivoire; je me savais pauvre clochard incarcéré dans la plus effroyable prison : celle que le silence, depuis que j'avais appris à écrire, avait bâtie autour – et à l'intérieur – de moi. Oui, c'est vrai, parfois, je croyais moi-même à ce Santiago insouciant que vous aimiez toutes et qui toutes vous ignorait. Mais au fond, je savais que mes fantômes, ces fantômes qui me forcent à préférer l'écriture à la vie, ne tarderaient pas à venir hanter l'illusoire univers que votre danse joyeuse créait autour de moi.

Cette classe sociale nouvelle que je découvrais n'était ni celle de Béa, ni celle de Catherine, ni celle de Christine. C'était celle des trente autres filles de la terminale A1. C'était la tienne. Dans un premier temps, mon indifférence s'était attachée aux rares filles qui n'habitaient pas le VIe arrondissement. Voilà, pourquoi le cacher plus longtemps ? Tu es bien plus responsable que la géographie parisienne et le lycée Fénelon de ce que je devinsse à mon tour et à jamais le crapaud d'élite que je suis aujourd'hui. Je n'ignore pas que tout au long de notre amour ce fut toi qui vins vers moi, vers mon monde, délaissant tes parents, tes amis, tes désirs, tes plaisirs, et que je ne fis quant à moi l'inverse chemin vers toi qu'après que tu me quittes. Mais si ce que je te proposais (la conscience politique, la lecture, la mélancolie) tu l'acquis peu à peu, tout au long de l'année distendue pendant laquelle nous nous aimâmes, si tu l'acquis de la meilleure des manières, c'est-à-dire au fil des jours, choisissant, prenant ceci, laissant cela ; ce que pendant ce même temps je te refusais (la musique, la danse, le rire, l'insouciance, la frivolité) je l'acceptai de la pire des façons, c'est-à-dire tout d'un coup lorsque tu m'as abandonné. Ton approche fut infinie, la mienne fut extrême. Ainsi est le temps de l'amour : à l'un, il faut des longs mois de bonheur pour changer ; à l'autre, un jour de malheur suffit.

Non. Encore et encore : non. Je ne veux ni anticiper ni revenir sur le Santiago des années passées. Je veux laisser le malheur à son siècle. Je n'écris pas que pour toi, ô supposé saucisse-frites : revivre ici mon bonheur me procure à moi bien d'autres joies. Je recommence donc une bonne fois pour toutes.

Béa était la seule fille de la classe qui n'habitât pas chez ses parents. Elle vivait dans un minuscule deux-pièces rue Galande. Hugues, son ami, était plus âgé et plus désespéré que moi. Elle aussi était arrivée au lycée Fénelon en terminale. Comme les trente-deux trente-troisièmes féminines de la classe, son but était que le bac ne mît pas un terme aux années de réclusion carcérale de l'école : elle souhaitait poursuivre ses études dans les classes préparatoires de ce même établissement. Son père était dentiste et, eu égard aux multiples caries de mon enfance, elle eut le bon goût de m'en épargner le commerce. Sa mère, en revanche, la redoutable « Mignonne », elle tint à ce que je la rencontrasse. Je ne sus jamais son véritable nom. Béa et son frère la vouvoyaient – ce qui pour moi, malgré les six années déjà passées en France, demeurait profondément exotique. De la part de son frère, plus jeune et plus violent, lorsqu'elle lui demandait, par exemple, de ne plus sécher ses cours de seconde, cela donnait des choses comme : « Non, Mignonne, je vous dis d'aller vous faire enculer. » Béa, qui était plus polie, se contentait le plus souvent d'un « je vous emmerde » ou au pire d'un « allez vous faire mettre » que sa mère, du moment que la deuxième personne du pluriel demeurait de rigueur, tolérait somme toute assez placidement.

Catherine vivait dans un HLM rue de la Santé. Je ne sais si j'y suis jamais allé ou si seule mon imagination dessine aujourd'hui les tristes contours du triste salon, de la triste chambre. Catherine était presque aussi silencieuse que moi. Peu après que la librairie de la rue Saint-André-des-Arts eut affiché un poème de Rilke pour faire de la publicité au mince *in-octavo* céleste contenant quelques lettres extraites de la correspondance entre Rainer Maria et Lou établie par Ernst Pfeiffer et publié comme supplément aux numéros 33 et 34 du *Nouveau Commerce*, je lui demandai de m'enseigner l'allemand. La traduction de Klossowski, pour « apparentée » qu'elle fût, ne me suffisait pas. Car ce poème publicitaire, comme tant de poèmes à différentes époques de ma crapuleuse existence, me semblait être ma vie entière.

« Il faut mourir parce qu'on les connaît. » Mourir
de l'indicible floraison du Sourire ; mourir
de leurs mains légères. Mourir
de femmes.

Deux cours, je crois. Ce ne furent pas plus de
deux cours qu'elle me donna. Assis au fond de la Gentilhommière, je l'écoutais fasciné me lire Rilke, comme
on dit, « dans le texte ». Les trente-deux autres filles de
la classe, l'air de rien, avec une naïve discrétion, telles
des éléphantesses dissimulées derrière des quilles, se
tenaient amassées de l'autre côté de la vitre de la terrasse d'hiver, avides de savoir ce qui se tramait derrière
ce désir étrange de l'élève le plus masculin et le plus
dissipé de la classe d'apprendre l'allemand.

Mais que l'homme
se taise, plus ébranlé. Lui qui,
sans chemin, la nuit dans les monts
de ses sens a erré :
qu'il se taise.

J'étais ébloui, et je regrette que dans mon éblouissement pour Rilke, Catherine vît un éblouissement
autre, un éblouissement qui la flatta avant de la décourager au point de lui faire abandonner, quelques
semaines plus tard, l'hétérosexualité.

Je vous demande une dernière fois d'excuser ma
prétention. Pour aimer, il faut s'aimer ; pour se souvenir
d'un amour passé, il faut briser les entraves que le réel

a attachées aux chevilles de notre narcissisme avant et après le moment où nous fûmes aimés, ces entraves qui, parfois après une seule défaite, freinent à jamais la course légère de l'éphèbe aux boucles d'or pour qui tout était possible, l'éphèbe aux boucles d'or à qui rien n'était interdit, l'éphèbe aux boucles d'or qu'on aimait et qui s'aimait et que, chacun à notre manière, ne fût-ce qu'à un instant perdu de nos vies, nous avons tous été.

Et puis, si je me trouve si beau en me souvenant de ces temps heureux, sachez, ô preux liseurs, que je me trouve si laid lorsque je me souviens des temps affreux qui les ont suivis, qu'il vous sera autrement difficile, lorsque j'en écrirai, de me regarder dans le miroir des mots. Alors, si à présent je vous agace en vous parlant de ma beauté, songez que je n'aurai de cesse de vous tourmenter, lorsque je vous parlerai des cinq amères années de la première défaite, en vous décrivant la hideuse laideur provoquée par mon malheur. D'ailleurs, j'aurais préféré que l'amour n'affecte pas ma beauté. Car si l'amour rend beau au-delà des convenances – et souvent en dehors des paramètres que notre société utilise pour séparer ce qui doit nous plaire de ce qui ne le devrait pas –, le désamour, malheureusement, nous rend laids aussi bien à nos yeux qu'aux yeux des autres. Et ce n'est pas seulement dans la mémoire que ma laideur d'alors m'effraie.

Christine n'habitait nulle part. Elle errait comme une pensée vive dans l'indiscernable région qui sépare les rêves de la raison. Christine m'effrayait. Elle jouait avec nous comme si nous eussions été des jouets cassés. À la fin du mois de février, lorsque je la retrouvai les pieds joints sur le bord extrême du quai de la station du RER de la Cité Universitaire et qu'elle me demanda de l'amener à l'hôpital psychiatrique de Sainte-Anne, je ne fus pas surpris. Il y avait quelque chose de naturel dans l'entente licite qui nous liait autour de la folie.

Mais j'anticipe encore. Qu'autour de moi les filles de la classe changeassent de sexe, me demandassent de les interner ou tentassent de se suicider, ne peut me faire oublier que mon indifférence, comme plus tard mon infinie attention, t'était, *malgré moi*, entièrement destinée.

rue du Regard, toujours le soir

D'accord, d'accord, oublions le cahier! Bien sûr nos nudités suffisent! Après ma langue, je peux tremper ma plume dans ton sexe, et ne plus écrire que sur ta peau de pulpe de mangue. Je suis assis et ta main est entre mes jambes et j'écris sur ton ventre. (Oui, j'ai sursauté, j'ai le droit, non? Quoi? Quelle règle? Un mot à chaque caresse? Un mot après chaque caresse de ta langue? Oui, d'accord, si tu veux : un coup de langue, un coup de langue.)
Je. Voudrais. Pâtir. De. Tes. Pâtes.
Je. Voudrais. Oser. De. Tes. *Os.*
(Non, pas plus vite!) (Non, si tu te, si tu me, je

J'. Écris. Sur. Ta. Nuque. Qui. Monte.
Et. Descend. Entre. Mes. Jambes.
(Non, j'arrête!) (Non!) (oui)

Je. Voudrais. Partir. De. Tes. Parts.
Je. Voudrais. Passer. De. Tes.
Pas.

Je voudrais. Penser avec
ta. Panse.

Je voudrais jouer avec
tes joues.

Je voudrais vivre de
tes vivres.

Je voudrais danser
avec tes dents.

Jevoudraisfouiller
danstesfouilles.
Jevoudraisfaillir
danstesfailles.

Je
voudrais
mourir
de
tes
mous.

Tu te relèves et j'écris sur la mollesse blanche de ton avant-bras : oui, je t'aime. Je t'aime, je m'aime, je nous aime. Ce que j'écrivais sur ta nuque et ton dos ? un dictionnaire. Un dictionnaire bilingue que la douche effacera lentement. Non, ce n'est pas grave que tout s'efface : ma tâche depuis toujours est de te traduire tout entière, éphémèrement.

Non. Définitivement non. Il faut arrêter de forcer la mémoire. Pourquoi aller chercher toutes ces péripéties préhistoriques ? Bien sûr, l'histoire a commencé beaucoup plus tôt. Les histoires commencent toujours beaucoup plus tôt. Mais il faut avouer qu'à part les quelques détails que j'ai étirés jusqu'ici, je ne me souviens de cette dernière année de lycée qu'au-delà du mois de mars. Je recommence donc une dernière dernière fois.

Comme si le destin avait à jamais décidé que mes amours scolaires seraient vécues en compagnie de cet ami oublié, de ce point brun aux cheveux crépus qui avait disparu de ma vie six ans plus tôt et dont je n'avais plus eu, depuis lors, aucune nouvelle, je ne te vis qu'après l'arrivée de Daniel. Nous étions donc au mois de mars. L'abuela Rosita venait de mourir et ma mère était partie à Buenos Aires. Après les années de malheur dues au départ de mon père, commençaient pour elle les années de malheur dues aux départs de ses enfants. Début janvier, Sebastián, mon frère aîné, s'était installé au 33, rue du Petit-Musc. Et le 18 février, mon père m'avait loué la chambre numéro 16 du dernier étage du numéro 3 de la rue du Sommerard. Le loyer, trimestriel, était de 421,27 francs. Le bail, que je conserve encore, indique simplement, dans le cadre réservé à la description des lieux loués : « Une chambre. » Et effectivement, il n'y avait rien de plus que cela. Une chambre. Mais *ma* chambre. Le premier lieu où mon lit devint mon lit, où mon bureau devint mon bureau, où mes livres devinrent mes livres, où tout ce qui était déjà dans ma chambre chez ma mère changea imperceptiblement de nature pour m'appartenir davantage. Pendant les vacances de février, Marianne Un avait quitté sa sinistre Lausanne et m'avait aidé à peindre les murs. Elle désirait venir habiter avec moi à Paris. Et, aussi improbable que cela me semble aujourd'hui, je le désirais aussi. Marianne Un peignant ma chambre rue du Sommerard, le visage souriant et couvert de peinture, est mon dernier souvenir sympathique d'elle. (En la revoyant ainsi, blanchie de bonheur, je constate en un éclair tous les souvenirs déplaisants de cette année que j'ai préféré taire – les vacances de la Toussaint où nous étions partis en voiture en Italie et où elle m'avait fait découvrir Cinque Terre ; les vacances de Noël à Engelberg avec Sebastián et Cédric où elle avait tenté en vain de m'apprendre à skier ; d'autres vacances, que je ne saurais situer dans la chronologie sombre de nos rencontres, pendant lesquelles, dans cette même station de ski où ses parents possédaient un chalet, alors qu'ils nous interdisaient, lorsqu'ils étaient là, de dormir dans la même chambre, ils nous avaient surpris en train de faire bruyamment l'amour dans la baignoire –, souvenirs déplaisants, non en raison de leur contenu, mais parce qu'ils dénotent tous un bonheur qui aujourd'hui me blesse. Il en va ainsi des souvenirs heureux : certains nous réjouissent, d'autres nous attristent ; certains nous rappellent simplement le bonheur que nous eûmes, d'autres nous rappellent que ce bonheur était celui de quelqu'un d'autre que celui que nous sommes.)

Un jour incertain du mois de mars, qu'on se le dise, j'étais en train de lire tranquillement rue Brillat-Savarin – bien que ma chambre fût peinte j'habitais encore pour quelques derniers jours chez ma mère – lorsque Daniel, sans prévenir, sonna à la porte. Cela faisait six ans que nous ne nous étions pas vus. Six ans, cela peut être énorme. Six ans, lorsqu'ils ont lieu entre l'âge de douze et de dix-huit ans, c'est au moins aussi long que vingt-quatre entre l'âge de trente-six et de soixante. Nous ne tombâmes pas dans les bras l'un de l'autre. Cet animal que je reconnaissais à peine était aussi étranger à mes yeux que je l'étais aux siens. Ayant fini le lycée au mois de novembre, comme tant de Sud-Américains, il était parti découvrir le monde. Il avait un an et quelques centaines de dollars en poche pour mener à bien son affaire. En profonde harmonie avec ses moyens économiques et temporels, il avait choisi la façon la plus lente et la moins onéreuse de voyager : le stop. Pour venir d'Espagne à Paris gratuitement, il n'avait pas mis moins de cent quarante-quatre heures. Il était sale et je lui proposai de prendre une douche. J'aurais souhaité l'héberger, mais le lendemain de son arrivée je devais partir pour les vacances de Pâques. Nous convînmes qu'il irait visiter Londres et sa verte élégance en attendant que je revinsse à Paris.

J'avoue me souvenir à peine de cette première et distante rencontre. Sans doute Daniel me donna-t-il des nouvelles de Guille, de Fon, d'Andrea « Main de Fer » Ottieri, de Sandra « Nez Proéminent » Cladera, d'Alvaro « Le Soupe » Aguirre et Patricia « Petit Mec » Rivera, de Carol « Absente » Miles, de Walter « Rachitique » Stancov et de tant d'autres amis uruguayens dont j'avais oublié l'existence et le nom. Sans doute, toujours bavard, avait-il autant à me dire que moi à lui taire.

Quoi qu'il en fût, l'accord sur son départ de Paris pendant mon absence nous laissa le temps de surmonter le choc de nos retrouvailles et de digérer le constat de nos inconstances.

Au retour des vacances de Pâques, aussi alémaniques qu'immémoriales, je retrouvai Daniel et déménageai rue du Sommerard. Presque aussitôt, ma mère déménagea à son tour. Elle reprit l'appartement d'une ancienne prostituée rue Saint-Julien-le-Pauvre. Dès l'âge de quinze ans, sans doute pour fuir sa tristesse, nous avions songé, Sebastián et moi, à quitter la rue Brillat-Savarin. Pendant quelques mois, nous nourrîmes ensemble le projet d'aller finir le lycée à Aix-en-Provence, où nous avions, vous vous en souvenez j'espère, passé d'heureuses vacances d'été quelques années plus tôt. Mais finalement, nous avions quitté l'antre maternel normalement, à l'âge de dix-huit ans, pour quelque autre antre parisien. Pour ma mère, nos départs (surtout le mien car je n'avais pas encore terminé le lycée et elle s'y attendait moins), adossés comme des pierres tombales au monument funéraire – bien réel – dû au décès de l'abuela Rosita, furent une véritable catastrophe.

– C'est naturel, essayais-je de lui expliquer à l'époque. À dix-huit ans, c'est naturel de partir habiter seul.

– Effectivement, c'est naturel, me répondait-elle. C'est naturel, comme l'éruption d'un volcan, comme un tremblement de terre, c'est naturel comme une catastrophe naturelle.

Bien que le lycée ne fût pas fini, bien que je retrouvasse mon interprète uruguayen surgi d'un lointain passé, bien que ma mère ne tardât pas à déménager à quelques centaines de mètres à peine de ma nouvelle demeure, une nouvelle vie commençait. Dans l'espace réduit de ma chambre de bonne, nous habitions avec Daniel dans un partage absolu de l'espace et de l'inconfort. L'un de nos principaux soucis, lorsque la nuit nous rentrions dormir, était de trouver sur le chemin de retour un café dans lequel on acceptât que nous allassions aux toilettes sans consommer, – ce qui nous permettait, avant de nous coucher, de ne pas avoir à nous approcher du trou puant situé sur le palier du sixième étage de la rue du Sommerard. Peu à peu, devenant des spécialistes de l'antipathie des serveurs dans les bars du VIe et du Ve arrondissement de Paris, nous établîmes ainsi une véritable Carte du Non-Tendre. Entre le lycée Fénelon et chez moi, nous avions repéré une dizaine d'établissements infréquentables que nous fréquentions pour déféquer : la Gentilhommière, où les toilettes étaient accessibles mais aussi répugnantes que celles du palier de la rue du Sommerard ; le Saint-André, situé sur la même petite place, où le patron, habitué à surveiller les élèves du lycée pendant toute la journée, nous remarquait avant que nous n'eussions franchi le seuil et nous faisait gentiment signe qu'il ne voulait pas de nous à cette heure tardive ; le Cluny, où les serveurs, habitués plutôt aux touristes, surveillaient eux-mêmes qu'aucun intrus ne monte à l'étage où les toilettes, de toute façon, étaient gardées par une dame pipi intraitable ; le Petit-Cluny, situé de l'autre côté du boulevard Saint-Michel, qui eût été idéal en raison de sa double entrée par le boulevard lui-même et par la rue de la Harpe mais qui, à l'époque, fermait trop tôt pour soulager nos envies aussi pressantes que nocturnes ; le Saint-Séverin, en face de l'église, où les serveurs, comme si souvent à Paris, étaient imprégnés à ce point des tendances fascisantes de leur patron qu'ils contrôlaient l'accès aux chiottes du café, pourtant malpropres, avec plus de zèle que s'il se fût agi des leurs ; le Twickenham enfin, qui fait le coin de la rue des Anglais et du boulevard Saint-Germain, et où, lorsque nous étions fatigués et que mes moyens nous le permettaient – c'est-à-dire en début de mois, quand mon père venait de me donner la somme faramineuse de deux mille cinq cents francs que, malheureusement, comme je commençais à goûter au vice de la bibliophilie, je dépensais généralement en quinze jours –, nous consommions ces deux ballons de limonade (qui à l'époque coûtaient moins cher que des cafés) qui nous ouvraient légalement la porte des toilettes tant convoitées.

Daniel était avide de partager ma classe exclusivement féminine et venait me chercher à la sortie du lycée deux fois par jour. Un midi, l'une de ses premières surprises fut de constater que dans ce pays froid et inhospitalier, dans cette ville où les gens ne s'arrêtaient presque jamais dans la rue lorsqu'il leur demandait son chemin, dans cette ville où l'on était forcé de payer pour aller aux toilettes et où il était impensable d'entrer dans un café, comme on le faisait en Uruguay, pour demander un simple et gracieux verre d'eau, les professeurs étaient amènes au point de prendre des pots après les cours avec leurs élèves. Un de ses moments de suprême surprise, et d'extase, fut le jour où nous nous retrouvâmes à la Gentilhommière avec cinq filles de la classe et la prof d'italien. Avec cinq filles ; – dont toi.

rue du Regard, après avoir joué,
un autre soir

Par pure coïncidence, le cahier s'est accolé à la peau. Pendant que je mangeais ton sexe éternellement reconnaissant d'humidité, pendant que la main se battait loin du regard pour écrire des mots épars sur les feuilles et les draps, le cahier a été attiré par ton ventre. Alors, après ton plaisir, je me suis relevé et j'ai vu la page claire de ta peau qui prolongeait la page claire de papier. Voilà pourquoi ceci est écrit en ton corps douze. En ton corps Garamond. Ton corps qui chaque jour davantage s'unit à mes peu bavardes lèvres. Ton corps qui, seul, devrais-je dire et oser affirmer ! me donne parfois la parole. Ton corps que je fais, et qui me fait, parler pendant des heures. Ton corps qui rend mes lèvres, loin du langage, loquaces, insatiablement prolixes dans l'art de produire des sons, des sons aux quintuples sens, des sons aux sens tant plus profonds que le sens unique des mots.

La plume fait le tour de ton sein puis descend le long de ton ventre. J'écris nombril autour de ton nombril. Et je descends encore.

J'hésite au-dessus de ton sexe et je sens que tu t'inquiètes. Et je remonte pour préserver ton inquiétude.

Quitte à me perdre dans tes reins. Mais brusquement me voilà encore là. Ou là. Et là. Et là.

Je remonte le long de tes reins et je te retourne comme une crêpe.

(J'ouvre une parenthèse, que tu
sens peut-être, sur ton dos. Oui,
je sais que tu ne peux pas
lire, je sens que ça t'embête.
Mais ton corps est mon
cahier, et j'ai droit aux
recoins illisibles. Te voilà
sur le dos. Et j'écarte
doucement tes jambes. Et
je te regarde. Et mon
désir dans mon nœud fait
un nœud à faire rougir le
roi Gordias. Je poursuis
mon chemin. Les caresses de
la plume (chut!) égratignent tes
lèvres. Que ma langue soulage
ensuite, interminablement.)

Je te lèche et j'écris sur tes fesses d'albâtre, sur tes fesses immaculées,
la liste des sons que nous produisons :

Clapotis clapotis
clapotis cliquetis charivaris
puis mugissements rugissements
halètements tintements ululements
et brusquement : clameur barouf
vacarme boucan chahut
détonation fracas
ha !

Puis de nouveau plus calmement :

tintements

sifflements froissements

frôlements claquements clappements

crissements chuintements crépitements

bourdonnements gémissements gargouillements

gazouillements vagissements et vaginssements

et râlements roulements grésillements

et grincements et grognements et

grondements

ET HURLEMENTS

Et tant d'autres ments que nos corps symphoniques ont été interdits par les voisins après deux heures du matin.

Non. Là non. Là c'est bon, ça suffit. Là, il est vraiment temps que j'arrête. À rien ne sert d'entretenir encore l'illusion créée par ce parallélisme torride qui teinte d'une sensualité extrême et graphique mes propos. Il me faut revenir au début. Raconter dans l'ordre. Raconter dans une chronologie telle que rien ne soit oublié. Raconter par le menu. Avouer que le jeu de l'écriture ne fut inventé qu'à la fin du mois d'août, et que l'amour a commencé au début du mois d'avril. À partir d'ici donc, ô aimable ectoplasme lettré, ce que jusqu'à présent tu as lu entre les lignes, pour ton bonheur et pour ton malheur, je te le donnerai à lire au-dessus. Car ces textes proprement érotiques (et encore plus qu'érotiques, aphrodisiaques), ces textes écrits un peu partout (sur le cahier, sur les draps, sur le corps) mais seulement lorsque nous faisions l'amour, ne forment qu'une partie infime du corpus, si j'ose dire, de textes qui lui furent adressés. Et il me faut tout te donner. Ceci est l'Exil Perpétuel, ceci est le Grand Déménagement, ceci est la Métaphore Infinie. Il faut que chaque texte change d'adresse. Ainsi, ces écrits parallèles, simplement excitants prendront – comme tous les autres textes du premier amour : ceux de l'attente, ceux de la distance et de l'abandon –, un tout autre sens.

J'ai aimé Φilippine pendant l'année la plus longue et mil et un textes lui furent destinés. Maintenant que nous nous sommes rencontrés, maintenant que je ne peux plus te cacher que tout ceci est réellement arrivé – que j'avais dix-sept ans, qu'elle avait dix-sept ans, que je l'aimais, que, parfois, elle aussi elle m'aimait – j'essaierai d'introduire chaque mot dans l'ordre. Dans l'ordre désordonné de mes souvenirs épars. On ne commence jamais que par le milieu. Ou alors ne commence-t-on jamais que par la répétition infinie de l'impossibilité d'un début. Car un milieu suppose déjà une fin et l'écrit est toujours infini, – ou du moins il n'existe que tant qu'il s'imagine inachevé. Mais bon, disons, arbitrairement comme tout ce que nous écrivons, que le milieu, nous y voici peut-être enfin. Fassent les cieux que mes mots présents soient à la hauteur de mon amour passé !

Peu après l'arrivée de Daniel, je te vis. Je pourrais dire le jour et l'heure et la minute et la seconde, mais cela n'a guère d'importance : ta découverte ne s'inscrit pas dans le temps. L'instant fut vertical, acatène, et nous ne l'avons pas quitté : il dure encore aujourd'hui quelque part, dans un monde parallèle que nous n'atteindrons ni dont nous ne nous échapperons plus jamais. Je dirai seulement que l'instant vertical eut lieu au mois de mars, le jour du café partagé à la Gentilhommière avec notre professeur d'italien. Ta découverte fut si bouleversante qu'après ce café, bien que je ne lui parlasse pas, Daniel savait déjà que je t'aimais. Le soir de ce jour colossal, nous sommes allés, en scolaire sortie, au théâtre de la Cité Universitaire. Dans la mémoire, c'est ce soir-là que tout commence. Rien ne demeure d'avant la fin de la pièce. À la sortie du théâtre, nous étions six ou sept. Toi et moi, Daniel, Christine, Béatrice, Catherine. Peut-être Anne et Isabelle aussi. Lorsque nous avons traversé le boulevard Jourdan, j'ai remarqué qu'à un certain endroit la clôture en treillis du parc Montsouris était affaissée, comme si une voiture l'eût percutée. Pendant quatre longues années, chaque jour, au retour du lycée Rodin, le 21 m'avait déposé devant le parc ; et chaque semaine, le samedi ou le dimanche, j'étais allé me perdre dans ses méandres familiers. Pendant quatre longues années, mes pas avaient déchiffré ses allées capricieuses ; et j'étais persuadé que le parc n'avait plus rien à m'offrir, plus rien à me cacher. Mais ce soir-là, comme si le jardin fût devenu *ce lieu très enfoui d'âme et de sexe*, quelque chose dansait. L'envie était furieuse : je voulais ta peau de pêche, je voulais te mordre, férocement te mordre, et me promener comme un chien fou avec un lambeau de ton intimité dans ma gueule baveuse et reconnaissante ; je voulais ton regard sombre, je voulais que mes yeux soient tes yeux, rien qu'un instant, pour oublier que je pouvais te voir ; je voulais ton sourire fin, timide, étranger ; je voulais ton ventre léger, je voulais la pulpe de tes cuisses que je sentais déjà à portée de mes dents, que je savais déjà ne pouvoir convenir à nulles autres lèvres. La nuit était douce et je voulais faire l'amour avec toi. Et mon regard en un instant te dit tout cela. C'était la première fois que je sentais mon désir devenir adulte. Il n'était chargé d'aucun souci adolescent, d'aucune hésitation, d'aucune inquiétude. C'était un désir simple, un désir qui, pour impur qu'il fût, était enfin un pur désir. Bien sûr, avant ce jour-là, j'avais mille fois éprouvé du désir pour des femmes qui n'étaient pas mon genre. Mais le désir jusqu'alors n'arrivait jamais à se défaire tout à fait de ses lourdes chaînes de brutalité, de misogynie, – et de culpabilité. Jusqu'à ce jour entier, lorsque je désirais une femme brusquement, c'est-à-dire lorsque le désir n'était ni le résultat d'un amour préalable ni le début d'un amour possible, il m'était invivable et je préférais ne jamais l'assouvir : je me contentais, comme tant d'adolescents, de séparer sagement les fantasmes de la réalité, la chair de la pensée, le sexe de l'amour. Dans la rue, dans les cafés, dans les trains, dans les ferries perdus sur la mer d'Égée, dès que je prenais conscience du désir que j'éprouvais pour une femme que je savais que je ne pourrais pas aimer, à l'instant même où mon esprit s'apercevait que ce n'était pas lui qui désirait un autre esprit mais tout simplement mon corps qui désirait un autre corps, le désir était rangé dans une case réservée à l'improbable. Et toutes ces femmes qui étaient soit trop vieilles – c'est-à-dire, à l'époque, âgées de plus de vingt-cinq ans –, soit trop laides, soit trop bêtes pour que je les aimasse, il me convenait alors de les désirer ainsi, *à distance*. Ce soir-là, tout à coup, quelque chose avait changé. Bien sûr, Φilippine n'était ni vieille ni laide, et ce que jusqu'à ce soir-là j'avais peut-être pris pour de la bêtise, je commençais à le percevoir comme une fascinante différence. Mais qu'est-ce qu'une femme qui n'est pas notre genre ? « *Sembler fou, dit l'Océan à Prométhée, est le secret du sage.* » Pas plus qu'entre raison et folie, l'amour n'admet de différence entre génie et idiotie; et lorsqu'on aime une femme on ne peut la juger grâce à ces risibles paramètres que nous offre la pensée. *Est-elle brune, blonde ou rousse? Je l'ignore.* Ce qui me fascinait dans sa différence n'avait pas plus de nom alors qu'à présent. Dans ce qu'elle m'a laissé en me quittant, dans ses particularités que j'ai emportées avec moi car je ne les ai pas comprises, dans ses singularités qui ont failli me rendre fou, ou qui n'ont pas failli à me rendre fou, dans toutes ces choses inoffensives au moment où elles arrivaient et qui, après qu'elle me quitte, sont devenues essentielles, constitutives de ce Santiago désespéré né de son abandon, dans toutes ces choses infimes et infinies à la fois dont je vous parlerai plus tard (l'eau de rose sur ses lèvres, le rire dans son cou, quelques chansons italiennes, le goût du miel sur une tartine beurrée), il y a la trace de cela, la marque d'un anonymat, d'une onomaphobie qui montre à quel point l'amour lorsqu'il est grand quitte la sphère restreinte où le langage tient en vain à distance l'affable de l'ineffable, la pensée de la rêverie, la philosophie de la poésie.

Nous n'avons pas franchi la clôture affaissée. Ce soir-là, après le théâtre, bien que tout fût enfin clair, que mon regard coi eût dit à tes yeux d'amande que le choix avait été fait, et que c'était toi que j'avais choisie, chacun rentra chez soi sans qu'il ne se passe rien de l'immensité qui eût pu avoir lieu. Le désir est demeuré désir. Et depuis ce jour, le désir ne s'est jamais apaisé.

Le lendemain matin, pour la première fois de l'année, alors que Mme Malaurein nous faisait partager sa douleur constitutive en massacrant sa langue préférée, je proposai à quelques filles de la classe de nous voir le soir. Béa simplement, Christine frénétiquement, Catherine douloureusement et toi timide et amoureusement, vous acceptâtes. L'après-midi, lorsque j'informai Daniel de notre rendez-vous nocturne, il ne put en croire ses oreilles. Et le soir, voyant les quatre filles nous rejoindre rue Monsieur-le-Prince, il ne put en croire ses yeux, de même que quelques minutes plus tard, chez Tsiao Huei, le restaurant chinois que Béa avait choisi, goûtant pour la première fois de sa vie la nourriture asiatique, il ne put en croire sa bouche ni son nez. Après dîner, j'invitai tout le monde dans la chambre de la rue du Sommerard. Seule Catherine, plus intelligente et plus masochiste, dans un geste sacrificiel, déclina l'invitation. Il m'était soudain indispensable que tu connusses ma minuscule demeure. C'était ma seule terre. Mon bureau, mes livres, quelques rares tableaux – le *Petit Homme* de Solari qui m'accompagne depuis ma naissance, l'*Esclave* de Goya que mon père venait de m'offrir et dont je parlerai longuement quelque jour prochain, la mystérieuse *Hélène* – étaient ce que j'avais de plus précieux à offrir à qui m'était étranger. Sur le chemin, après avoir descendu les escaliers de la rue Jean-de-Beauvais et vous avoir signalé, au fond de l'étroite impasse qui longe l'église sur son flanc gauche, les fenêtres du palier de la chambre, je fis mon premier caprice : il était hors de question de monter sans avoir auparavant acheté quelques mangues. Le goût de mangue – que je ne connaissais pourtant que depuis un ou deux mois car non seulement je n'en avais jamais mangé en Argentine ni en Uruguay mais elles étaient, à Paris, à l'époque, presque introuvables – était une région importante de mon territoire. Je me l'étais approprié comme s'il me fût familier depuis ma naissance et plus, avec la même facilité avec laquelle je m'étais approprié Patmos, avec la même facilité avec laquelle, à peine quelque temps plus tard, je m'approprierais Rome, l'île Saint-Louis, et, plus tard encore, la douloureuse rue Saint-Bernard. Est-ce l'amour ou l'exil qui ce soir-là davantage me rendaient intolérable que tu pusses soupçonner que je n'avais pas de terre ? Est-ce l'amour ou l'exil qui me contraignent encore aujourd'hui à ne pouvoir vivre qu'en partageant ce que j'aime ? Avant de te connaître, je souffrais constamment de n'avoir personne avec qui partager le monde. Après, l'une des douleurs les plus aiguës des cinq années que dura la première défaite fut celle de sentir, à chaque fois que je voyais un tableau que j'aimais, à chaque fois que je lisais un poème qui me plaisait, à chaque fois que je goûtais un fruit mûr et frais, à chaque fois qu'une odeur attirait mon regard aveugle, à chaque fois que le vent et le sable et les vagues caressaient ma peau, que tout ce qui était beau, que tout ce qui était bon, que tout ce qui était vrai, était inutile sans toi à mes côtés.

Oui, c'est dur de l'admettre, mais après toi comme avant toi – c'est-à-dire comme si tout ce que nous vécûmes ensemble eût été inutile –, j'ai été un triste crapaud graphomane éternellement avide de trouver de nouvelles raisons de souffrir. Avant toi, comme après toi, j'ai cru que l'écriture, qui me tenait éloigné du monde, était la seule modalité de vie que le silence m'accordait. Avant toi, comme après toi, je n'ai attendu qu'une chose : la souffrance exemplaire, qui devait finalement prendre la forme de ce *Dernier Texte*, qui me ferait dédaigner toutes les autres douleurs. Avant toi, comme après toi, j'ai été pratiquement le même. Et pendant ton amour, *malgré le bonheur*, j'ai vécu dans la crainte de n'être pas moi-même.

Non. Encore une fois, non. Encore une fois, je m'égare dans le passé et l'avenir. Revenons au début, revenons au milieu.

Avant de monter, nous achetâmes donc des mangues. Quoique les trois épiceries vietnamiennes de la place Maubert fussent fermées, je convainquis sans peine, mais payai à prix d'or, le patron de Chieng Mai, un restaurant thaïlandais situé à l'angle de la rue Frédéric-Sauton et de la rue des Trois-Portes que je ne devais cesser de fréquenter, avec Φilippine, puis seul, puis encore, pendant des années. Puis nous grimpâmes le sombre escalier et nous entrâmes dans mon petit univers où nous nous entassâmes. Brusquement pris d'un excès de paroles, comme si parler me fût naturel, je parodiai Alan Bates pour expliquer à Φilippine, à Béatrice, à Christine et à Daniel comment se mange une mangue.

– Ce n'est pas par hasard que manger vient de mangue dont la racine amérindienne *mad* signifie tout à la fois enivrer et mouiller. D'ailleurs, ce fruit *au sexe indé-*

81

cis, ce fruit qui mélangé à de la valériane forme un baume qui conduit la femme à se jeter aux pieds de l'homme qui l'en enduit, constitue pour certains peuples l'Unique Aliment.

« Nourriture, mon plat préféré ! » s'exclamait parfois le satiable Pepe Itzigsohn avant de se livrer sur quelque autre fruit au rituel barbare. Car l'essentiel, pour la mangue comme pour chaque fruit, est d'oublier qu'il est destiné à la bouche. Il faut que l'envie, au-delà du palais et de la langue, contamine les lèvres et les joues. Pour certains, ce n'est que lorsque le désir d'avaler à atteint les yeux – lorsque ceux-ci, gagnés par une voracité aveugle, ne voient plus, mais savourent déjà – que l'on doit se laisser aller au geste sauvage et s'emplâtrer la face entière dans la petite moitié du fruit simplement coupé en deux. L'autre moitié, qui contient le noyau oblong comme un os de seiche, ne se dégustant, plus proprement, que lorsque l'envie furieuse est passée.

Nous mangeâmes les mangues. Mais pour nous, rien ne pouvait passer. Il était très tard, et pour te garder auprès de moi, ne sachant que faire de cette foule qui nous entourait, je vous proposai à tous de partager mon unique matelas. Nous nous sommes couchés tous les cinq de travers. Daniel s'est débrouillé pour se caler entre Béa et Christine ; j'étais sur le bord et tu étais à côté de moi. Et tu me tournais le dos. Il était peut-être quatre heures, cinq heures du matin. Et je n'arrivais pas à dormir. Peut-être aucun de nous, chacun pour des raisons diverses et semblables, ne parvenait à trouver le sommeil. Tu portais un débardeur rayé en coton léger. J'entendais ton souffle chaud. Je respirais l'odeur de mangue qui était restée prisonnière de tes lèvres. Et je regardais fixement, sans faire aucun bruit ni le moindre mouvement, ton épaule nue. Je ne pouvais détacher mes yeux *de ta chair de magnolia*.

L'aimant de ta peau a attiré ma bouche.

Ce fut le premier jour.

Je ne t'avais encore jamais touchée. Et mes lèvres cette nuit-là, cette nuit partagée, cette nuit envahie par la foule indésirable d'amis, cette nuit où la solitude nous était impossible et où nous ne fûmes jamais plus seuls, – cette nuit-là, mes lèvres t'ont à peine effleurée. Tu n'as pas bougé. Et parce que tu n'as pas bougé, parce que ton dos n'a même pas frémi comme il l'eût fait si tu avais été endormie, j'ai compris que tu comprenais que ce baiser précieux et fragile, il te fallait le garder un long moment, sans que se brisât sa douceur, *sans que se répandît et s'évaporât sa vertu volatile*; – parce que tu n'as pas bougé, j'ai su que tu ne dormais pas et que tu acceptais mon baiser.

Oui, je sais. C'est facile de dire ça aujourd'hui. Ce baiser, tu m'en as tant parlé. Dès le lendemain, lorsque tu revins dans la chambre déserte, dans la chambre où je demeurais seul car tout le monde s'était réveillé et était parti en silence, lorsque tu arrivas les mains chargées de pétales de rose et que tu me les offris comme une pluie légère de printemps avant de m'offrir tout le reste, avant de m'offrir l'orage enragé de ton corps et le temps et le monde, le lendemain, sans un mot, tu m'avouas que non seulement tu avais senti le minuscule baiser nocturne mais que tu avais également compris – mieux que moi – sa promesse et son exhortation.

Nous étions le 1er avril et nous avons fait l'amour toute la journée. J'étais obnubilé par la douceur *tirante* de ta peau. L'année dernière de lycée s'achevait et je t'avais choisie et je ne pouvais comprendre, en sentant la douceur élastique de ta peau, comment je ne t'avais pas choisie plus tôt, comment mes mains n'avaient pas tenté de te toucher dès la première heure de cours, comment mes yeux avaient omis de te voir pendant que nos oreilles assistaient au massacre de Shakespeare par Mme Malaurein, comment mes lèvres n'avaient pas cherché tes chevilles parmi les innombrables pieds vert-de-gris des trente-cinq chaises en métal de la salle de classe pendant que Mlle L. interprétait sagement nos rêves les plus insensés, comment ma langue ne t'avait pas trouvée, ne t'avait pas comblée, là, immédiatement, sous quatorze regards jaloux et désespérés.

> *Mon désir*
> *te cherche,*
>
> *mais c'est Toi*
> *qui me trouves.*

Il me semblait urgent de rattraper ces sept mois de retard. L'après-midi du 1er avril de l'année 1980 s'étira donc longuement et dura, fait rare, presque toute l'après-midi.

Le chat ronronne tant bien que mal. Il entretient le va-et-vient trouble de la mémoire. Je pense à cet après-midi. Il y a un moment où je voulais dormir, non ? Je t'ai demandé une heure. Ou une demi-heure. Je ne sais plus. Et tu m'as laissé dormir. Peut-être tu m'as regardé. Peut-être tu m'as caressé. Plus tard, je sais, je m'en souviens, tu m'as réveillé. Et tu m'as regardé. Et tu m'as caressé. Et puis tu m'as réveillé. Mais peut-être c'était avant. Multiples images éparpillées. Tu m'as massé les pieds. Je dormais encore. Et je ne dormais pas. Tu m'as massé les mains. Et puis tu m'as réveillé. Et on a fait l'amour. Mais peut-être c'était avant. Tu m'as massé les pieds. Je dormais encore. Et je ne dormais pas. Tu m'as massé les mains. Et peut-être plus. Ça je le sais : je ne l'ai pas oublié. La bougie était allumée, non ? Et puis je t'ai demandé de venir sur moi. Et tu m'as regardé. Et nous avons fait l'amour. Ou peut-être pas. Peut-être c'était avant. Après, après je ne sais pas. Tu m'as caressé, tu m'as regardé, j'ai dormi, tu m'as massé les pieds, et nous avons fait l'amour. Je ne sais plus. J'ai dormi, tu m'as regardé, tu m'as massé les mains, je t'ai embrassée, tu

85

m'as caressé, je t'ai demandé, et nous avons
fait l'amour. Et tu m'as regardé, et tu m'as
caressé, et je me suis endormi. Ou peut-être
pas. Parce qu'après, je t'ai réveillée, et je t'ai
caressée, et je t'ai massé les pieds, et je t'ai
embrassée. Et nous avons fait l'amour. Ou
peut-être plus. Parce qu'après, tu m'as massé
les mains. Ça je le sais : je l'ai oublié. Parce
qu'après, ou peut-être avant, tu m'as
embrassé, tu m'as caressé, tu m'as massé les
pieds, et tu m'as réveillé. Et on a fait l'amour.
Ou peut-être plus. Parce qu'avant et après
nous nous sommes regardés, nous nous sommes
caressés, nous nous sommes massé les pieds,
nous nous sommes embrassés et nous avons fait
l'amour. Et peut-être plus. Ça tu le sais parce
qu'après…

Ce texte inoffensif, écrit le soir du 1er avril,
s'étire ainsi en variations minimes sur une cinquantaine de pages. Si on le lit calmement, la lecture dure
aussi longtemps que dura la sardanapalesque après-
midi. Bien que le relire provoque en moi un profond
plaisir, pour ne pas épuiser la toute-puissante lueur
de vos regards dont j'ai encore tant besoin, je vous
en épargne, ô hypothétiques lecteurs, les quarante-
neuf pages suivantes. Le relisant, j'ai constaté que
pour la première fois sous ma plume s'y agréent, s'y
coagulent, s'y coalisent, ces trois termes que vos
yeux sagaces ont déjà sûrement surpris sous ma

plume salace : Multiples Images Éparpillées. Il me plaît particulièrement de sentir, dans cette association dont le sens jusqu'à présent échappait à ma raison, dans cette association qui est devenue l'une des *formes* de ma mémoire déchaînée, désormais et à jamais, une touche sensuelle, presque érotique. Il s'agit là d'une façon de mémoire, née à l'écrit lors de cette après-midi, tiède et froide et brûlante tour à tour, où, bien plus que mes mots maladroits ne le laissent entendre, je découvris le lien possible entre le sexe et l'amour.

Comment écrire sur cette après-midi de fête et d'émoi ? Il y a le temps du temps, large sillage semblable à celui d'un bateau qui s'étale et nous suit en s'élargissant de plus en plus jusqu'à s'effacer et disparaître dans les limbes obscurs de l'oubli, et le temps de l'espace – dont il s'agit ici de retrouver la trace –, temps qui s'ajoute aux temps, temps sans début ni fin qui ne peut s'inscrire dans la mémoire et qui forme pourtant une strate infime mais essentielle du millefeuille de la réalité. Quelle *épaissité* donner à ce temps-là ? Mon temps intime – *ce* temps intime de *cette* après-midi-là – n'a de particulier, comme tout temps intime, que d'être infiniment long et infiniment large, et d'ignorer la profondeur. Les mots ne travaillent qu'en creusant et en élevant. Ils nous forcent à nous référer dans tous les sens sauf à l'horizontal. D'un mot, nous faisons partir mille flèches, plus ou moins obliques, rarement verticales, afin de le rattacher à d'autres mots, toutes langues confondues.

Mais comment connaître un autre présent, comment redonner à cette après-midi – ou au texte qui le soir en rendit compte –, non pas l'éclat trompeur du lustre du souvenir, mais la radieuse magnificence de sa sincérité ? Moi, ce moi perdu ici sur le papier, ce moi que je ne dirai jamais assez épais, mais dont la densité, comme celle du millefeuille, n'est due qu'à la somme de ses modalités les plus plates, les plus ratatinées, ce moi épais mais effrité, et désopilé, ce moi qui n'est pas moi et qui s'efforce inutilement de retrouver ces autres moi, multiples macaques qui surpeuplent, tels des oracles et des maximes, le grand arbre du langage, ce moi critique, à point, instable comme un steak, est le premier à savoir qu'aucune de ces mille flèches n'atteindra son but jamais. Mais, comme on dit, *the show must go on.*

rue du Sommeil Rare,
quelques heures plus tard

Φilippine Φilippine Φ.I.L.I.P.P.I.N.E.

Ton nom n'a pas de nom. Je dis que ton
nom n'a pas de nom et je l'exclus de toute cir-
culation. Personne ne peut nommer son innom-
mabilité. La pensée doit rendre justice à la sin-
gularité du nom. Elle doit le taire, le mordre,
l'avaler. Comme une langue.

Φ.I.L.I.P.P.I.N.E.

Je dis, et je goûte chacune de tes lettres.
Φ et l'eau me vient à la bouche. I et je me lèche
les babines, et j'estropie un anchois. L, ah L !
dont je fais mes choux gras, L mon péché
mignon. I, encore I ! I meilleur que manger avec
les doigts. P, P mon cochon d'Ingres, P mon vio-
lon-dinde. I, non ! I. Ou-I ! I que je me fourre
dans le cornet, que je me colle dans le tube, que
je m'enfourne dans le Grand Gouffre, I que je
m'en charpente le bourrichon, I que je m'en
cotonne le moule du pourpoint, I que je m'en
chamaille les dents, que je m'en déchire la
cartouche, que je m'en remplis le battant, que
je m'en garnis le bocal, que je m'en caresse
l'angoulême, que je m'en cale les joues, que je
m'en fous plein la lampe, que je m'en ding-dong
la cloche, que je m'en fais crever la panse, que je
m'en explose le péritoine, que je m'en fais péter
la batterie, le piston et tous les cylindres ! I. Ah
I ! Trois fois I ! Et N. N à qui je fais honneur. Et
E. E que je contemple de loin, que j'admire du
bout des lèvres. E que je garde pour demain.

E que je conserve précieusement afin de
goûter encore ton goût de sel, de poivre et de
miel.

Comme vous l'avez j'espère deviné, les écrits parallèles que je vous propose désormais que l'histoire est commencée ne sont plus ceux anachroniques tracés sous son regard au cours de nos ébats. Ce sont des écrits écrits normalement – lorsque je l'attendais, lorsqu'elle me manquait – et que je vous livre ainsi, dans la pure chronologie de mon amour, pour éclairer par à-coups des lueurs du passé la pénombre du présent.

Le lendemain au lycée, qu'est-ce qui avait changé ? J'ai assez insisté, dans quelque autre partie de cet interminable feuilleton, sur mon impossibilité à choisir. J'ai assez commenté comment, pendant mes quatre longues années au lycée Rodin, mon amour pour une fille ne s'était déployé que dans une sphère située assez loin de la réalité de mon désir pour que jamais je n'offusque la possibilité d'aimer une autre fille, – ce qui me permit, entre l'âge de treize et dix-sept ans, de n'en connaître finalement aucune. En cette année absolue où le dilemme était réduit à sa plus simple énonciation (il n'y avait que moi et trente-trois filles), en cette année totale, je venais de choisir, – c'est-à-dire de refuser trente-deux amours possibles. Tout au long de l'année, il m'avait fallu préserver la possibilité qu'elles m'aimassent toutes, la possibilité de les toutes aimer. Et là, brutalement, je les avais toutes rejetées. Comment se fit l'annonce ? Je n'ai nul souvenir d'avoir pris place sur l'estrade et d'avoir figuré sur le tableau noir l'inévitable équation de mon désir qui m'avait contraint à les toutes refuser et à t'uniquement garder. J'eusse pu. J'eusse pu demander une minute de silence en cours d'italien et expliquer que tu étais mon asile, que tu étais mon hospice, que tu étais mon hôpital, ma charité, ma mesure et ma démesure. J'eusse pu prendre la parole en cours d'anglais et, faisant enfin taire Mme Malaurein, rendant le repos à des milliards d'anglophiles, j'eusse pu annoncer à la classe entière que mes maux de rein à moi tu les soulageais de tes mots de reine. J'eusse pu exposer en cours d'histoire et géographie que tu étais le futur de mon passé, que tu étais la carte de mon monde, que tu étais le pays de mon choix. J'eusse pu prouver par a + b, allant pour la première fois en cours de mathématiques, que tu étais la somme de mes désirs, la multiplication de mes plaisirs, la soustraction de toutes mes craintes. Égaré en quelque antinomie, j'eusse pu, par la plus pure des raisons, déduire de l'hypothèse de ton amour et de l'antithèse du mien la sublime synthèse du nôtre. Mais je n'en fis rien. Pour bavard que je me sentisse, quelles que fussent les ailes que ton corps entier donnait à ma langue, je me tournai définitivement vers toi et plus que jamais vers le papier. Et je commençai de t'écrire.

au lycée, assis loin de toi

Je regarde ton regard. Saint Oui qui me dit toujours non. Je t'aime et te déteste. Avant et après. Je t'aime lorsque tu me regardes. Je te déteste lorsque tu ne me regardes plus. Puis je t'aime lorsque tu ne me regardes pas et je te déteste lorsque tu me regardes de nouveau. Puis je t'aime de nouveau, que tu me regardes ou non.

Pour ton regard?

Pour ton regard, je pourrais manger un arbre épineux, un pavé irrégulier d'une rue mal famée, une douzaine de téléphones avec leurs fils en tire-bouchon entortillés.

Pour ton regard je pourrais te mordre le coude méchamment, je pourrais te pénétrer en colère, je pourrais te maltraiter éphémère.

Pour ton regard je pourrais t'oublier. Je pourrais oublier que tu es inoubliable. Je pourrais oublier que j'ai oublié que tu étais inoubliable.

Pour ton regard je pourrais pas.

Pour ton regard je pourrais.

Pour ton regard je.

Pour ton regard.

Pour ton.

Pour.

Voilà.

Pour ton regard pour.

Pour ton regard je pourrais pouvoir.

Pour ton regard ça repart.

Pour ton regard?

Putain, pour ton regard...

Pour ton regard, je pourrais dire : Putain.

Deux fois.

Pour ton regard qui me fait mal soir après soir.

Pour ton regard qui creuse mes yeux comme une écrevisse enfermée sous mes paupières closes.

Pour ton regard qui me perfore le crâne, qui me perturbe le cerveau, qui me mange le coco.

Pour ton regard.

Pour ton.

Pour

*   * *
*
            *

*au lycée, assis loin de toi,
une heure plus tard*

Je ne te supporte pas. Je ne te supporte pas. Je ne te supporte pas. Comment supporter ce regard qui me viole en plein cours d'histoire et géographie ? Comment supporter ce regard qui en un instant m'atteint comme s'il n'y avait plus de temps ? Pas un geste, pas un mot, pas une image, pas une odeur, pas un goût ne lui échappent.

Mais le voilà qui s'en va. – Qu'est-ce que j'ai dit Leroy-Beaulieu ? Tu as détourné les yeux. Tu as répondu à la question : – Quatorze pour cent, monsieur.

De quoi ? À part le prof, habitué à parler tout seul, personne ne sait. Quatorze pour cent, monsieur. Dit lentement. Qua-torze-pour-cent-

mon-sieur. Trois secondes, peut-être quatre. Et te voilà, là-bas, à l'autre bout de la salle, revenue vers moi. Mais ton regard n'est plus le même. Heureusement.

Heureusement, ton regard change tout le temps. Ce regard – ce regard aussi sensuel qu'une nuit d'orage, qu'une sieste torride, ce regard aussi sensuel que faire l'amour pendant des heures – n'est pas toujours là : il ne pourrait pas être toujours. Il ne pourrait pas plus être toujours qu'être jamais. Il est. C'est tout. Et lorsqu'il est (mais comment ne pas dire « lorsque », comment avoir pour lui ce minimum de respect qui serait de ne pas le placer dans le temps, c'est-à-dire de ne pas l'écrire, c'est-à-dire de ne pas le penser) plus rien ne peut être. Lorsqu'il est, plus rien ne peut être, ni avoir été, ni advenir.

Ton regard est le Grand Aspirateur. Le Grand Aspirateur où le souffle de tous les vents va et vient. Ton regard – ce regard – est tout. Et tout petit. Il est tout en un presque rien.

La magie du regard dans l'expérience amoureuse, sa bouleversante instantanéité – abîme qui s'ouvre et se referme –, est un phénomène purement cognitif, se produisant toutefois au seuil de ce qui n'est plus représentation.

Je regarde ton regard et tout m'appartient.

Big-Bang.

Comment le supporter?

Parfois, quand tu me regardes comme ça, même en cours d'histoire-géo, j'ai envie d'aller chercher mon cœur avec mes doigts.

Parfois, quand tu me regardes comme ça, j'ai envie de m'arracher le cœur et de le jeter loin de moi.

Loin de nous.

Pour pouvoir t'aimer en paix.

Encore un peu.

Tout au long des deux derniers mois de lycée, la regardant en cours, j'écrivais automatiquement pendant l'heure entière. Le but était seulement d'accompagner son regard et mon silence en faisant taire tout ce qui se passait autour : le vent qui faisait bruire les feuilles des platanes dans la cour, les oiseaux qui annonçaient l'été, la voix monotone de Jean Lévy ou de Mme Malaurein, la vigilance jalouse et murmurante des trente-deux autres filles de la classe. Alors, le monde existait à peine. Il n'y avait que toi, et moi, et notre désir trempé d'encre et de lumière.

Ces textes écrits sur le mode du *vorrei e non vorrei*, ces quelques centaines de textes écrits au rythme de deux ou trois par heure de cours, ces quelques centaines de textes écrits alors que j'avais enfin pris goût – après l'avoir détesté pendant toute ma scolarité – au fait même d'aller en cours, je les rassemblai en recueil en l'une des innombrables nuits insomnieuses des cinq interminables années de la première défaite et je les nommai : « Petites hystéries masculines ». Les deux que j'ai imposées à votre attention sont : « Petite hystérie masculine n⁰ 11 » et « Petite hystérie masculine n⁰ 13 ». De même que ces deux-ci sont consacrées à son regard, d'autres sont consacrées à ses pieds (Petites hystéries masculines n⁰ˢ 17, 18, 41, 42 et 137), à ses seins (Petites hystéries masculines n⁰ˢ 10, 12, 14, 16, 128, 231, 287, 331, 332 et 425), à ses coudes (Petites hystéries masculines n⁰ˢ 37 et 296), à ses chevilles (Petites hystéries masculines n⁰ˢ 123, 201, 213 et 337), à ses cheveux (Petites hystéries masculines n⁰ˢ 57 et 397), à son nez (Petites hystéries masculines n⁰ˢ 132, 147 et 350), à son odeur (Petites hystéries masculines n⁰ˢ 15, 28, 275, 418 et 419), à sa nuque (Petites hystéries masculines n⁰ˢ 25, 38, 59, 80, 91, 222 et 386), à son sourire (Petites hystéries masculines n⁰ˢ 74, 82, 215, 223 et 399), à sa douceur (Petites hystéries masculines n⁰ˢ 36, 212, 263 et 265), à ses lèvres (Petites hystéries masculines n⁰ˢ 69, 100, 101, 103, 107, 109, 162, 163, 167, 169, 209, 234, 248, 254, 269, 275, 289, 333, 369, 390, 392, 403, 404, 405, 408, 411, 413, 415 et 422), ou à sa peau (Petites hystéries masculines n⁰ˢ 1, 2, 3, 4, 5, 23, 37, 238, 350, 401 et 402).

Je ne sais pas pourquoi j'ai choisi, parmi la masse informe, presque infinie, que forme ce corpus dans le corpus, de retranscrire ici ces deux Petites hystéries consacrées à son regard. Comme l'attestent les Petites hystéries masculines n⁰ˢ 1, 2, 3, 4 et 5, pendant les premiers jours de notre amour, j'étais absolument fasciné par sa peau. Je voulais la découvrir le plus doucement possible. Je ne voulais pas perdre une seconde du plaisir que l'exploration de cet univers purement physique qui était elle sans être *à elle* me promettait. Dans cette reconnaissance de la surface de sa peau, dans cette expédition intergalactique sur l'étendue la plus suave et la plus impénétrable, je souhaitais aller de la plus douce des façons : je voulais rester en suspens, retarder le règne sensuel ; je voulais presque retourner en arrière de cette après-midi du 1er avril où nos corps avaient dévoilé trop de leurs mystères. Comme l'araignée mâle préparant la femelle à l'accouplement par la simple vibration de la toile, je rêvais de pure distance. D'ailleurs, dès la fin des cours le 2 avril 1980, retournant dans ma minuscule chambre rue du Sommerard, une idée saugrenue me traversa l'esprit : par mes caresses, je proposai à Φilippine que nos caresses se limitassent aux parties mortes de nos corps. Ce fut débauche de coups de dents contre dents, d'éraflures d'ongles contre ongles, de frôlements de cheveux contre cheveux, d'effleurements de cils – de baisers de papillons. Ce fut, – pendant quelques minutes seulement. Puis nos corps qui quittaient à peine l'adolescence reprirent le dessus et commandèrent à nos sens d'oublier la lenteur désirée.

Petite hystérie masculine n° 37

Je n'arrive plus à dormir. Dès que je ferme les yeux, je te sens à mes côtés. Tu es là ou tu n'es pas là. Ça dépend des jours. Tu es là et tu n'es pas là. Tu es là où tu n'es pas là.

Je suis toujours seul.

J'imaginais, en acceptant de t'aimer, toi qui m'aimais déjà, que tout serait plus simple. Mais j'ai vite compris. Le soir, après la première fois où nous avons fait l'amour, j'ai parlé avec mon frère. Peu de mots, comme d'habitude. J'étais époustouflé (un mot sympathique, tu trouves pas? profondément sympathique, comme « sapristi » par exemple), j'étais époustouflé par ta peau. Nous avions fait l'amour et j'éprouvais le besoin obsédant de raconter comment était ta peau. Lisse et tirante, *si tu me permets de ne pas traduire ce mot, d'en faire un hispanisme – ou plutôt un gallicisme* en français. *Tirante : tendue et attirante à la fois. J'ai parlé et cette obsession ne m'a pas quitté. Ou plutôt : elle a glissé. Chaque fois que je te vois – c'est-à-dire chaque jour –, surgit un nouvel obstacle, une nouvelle épreuve insurmontable. Ton regard quand tu ris, ton regard qui rit parfois quand tu ne ris pas, tes lèvres en coussin, satinées, veloutées, ta langue, surtout après une glace partagée sur l'île Saint-Louis, tes seins éternellement reconnaissants lorsque la mienne les effleure, ton ventre qui se contracte insensiblement à chaque caresse de mes ongles, ton goût de poivre et de miel, et auquel chaque matin je peux ajouter un gusthème nouveau : supplémentaire.*

J'arrête. Un jour, je ferai la liste. La vraie liste. Depuis la découverte de ta peau, com-

ment, jour après jour je n'ai jamais cessé de ne pas supporter ta présence.

Aussi absurde que cela puisse vous sembler, je me souviens, le soir du premier jour, d'avoir passé un long moment debout, place Maubert, à tenter d'expliquer à Sebastián comment était la peau de Φilippine. Il écoutait mes rares mots avec la même bienveillance qu'il a toujours eue pour mon laconisme. Pour des raisons obscures, il m'était essentiel de le convaincre que je ne désirais rien de plus que connaître et posséder cette fine pellicule d'une incroyable douceur qui avait bouleversé ma vie. Sebastián était sceptique. Ce changement radical qui était survenu dans ma vie deux jours plus tôt n'était-il vraiment dû qu'à la texture d'un épiderme? Oui, mais quel épiderme!

dans la Pâtisserie viennoise,
à l'automne 1980

Tu t'appelles Φilippine. Que j'ai toujours écrit comme ça. Je m'appelle Santiago. Nous nous sommes connus au lycée. L'été est fini. Le lycée aussi. L'année commence. La vie se poursuit. Tu t'appelles Φilippine et je vis chez ta mère. Qui n'est jamais là. Je nous souviens seulement du premier soir. C'était il y a quatre mois. (Comment depuis tout est parti, comment tout s'est effacé, en si peu de temps, comment, je ne sais.) Le premier soir donc, il y a

99

quatre mois, j'avions décidé de dormir là, chez
toi, où nous étais. C'était normal : ta mère ne
rentrait pratiquement jamais. J'avions donc
décidé et tu nous étions dit : écris lui un mot.
Nous ai fait et ce mot s'est perdu. Il disait :
Dormir ou ne pas dormir chez vous, telle
est la question. Et dormir sans votre fille, il
n'en est pas question. *Et aussi Machiavel,*
que tu citais : Ne jamais laisser un bien certain pour un mal incertain. *C'était il y a*
quatre mois. Pourquoi te raconter tout ça ? Tu
as peut-être oublié moins que moi. Et pourtant,
tu vas, tu vis, de-ci, de-là. Que fais-je moi de
ton pas là ? J'écris encore. J'écris encore sans
corps. De mauvais jeux de maux. Ton besoin
est impatient. Ton sourire un manque qui
marque indélébilement. Deux. Deux débiles
ment. J'ai rien à faire sur cette feuille. De ce
cahier que tu m'as offert. Je profite à outrance
de la ponctuation. Tu me diras. Lisant tout ça.
Avant de m'aimer en corps.

Ce petit texte anodin écrit quelques mois plus
tard – et que je m'empresse donc de vous donner à lire
pour contredire aussitôt que possible ma décision de
ne vous livrer les anciens écrits que dans la chronologie de mon histoire – est la triste preuve que ma réso-
lution de ne connaître et posséder que la peau de
Φilippine fut trahie presque aussitôt : elle ne dura
guère plus de trois jours. Le quatrième jour, *oubliant*

*que la possession d'un peu plus de la femme que nous
aimons ne fait que nous rendre plus nécessaire ce que nous
ne possédons pas, et qui reste malgré tout, nos besoins nais-
sant de nos satisfactions, quelque chose d'irréductible*, je
brûlais d'aller chez elle. Sa peau me fascinait toujours,
mais elle devait désormais, afin que je le possédasse,
contenir son univers entier. Tout devait m'appartenir :
son passé, son présent, ses rêves et ses insomnies. Le
soir venu, je pénétrai donc l'immense appartement du
22, rue du Regard. Il y avait sept pièces : la chambre
de Φilippine qui donnait sur la cour minuscule, la
chambre de Térence, son petit frère, qui donnait sur la
rue, un dressing, bien plus grand que ma chambre rue
du Sommerard, où s'empilaient des centaines de
chaussures et de robes, la chambre de la mère,
immense, encore plus immense, un double salon et
une salle à manger. La mère de Φilippine était sortie.
Pourtant, j'ai dû insister. Φilippine avait eu des fian-
cés, le dernier avait même rencontré sa mère, mais
jamais aucun n'avait passé la nuit chez elle. Je n'ai pas
conservé le mot lui-même que nous avons écrit
ensemble et que nous avons déposé sur le lit de Françoise (aussi approprié que cela puisse paraître, ce gardien fantôme de notre amour que fut la mère de Φilippine s'appelait Françoise). Le lendemain matin, sans
attendre sa fureur ou sa compréhension, nous sommes
partis en cours.

Pourquoi ai-je eu besoin, à l'automne 1980, de
revenir en arrière par l'écrit pour me souvenir de cela ?
Je ne sais pas. Peut-être parce que, n'ayant plus la

même foi en notre amour, je devais le mettre à l'épreuve de la distance que me permettait de prendre l'écriture. Ou peut-être, plus simplement, et plus tristement, parce que ce Santiago irrémédiablement seul et désespéré que Marianne Un n'avait pas réussi à changer mais que j'avais cru tuer grâce à l'amour des filles du lycée Fénelon – puis grâce à la douceur de tes lèvres – n'était pas tout à fait mort.

Non. Une dernière fois, j'ose dire que non, que je me trompe, que pour interminable que vous semble cette interminable suite d'erreurs qui constitue malgré moi le début de la quatrième partie de mon *Dernier Texte*, décidément non, cet interminable début n'est que cela : une interminable suite d'erreurs. Pire : une interminable suite d'erreurs agrémentée d'incalculables anciens textes erronés. Alors non : dans l'ordre. Un, un, un, un, un. Ce n'est tout de même pas difficile de compter jusqu'à cinq.

Dans la semaine qui suivit le début de mon premier amour (dans la semaine plutôt, pour se placer du point de vue des mille cinq cents filles du lycée Fénelon, qui suivit la fin de mon supposé célibat), il y eut maint geste désespéré. Lorsqu'accompagné de Φilippine je quittais le bâtiment sombre de la rue de l'Éperon (ou lorsque nous abandonnions l'annexe de la rue Suger), un silence de mort recouvrait les trottoirs autrefois joyeux où les lycéennes traînaient après la fin des cours. Et, comme nous nous éloignions, quatorze regards de plomb escortaient nos pas légers. Mais peu m'importait alors l'ample et profonde désolation de ces filles esseulées : la seule profondeur qui m'intéressait était celle que je voyais lorsque je contemplais l'insondable dans ton regard châtain, et toute amplitude s'était réduite pour moi à celle, infinie, de la surface de ta peau.

Au crépuscule du jour d'un certain jour de cette deuxième semaine de mon premier amour, un temps d'une tout autre lenteur que celui de la première après-midi nous apparut derrière l'élan impétueux de nos corps impatients. Pour la première fois ce soir-là, après avoir fait l'amour furieusement (c'est-à-dire après avoir fait l'amour comme on fait l'amour le plus souvent, après avoir fait l'amour comme beaucoup de gens font seulement l'amour), après avoir tué notre désir par quelques minutes de vide et d'illusion, nous avons recommencé à faire l'amour et puis nous nous sommes arrêtés, sans raison, avant que le plaisir ne mît fin au plaisir. La nuit était tombée et nous avons décidé d'aller dîner chargés de ce désir insupportable – qui nous possédait encore plus que nous ne le possédions – et de ne finir de faire l'amour qu'après être rentrés de nouveau à la maison. Je ne me rappelle plus le nom ni le lieu où le restaurant était situé. Je me souviens simplement que c'était elle qui l'avait choisi et qu'elle connaissait la patronne et les serveurs. Nous étions assis dans une salle au sous-sol. Les mains perdues sous la table, évitant difficilement le regard choqué de deux vieilles femmes attablées face à nous qui, de leur côté, évitaient – sans en perdre une miette – nos caresses de plus en plus osées, de plus en plus explicites, nous avons tenu jusqu'après avoir passé la commande. Ensuite, nous avons couru jusqu'aux toilettes où nous nous sommes dévorés, où nous nous sommes pénétrés et où nous avons failli finir ce que nous avions commencé chez moi. Mais non. De nouveau, nous nous sommes arrêtés avant la petite mort. Nous avons mangé, nous avons quitté le restaurant, nous avons marché longuement sur les quais déserts. Et puis, n'y tenant plus, nous avons fini de faire l'amour dans la cour obscure d'un immeuble près de la gare d'Orsay. La tentative de maintenir notre désir jusqu'à notre retour rue du Sommerard sans l'assouvir mais sans qu'il faiblisse avait échoué. Mais ces quelques heures – peut-être seulement une heure ou deux – qu'avaient duré le trajet jusqu'au restaurant, la consultation du menu, la commande passée au serveur insupportablement bavard, le dîner et la marche nocturne, nous avaient appris (je parle ici en son nom mais j'ignore ce qu'elle savait déjà) que le plaisir était beaucoup plus complexe que ce que nous avions vécu jusqu'alors ne nous avait laissés supposer. L'amour et le sexe avaient été omniprésents pendant toute la soirée. Il y avait eu autant de sexe dans le choix des plats, dans la dégustation de la nourriture et du vin, dans le partage des pas nocturnes sur les quais déserts, qu'il y avait eu d'amour dans les caresses sous la table ou dans les ébats exaltés dans les toilettes du restaurant puis dans la cour sombre de l'immeuble du quai d'Orsay. L'amour et le sexe n'avaient pas seulement été omniprésents : ils avaient été indissociables. Notre relation, à partir de ce soir-là, fut à jamais chargée de ce double désir : que la jouissance fût à la hauteur de notre amour, que notre amour ne déçût jamais notre désir. Car en fait, ce que j'apprenais alors, comme je l'ai déjà dit, c'était le lien possible entre l'amour et la sexualité. Non plus ce lien hiérarchique qui m'avait contraint pendant toute mon adolescence à ne supporter l'idée d'avoir des relations sexuelles qu'avec des femmes que j'aimais – à subordonner le sexe à l'amour et à le rendre ainsi respectueux de l'être aimé au point que toute *métaphore érotique*, comme à n'importe quel analphabète, me semblait une perversion –, mais un lien réciproque, un *contact* où l'amour était possible à cause du désir et où le plaisir était décuplé par l'amour. Je n'avais pas changé. Ce que mon père m'avait appris – que l'amour des femmes pas plus que celui de l'art n'est inné, que l'on peut aimer plus et mieux lorsque l'on apprend à aimer –, ce que mon père m'avait appris et que parfois j'avais rendu responsable de mon impuissance à avoir des relations avec des filles que je n'aimais pas assez, ce savoir que parfois j'avais détesté savoir, ce savoir que j'avais maudit en voyant mes amis incultes « se taper » des filles que je désirais aussi, – ce savoir je le savais encore. Je n'étais pas brusquement devenu cet adolescent que, adolescent, j'avais voulu être. Comme ces hommes pour qui tout ce qui a une valeur fixe, comptable par d'autres, la fortune, le succès, les hautes situations, *ne compte pas*, je savais que mon sort avait toujours été et serait toujours celui de ne poursuivre que des fantômes, des créatures dont la réalité était pour une bonne part dans mon imagination. Jamais, avec Φilippine, je n'eus la sensation que le mépris – ce sentiment qui avilit autant celui qui l'éprouve que celui qui le provoque – me permettait, comme il l'eût fait à l'adolescent que parfois j'avais rêvé de devenir, de faire l'amour plus légèrement. Au contraire, tout devenait plus complexe, – et plus profond. Je ne devenais pas un autre adolescent : soudain, j'étais devenu adulte. Et mon amour, comme mon désir, l'était aussi devenu. Avec Φilippine, ce n'était pas une nouvelle démarcation que j'établissais pour séparer l'amour et le sexe : c'était tout simplement l'effacement de toute frontière. J'aimais et je désirais autant, et en même temps. Pour cela aujourd'hui, ô lecteur alphabète, te raconter chacun de nos excès ne peut jamais me sembler une dépravation : comme si ma relation avec toi fût aussi intime que celle que je tente, peut-être en vain, de traduire ici en mots, il ne peut pas plus y avoir de perversion entre mon écriture et ta lecture qu'entre Φilippine et moi. Car de même que les circonstances qui font que ce soit moi qui écrive et toi qui lises sont *fortuites* et que dans notre relation tout demeure possible ; de même, lorsque le sexe et l'amour ne sont pas assujettis l'un à l'autre mais échangent simplement leurs désirs et leurs craintes, tout devient, en même temps, contingent et évident. Nous faisions une confiance absolue à nos envies et nos corps se chargeaient naïvement de les satisfaire. Pourquoi douter de cela à présent ? Comme du rire, il ne sert à rien de douter des envies sensuelles : ce n'est guère la raison qui peut les comprendre, qui peut les juger. Nous avons fait l'amour partout, de mille manières différentes ; et c'est plus par paresse ou par désintérêt que je ne m'en tiendrai ici qu'à la narration de celles qui ont à voir avec l'écriture : soit qu'elles lui fussent directement liées, comme lorsque j'écrivais, convaincu que j'inventais une nouvelle forme de littérature érotique, *tout en faisant l'amour* ; soit qu'elles aient laissé quelque trace textuelle que je ne peux taire dans cet interminable monologue que je te somme depuis des années, ô grenouille d'eau bénite, de recueillir en tes esgourdes hospitalières.

rue du Sommeil Rare,
le lendemain matin

Tu viens de partir, et je n'arrive plus à dormir. Je voudrais passer une nuit glacée à tes côtés. Je pense, obsessionnellement, qu'on n'a jamais partagé une nuit d'hiver : jamais le froid n'a poussé nos corps à s'unir en deçà du désir.

Je rêve éveillé. Avant toi, peut-être parce que j'aimais des filles qui me ressemblaient, l'amour, l'insupportable de la présence de l'autre dans l'amour, cessait après l'avoir fait. Cessait un peu. Mais cessait au moins. Avec toi, avec ta stricte différence, avec ton extrême diversité, l'insupportabilité ne s'arrête jamais.

Dans un film, dans des livres de psychologie,
j'ai vu que c'était parfois le cas dans des rela-
tions passionnelles où le sexe est tout et, en
même temps, ne va jamais au bout du plaisir.
Les orgasmes ne calment pas le désir et le désir
demande la mort. Alors on tue, ou on se tue.
Pour moi, pour mon a-psychologie, rien de
semblable. Je t'aime. J'aime ton plaisir quand
je le vois de loin, y étant, à part ma bouche, à
part mes doigts, presque étranger. J'aime que tu
me caresses, que tu m'embrasses, que tu me
gobes, que tu m'avales. Avec, et sans retenue.
J'aime garder mon désir intact quand je sais
que je ne pourrai pas te voir pendant quelques
heures, ou quelques jours. C'est pour ça qu'à
partir d'aujourd'hui et pour toujours, je te
demande que chaque fois, après avoir fait
l'amour, nous recommencions. Juste un peu.
Juste le temps d'avoir encore envie. Le temps,
lorsque mon envie revient, que tu me rendes
fou, que tu me rendes fou pour qu'on se quitte
avec cette insupportabilité qui me fait t'aimer
autant en ton absence qu'en ta présence.

J'étais bouché, j'avais un rhinocéros au plafond,
une mouche dans la boîte aux lettres, je marchais à côté
de mon vélo, j'avais des petites chaussures dans la tête.
Bref, je yoyotais sérieusement de la touffe. Mais
qu'eussé-je pu faire d'autre ? Ses yeux d'acajou me rendaient fou, ses cheveux de soie me rendaient la foi,

j'étais obnubilé par ses lèvres de sève, par son sourire de raton laveur, par son dos insoupçonnable, par ses fesses d'Éphèse, par ses seins de saint, par son corps de… par son corps de… par son corps de corps, son corps de corps lourd comme un dessin de Goltzius. Sans parler de sa peau. Et j'étais d'autant plus fasciné que je ne la comprenais pas, que chacun de ses actes, chacune de ses paroles, me faisaient sentir des *mondes inconnus* qui restaient enveloppés en elle et que j'étais avide de connaître, – que j'étais avide de connaître tout en sachant que ce qu'il me fallait pour accéder à ce type de connaissance était quelque chose d'absolument nouveau, une science qui supporterait l'hermétisme impénétrable de son objet, une forme de raison qui aurait accepté son impuissance, qui n'aspirerait plus au savoir *comme le lion à sa proie* : je voulais connaître ces mondes inconnus et les laisser demeurer inconnus, je voulais les traduire comme on traduirait un poème d'une langue qu'on aime – mais qu'on ne comprend pas.

Alors, conscients et respectueux de notre ignorance réciproque – car pas plus que je ne la comprenais je ne crois qu'elle me comprît –, nous laissions nos sens nous guider vers des lieux situés à des lieues et des lieues des lieux où notre raison nous conseillait de demeurer cloîtrés. Nous quittions la classe l'un après l'autre et nous nous enfermions dans les toilettes du lycée – où nous faisions l'amour. À peine un couloir se vidait-il de son flot de lycéennes insatisfaites que nous nous dissimulions dans quelque armoire cosy – où nous faisions l'amour. Et lorsque Mme Malaurein, dont le désespoir provoqué par notre amour transcendait celui de la plupart des jeunes filles du lycée Fénelon, quittait la salle en larmes suivie par toutes nos camarades de classe, nous fermions calmement la porte – et nous faisions l'amour. Un jour, alors que le redoutable concierge de l'annexe de la rue Suger avait abandonné sa loge pour vaquer à quelque tâche ingrate, nous avons même profité de son canapé-lit minuscule – pour faire l'amour. Dans le grenier, dans la cour déserte, dans la salle de ping, dans la salle de pong, dans le réfectoire, dans le gymnase – nous avons fait l'amour. Et si nous n'avons pas fait l'amour dans le bureau de Mme la proviseur, c'est simplement parce que nous ne faisions nullement l'amour dans tous ces recoins du lycée par provocation, mais simplement pour satisfaire notre insatiabilité.

Un vendredi, à la sortie du lycée, notre copine Béa nous proposa d'aller passer le week-end à Élancourt chez sa copine Béa. L'excuse, pour Φilippine et moi, était de réviser car le bac approchait. Béa invita également Catherine et Isabelle. Christine n'était déjà plus là : enfermée à Saint-Anne, elle avait quitté notre veille comme nos cauchemars. Daniel, évidemment, profita de cette occasion. Il en profita tellement qu'il tomba amoureux de la copine Béa de notre copine Béa : ce fut son premier amour. De ce week-end ensoleillé et paresseux, que nous passâmes étendus sur l'herbe du jardin accolé à l'église et au minuscule cimetière (la petite maison fut autrefois un presbytère), demeurent un texte et deux souvenirs singuliers. Le texte est un pas-

110

tiche du *Petit Prince* et il est un peu long pour figurer ici. Peut-être un jour le lirez vous ailleurs. Mais je ne peux vous épargner les deux souvenirs auxquels il est lié.

Au-delà du cimetière, il y avait une ferme où Φilippine, Béatrice et moi sommes allés acheter des œufs. Béatrice – qui, à peine quelques années plus tard, serait la mère de Martin, Amélie, Héloïse et Baptiste – me rappelle souvent que lorsque Φilippine a remarqué une lapine entourée d'une dizaine de minuscules lapins, elle s'est précipitée vers moi pour me dire : «Tu veux pas qu'on en fasse des comme ça?» Béa se souvient du début, je me souviens de la suite. À l'heure de la sieste, c'est-à-dire entre la fin du déjeuner et le début du dîner, Φilippine et moi avons essayé de faire quelques petits lapins. Pour une fois, je ne m'étendrai pas éternellement sur les préliminaires. D'ailleurs, je ne me souviens guère que pendant les premières heures qu'ont duré les caresses, pendant les heures suivantes où ma langue, s'unissant à mes mains, à mes pieds, à mes coudes, à mon torse, à mes cuisses, à mes cheveux, à mes joues et à mon ton parcourut son corps entier, et pendant les heures encore où ma langue se concentra définitivement sur son petit chaton, il se passât quelque chose de remarquable, de différent des autres siestes – et des autres nuits. Mais lorsque je la pénétrai enfin, lorsqu'avec une douceur et une lenteur extrême mon phare disparut dans la terre ferme de ses cuisses d'airain, lorsqu'elle me regarda fixement au plus profond du fond de mes yeux clairs, comme je la regardais moi-même bien au-delà de cette profondeur première où le regard peut encore parler, quelque chose qui nous était fondamentalement inconnu advint pour la toute première fois : nous faisions l'amour pour avoir un enfant. Je sais que les mots qui vont suivre te seront difficiles à comprendre, ô lecteur contemporain dont la seule immoralité consiste à attaquer sans cesse la morale et dont la tolérance se résume à un rejet viscéral de l'intolérance ! Mais, pour une fois, laisse de côté ce que ces derniers siècles t'ont appris à penser. Je ne parle ici que d'amour et de sexe, et j'ignore ce que sont la décence et la natalité. J'étais en elle et je sentais son corps, non plus comme si souvent comme s'il fût aussi mon corps, mais comme s'il fût la possibilité d'un corps nouveau. J'étais en elle, et j'allais et je venais, et elle était en moi, et elle venait et elle allait, comme la houle dans le large lorsqu'elle ignore l'écume, le sable, le fracas. Et nos yeux ne se quittaient pas. Après avoir aboli la honte de nos mains et de nos lèvres, la honte disparaissait de notre pensée. Nous faisions l'amour pour avoir un enfant et le plaisir purement physique que cela nous procurait était comme enveloppé dans quelque chose de plus grand, quelque chose qui nous dépassait et qui rendait le plaisir physique lui-même encore plus fort, encore plus intense. Nous cherchions dans nos regards à ne plus rien oublier de nous-mêmes, à ne plus rien écarter, à faire l'amour tout entiers. Nous avions déjà fait l'amour dans le plus pur des présents ou en y incluant le désir et la frustration accumulés pendant une bonne partie de notre passé ; là, était absorbé également le futur, comme si, dans le va-et-vient immémorial, nous découvrions un rivage du temps d'avant que le temps ne fût inventé. Nous faisions l'amour pour avoir un enfant, mais cette pensée douce et dont la douceur eût dû provoquer la timidité et rendre timorée la violence dont les corps étaient chargés – comme tous les corps lorsqu'ils désirent s'unir à d'autres corps –, cette douceur n'était plus dissociée de la furie de nos ébats. Il y avait la plus grande guerre et la plus grande paix. J'allais et je venais et elle venait et elle allait et, comme dans tout ce qui est hors du langage, le plus métaphysique se mélangeait au plus animal. Nous étions les bêtes et la pensée de la bête. Nous étions Ariane et le Minotaure, tous les deux à la fois. Nous étions nous-mêmes enfants, avant d'apprendre à parler, et nous étions nous-mêmes au-delà de cette fin d'adolescence, regardant déjà notre jeunesse avec des remords, avec des regrets. J'allais et elle venait, et nous faisions l'amour comme des bêtes, dans le simple souci de procréer ; elle allait et je venais et nous faisions l'amour comme des êtres humains, dans la plus complexe des pensées. Nous libérant de quelques millénaires de proscriptions religieuses sur la sexualité mais aussi de quelques siècles de discours sur l'érotisme comme un art forcément disjoint de la procréation, nous libérant également de ces deux décennies de libération sexuelle tyrannique, obligée, qui avaient précédé notre rencontre, nous faisions l'amour et tout, elle, moi, la vie et la mort, le monde entier, devenait une seule raison, un unique plaisir.

113

Il est vrai, nous n'avons pas eu d'enfant. Φilippine n'est pas tombée enceinte, elle n'a pas dû avorter. Pourtant, aujourd'hui, alors que la sexualité occupe dans la pensée, après la parenthèse du féminisme, la fonction du plus consensuel des contre-discours ; aujourd'hui, alors que faire l'éloge de la pornographie, de la prostitution, de l'inceste ou de la pédophilie revient exactement au même que s'en offusquer, me souvenir du plaisir de cette sieste me réconforte. Mais je ne vante pas les mérites de ces délices anciennes dans le seul but de convaincre mes contemporains – et mes contemporaines – de moins se soucier de provoquer et de se plus soucier de prendre, comme on dit, « leur pied ». Que nous fussions âgés de dix-sept ans et que nous forniquassions comme nous songions que l'avaient fait un lapin et sa lapine, avec la simplicité extrême du désir animal de procréer – ce désir qui chez l'animal est purement humain, détaché de l'idée des conséquences de l'acte (détaché sans doute de toute idée) et qui chez l'homme est purement animal à cause et malgré la toute-puissance de sa pensée –, ne nous sembla pas au-delà de cette sieste la seule ni la meilleure façon de faire l'amour. Mais à partir de ce jour-là, bien que je la léchasse, bien qu'elle me suçât, bien que nous nous savourassions, que nous nous broutassions, que nous nous dévorassions constamment et partout comme des poulpes affamés, l'idée que le plaisir que cela nous procurait pouvait s'accompagner de la pensée la plus douce – aussi douce que la fourrure immaculée des petits lapins où Φilippine

114

avait enfoui son visage quelques heures plus tôt – ne cessa de me hanter. Comme ces nœuds qui demeurent dans les siècles des siècles et dont la nodosité semble se nourrir de la noèse que l'homme déploie pour les défaire, le fait que ce soit en faisant l'amour qu'on fasse des enfants et que, pendant qu'on fait l'amour, la conscience de cette tendresse possible puisse ne rien ôter à l'inconscience que la violence de faire l'amour requiert, me semble parfois, en tant qu'impensable, une prolongation d'autres pensées sur la violence et la paix. « *Aimez la paix comme moyen pour des nouvelles guerres* », disait Zorro-le-sans-dieu. Ne bannissons de nos actes ni nos pensées, ni la violence, ni le mensonge, ni le mal, ni le doute : trouvons simplement en quoi ils n'empêchent ni ne nient ni le bien, ni le bon, ni le vrai.

De retour de ce week-end baigné d'amour et de soleil, après avoir grimpé quatre à quatre les six étages d'obscurité qui menaient à ma chambre rue du Sommerard, je trouvai ma porte ouverte et mon univers dévasté. Tout était de ma faute. Comme tout ce qui arriva pendant cette année rouge et noire, cette année bigarrée d'heurs et de malheurs, tout était dû à mon narcissisme et à mon insouciance. Avant de partir chez la copine Béa de notre copine Béa, j'avais pris soin d'appeler Marianne Un pour lui demander de ne pas venir passer le week-end à Paris. Je lui avais menti – ou pas – que je devais partir à la campagne réviser le bac. En fait, depuis le début de mon premier amour, je n'avais rien dit à Marianne Un. J'avais juste annulé mon précédent voyage en Suisse pour quelque raison qui n'est pas demeurée dans la mémoire. Ce deuxième mensonge fut le mensonge de trop.

Bouleversé par le ravage de mon petit monde, j'errai quelques minutes, ruine parmi les décombres. Mais très vite, soit parce que le bonheur général dans lequel j'étais plongé depuis le 1er avril était trop fort pour être atteint par un quelconque malheur, soit parce que je ne savais que trop bien que ma douleur était infime comparée à celle qui avait suscité une fureur si dévastatrice, mon calme revint et je contemplai, presque indifférent, les détails du saccage : le carreau d'un des deux vasistas était brisé et la pluie et la brise pénétraient indolemment dans la chambre; les livres, éparpillés et inutiles, s'amoncelaient au pied de la bibliothèque; mes papiers, les centaines et les centaines de feuilles noircies de mots insolubles par douze années de graphomanie, recouvraient presque entièrement le lit et le sol; et sur la machine à écrire qui trônait encore sur mon bureau, sur ma minuscule *Underwood Standard Portable Typewriter* qui, depuis quelques mois, soulageait parfois ma main droite, Marianne Un avait écrasé le pot de la seule et unique plante qui se trouvait dans la chambre. Bizarrement, comme j'imaginais la douleur qui l'avait conduite du vasistas à la bibliothèque, puis qui l'avait fait abandonner les livres pour mes papiers, ce fut ce dernier geste saugrenu d'avoir abattu avec rage une plante innocente sur ma coupable machine à écrire qui me toucha le plus. Je ne saurais dire au juste pour quelle raison profonde je sentis à ce point sa souffrance en l'imaginant accomplissant ce geste. Mais je me souviens que quelques mots ont surgi dans ma tête, des mots qui semblaient précéder une pensée que mon esprit ne parvenait pas à formuler : « Elle a tout cassé, y compris elle-même. »

Alors que mes papiers et mes livres m'étaient bien plus précieux, mon premier souci fut de nettoyer la machine. J'enlevai les restes du pot et de la plante, puis commençai à ôter la terre qui avait pénétré le cœur du petit monstre mécanique. Comme je peinais à atteindre les interstices entre les touches, des sanglots me surprirent les ongles noircis par l'effort. Je ressortis sur le palier et, guidé par les sanglots – qui avaient sans doute cessé lorsqu'elle m'avait entendu monter l'escalier, qu'elle avait peut-être retenus comme je découvrais le naufrage de ma chambre –, je trouvai Marianne Un recroquevillée dans l'espace réduit des chiottes infectes. Elle avait pleuré. Elle avait beaucoup pleuré, et son visage était strié de longues traînées sombres. Elle avait beaucoup pleuré ; et elle pleurait encore ; et ses larmes m'affectaient d'autant plus que je ne voulais pas les goûter, que je ne voyais, malgré la compassion, aucune possibilité qu'elles me ramenassent à elle. Je l'aidai à se relever comme on aide un enfant qui est tombé et qui s'est fait mal : avec le plus grand soin, mais sans comprendre que sa douleur dépasse de beaucoup l'instant de la souffrance. Comme l'enfant, qui ne souffre pas tant de son genou éraflé mais surtout de ne pas encore savoir marcher, Marianne Un ne souffrait pas seulement des deux jours d'atroce solitude qu'elle avait passés à Paris mais surtout de ce qu'elle avait lentement, profondément, compris pendant ce week-end : qu'elle ne pourrait plus me garder. Je l'aidai à se relever et je la raccompagnai dans la chambre en la tenant par l'épaule – mais sans la prendre dans mes bras. Marianne pleura encore longtemps assise sur le lit.

Je ne me souviens guère de Marianne Un à Paris au-delà de cette ultime image d'elle assise en larmes sur le lit. Je suppose que le jour même je réussis à la convaincre de rentrer dans sa sinistre Lausanne. C'est étrange : alors que me souvenir de cette séparation me blesse, comme si c'était aujourd'hui encore que j'accomplissais le geste impitoyable de la congédier au plus fort de son malheur, en me souvenant, je sens de nouveau la toute-puissance de cette fin d'adolescence qui, pendant quelques mois encore, me ferait suivre mes désirs comme si le monde existait à peine. Rien ne pouvait fléchir les résolutions de mon vouloir : j'étais absolument convaincu, quel que fût ce que je désirais faire, que si je ne le faisais pas ce serait tragique, non pour moi, mais pour l'univers entier. Le geste de congédier Marianne Un était impitoyable, mais il n'était pas cruel. Je ne prenais aucun plaisir à ses larmes : j'étais certain simplement que je ne l'aimais plus et qu'elle devait partir. Ce fut seulement à Patmos, quelques mois plus tard, que je compris l'étendue de son malheur. Alors que je lui avais interdit de venir passer les vacances d'été dans mon île…

Non. Encore : non. Pourquoi coucherais-je ici, dans ce siècle de joie, la torride tristesse patniote ?

Non, non et non. Bien que je te suppose épuisé par mes égarements, ô présumé malandrin qui erre sur mes pages comme sur quelque route peu sûre, je recommence une dernière dernière dernière fois.

Quelques semaines après le week-end heureux et son malheureux dénouement, nous passâmes le bac. Grâce aux exploits que j'avais accomplis au bac français l'année précédente et aux notes que mon trilinguisme me laissait espérer aux épreuves d'espagnol et d'anglais, aucun tourment scolaire ne vint inquiéter la quiétude des premières semaines de mon premier amour. Comme je songe à ces journées ensoleillées où mon calme hautain et insouciant passionnait la gente féminine de la terminale A1, je me souviens tout à coup d'un événement qui m'avait abasourdi en tout début d'année. Le premier jour, que ce fût pendant le mémorable cours des « dictéïcheuns » de Mme Malaurein ou dans quelque cours suivant, on nous demanda qui voulait s'inscrire en « français facultatif ». La question me fit sourire. Comment un professeur de terminale « littéraire » – c'est-à-dire paresseuse – pouvait-il supposer que ses élèves fussent intéressés par un quelconque cours facultatif? Je souriais encore lorsque je remarquai qu'autour de moi tous les élèves – même l'éphémère Christophe – avaient levé la main. Mon sourire s'effaça aussitôt : pourquoi diable avais-je quitté l'inoffensive simplicité du lycée Rodin pour venir m'enferrer dans ce lycée de fous furieux? Nous étions à la fin des années soixante-dix, c'est-à-dire avant que le capitalisme n'ait inventé cette ruse redoutable qui, tout au long des années quatre-vingt, fit que le monde entier crut que le bonheur était dans le surmenage, qu'il fallait être « surbooké », qu'il n'y avait rien de plus chic que de dire qu'on était occupé, dépassé, en charrette, à la bourre, bref qu'on n'avait pas le temps. Cet élan impétueux, cette frénésie – ou plutôt ce *frénétisme* –, qui ne fut pas seulement une mode d'attitude mais qui dans la pensée s'accompagnat d'un goût exagéré pour la vitesse (un goût qui aujourd'hui encore produit des romans dont l'écriture est si rapide qu'on se demande, lorsqu'on a fini de les lire, si on les a vraiment lus, des films et des tableaux qui n'arrêtent notre curiosité que le temps de nous flatter d'avoir été curieux, bref, des œuvres anodines et insignifiantes comme toute œuvre qui ne précède pas la pensée mais qui la décline, qui en est le déclin), ce frénétisme, dont la forme la plus pure est la publicité mais dont la perversité réside surtout dans la part publicitaire, c'est-à-dire soumise à l'économie, qui se trouve depuis lors dans chaque œuvre, peut-être même dans chaque pensée, ce frénétisme économique n'existait pas encore. Mais pourtant, tout le monde voulait faire du français facultatif. La raison, que l'argentin bigorneau du XIIIᵉ arrondissement ignorait, en était toute simple : il était impératif de faire du français facultatif si l'on voulait accroître ses chances de passer de la réclusion carcérale de la terminale à celle des classes préparatoires de ce même lycée Fénelon. Et pour incompréhensible que cela me semble encore aujourd'hui, tous les élèves le désiraient. Ils rêvaient tous de passer du triste état d'élève à celui, tout aussi triste, de professeur. Comme si le subterfuge trouvé par l'État français (qui promettait, à ceux qui seraient admis dans le sacro-saint sein de l'École Anormale Inférieure, la somme alors faramineuse de cinq mille francs par mois) suffît à leur faire oublier que devenir professeurs était le destin que, étant élèves, ils désiraient le moins, tous mes camarades se précipitaient, la tête la première, dans ce piège ignoble.

Quoi qu'il en fût, de ces jours d'été où nous passâmes le bac, à part le souvenir de n'avoir pas été convoqué dans le même lycée que toi, il ne demeure rien de singulier dans la mémoire. En philosophie, de même qu'en français l'année précédente, j'eus la meilleure note du lycée. Et de même qu'en français l'année précédente, je l'eus seulement parce que je décidai, face au texte de Husserl qu'on me proposait de commenter, de répondre avec assez de détours pour épater mon correcteur avec ma seule capacité quelque peu exceptionnelle : ma mémoire. Comme de tous mes anciens écrits, j'ai gardé une copie de cette mensongère dissertation. Et si la honte et la pitié sont trop fortes pour vous l'infliger ici *in extenso*, je veux bien vous laisser imaginer ce qu'est l'ensemble en vous donnant à lire le début de la première phrase de l'introduction : « De même qu'Emmanuel Kant dans ses Remarques sur la Troisième antinomie situées dans le chapitre II du Livre second de la deuxième division de la Deuxième partie de la Première partie de la Critique de la raison pure… » Voilà, entre autres méthodes peut-être, comment obtenir une bonne note au bac de philosophie. Oui, je sais : qu'il en fût ainsi est tout aussi désespérant dans ce que cela laisse supposer sur la naïveté ignorante du correcteur que dans ce que cela trahit sur l'ignorante et insolente prétention de l'élève. Mais que voulez-vous ? le têtard impertinent que j'étais alors n'avait guère d'autre désir que de tout faire au plus vite pour se consacrer à ce qu'il considérait comme la seule et unique activité qui méritât l'extrême lenteur et l'absolue diligence : t'aimer.

rue du Regard, le début
d'un soir du mois de juin

Encore une fois, je viens chez toi chercher le temps interdit de l'attente. J'ai oublié mon stylo. Il m'est indifférent, depuis le début de notre amour, d'errer les poches vides d'écriture. J'ai trouvé sur ton bureau ce crayon baveux comme un escargot préhistorique. Je l'ai regardé longtemps avant de décider que sa bave devait se mêler ici à la mienne. J'ai trouvé sur le bureau ce papier qui aurait pu être mien, vergé dont les vergetures régulières entretiennent l'illusion d'une écriture maîtrisée. Bave sur bave sur le papier. Pourquoi venir écrire ici ? Pourquoi cet oubli ou cette peur de mon stylo à moi ?

Je voudrais me taire avec ton silence

122

Je repense à hier soir, à la nuit que j'ai passée avec la plus belle femme du monde qui ne savait pas encore qui elle était. Quelle est la part de beauté de l'ignorance ? Je t'attends, seul chez toi, dans ta chambre endormie, et je me demande si de savoir qui tu es – la plus belle femme du monde, car tu m'as dit tout à l'heure que c'est ça que notre dernière nuit avait fait de toi – peut te rendre encore plus belle. Je vis dans un présent constant où je mélange mon passé et ton avenir. Je vis dans un équilibre excentrique, suspendu dans l'amer délice de me sentir écartelé entre l'insupportable fureur de tes mains, de tes lèvres, de tes cuisses, et le calme absolu de tes paupières closes par l'épuisement des quelques semaines sans sommeil qui se sont écoulées depuis notre rencontre. Le stylo tremble, les yeux se ferment : j'écris à peine. Je cherche dans les bruits multiples de la nuit, dans les bruits épars comme des souvenirs, dans les bruits insituables qui créent l'espace obscur du dehors, celui qui annoncerait ton retour. Je ne voulais pas venir. Je voulais rester chez moi à me souvenir tranquillement de ton corps, à profiter de la distance pour jouir calmement de ton absence. Mais tu l'as dit : celui qui oublie jouit plus que celui qui se souvient. Alors me voici, ignorant, oublieux, attentif. Je suis tendu, absolument, infiniment tendu vers l'annonce de ta venue. Je t'attends de pied ferme. Je t'attends de pied ferme assis

123

*au bureau, à moitié endormi, entretenant mon
sommeil comme un rhinocéros une jeune fille.
Je suis un lémurien malgache contaminé de
lenteur par son cousin caméléon. Je voudrais
écrire jusqu'à ce point d'inépuisable épuisement
où j'hallucinerais enfin le Signe, où je te verrais
apparaître, surprise et souriante, dans un dernier clignement d'œil, en un ultime battement
de cils qui me laisserait, seulement, mourir de
l'indicible floraison de ton sourire.*

J'allais chez toi. Comme l'atteste ce *teste*, cher
Monsieur, même avant l'été, je pénétrais l'appartement somptueux et m'enfermais dans ta chambre
pour t'attendre. Tu ne m'avais pas donné la clef. Je le
sais, non que je m'en souvienne, non que ma mémoire
soit à ce point pointilleuse qu'elle garde même le souvenir de ce que tu n'as pas fait, mais parce qu'après
l'été, pendant de longs mois, après que ta mère avait
décrété que nous ne devions dormir ensemble – c'est-
à-dire, ne pas dormir – que deux nuits par semaine,
pour te venir voir les cinq autres nuits de la semaine je
devais attendre que Françoise s'endormît et je devais
jeter des pièces sur la fenêtre obscure de ta chambre
pour te réveiller afin que tu m'ouvrisses la porte de
l'appartement. Ce furent longues nuits de jets de
pièces de cinquante centimes et de quête parmi les
pavés irréguliers de la cour lorsque les pièces rataient
la fenêtre et frappaient le mur, ou ces autres fenêtres
d'où jaillissait, non comme si elle fût endormie et que

124

je l'eusse réveillée mais comme si terrée derrière les carreaux elle n'eût attendu que la preuve de ma maladresse, la redoutable voisine du troisième étage. Je reviendrai plus tard sur ces longues heures nocturnes où l'espoir de ton corps tiède emmitouflé dans la chemise de nuit en pilou à petits carreaux céleste et gris pouvait m'entraîner à lancer plus de cinq mille fois ces petites pièces argentées qui, en raison de leur taille et de leur poids, étaient les seules qui ne risquaient ni de casser un carreau – comme l'eussent fait les pièces d'un franc (sans parler de celles de cinq) – ni de ne jamais l'atteindre – comme le faisaient celles de dix ou vingt centimes qui s'envolaient toujours à cause de leur légèreté dorée.

Ce jour-là peut-être, ce jour où je t'attendis chez toi, comme tant d'autres jours sans doute, ce fut ton petit frère Térence qui me laissa entrer. Térence avait onze ans. Térence était un concentré de besoin d'amour et de violence que l'abandon de sa mère et la venue de cet étranger qui lui dérobait sa sœur rendaient parfois plus explosif que n'importe quelle bombe. Térence adorait jouer à me lancer des fléchettes qui se fichaient sur le mur ou la porte de sa chambre lorsque j'osais en franchir le seuil. Térence avait d'intenses migraines que toi seule savais soulager de tes doigts de fée. Térence aussi j'en écrirai quelque autre jour lorsque je me serai définitivement installé 22, rue du Regard entre tes bras veloutés.

Pourquoi ai-je retranscrit ici ce dernier petit texte inoffensif ? Il parle de ton absence mais il ne fait pas partie, à proprement parler, du corpus des *textes de l'attente.* Je n'avais pas encore souffert assez de ta distance ni trouvé la formule du temps. Je n'avais pas encore commencé ces rendez-vous quotidiens avec moi-même auxquels je m'astreindrais à partir du mois de septembre pour te, calmement, attendre. Mais pourtant, je t'attendais. Je commençais de t'attendre. Je découvrais tout doucement le goût de ton absence. À cette époque lointaine où le téléphone existait à peine, pour te voir, je marchais vers toi. Je parcourais toujours ce même chemin qui dans la mémoire aujourd'hui demeure gravé si profond – au-delà de l'amour mais au-delà de la souffrance également – que si l'on me lâchait brusquement près de la rue du Sommerard, je remonterais mécaniquement le boulevard Saint-Germain jusqu'à la rue du Four puis la rue du Four jusqu'à la rue de Rennes et enfin la rue de Rennes jusqu'à la rue du Regard, comme un cheval égaré.

Non. Ce n'est pas possible. Arrêtez-moi. J'en suis à peine au mois de juin. On ne se connaissait presque pas. Il n'y avait pas encore d'habitudes, on n'avait pas encore commencé de créer ces rituels inoffensifs qui rendent ensuite le malheur si palpable, si réel. Non, vraiment, arrêtez de me presser, laissez-moi rester encore un peu en ébullition, gonflé par les souffles les plus profonds, tendu vers l'extrême de sa diversité – et de la distance qui maintenant à jamais l'accompagne.

*Pornographique. De **porc** (cf. le* pouh
kymrique, le parszas *lithuanien, le* porosu

russe, le prasaz *illyrien, le bohémien* prase. *On en suit même la piste jusque dans les langues agglutinantes les plus éloignées de la souche aryenne : en esthonien* porsas, *en wotiak* pars, *en samoyède* paras, *etc.), du latin* porcus, porcellus (« porca madonna », « porcelaine » – vulve de truie) *ainsi que de* suis (« je », « je suis », « je suis un porc ») *et* sus – *jeune sanglier –,* « sucula » – *jeune truie –* (d'où « souiller » ou « succulent »), *du grec* khoiros (parties sexuelles de la femme-cochonne), *mais aussi de* **pore**, *du latin tardif* porus (« conduit », « passage »), *emprunt du grec* poros (« lit d'un fleuve », « lit de la mère », « conduit pour les sécrétions ») *et de* peirein (« traverser », « transpercer », « pénétrer ») ; *et encore de* **port**, *du latin* portus (« porte », « entrée d'un abri doux et confortable »). *Et de* **non** (« résistance », « interdit ») ; **nom** (« nom de Dieu », « nom d'un chien ! », « nom d'une pipe ! ») *et* **nô** (« drame japonais »). *Et enfin de* **graphique** (« écrire », « salir des étendues blanches et pures », *diminutif d'autobiographique*). Un pornocrate.

J'ai retrouvé cet extrait de mon *Dictionnaire Étymologique Intime* couché sur un ticket de métro jaune pipi. Un pornocrate. C'est de cela qu'il s'agissait vraiment. La jouissance était ma règle de vie. Et l'écriture son escorte joyeuse. Car s'il est une chose qui restera à jamais insoluble dans l'eau tiède de la pensée analysante, c'est bien qu'il y ait eu, dans mon inter-minable vie de bigorneau graphomaniaque, cette large plage que constitue mon premier amour où l'écriture participât au monde. Tout mot qui lui était porc-nô-graphiquement adressé devenait un Signe de vie. J'écrivais pour elle. J'écrivais à sa place, installé dans son corps, dans ses mains, dans sa bouche, – qui savait aussi parler. J'écrivais :

Je voudrais me taire avec ton silence

et aussi invraisemblable que cela puisse te sembler, ô lecteur habitué à ma haine du silence, je le souhaitais vraiment, car dans notre amour ineffable je parlais déjà avec ses mots. Elle était ma nouvelle langue. Une langue belle, soyeuse, que mon ancienne langue caressait passionnément. Elle était ma nouvelle langue et, jour après jour, dans le plus pur des présents, nous nous agglutinions.

Que dire de plus de ce mois de juin 1980 ? Le lycée était fini. Le bac était passé. Φilippine avait abandonné toute intention de se retirer en hypokhâgne et elle s'était inscrite dans je ne sais quel département de Paris IV. Quant à moi, je m'étais inscrit avec quelque frayeur à l'École du Louvre (qui avait la sulfureuse réputation de n'être fréquentée que par des vieilles filles incultes souffrant de leur inculture) et avec quelques certitudes en lettres modernes à Paris I. Bien sûr, ce fut à l'École du

128

Louvre que je demeurai quatre longues années alors que j'arrêtai les lettres modernes après un premier et unique cours de langue française. Mais restons-en au mois de juin. Il ne se passait rien. Pour des raisons qui ne sont pas demeurées dans la mémoire, Daniel était reparti pour l'Espagne. Il ne se passait rien. Absolument rien. Nous faisions l'amour le matin, l'après-midi et le soir. Et le reste du temps également. Et nous marchions. Nous marchions pour mieux nous arrêter. Nous étions en proie à la plus terrible des voracités. Couverts de ventouses, n'étant, à l'intérieur et à l'extérieur, *que plaies ne cherchant pas à cicatriser, que chair en voie de greffe, que chair en quête de chair,* nous ne pouvions faire plus de trois pas sans interrompre notre chemin pour nous embrasser, pour nous lécher, pour nous mordre. Nous allions au Luxembourg et le moindre buisson devenait ardent comme un lit de roses. Nous pouvions rester couchés l'un sur l'autre sur les bancs en pierre qui surplombent la fontaine Médicis et nous savourer l'un l'autre, sans rien avaler d'un ni d'autre que nous-mêmes, de l'ouverture à la fermeture du jardin. Nous prenions le thé à la Mosquée de la rue Geoffroy-Saint-Hilaire, où les grands plateaux en bronze des tables basses dissimulaient les caresses indécentes de nos mains. Je vouais un tel culte à l'humidité de son sexe que j'enfouissais ma tête sous sa jupe, assis dans la petite salle de la Pâtisserie viennoise de la rue de l'École-de-Médecine ou étendu sur l'herbe dans le jardin du musée Rodin, avec l'incroyable naïveté et l'insouciance toute-puissante de ces enfants qui, cachant leur visage, pensent que leur corps entier est invisible. Et la nuit parfois, lorsque le désir était si intense qu'il en devenait dangereux, nous commencions de nous manger sur les quais de l'île Saint-Louis, nous poursuivions notre fête cannibale contre l'un des arbres de la petite place Fürstenberg, puis nous remontions la rue de Rennes de l'église Saint-Germain jusqu'à Saint-Placide sans cesser un seul instant – car je la portais dans mes bras et son châle immense nous protégeait des rares regards nocturnes – de faire l'amour comme si ce fût un festin infini. Bref, nous étions amoureux ; et bien que par notre amour même nous devinssions lentement adultes, nous en étions encore à cet âge où le corps est une telle source de mystère – et où, en même temps, il ne nous est pas encore tout à fait étranger – qu'il nous fallait, que nous pouvions, à tout instant, l'éprouver. Comme tant d'adolescents, nous étions de véritables poulpes. Le toucher – qui est le sens le plus omniprésent, car il ne s'arrête jamais, et le plus intermittent, car tous les autres sens sans cesse l'interrompent – nous occupait entièrement. Chaque pore de notre peau s'ouvrait grand pour accueillir l'autre. Nos mains, nos sexes et nos bouches faisaient les trois-huit. Et, pris par la féroce voracité adolescente, pas plus que nous n'étions jamais fatigués, nous n'étions jamais rassasiés.

Et puis un beau jour (car c'était encore un beau jour) Φilippine est partie. Elle est allée rejoindre son père à Catane. Malheureusement, si elle était libre de disposer de son quotidien parisien comme bon lui semblait, l'organisation de ses vacances avait été planifiée depuis de longs mois par ses parents. Elle devait aller voir son père (un comédien méconnu en France mais célèbre en Italie) sur le tournage d'un film en Sicile. Elle devait y rester deux semaines. Ensuite seulement, pour des raisons que j'ignore, elle pourrait le laisser finir son tournage tout seul et l'aller attendre à Cetona, le petit village de Toscane où il habitait. C'est là que nous pourrions nous retrouver pendant trois jours avant que son père ne revînt à son tour. C'est là qu'elle me donna rendez-vous le 16 juillet.

Deux semaines. Quinze jours. Trois cent soixante heures. Vingt et un mille six cents minutes. Un million deux cent quatre-vingt-seize mille secondes. Bref, diriez-vous, ce n'était pas si terrible. Mais pour moi, c'était infiniment effroyable : c'était la première fois qu'on se séparait. J'ignorais la possible douleur, la possible joie. Car, comme chacun sait, la solitude a le goût le plus changeant qui soit.

à la Mosquée,
deux heures après ton départ

Je viens de te quitter. Et je fais ce que je ne devrais pas faire. Écrire. T'écrire. T'écrire que je viens de te quitter. Je sais que tu ne penseras pas beaucoup à moi. Tu m'as dit au 16. Loin. Très loin. C'est toi qui l'as dit : au 16. Je déteste que tu me manques. J'ai toujours voulu être un enfant gâté. Sans doute parce que mon enfance, par un exil de trop, a été vraiment gâtée. J'ai toujours voulu être un enfant gâté et j'ai eu l'impression que grâce à toi je pouvais le devenir. Je viens de te laisser et je ne supporte pas de me souvenir de ton visage. Ton regard contre l'oreiller. Alors que c'est moi qui t'ai mangé, ton regard rempli de cette extase enfantine d'après la tétée. Dans les jours qui viennent, je serai loin de ton regard, et ton visage deviendra un souvenir que j'essaierai de m'interdire.

Je réfléchis. Je fais un pas en arrière. Si je ne te quittais plus. Si je m'accrochais à toi. Si je me fondais dans ton ombre. Si je te faisais cadeau d'un chien – car tu n'as pas de chien – pour pouvoir devenir l'ombre de ton chien. Si… Non. Tu en aurais marre de mon silence. Ce silence qui t'amuse encore car il se décline en volutes obscures sur le papier amoureux. Tu verrais l'autre côté de l'écriture, la face sombre, celle qui ne s'arrête jamais de souffrir, celle qui ne joue avec les mots que pour tenter en vain de me faire oublier que j'écris parce que je ne parle pas, que j'écris parce que je suis loin de moi, parce que je suis loin de toi, parce que je suis loin du monde. Non. Sûr. Trop de tout. Trop de trop. Tu es tout ce que j'ai pu rêver comme amante. Tu es la femme parfaite. Et je *sais que sans doute – c'est-à-dire avec un doute – je ne saurai pas longtemps en profiter. Un jour, je vais partir. Je devrai te quitter. Pourquoi ? Parce que je voudrais être fidèle. Je voudrais être fidèle à mon impossibilité de choisir. Fidèle à mon infidélité.*

Mais n'aie jamais mal. Même si je te quitte, n'aie jamais mal. Ou juste un peu, juste ce qu'il faut pour être certaine que tu existes plus que moi.

Merci. Je n'ai jamais vécu autant que ces dernières semaines.

Voilà les premières phrases que j'ai écrites après son départ. J'étais bouleversé. Et comme à chaque fois que je me suis senti dépourvu face à la cruauté du monde – comme dans ces lettres anciennes écrites à Daniel peu après le second exil où je me vantais d'être entouré d'amis et de filles alors que je crevais de froid et de solitude –, j'essayais, par le mensonge, de me faire aimer. Non, jamais je ne pensais sérieusement en écrivant ces lignes à la possibilité de la quitter, à l'éventualité de ne plus l'aimer : je voulais seulement lui faire peur. Oh, pas beaucoup ! pas très peur ! Je voulais juste glisser dans ses pensées lointaines une infime frayeur qui lui interdît de tout à fait m'oublier – fût-ce pendant quelques jours.

Soudain, parce qu'elle était partie, parce qu'elle m'avait abandonné à mes démons et divinités, ô Harpocrate, ô Angerona, l'écriture ne pouvait plus se lover dans les bras de l'amour pour jouer comme un enfant avec le temps : elle commençait à nouveau d'étaler ses lentes traînées sombres, et tristes, et sales, sur mes jours et mes insomnies.

six heures après ton départ,
dans la chambre du Sommeil Rare

Toutes les trente secondes, depuis cinq minutes, je me dis que je t'aime. De le dire, voix muette, même, cela dure deux secondes. Je t'aime. Je laisse ensuite errer pendant vingt-huit secondes mes pensées, mes souvenirs, mes oublis. Je laisse mes sens se précipiter. Du torrent intime, je surveille l'écoulement. Et malgré ses flots chaotiques, ses mille vaguelettes contredisantes, je devine qu'il n'a qu'une direction : depuis cinq minutes, je t'aime continuellement. Je n'avais jamais songé que mon amour puisse avoir cette constance. L'amour jusqu'au jour d'hui ne me semblait pas pouvoir aimer plus d'un impalpable instant à la suite. L'amour était toujours instant déchaîné, vertical. L'amour n'était pour moi que le sentiment intemporel qui prouvait à mon temps intime qu'il ne suivrait jamais le cours monotone du temps universel. L'amour était si mêlé à l'indifférence que parfois, lorsque je m'ennuyais de ma solitude, il me permettait de me confondre dans un autre. L'amour, mon

134

amour, était, jusqu'à toi, un infime ruisseau
personnel qui se perdait, à contre-courant,
dans le fleuve inlassable de la réalité. Mainte-
nant, grâce à toi, je suis moins singulier, je vais
dans le même sens, – mais je ne suis plus ruis-
seau, je suis fleuve.

Après son départ, j'ai beaucoup écrit. Et en écrivant, bien que je n'eusse pas encore commencé
d'écrire sous son regard, je comprenais que depuis
quelques semaines, mon amour m'avait permis
d'écrire d'une écriture différente. Nous n'avions pas
encore inventé le jeu érotique qui me ferait écrire ces
textes dont je me suis servi pour appâter vos yeux limpides, ces textes écrits sur le cahier pendant qu'elle me
caressait, pendant qu'elle me suçait, pendant qu'elle
me chevauchait, puis sur les draps, puis sur son corps
offert comme une immensité où les mille mystères de
la langue pouvaient enfin se résoudre. Mais les mots
que je lui avais adressés (les Petites hystéries masculines écrites pendant les dernières heures de lycée, les
divers textes – ou lettres, ou je ne sais quoi – que je lui
écrivais lorsqu'elle me quittait pour quelques minutes
ou pour quelques heures) étaient déjà une manière de
lui presque parler. Et voilà que son départ, comme si
quinze jours fussent un temps trop long pour que je
continuasse à vivre dans ce monde et ce temps que
nous avions créés ensemble, ce temps où lire, écrire et
parler se mêlaient dans une mélasse miellée, – voilà
que son départ me contraignait à écrire de nouveau de

cette écriture qui avait occupé tant d'années de ma triste existence et dont l'inextricable tristesse m'apparaissait à présent comme une suite de souffrances fallacieuses, affectées. Puisque j'avais aperçu un autre côté de l'écriture, ne pouvais-je cesser d'écrire dans cette vieille posture dolente ? Pourquoi, alors que les mots que je lui avais déjà adressés étaient empreints d'une possible joie d'écrire (et sachant aujourd'hui qu'à peine deux mois plus tard, grâce au jeu de l'encre et des corps, je commencerais d'écrire les phrases les plus « parlantes » jamais tracées par un intempérant crapaud graphomane), pourquoi étais-je revenu à cette écriture plaintive, pleurnicharde ? Pourquoi, dans les mots, n'étais-je plus apte à continuer de m'amuser de son abandon ?

Avant de trouver une réponse à ces questions fumeuses, ou, mieux, avant de leur chercher une réponse, je décidai de partir moi aussi en vacances. En deux temps trois mouvements, j'organisai le plus complexe des voyages. Comme je voulais partir immédiatement, et que Hugues, le fiancé de Béa, et Nicolas, son petit frère, quoiqu'ils eussent décidé de longue date de venir à Patmos avec moi, n'étaient pas encore prêts, je convins avec eux que nous nous retrouverions à Sienne une semaine plus tard. Rendez-vous fut pris sur la place concave le 8 juillet à 14 heures ou le 9 au matin. (Les rendez-vous à l'époque étaient souvent de la sorte : comme ils ne pouvaient être confirmés ou infirmés sur des téléphones portables ou des répondeurs, on se donnait deux possibilités de se retrouver.)

Daniel, qui souhaitait également venir à Patmos, se trouvait à Barcelone. Comme par un hasard heureux, alors que j'y faisais des lessives préparatoires, il appela chez ma mère le jour même où j'avais décidé de partir, je lui donnai rendez-vous le lendemain matin ou le surlendemain après-midi à Aix devant la fontaine aux pattes d'éléphant.

Je n'étais plus allé à Aix depuis ce mémorable périple en stop avec Alexis deux ans plus tôt. Dans le train, je songeais à tout ce que cette petite ville m'avait offert depuis le second exil. Je songeais à la minuscule Hélène dont le corps tendre avait établi l'intouchable certitude qu'il était possible d'aimer sans toucher ; je songeais à Raphaëlle que j'avais aimée conscient qu'elle était le prolongement de l'univers qui l'entourait, conscient que mon amour était davantage destiné à un monde qu'à un être ; je songeais à Gon, mon cousin aux deux kilos trois précoces, et aux chevaux rebelles qui avaient éreinté notre orgueil argentin ; je songeais qu'avant Patmos, Aix m'avait offert le soleil, les pins et le sable que longtemps je crus avoir à jamais perdus en perdant l'Uruguay. Je songeais que je ne savais pas trop ce que j'allais chercher à Aix cette fois-ci, – car mon amour était entièrement consacré à ta distance italienne, et ton envoûtante image m'interdisait de m'attarder sur toute autre vision. Mais le train n'attendait guère mes réponses pour avancer inéluctablement vers la source de mes questions. Et lorsque j'arrivai à Aix, comme l'été et le Sud étaient inévitablement au rendez-vous auquel Daniel manquait, la cha-

leur me persuada de demeurer là, inoffensif, indifférent, à le simplement attendre. Daniel manqua le premier jour, puis le second.

Aix, cours Mirabeau,
le 3 juillet 1980 à 10 heures du matin

Tu me manques.
(Manquer n'est pas un beau mot. Il
semble enrhumé et il fait trop chaud pour se
moucher.)
Mais tu me manques. Daniel doit arriver
dans l'une des vingt-quatre heures des treize
jours qu'il me reste à supporter sans te voir,
sans que ton corps vienne réconforter les hor-
ribles tourments où mon esprit s'égare à cause
de ton départ. Qu'il arrive dans une minute ou
dans trois cent seize heures m'importe peu. Je
suis assis, – et c'est toi que j'attends.

* *
*

Aix, cours Mirabeau,
le 3 juillet 1980 à midi

Je suis assis et indifférent et heureux. Je
pense à notre amour et je le sens, bêtement,
comme un triomphe sur ma beauté. Un
triomphe sur cette partie séculaire de ma

138

beauté qui m'a si souvent empêché de vivre.
T'aimer m'a rendu plus laid et plus beau à la
fois. T'aimer me rend amer et sucré. T'aimer
me fait (parfois) m'oublier.

✶ ✶
✶

Aix, cours Mirabeau,
le 3 juillet 1980 à 3 heures de l'après-midi

Je vais te manger. Te dévorer. Te

✶ ✶
✶

Aix, cours Mirabeau,
le 3 juillet 1980 à 6 heures de l'après-midi

J'écris à peine. Guère besoin de papier et
d'encre pour sentir ton manque.

✶ ✶
✶

Aix, cours Mirabeau,
le 3 juillet 1980 à 8 heures du soir

Pour ne plus brûler de te mordre, je
repense à moi. Je suis assis à ne rien faire et je

139

regarde les gens me regarder. Je suis dans la
plus pure des postures : je me contemple dans
leur contemplation. Seul, le stylo à la main,
écrivant de la plus intermittente des manières,
je m'offre à leurs yeux comme un paysage,
comme un tableau.

Peut-être le temps est-il enfin venu d'écrire sur
ma beauté. Non qu'il me faille absolument commenter ces petits textes que je couchais sur le cahier
comme Daniel n'arrivait pas, mais simplement parce
que j'ai promis mainte fois de le faire et que c'est seulement maintenant – car je vante assez ici, dans ce premier chapitre de la quatrième partie du *Dernier Livre*,
les qualités de quelqu'un d'autre que moi-même – que
cela m'est possible. J'essaierai d'être bref afin de ne
point trop vous accabler par la désagréable lecture de
ces quelques considérations, afin de m'en épargner,
tant que faire se peut, la désagréable écriture.

J'ai toujours été beau. Enfant, les gens s'arrêtaient
dans la rue pour me contempler. J'étais beau comme
une fille : j'avais de longues boucles blondes et la
finesse de mes traits semblait avoir été tracée par la
main alerte de Tchang Piou ou de quelque autre calli-
graphe chinois. Adolescent, j'étais beau d'une beauté
plus lascive, qui plaisait autant aux garçons qu'aux
filles : mes cheveux étaient devenus raides et mes traits
s'étaient élargis comme s'élargit le trait d'un peintre
lorsqu'avec l'âge il comprend qu'il lui faut abandonner la précision, que ce qu'il cherche – pour introu-

vable qu'il demeure – est ailleurs que dans le détail. Adulte enfin, je devenais beau d'une beauté plus animale, plus masculine : par un caprice extraordinaire, mes cheveux bouclaient de nouveau et mes traits, comme s'ils eussent su jouer avec le temps, retrouvaient leur enfance. J'ai toujours été beau et conscient de ma beauté. Le souvenir de mon corps est d'ailleurs souvent d'une précision extrême alors que celui des autres corps – hormis le tien dont la précieuse *doulceur* se renouvelait à chaque ébat – tend à s'estomper parmi les mille souvenirs épars. Et si je me souviens particulièrement de ces quelques modifications de ma morphologie à travers les âges, c'est que l'un des sentiments les plus étranges liés à cette foi extrême en ma beauté est d'avoir toujours senti que je pouvais transformer mon corps, que mon esprit – comme celui d'un lézard capable de commander à certaines de ses cellules de se multiplier pour recomposer sa propre queue – pouvait rectifier mes traits. Ainsi, je me souviens, vers l'âge de quatorze ans, alors que nous passions nos deuxièmes vacances estivales en Grèce et que je supportais difficilement mon adolescence, d'avoir souhaité si fort que mes cheveux ne fussent plus bouclés comme ceux d'une fille que je parvins à les faire changer à ce point extrême où, après l'été, lorsque je rentrai en troisième au lycée Rodin, certains des élèves qui avaient été avec moi en quatrième, qui m'avaient eu sous leurs yeux pendant les interminables heures d'une entière année de cours, ne m'ont pas reconnu. Plus tard, j'ai senti jour après jour comment mes sourcils formaient un angle de plus en plus aigu, semblable à celui que j'avais admiré, le temps de trois ou quatre films de Visconti, chez l'un de ses acteurs préférés. Je ne doute guère que nous soyons tous capables de ces modifications – si le minuscule cerveau d'un lézard parvient à faire pousser une nouvelle queue, pourquoi celui de l'homme, tant plus puissant, ne pourrait-il pas modifier la courbe d'un sourcil? –, mais je crois que rares sont ceux qui utilisent ce « pouvoir » pour s'embellir : le plus souvent nous façonnons notre corps pour ressembler à nos proches, pour nous sentir semblables, pour tenter d'échapper à la honte originelle que provoque notre singularité (ce qui explique, bien plus que de fumeuses données génétiques, la similitude flagrante entre un père et un fils, une sœur et un frère – ou un maître et son chien). Quoi qu'il en soit, comme je disais, jamais je n'ai douté de ma beauté : j'en ai toujours souffert. Comme d'autres, j'imagine, souffrent de leur laideur. Ni plus ni moins. J'ai souffert à Paris, quand j'étais en troisième au lycée Rodin et que le professeur d'histoire-géo m'a avoué avec une simplicité exemplaire que sa fiancée me trouvait si beau qu'elle voulait faire l'amour avec moi; j'ai souffert à Florence, lors de ces vacances de Pâques, les premières véritablement italiennes, où des filles sur mon passage s'arrêtaient dans le rue et criaient « Tadzio! Tadzio! » puis riaient d'un rire de joie et de fierté; j'ai souffert à Sienne, l'été suivant, lorsque la *professoresse* d'italien, interrompant son cours brusquement, comme illuminée, s'était tournée vers moi sous le regard ébahi de soixante élèves pour me demander : « *Santiago, tu non sei un principe ?* » ; j'ai souffert à Patmos, l'été précédant ta rencontre, lorsque j'ai appris qu'une bande de jeunes filles, que je connaissais à peine, m'avait baptisé « Appel-au-viol ». J'ai toujours souffert de ma beauté et jusqu'à ce nouvel été qui commençait à peine, comme mon écriture, elle m'avait toujours semblé m'éloigner de moi et des autres. Elle m'avait toujours paru m'obliger à ne pas choisir, à laisser ouverts tous les possibles. Maintenant, tout cela était fini : je t'avais choisie, et ma beauté, t'étant spécifiquement destinée, bien qu'elle m'éloignât toujours du monde, n'étant pas supérieure à la tienne, ne m'éloignait plus de moi-même.

J'arrête. Décidément, parler de sa propre beauté, c'est laid.

Daniel arriva le 5 juillet 1980 au soir. Il était venu de Barcelone en stop et le voyage avait duré cinq jours. Il voulait passer la nuit à Aix, mais l'appel de ton corps était de nouveau irrésistible et je le persuadai de partir sur-le-champ. Comme Daniel n'avait pas de sac de couchage, arrivant de nuit dans une ville côtière et inconnue après avoir changé de véhicule une dizaine de fois pour parcourir quelque deux cents kilomètres, nous avons rapproché deux chaises longues sur une plage privée où nous nous étions frauduleusement introduits et nous nous sommes couverts de mon seul duvet pour dormir quelques heures. La nuit était glaciale. Le froid pénétrait notre couche de fortune. Il s'infiltrait par en bas et nous gelait les os comme si nous fussions en plein hiver. Le froid rendait le sommeil impossible. Lorsque le soleil se leva enfin et qu'il commença à réchauffer nos chairs frigorifiées, à peine nous étions-nous enfin endormis, un vieil homme vint nous secouer en nous insultant. « *Porca miseria! Ma dove credete di essere! Mascalzoni!* » Nous étions en Italie.

Le matin même nous achetâmes un sac de couchage bleu-violet. Mais bien que ce sac, comme certains faits dans la mémoire des peuples, prît dans nos mémoires les couleurs flamboyantes des mythes, bien que ce sac glorieux nous permît de ne plus souffrir du froid et de la nuit, le voyage jusqu'à Sienne fut un cauchemar. Nous avons mis six jours et quarante-sept véhicules pour y arriver, – et nous n'y sommes pas arrivés. La dernière voiture, la minuscule Fiat 500 d'une bonne sœur, nous abandonna à l'entrée d'Empoli, ville bienheureuse quoiqu'industrielle, patrie des glaces Sammontana, où nous avons passé une dernière nuit sur le bord de la route, effrayés par des chiens qui aboyaient et que nous savions proches et que nous ne pouvions ni voir ni oublier. Épuisé par six nuits semblables (ou pires, car la plupart ne furent pas passées sur le bord d'une petite route de campagne – fût-elle infestée de chiens invisibles – mais sur le bord de diverses autoroutes), je convainquis Daniel de faire une entorse aux règles strictes de voyage que ses moyens temporels et financiers lui avaient fixées et de prendre, d'Empoli à Sienne, un bus. Il accepta. Nous retrouvâmes Hugues et Nicolas sur la place de Sienne deux jours après le dernier rendez-vous que nous nous étions fixé. Et, comme un bonheur n'arrive jamais seul (rien n'arrive jamais seul, à part moi), par hasard, ce même jour, sur cette même place, comme j'apprenais à mes amis le tennis-barbu que nous avions pratiqué jour après jour tout au long de l'été précédent avec Jean-Louis, je vis débarquer le grand-duc du Luxembourg. Il était venu passer un deuxième été à Sienne avec sa copine et ils avaient loué un studio que nous avons joyeusement envahi.

Et c'est ainsi que Daniel et moi, après six jours d'abstinence, avons pris une douche légendaire qui effaça la saleté immémoriale accumulée sur nos peaux d'ours mal léchés pendant notre auguste périple.

> *Sienne, en haut du palais ducal,*
> *trois jours avant de te revoir*

Tes yeux lointains. Ton corps perdu. Mes mains avides. Ma langue impatiente. Ces évidences attendent ton retour en se coulant dans des mots inutiles. J'écris pour apaiser mon désir. Depuis ton départ (douze jours, j'ai compté ce matin), croisant filles multiples par monts et par vaux, je n'ai pas une seule fois eu envie de faire l'amour. Je pense que ça ne m'était jamais arrivé. C'est comme si tu avais définitivement calmé une insatiabilité adolescente, comme si je savais aujourd'hui à quelle

145

femme et comment il importait de donner du plaisir, – et de quelle femme et comment je pouvais en retour recevoir du plaisir. J'écris pour chercher tes lèvres, le repli de tes lèvres qui juste au-dessus dessine ce sourire qui ne sourit pas et que je supporte si peu que je dois, dès que je le vois, effacer par de violents baisers. J'écris dans l'horrible attraction de tes seins, de tes mains, de ta bouche, de tes cuisses, de tes yeux presque fermés. Encore plus que pour l'apaiser, j'écris pour aiguiser mon désir. Depuis ton départ, je n'ai pas un seul jour ne pas eu envie de faire l'amour – avec toi, avec ta divine absence. L'absence de ton cou, de tes cils, de tes seins, de tes lèvres. L'absence de tes lèvres, – et de tes lèvres. C'est pour ça. J'écris et je te touche, et je t'embrasse, et je te mords. J'écris tes mains, ta bouche, tes seins, tes lèvres, ton ventre, tes bras, ton cou, ton cul, – et tes lèvres. J'écris pour apaiser et pour aiguiser mon désir. J'écris et rien n'y fait. JE N'EN PEUX PLUS!

Comme l'été précédent – comme l'été précédent où je ne te connaissais pas –, j'écrivais tout en haut de la tour. Tourné vers les champs, j'écrivais des mots qui s'envolaient mais qui ne se perdaient plus : des mots qui savaient leur chemin. Pour insensé que cela puisse me sembler aujourd'hui – car l'amour et le souvenir de l'amour sont loin, car écrire, tout en trouvant une raison dans ce projet de *Dernier Texte*, a perdu la Raison –, pour insensé que cela puisse me sembler, t'écrire avait un sens. Les mots qui s'échappaient de mon stylo prenaient le poids de ton corps absent. Alors que l'été précédent, assis à ce même endroit, j'écrivais encore des lettres mortes qui, ne sachant quels yeux chercher pour être enfin lues, s'envolaient comme des ballons gonflés à l'hélium et se perdaient dans l'immensité du ciel, là, submergé tout à la fois par ton absence et par le sentiment de ta proximité qui flottait dans l'air toscan telle une rosée impalpable (mais dont il demeurait sur mon corps, comme j'écrivais, l'incontestable humidité), je voyais mes mots s'éloigner vers toi et te trouver quelque part, dans un lieu incertain situé au-delà de Montepulciano. Tu étais là, n'importe où, dans ce paysage immense et lumineux qui s'offrait à mon regard sombre. Il y avait tes yeux, ton ventre, tes seins, tes lèvres, – et tes lèvres. Et les mots me permettaient de te toucher, car ces mots que je t'adressais revenaient ensuite vers moi pour me dire que tout cela m'attendait, non seulement à portée de mes yeux, mais, comme mon corps adolescent colporté par mon regard tout-puissant s'étendait sur les collines douces de Toscane, à portée de ma bouche, de mon sexe, de mes mains.

Je sentais une certaine nostalgie de l'été précédent. Je pensais à Jean-Louis, à Ali, à cette chambre mystérieuse qu'avant de les rencontrer j'avais partagée pendant trois nuits avec quelqu'un que je ne connaissais pas, quelqu'un que je n'ai jamais connu. Je pensais à notre professoresse d'italien, à son amour calme et incertain. Je pensais à tout cela, et je souffrais, et j'étais indifférent. Car, comme à chaque fois que l'on se souvient, j'étais deux personnes à la fois ; et la distance incommensurable qui séparait le Santiago qui écrivait assis tout en haut de cette tour de celui indécis, inconstant, suspendu comme une merveille babylonienne, qui avait écrit à ce même endroit l'été précédent, cette distance, comme toute distance, éloignait et rapprochait à la fois. Ce Santiago qui avait longuement arpenté ces mêmes rues qu'à présent – dans cet autre présent de mon passé – j'arpentais accompagné de Daniel, ce Santiago qui avait passé des éternités sur la petite terrasse qui dominait la place concave, qui s'était arrêté tant de fois ébloui devant la fenêtre de la cathédrale, ce Santiago que j'étais encore et que je n'étais déjà plus, que la nostalgie et l'écriture me rendaient tout en me le montrant lointain, intouchable, ce Santiago m'incommodait. Pour la première fois depuis le second exil, mon passé m'encombrait. Je ne voulais ni m'en flatter ni en souffrir. Mon présent et son urgence – toi, absente et proche à le fois – comblaient aussi bien mon envie de vivre que mon obscur désir de mourir en écrivant.

place de Sienne, sur la petite terrasse

Je me réveille loin de toi. Café loin de toi.
Journal loin de toi. Matin blême. Loin de.
J'irai voir les rois de la brocante, vendre mon
cœur trois francs cinquante. La constellation du

148

Solitaire est tendue. Hier, j'ai regardé le ciel de huit heures à minuit. Nous étions étendus sur la place et je t'attendais. Comme je t'attends depuis quatorze jours. Comme je t'attends depuis que tu es partie. Comme je t'attends depuis que je te connais. Comme je t'attends depuis toujours. Comme je t'attends. Nous étions étendus sur la place et j'ai vu les étoiles apparaître une à une. Je ne pensais à rien. J'ai compté jusqu'à trois cent cinquante-sept. À partir de là, elles apparaissent trop à la fois. En peu de minutes, elles deviennent des milliers, elle deviennent des milliards. Je regardais les étoiles et j'alternais à toute vitesse le commun désespoir d'être rien – point perdu de l'univers – et la commune sensation d'être tout – point central de l'univers. À toute vitesse, dans ma non-pensée, se succédaient l'intense satisfaction de savoir que demain je te retrouverai, et la terrible insatisfaction de t'avoir perdue pendant deux semaines. Que faire d'autre en ton absence que divaguer loin des pâturages de la Raison ? Dans tes bras, je suis moi et le monde, loin de toi,

Après avoir dormi deux nuits à quatre autour du seul lit qui se trouvait dans le studio, nous avons eu pitié de l'intimité que le grand-duc partageait peut-être en notre absence avec sa fiancée et nous sommes partis, décidés à passer une dernière nuit au centre précis de la place de Sienne. Sans doute ce fut moi qui proposai cette idée saugrenue. Depuis l'été dernier, malgré la distance, ma passion pour la place concave n'avait fait que grandir. Je ne voulais pas que nous dormissions dans un coin, collés contre quelque mur protecteur, rassurant : je voulais qu'étendus au milieu du milieu de la conque nous profitassions de l'espace comme seul profite du cercle son centre. C'est donc de là, comme la nuit tombait, comme l'agitation des cafés peu à peu cessait, comme les lumières électriques une à une s'éteignaient, que je contemplai le ciel et comptai les étoiles. Le lendemain matin, j'ai écrit ce petit texte qui se trouve tassé, ratatiné, tout en haut d'une page du cahier, surplombant un vide immense censé signifier ce « rien » – si romantique – que j'étais en ton absence.

Un événement violent, survenu quelques heures avant l'écriture, accompagne ce texte sans atteindre pourtant à sa sérénité souveraine. Au milieu de la nuit, dans cette petite ville calme, je fus tiré d'un sommeil épais par des cris. C'était Hugues qui hurlait des insultes. Quelques minutes plus tôt, de jeunes Italiens ivres l'avaient réveillé à coups de pied et de poing. Ils avaient aussi cogné sur Daniel et Nicolas. Je n'ai pas vu la violence elle-même, qui eut lieu avant mon réveil; quand j'ouvris les yeux, je découvris mes amis se tenant la tête ou les côtes endolories et les Italiens regroupés à une dizaine de mètres de nous. Je m'approchai de Daniel, qui me raconta qu'il s'était réveillé avec un Italien assis sur lui, l'immobilisant dans son sac de couchage et le rossant furieusement. Je me souviens de l'horrible impression d'impuissance que j'éprouvai en l'écoutant. Je sentais son corps enserré dans le sac de couchage bleu-violet comme s'il eût été le mien, et avoir dormi pendant qu'on le frappait me faisait sentir encore plus coupable. Je me tournai vers Hugues et Nicolas, puis vers les jeunes Italiens qui discutaient un peu plus loin. La violence flottait encore sur la place sombre, rendant l'air compact, impossible à avaler. Mais quelque chose d'étonnant survint presque aussitôt qui, soulageant nos gorges, rendit l'air de nouveau léger. L'un des Italiens se détacha du groupe et, seul, fit quelques pas vers nous. Il avait notre âge.

– *Mi scuso. Credevamo che foste dei terroni.*

Les Italiens de Sienne avaient pris mes amis pour des Italiens du Sud. Et moi-même j'avais été épargné parce que mes longs cheveux blonds leur avaient fait croire que j'étais suédois ou allemand. Dans un premier temps, j'eus envie de lui dire que je n'étais ni un sauvage viking ni un barbare teuton mais que je venais d'un sud beaucoup plus profond que la Calabre ou les Pouilles et que je les emmerdais, lui, ses amis et leur racisme d'ivrognes. Mais ses excuses, bien qu'elles fussent dues à des raisons ignobles, étaient sincères, et il était brusquement devenu difficile de le détester. D'ailleurs, dégrisés par leur accès de violence, les Italiens sont partis rapidement en faisant de la main des signes véritablement désolés. Pendant que mes amis pansaient leurs blessures, troublé par la vitesse de cet événement, je demeurais profondément irrésolu, ne sachant quel sentiment éprouver envers ces garçons racistes mais bien élevés. Et aujourd'hui comme j'écris, je me souviens d'un autre événement, parisien, survenu quelques semaines plus tôt, qui provoqua un sentiment semblable. Φilippine et moi étions partis marcher, cherchant, comme nous cherchions presque chaque nuit, des lieux sombres et inconnus. Nos pas nocturnes nous avaient menés au-delà de Belleville, dans des rues qui, au début des années quatre-vingt, existaient à peine pour la jeunesse dorée du VIᵉ arrondissement dont elle depuis toujours et moi depuis quelques jours faisions partie. Comme il était extrêmement tard, comme nous étions extrêmement loin, comme malgré le printemps il faisant extrêmement froid et qu'il commençait à pleuvoir, nous avons décidé de rentrer en taxi. La femme qui conduisait le véhicule venait de commencer sa journée et elle était d'humeur allègre. Elle nous parlait sans arrêt. Entre l'avenue Parmentier et la place de la République, elle nous raconta avec une simplicité délicieuse le début de sa journée : son réveil vers quatre heures du matin alors que son mari rentrait à peine de son travail (il était gardien de nuit dans une usine de sous-vêtements), son petit-déjeuner (qu'elle prenait au bistrot pour ne pas faire de bruit à la maison et le laisser dormir), son trajet sans client de Tremblay-lès-Gonesse où elle habitait jusqu'à Paris (elle profitait de la solitude pour écouter la radio). Son interminable monologue était régulièrement entrecoupé, à chaque fois qu'elle levait ses yeux pour nous regarder dans son rétroviseur, d'un « Mais que vous êtes beaux ! Vous êtes mignons comme deux petits anges ! » ou alors « On dirait deux petites perruches ! deux petits chatons ! », auxquels nous répondions par un sourire silencieux. À ses côtés, un chien immense dormait paisiblement. Elle le caressait sporadiquement en lui lançant des « Hein Basile ? » auxquels il ne réagissait jamais. Bref, c'était une femme profondément gentille et dont la bienveillance semblait infinie. Ayant fait le tour de la place de la République, au tout début de la rue de Turbigo, elle ralentit brusquement : deux clochards et un chien traversaient péniblement. L'arrêt du taxi avait été si brusque que même Basile s'était redressé pour observer le triste spectacle. Les deux hommes en haillons, surpris sans doute par la pluie dans leur sommeil éthylique, avançaient à peine, appuyés l'un sur l'autre. Au milieu de la chaussée trempée, l'un des hommes glissa lentement et dut attendre que son compagnon d'infortune le tirât par le bras pour parvenir à se relever. Les deux hommes sous la pluie étaient si démunis qu'ils semblaient être, comme ils traversaient la rue sans nous avoir remarqués, très loin au-delà du malheur. La femme poussa un long soupir en regardant le chien des clochards qui s'était attardé sur des sacs-poubelles qui jonchaient le sol au coin de la rue Meslay.

– Pauv' bête! Elle doit pas manger tous les jours à sa faim.

Le taxi démarra sans me laisser le temps de réagir ni même de comprendre tout à fait la portée de cette phrase prononcée avec une compassion aussi sincère pour l'animal que celle que j'éprouvais pour les hommes – avec une compassion aussi sincère, et aussi désespérante, qu'avaient été sincères et désespérantes les excuses du jeune Italien place de Sienne. Je tournai mes yeux vers Φilippine. Je voulais m'assurer, rien que par un regard, que, bien qu'elle aimât les animaux, la pitié qu'elle éprouvait était celle que j'éprouvais moi-même et non celle de notre chauffeur. Mon regard ne trouva pas ce qu'il cherchait. Φilippine, cette même Φilippine qui plus tard deviendrait si généreuse envers le genre humain, cette Φilippine à qui je devais léguer tant de certitudes politiques en échange de ses doutes, cette Φilippine, la même, une autre, n'était pas encore celle que je voulais. Le reste du trajet jusqu'à la rue du Regard se fit dans un silence profond : la femme continuait de parler, mais ses mots ne pouvaient plus parvenir jusqu'à mes oreilles.

Je ne sais au juste pourquoi je rapproche ici le racisme bien élevé du jeune Italien de l'abjecte cynophilie de la femme taxi. Dans les deux cas, la gentillesse ou la cordialité se mêlaient aux plus abominables sentiments ; dans les deux cas, je me sentis moi-même impuissant non seulement à réagir mais également à sentir quelque chose de simple, d'inéquivoque, qui m'eût permis – qui me permette aujourd'hui – de savoir vraiment quoi penser de ces deux êtres immondes et sympathiques à la fois. Bien sûr, il serait rassurant de dire que les regrets du jeune Italien n'excusent pas son racisme, pas plus que la compassion envers le chien ne peut pardonner l'insensibilité envers le désarroi des hommes. Mais cela ne me suffit pas : il demeure dans ces deux événements vécus à quelques semaines à peine d'écart un trouble profond qui se confond avec la propre irrésolution de la mutation dont nous étions, moi-même et le monde, les victimes. L'idée du quart-monde, et le mépris qui l'accompagne, comme la banalisation de la xénophobie, commençaient à peine d'émerger dans les esprits, mais l'idéologie perverse des années quatre-vingt – dont la trinité indiscutable est constituée par le père *Marché*, la fille *Entreprise* et la sainte *Communication* – remplaçait déjà lentement, en chaque être humain, toute autre idéologie.

> *Recto de moi*
> *Je fais de toi*
> *Et l'envers*
> *Et l'endroit*
> *Du verso de moi*
> *Que tu fais de toi.*
>
> *Tu fais*
> *Et de toi et de moi*

Et je fais
Et de moi et de toi
L'intime fontaine
Qui imite le mythe
De la falaise mondaine.

Et de Lear
En Leucade
Nous sautons
Et posons
Lapins bondissants
Notre présence
Virtuose.

Notre présence virtuose
Que ton absence
Morose
Parfois
Décompose
En longues
Larmes
Atroces.

Après le trouble violent de la nuit sur la place concave, comme il nous restait une dernière journée à tuer avant le rendez-vous du 16 avec Φilippine à Cetona, et comme le souvenir des gnocchis à la sauge et des fresques perdues dans ce monastère à l'époque presque inaccessible demeurait vivace dans ma mémoire, je décidai d'emmener mes amis à

Monte Oliveto Maggiore. En deux jours, ce fut ma seconde mauvaise idée. Comme l'été précédent, après qu'un bus nous avait déposés à quelques kilomètres du monastère, nous montâmes la colline à pied. Les fresques n'avaient pas changé. Dans l'ombre du grand cloître, la *Donna che mesce il vino* de Signorelli et les divers épisodes de la vie de saint Benoît du Sodoma me semblèrent encore de magnifiques œuvres oubliées que nuls yeux, sauf les miens, n'avaient soin de réintroduire dans la grande Histoire. Et le goût singulier de la sauge ravit mes amis comme il m'avait ravi moi-même un an plus tôt. Après le dîner, à la nuit tombée, tâtonnant dans l'obscurité, nous cherchâmes un lieu propice au sommeil : un lieu reculé, protégé, qui pût effacer le fâcheux souvenir de la nuit passée. Le choix s'arrêta sur une clairière située au-delà du petit pont, à quelques centaines de mètres du restaurant et du monastère. Nul Italien ivre ne vint troubler notre sommeil ; rien ne se passa qui dérangeât ou qui blessât Daniel, Hugues ou Nicolas ; mais, comme s'il eût fallu rétablir un certain équilibre dans le partage de nos malheurs, de même que l'année précédente après la nuit passée avec Sebastián sur les hauteurs de Florence, je me réveillai défiguré, couvert de minuscules taches rouges de la tête aux pieds.

C'était le matin du siècle S de l'année A, c'était le matin du mois M du jour J : c'était le matin du 16 juillet 1980. Nous étions à une cinquantaine de kilomètres de Cetona. Après avoir fait du stop en vain pendant une interminable dizaine de minutes, je décidai de payer un billet de train jusqu'à Chiusi pour moi-même et mes trois amis. Nous fûmes à Chiusi à dix heures et demie, à Cetona à midi moins le quart, chez ton père à midi moins cinq et, malgré mes innombrables boutons, tu m'acceptas dans tes bras onctueux à midi pile. Il nous fallait rattraper le temps perdu. Il fallait qu'en trois jours – car ton père arrivait le 19 et je devais décamper avant – nos mains et nos langues parcourussent nos corps assoiffés de sexe et de sexe et d'amour et d'amour et de sexe. Il fallait qu'en soixante-douze heures nous nous abreuvassions assez pour effacer les deux semaines passées et les deux mois à venir – car il était convenu que je resterais à Patmos et toi en Italie et que nous ne nous retrouverions que le 15 septembre à Paris. Il fallait que tels des dromadaires déshydratés nous profitassions à outrance de l'oasis cetonesque avant que nos routes se séparassent de nouveau et que nos corps esseulés allassent se perdre dans les sables de l'été. Il fallait que nous fissions la bête à deux dos comme des bêtes. Il nous fallait, encore, Mourir de l'indicible floraison du Sourire.

Peu de souvenirs demeurent de ce minuscule séjour au paradis. Le 16 juillet au soir, un garçon du village est venu en Vespa. Tu étais arrivée le matin même et il ne t'avait pas encore vue. Te découvrant entourée de quatre garçons, il te demanda, triste et énervé :

– *E uno di questi ragazzi é il tuo…*

158

– *Si. Io.*

Ces deux mots sont sortis de ma bouche avec autant d'invraisemblable simplicité que le célèbre « *manicomio* » du mois de février. Le garçon, avec qui tu avais eu une histoire l'été précédent, qui avait été dans ta vie ce que Marianne Un fut dans la mienne, est remonté sur sa Vespa et est reparti la larme à l'œil.

Le matin du 17 juillet, Daniel frappa à la porte de la chambre de ton père où nous ne dormions guère. Par pudeur ou impatience, Hugues, Nicolas et lui avaient décidé de partir. Comme ils devaient se rendre à Brindisi en stop et que je pouvais y aller en train, ma proposition de s'y retrouver le 20 au soir ou le 21 au matin pour prendre le ferry ensemble vers Patras n'était pas si malhonnête. Mais Daniel, qui brûlait d'arriver en Grèce, proposa que nous prissions un autre rendez-vous possible à Athènes le 25 et le 26, au cas où je serais en retard à Brindisi. Ce qui fut fait.

L'entière journée du 17, l'entière journée du 18, nous les passâmes au lit, – dans le lit infini qui s'étendait de la chambre à la cuisine, de la cuisine au jardin, du jardin à la campagne et au ciel toscan qui nous entouraient et dont les voix saluaient en chœur nos ébats. Les rares moments où nous ne faisions pas l'amour, nous mangions une énorme salade de pâtes que tu avais préparée, « une fois pour toutes », et dont le goût s'agglutinait sans fin à celui de ton corps. Au crépuscule du jour du 18 juillet, comme la salade était finie depuis le début de l'après-midi, tu m'as demandé d'aller chercher du basilic dans le jardin : piqué par je ne sais au juste quelle mouche, j'ai effeuillé un à un la dizaine de pieds que ton père y avait plantés. Quand tu es sortie de la maison, une quantité tout aussi inexplicable de gousses d'ail pelées dans tes mains, j'avais deux grands seaux remplis de feuilles de basilic dans les miennes. Je me souviens que tu m'as regardé un peu inquiète. Je me souviens que je t'ai regardée un peu inquiet. J'ai vidé les seaux et j'ai fait un lit de basilic sous l'olivier millénaire ; et c'est toi qui m'as donné l'ail. Trois gousses m'ont suffi pour enduire ton corps. Étendue sur le lit de basilic, tu riais de nos trouvailles culinaires. Je te frottai méticuleusement de face et de dos. En enduisant tes fesses, j'ai eu envie de te tout, de te trop, comme jamais. Mais je ne voulais pas te toucher : seul l'ail était en contact avec le tirant de ta peau. Lorsque tu fus toute verte – car l'ail rendait ta peau adhésive et les feuilles de basilic embrassaient ton corps –, je t'ai regardée longuement. Le désir de me jeter sur toi pour t'embrasser, pour te lécher, pour te mordre, pour te manger, pour te dévorer, pour t'avaler, pour t'absorber, et pour m'engouffrer tout entier dans ta chair parfumée était si fort que j'ai voulu le garder en moi jusqu'à ce qu'il revînt à des limites qui nous permissent, seulement, de mourir un peu en faisant l'amour. J'ai cessé de te regarder. Je me suis détourné de toi et j'ai commencé d'écrire sur le cahier.

160

Cetona, quelques heures
avant l'arrivée de ton père

Je devrais m'en aller. 22. Mieux vaut.
Mieux vaut que je me casse. Si je te touche, j'ai
peur de ne pas pouvoir m'arrêter. Et le canni-
balisme me fait peur. Je te jure. Faut que je
m'en aille. Faut que tu

Le stylo est mort sur le coup. Φilippine avait sauté sur moi et la plume s'est écrasée contre le cahier. Nous avons fait l'amour une dernière fois. J'ai tant léché la moindre parcelle de son corps que lorsque je me suis réveillé à l'aube, elle dormait, blanche et nue, et c'était moi qui étais devenu tout vert, couvert par les milliers de feuilles de basilic qui, à l'ancienne adhérence de l'ail, avaient préféré celle, récente, de ma transpiration. Je me suis levé et j'ai fait quelques pas dans le jardin. Le soleil ne s'était pas encore réveillé et nulle rosée de miel ne recouvrait les collines de l'est. Tout était encore pâle. Je regardai le paysage : l'olivier et, plus loin, les trois palmiers qui semblaient échappés de ce monastère où saint Jérôme amène le lion à San Giorgio degli Schiavoni ; je regardai le ciel clair, la maison encore sombre. J'étais triste. J'étais désespéré.

Cetona, le matin du 19 juillet,
alors que tu dors et que ton père
ne va pas tarder à arriver

Je suis encore là, devant le cahier. Un crayon à la main, je contemple la tache qui a marqué la fin de mon stylo plume. Belle tache. Merveilleuse tache. Il est six heures et demie. Je dois partir dans à peine deux heures. J'ai mal au dos, j'ai mal à l'œil, j'ai mal au ventre. J'ai mal. Je cherche qui pourrait m'écrire un mot d'excuse. Je ne veux pas y aller. Je ne veux plus aller nulle part où la vie décide que je dois aller : je ne veux plus aller ailleurs que dans ton corps. J'en ai marre. Je veux rester avec toi. Même ici, caché au fond du jardin derrière l'olivier. Je veux rester avec toi même si tu n'es pas là. Je veux rester ici tout l'été, ici d'où je pourrais te voir, ici où, même lorsque je ne te verrais pas, je sais que d'un rien je pourrais imaginer ta présence à mes côtés, et t'attendre. J'ai peur de m'éloigner. J'ai peur de la distance. J'ai peur que tu me manques. J'ai peur que tu m'oublies. J'ai peur de toi, j'ai peur de moi, j'ai peur de tout. J'ai peur. J'ai six ans. Ou huit. Pas plus. Je sais. J'en suis sûr. Je pourrais pleurer, éclater en sanglots et crier ton nom. Je pourrais me rouler par terre devant mes amis sérieux, qui me croient sérieux, et qui m'attendent sérieusement à Brindisi ou

Athènes. Je te veux comme je voulais un bon-
bon quand j'avais quatre ans. Je me roulerai
par terre devant ton père pour qu'il me laisse
rester, comme je me roulais par terre devant ma
mère pour qu'elle m'achète des Sugus à Bue-
nos Aires. Peu m'importe que demain soit plus
sensé qu'aujourd'hui et me fasse de nouveau
être adulte : ce matin, c'est comme si je devais
encore aller à l'école, et je n'ai plus l'âge de
l'accepter.

Je suis allé à l'école. À neuf heures, quand son père a appelé de l'aéroport de Florence pour dire qu'il arrivait, j'ai pris mon sac à dos, j'ai serré Φilippine dans mes bras, et je suis parti sans un mot. J'ai fait semblant d'être adulte. Et elle aussi a fait semblant d'être adulte : sans un mot, elle m'a laissé partir. Je lui en ai voulu ; je lui en veux encore. Ce n'est pas parce que je partais qu'elle devait me laisser partir. Bien sûr, j'aurais dû parler. Bien sûr, je n'ai rien dit. Encore une fois, le silence, *mon* silence, est le principal coupable. Mais je suis silencieux. Laconique, aphone, taciturne. Elle a fait semblant d'être adulte, et j'ai fait semblant d'être moi-même. Mais je n'étais plus personne. De ce départ matinal, de cet exil estival et éphémère loin de ton corps, de cette séparation qui ne devait durer que deux mois, date une nouvelle ère de mon existence. Jusqu'à ce jour, partir m'était naturel : l'instant du départ, ce moment précis où nous ne sommes plus nulle part, me plaisait quels que fussent les bonheurs et les plaisirs que je laissais derrière moi. J'aimais partir. J'aimais voyager seul. J'aimais découvrir des lieux que je ne connaissais pas. Depuis ce jour-là, je déteste tout ça. J'aimerais écrire : depuis ce jour-là, je ne suis heureux que dans tes bras. Mais cela est faux : d'autres bras depuis m'ont rendu heureux. Mais quels que soient les bras, ce que je cherche depuis toi dans l'amour, comme ce que je cherche depuis le second exil dans l'espace, c'est quelque chose qui me soit familier, quelque chose qui me semble connu et qui me permette de me sentir, ne serait-ce qu'un peu, chez moi.

Non. Simplement, non. Voilà que je m'égare de nouveau dans la tristesse du futur. Je sais que mes propos s'étirent comme un mauvais caoutchouc. Je sais que les mille péripéties de mon existence que je m'astreins à écrire dans ce *Dernier Texte* pour les mieux oublier ne valent parfois pas le détour. Mais que voulez-vous ? ce n'est pas avec des fils de sang qu'on tisse des manteaux d'ivoire : ma minutieuse prudence d'hippopotame ne peut se muer du jour au lendemain en la précieuse audace d'une gazelle, – fût le jour le 26 août 1990, date du début de la rédaction de cet oblong ouvrage, et le lendemain, date de la fin de sa rédaction, quelque moment illusoire et imprécis situé en l'an de grâce 2016 ou 2022.

Je recommence une nouvelle dernière fois. Je vous demande seulement, ô mes innombrables lecteurs, que le dernier qui capitule, épuisé par la masse informe de mes souvenirs épars, ait la gentillesse de me prévenir : que le dernier qui s'en va, comme on disait en Uruguay au moment de l'exode, éteigne la lumière.

Le chemin jusqu'à Athènes fut un long chemin de croix dont il ne demeure guère de traces écrites. Je suis allé en train jusqu'à la désolante ville de Brindisi et j'ai marché de la gare au port sous la chaleur étouffante. Daniel, Hugues et Nicolas n'étaient pas au rendez-vous. Seul, j'ai attendu des heures que le ferry se décide à partir. La traversée jusqu'à Patras – cette même traversée dont deux étés plus tôt j'avais tant apprécié la maritime lenteur, dont j'avais goûté les mille rencontres nocturnes lorsque la mer obscure devenait pour tous effrayante et que les corps enserrés dans les sacs de couchage peu à peu se libéraient et cherchaient l'inévitable réconfort d'autres corps –, la traversée jusqu'à Patras, qui durait alors trois jours, fut un lent cauchemar d'été : ton corps s'éloignait douce-ment et interminablement du mien. J'étais seul, et, pour la première fois, j'étais désolé de ma solitude. J'étais seul, et je ne pouvais pas accepter d'être seul. J'étais seul, et, comme tu avais déjà fait de moi un enfant gâté, aucune explication ne pouvait satisfaire mon besoin de comprendre comment quelque chose avait échappé à mon bon vouloir, rien ne pouvait m'expliquer pourquoi d'autres êtres humains avaient décidé à ma place de tous ces événements qui me ren-daient malheureux : pourquoi ton père avait-il choisi de retourner à Cetona, pourquoi le cheminot avait-il accepté de faire descendre vers le Sud profond le train que j'avais pris à Chiusi, pourquoi le capitaine s'était-il résolu à ce que son navire suivît sa route vers la Grèce alors qu'il eût été tellement plus naturel, pour le cours de ma vie et celui de l'univers, qu'il le fît remonter jusqu'à Ancône ou Rimini d'où j'eusse pu regagner ta sainte maison toscane. Pourquoi ?

À Patras, le regard toujours tourné vers ma désolante solitude, j'ai pris le train pour Athènes. J'ai trouvé mes amis endormis sur ce carré d'herbe du Pirée qui, dans les années quatre-vingt, servait d'hôtel à des milliers de touristes, ce carré d'herbe qui ressemblait à un joyeux quartier de Bombay ou de Bamako mais qui était peuplé aux trois quarts par des Allemands et des Scandinaves, ce carré d'herbe que le capitalisme et la soi-disant démocratie qui l'escorte ont depuis lors nettoyé pour ne pas importuner le regard des passants. Ce même jour, à deux heures de l'après-midi, nous avons pris l'Alkion pour nous rendre à Patmos.

Je ne reviendrai pas ici sur ce que je sens à chaque fois que mon corps approche la terre de Patmos. J'ai assez décrit les arrivées nocturnes dans l'île *qui n'habite point la mer avec faste*. Je n'ai pas besoin de vous dire que cette fois-ci aussi, comme je vis apparaître dans l'obscurité flamboyante de la mer la loupiote du phare de la pointe sud de Patmos, comme je sentis le calme que sa terre soudain apporte à la fureur d'Égée lorsque le ferry s'approche du port de Skala, je n'ai pas besoin de vous dire que mon esprit se laissa alors aller à la douceur de songer que cette demeure nouvelle, cette demeure magnifique, depuis quelques étés, n'était autre que la sienne. Je n'ai pas besoin de vous dire que quelques lueurs de bonheur, accompagnant l'île apocalyptique, sont venues égayer le malheur opaque suscité par ton absence. Je vous dirai seulement que là, soudain, pour ma cervelle de citronnelle, ta distance divine ne fut plus le seul point de repère.

La première nuit, nous avons dormi quelques heures sur les fauteuils accueillants de l'Arion. Au petit matin, nous avons retrouvé Sebastián et Hervé : ils étaient arrivés à Patmos deux jours avant nous. Ma mère, éprouvée par la mort de l'abuela Rosita, et désirant se punir de son propre malheur, avait décidé de passer l'été à Paris. Pour la première fois, nous étions à Patmos sans elle – sans elle mais avec son inévitable présence maternelle. Pendant toutes les vacances, Vassili et Aristides, Iorgos Priftis, Vagelis et Christos, Theodoris et Ourania, nous demandaient constamment de ses nouvelles. Sans parler des Kociki, d'Isaura Veron et des quelques autres Argentins qui avaient depuis l'été précédent envahi notre île et pour qui l'absence de ma mère, ô Nord Unanime, était affreusement déboussolante.

Sebastián, qui savait que je ne devais pas tarder à arriver, avait négocié avec Kristoulakis la location d'une des pièces de sa maison de Skala : une longue chambre surpeuplée de lits. Dans un joyeux bordel, nous y avons habité à cinq et demi pendant tout l'été. Hervé, Nicolas, Hugues, Sebastián et moi habitions la chambre entièrement, et Daniel l'habitait à demi. Pour n'avoir point à payer la modique somme de trois cents drachmes, il dormait, encerclé par des débris marins, derrière un caïque à moitié pourri échoué dans la petite partie du port dite « des pêcheurs ». Mais pour tenter d'effacer l'intraitable odeur de poisson que sa demeure nocturne lui collait à la peau, il venait chaque jour prendre une douche chez Kristoulakis. Comme l'eau à Patmos coûtait à l'époque bien plus cher que les lits, Catarina Kristoulakis – qui gérait déjà sa maison comme si ce fût un hôtel – rôdait sans cesse et nous comptait constamment. Expliquant tour à tour que Sebastián, Hugues, Nicolas, Hervé ou moi étions celui qui n'habitait pas là et que, oui, c'est vrai, l'un de nous avait l'étrange particularité de posséder deux sacs à dos, en fin d'après-midi, nous dissimulions la présence de Daniel dans la douche par la profusion du nombre. À part cette agitation crépusculaire, notre quotidien se déroulait avec une monotonie lente et moelleuse comme une guimauve. Chaque jour, au fur et à mesure de nos réveils respectifs, nous nous retrouvions au café du centre pour le petit-déjeuner. Hervé, qui commençait à se soucier de sa ligne, prenait quatre ou cinq cafés grecs. Hugues, Nicolas, Sebastián et moi prenions des petits-déjeuners qui variaient selon les jours. Et Daniel, toujours préoccupé par son désir monomaniaque de ne pas dépenser trop d'argent mais définitivement conquis par les Papadopoulos au chocolat, achetait trois paquets de ces biscuits au kiosque situé au-delà du magasin du redoutable Stratas avant de les dévorer au café en notre assoupie compagnie. Nous partions ensuite pour Psiliamos, où, tels des fils hybrides de lézards et de palourdes, nous passions mollusquement toute la journée. Puis, après que les douches houleuses eurent balayé le sel et le sable, nous montions dîner à Chora. Le premier événement qui vint égayer notre paisible quotidien fut la rencontre de deux Françaises dont j'ai oublié les noms. Comme toujours, Sebastián prit l'initiative de leur parler et finit par coucher avec l'une d'elles le soir même. L'autre tomba amoureuse de moi. Je me souviens de son visage aimable couvert de taches de rousseur. Je me souviens qu'elle était plus âgée que moi et qu'elle voulait être maîtresse d'école. Je me souviens d'un soir où nous avons parlé longtemps, assis à la terrasse déserte de l'Arion. Je me souviens qu'elle m'a raccompagné chez Kristoulakis. Je me souviens de son amour et de la compassion avec laquelle je tentai de lui expliquer qu'il n'existait pas la moindre chance que mes yeux se posassent sur son regard clair. Je me souviens, comme elle me parlait de moi, comme son désir amoureux ruisselait de ses mots tendres, ô cruauté adolescente, de ne lui avoir parlé que de toi, de ne lui avoir donné, à travers le témoignage de mon obnubilation pour ta peau de pulpe de mangue, que le sentiment terrible de ma profonde indifférence à son égard.

Mais je n'eus guère le temps de m'attarder sur son amour ni mon indifférence. Une semaine à peine après notre arrivée, véritablement à mes trousses, Marianne Un débarqua à Patmos.

Ô NOUS...
Ô TOI, Ô MOI
Le Passé, l'Avenir sont nos grands ennemis.

169

Je ne pensais qu'à toi. Mon esprit et mon corps étaient obsédés par ton souvenir et ton absence. Ma peau ne se laissait caresser par le soleil que dans le souci d'être douce lorsqu'elle te retrouverait en septembre. Mes pensées ne me semblaient sensées que lorsqu'elles se métamorphosaient en quelque phrase écrite qui t'était adressée. C'est vrai que je n'avais pas, à proprement parler, interdit à Marianne Un de passer ses vacances à Patmos. Mais elle savait que je serais là et que je ne pourrais pas plus supporter sa présence qu'elle ne pourrait supporter mon indifférence. L'entière semaine qu'elle demeura dans mon île fut pour elle, comme pour son amie Krike qui l'accompagnait encore, comme pour mes amis et pour moi, une petite torture estivale. Marianne Un me suivait partout et je faisais semblant de ne pas la voir. Et nos amis aussi jouaient à ce jeu sordide. L'air triste, désespéré, Hervé et Sebastián regardaient impuissants le désolant état de cette relation qu'ils avaient connue amoureuse. Après sept jours de torture absurde, Marianne Un se décida à me parler. Je l'écoutai en silence. Je voyais bien son malheur : dans le soir concret de la place, sa douleur était si palpable ! Mais, de même qu'à Paris, ses larmes coulaient très loin de moi : au lieu de remords, j'éprouvais *une sorte de rancune*. Elle me parlait de notre amour, qui à ses yeux n'avait connu qu'un malheureux tournant deux mois plus tôt, et qui pour moi était mort depuis deux siècles. La communication était impossible : plus que dans deux mondes, nous vivions dans deux époques différentes.

Le lendemain de cette conversation, sans que j'y fusse pour quoi que ce fût – car les mots q u'on adresse à quelqu'un qui ne nous aime plus ne soulagent jamais parce qu'ils sont écoutés, mais seulement parce qu'ils sont prononcés –, Marianne Un quitta l'île le cœur plus léger qu'elle n'y était arrivée.

Peu après, une troupe d'Italiens débarqua à Patmos. Depuis presque quarante ans, c'étaient les premiers Italiens qu'on voyait sous ces longitudes. Alors que tout au long des années quatre-vingt, relevant progressivement les Allemands et les Français, les Italiens allaient envahir la Grèce, comme ils envahiraient l'Espagne quelques années plus tard, là, en ce début de décennie, la présence des Gazzoni à Patmos était pour le moins inattendue. Les Gazzoni étaient une riche famille bolognaise. Deux ans plus tard, ils devaient acheter l'une des plus belles demeures de Chora. En cette année première, ils n'étaient pas encore accompagnés par la horde d'amis et de cousins qui viendraient avec eux dès l'année suivante. Cette année-là, seules la mère Gazzoni, ses deux filles, Idarica et sa petite sœur, Orsola, ainsi qu'Alegra, une de leurs amies, moitié italienne moitié anglaise, et une cousine redoutable dont j'ai oublié le nom étaient venues reconnaître les lieux. Je ne me souviens pas de notre rencontre. Sans doute, car il y avait encore relativement peu de touristes, elle fut inévitable. Je ne me souviens pas de notre rencontre, mais je me souviens des nuits entières que nous passâmes, assis sur la terrasse du café du centre, à jouer au jeu cruel des portraits chinois. La situation était simple : Hervé était amoureux d'Idarica qui était amoureuse de Sebastián ; Orsola, la petite sœur d'Idarica, était amoureuse de moi qui ne la voyais même pas ; Hugues et Daniel étaient amoureux de la cousine – louve romaine indomptable – qui nous contemplait tous avec superbe. Seuls Nicolas et Alegra connaissaient une situation beaucoup plus compliquée : ils s'aimaient d'un amour réciproque. Leur idylle fut de courte durée. Deux jours après s'être avoué leur amour et avoir longuement abusé de leurs corps sur la petite plage de Skala, il y eut un clash. Nul ne sut ce qui s'était passé. Nicolas et Alegra firent maint aller furieux et maint furieux retour le long du quai au-delà du café bleu. Il y eut cris, il y eut larmes. Et puis, brutalement, Alegra partit rejoindre Idarica, et Nicolas vint vers nous. Sans autre explication que sa colère, il nous annonça qu'il retournait le soir même à Paris. Il n'y avait à l'époque d'autre moyen de quitter Patmos que par les ferries du soir qui passaient, plus ou moins à la même heure, venant de Rhodes en direction du Pirée ou du Pirée en direction de Rhodes. Les aéroglisseurs ne reliaient pas encore l'île qui n'habite point la mer avec faste à Samos, Kos ou Icare. Nicolas se rua chez Kristoulakis et mit ses affaires en boule dans son sac à dos. Comme si l'heure fût particulièrement grave mais l'affaire entendue, il nous serra chacun notre tour dans les bras et partit d'un pas décidé prendre le bateau. Nous étions plus inquiets que tristes. Hugues

172

surtout – qui était le fiancé de sa grande sœur et qui avait fait le voyage depuis Paris avec lui – se faisait du souci pour Nicolas. Saurait-il se débrouiller sur cette terre étrangère ? N'était-ce pas trop compliqué, pour un garçon de seize ans habitué à vouvoyer sa mère et qui n'avait, avant cet été houleux, jamais quitté son pays, d'effectuer le long périple qui devait le conduire de Patmos à Athènes, puis d'Athènes à Belgrade, de Belgrade à Venise et, enfin, de Venise à Paris ? Lui serait-il possible, alors qu'il ne parlait pas le grec et qu'il baragouinait à peine trois mots d'anglais, de demander son chemin si jamais il s'égarait ?

Non, oui et oui. Voici, dans l'ordre respectif, les réponses à ces trois questions. Car à peine deux jours plus tard, comme nous étions de nouveau attablés au café du centre, encore préoccupés par son triste sort, nous vîmes réapparaître Nicolas tout penaud : il s'était trompé de bateau. Bêtement, il avait pris le ferry en direction de Rhodes au lieu de le prendre en direction du Pirée. Comprenant son erreur, il s'était arrêté à Kalymnos où il avait ruminé sa mauvaise humeur pendant un jour entier. Puis, ayant repris le bateau dans le sens inverse, bien qu'après sa ruminante journée il fût encore décidé à aller jusqu'à Athènes, en voyant le port de Skala s'approcher, il s'était finalement dit qu'il valait mieux affronter le ridicule de ce retour à Patmos que les mille effrayants obstacles d'un retour seul à Paris.

Notre quotidien reprit donc son rythme lent et baveux. Le soir, le jeu des portraits chinois nous occupait terriblement. Installés jusqu'à point d'heure sur la terrasse du café du centre, la ville entièrement endormie nous entourant de son silence orthodoxe, nous quittions la table tour à tour et revenions quelques instants plus tard pour tenter de deviner, par des questions métaphoriques, lequel de nos amis avait été choisi. Comme les sentiments qui animaient chacun d'entre nous étaient de moins en moins indéchiffrables, il ne s'agissait pas tant de deviner l'ami choisi que d'éviter de poser à celui ou celle qu'il aimait – et qui ne l'aimait pas – des questions qui immanquablement le blesseraient. Nous, garçons, protégions surtout Hervé. Lorsqu'il était choisi, Hervé devait supporter d'entendre son adorée Idarica répondre à la question « et si c'était une plante ? » par quelque douce réponse du style « ce serait une ortie » ou « ce serait une mauvaise herbe » ou encore « ce serait un gros cactus », puis – car le but du jeu était principalement de nous parler et il était interdit de proposer un nom avant d'avoir posé au moins trois questions – à « et si c'était un animal ? », comme Idarica n'ignorait pas qu'Hervé souffrait de son embonpoint, par « ce serait un ours », « un éléphant », « une baleine bleue ». Et même lorsque le but n'était pas de torturer le malheureux élu, les réponses se révélaient souvent blessantes sans que l'on pût en deviner véritablement la raison. Je me souviens, par exemple, d'avoir répondu à propos d'Orsola, qui était amoureuse de moi et bien plus enrobée qu'Hervé, à la question « et si c'était un

174

pays ? » par « ce serait Andorre, ou le Lichtenstein »,
réponse que je trouvais profondément gentille – ou
du moins courtoise – et qui la fit quitter la table en
pleurant.

Le reste de la journée, nous le passions à Psiliamos où, plus le mois d'août avançait, plus je m'éloi-
gnais du monde. En quête d'une harmonie parfaite
entre le sel, le sable, le soleil et mon âme, je passais
le plus clair de mon temps à l'Omeleta, toujours assis
à la même table, à contempler la houle immémoriale.
Le premier volume d'Ulysse et un cahier à portée de
la main, j'attendais que la mer et le vent me parlent.
Et souvent ils me parlaient. La voix monotone des
vagues sur la grève me racontait ce qu'avait été ce
monde avant que le temps ne fût inventé, et, en faisant bruire les feuilles des arbres, le meltemi me parlait des centaures et de cet âge perdu où les dieux
étaient encore des hommes et les hommes encore des
dieux. Parfois, lorsque se nouaient en moi le souvenir désespérant des exils et l'espoir que cette terre
nouvelle faisait toujours naître en me montrant que
moi aussi j'avais à présent un chez moi, – parfois,
j'écrivais. Mais j'écrivais à peine, car écrire c'était
t'écrire et l'idée même du projet de penser à toi le
plus souvent me suffisait. J'étais comblé par la simple
proposition que mon esprit se faisait à lui-même
d'évoquer telle promenade sur les quais de l'île
Saint-Louis, telle sieste interminable rue du Regard,
ou le simple souvenir de ton regard sombre.

175

Psiliamos, le 7 août 1980

Effort immense pour oublier tes yeux fatigués, presque fermés, rieurs comme sur la photo avec ton père. Effort immense pour me souvenir de tes multiples lèvres, de tes seins, de ton ventre, de l'extrême lenteur de ta peau.

* *
*

Psiliamos, le 8 août 1980

Absurdité : je parle de ton corps comme si je pouvais me fatiguer de ton regard.

* *
*

Psiliamos, le 9 août 1980

T'aimer chaque jour davantage.
Non : t'aimer chaque jour comme jamais.
Comme jamais je ne pourrais t'aimer.

Je passais la journée entière assis face à la mer et seules une phrase ou deux tombaient de l'ombre de mon stylo. Je n'avais plus besoin de lire ou de penser ni de salir les milliers de feuilles que je salissais d'habitude chaque été. N'ayant ni la force de quitter ma table pour aller sur

176

la plage ni celle d'y rester et d'ouvrir mon livre, mais la mélancolie joyeuse, je passais des heures à proprement ne rien faire. J'attendais. Sans en faire un art, je commençais de goûter les fruits défendus de l'attente.

Psiliamos, le 10 août 1980

J'ai envie de faire l'amour, de te mordre le nez et de ne plus y penser.

* *
*

Psiliamos, le 11 août 1980

Je ne te veux pas comme refuge. Même si je ne sais pas encore comment abandonner tout cet univers sordide que je traîne dans mes bagages depuis mon arrivée en France, je ne te veux pas comme refuge. Même si j'ai peur de l'abandonner, même si avant toi j'ai toujours senti que cette partie de moi-même était irréversible, même si j'ai toujours pensé au second exil comme à une trace indélébile qui, à travers l'écriture, me rappelle constamment à ma propre mort, je ne te veux pas comme refuge.

Comment te vouloir enfermé ? Avec toi, je suis ouvert aux plus grands vents : mon passé me semble incertain, comme si je touchais presque au présent.

* *
*

Le soir tombe de plus en plus tôt. Après le ciel, la plage elle-même nous dévoile son obscurité. La mer aux cent sourcils semble encore m'attendre. Le soleil est parti et son absence insolite soupçonne les vagues d'une insouciante jalousie. Et au creux de la distance, se dessine, insulaire, la nostalgie de ta solitude.

Le vent se souvient de toi et le sable t'appelle. J'enfouis mon rire dans ta nuque furieuse d'écume.

* *
*

Psiliamos, le 13 août 1980

Je   *te*

Autour du 15 août, comme je n'en pouvais plus, j'essayai de t'appeler. Nous avions prévu de nous retrouver à Paris vers le 15 septembre, mais je voulais te convaincre d'inventer quelque mensonge pour que ton père te laissât partir plus tôt et que nous nous retrouvas-

178

sions en Italie à la fin du mois d'août. Il est difficile d'imaginer aujourd'hui qu'il y a à peine plus de vingt ans il était pratiquement impossible de téléphoner d'une île du Dodécanèse à un village situé près de la frontière qui sépare la Toscane de l'Ombrie : c'était pourtant le cas. Le premier jour, je passai quatre heures dans l'ancienne centrale téléphonique de Patmos, le combiné couvert de sueur collé à l'oreille, à entendre seulement la sonnerie qui annonçait, avant que je n'eusse fini de composer le numéro, que la ligne était occupée ; non la ligne de la maison de Cetona, mais la ligne mystérieuse qui reliait Patmos à Athènes ou celle qui reliait Athènes à Rome ou celle encore qui reliait Rome à ce coin perdu de l'Italie où ton père avait malheureusement choisi d'habiter. Le lendemain, encore plus furieux, encore plus impatient, j'essayai pendant six heures de t'appeler. Une fois, comme le soir tombait, j'entendis une voix d'homme me répondre en italien. Convaincu qu'il s'agissait de ton père, je lui demandai à te parler. Mais l'homme, toujours en italien, me dit que j'avais fais une erreur et raccrocha. Le surlendemain, alors que je n'essayais de t'appeler que depuis trois quarts d'heures, j'entendis soudain ta voix.

– Φilippine ?
– Oui ?
- C'est moi.
– Mais tu

D'atroces bipbip interrompirent la conversation. Je restai encore huit heures dans la centrale torride. Je t'appelais, je t'appelais, je t'appelais, et je souffrais. Le

179

jour suivant, ayant perdu tout espoir de te parler, je décidai de ne plus t'appeler et je t'envoyai un télégramme où j'agglutinai quelques mots :

TATTENDS ÀVENISE DEVANTFLORIAN PRE-
MIERSEPTEMBRE TAIME
SANTIAGO

Au-delà de cinq mots, les télégrammes coûtaient une fortune. Pendant les trois jours qui suivirent l'envoi du télégramme, j'échangeai l'assidue fréquentation de la centrale téléphonique par une fréquentation tout aussi assidue de la poste. Et le troisième jour, je reçus tes mots magiques :

DACCORDPOUR LERENDEZVOUS
MAISAPPELLEMOI AMINUIT TAIMEAUSSI
PHILIPPINE

Tu avais eu l'heureuse idée : à minuit, les lignes téléphoniques étaient bien moins occupées que pendant la journée. Le seul problème était qu'à Patmos les cabines n'existaient pas encore et, à minuit, il n'y avait aucun endroit d'où téléphoner. Dans tout le port de Skala, je ne connaissais personne qui possédât un téléphone. Je décidai donc de monter à Chora. Le seul téléphone abordable se trouvait dans le restaurant de Vagelis. Après une longue discussion, je convainquis Vagelis lui-même que la situation était exceptionnelle et qu'il devait, bien qu'il fermât d'habitude vers onze heures, me laisser téléphoner à minuit. Épuisé, comme chaque jour du mois d'août, par une harassante journée, il laissa sa serviabilité légendaire prendre le pas sur son épuisement légendaire et il accepta. Donc je t'appelai. Et je te trouvai. Presque avant que le téléphone n'eût sonné, tu décrochas. Pendant les trois jours pendant lesquels j'avais essayé en vain de te joindre – pendant au fil du téléphone comme une question pendante, ou comme un fruit pendant, ou tout bêtement comme une vieille chaussette à une corde à linge –, pendant ces trois jours, j'avais oublié que je détestais les téléphones, et qu'ils me le rendaient bien. Je pensais à toi et tout me semblait aimable, même cet ustensile détestable dont l'usage me fut interdit, depuis ma plus cruelle enfance, par mon silence intempestif. Peut-être, au cours des heures interminables passées dans la centrale surchauffée, ai-je cru que tenus à distance par ces quelques milliers de kilomètres de sel et de terre, tenant chacun à la main ces grands os grisâtres qui pour d'explicables raisons transmettent les sons, peut-être ai-je cru que tu saurais tolérer mon mutisme et que tu me parlerais sans te soucier de ce que tu dirais : que sans que je prononçasse le moindre mot tu comprendrais que je n'avais besoin d'entendre que le son limpide de ta voix. Peut-être aussi m'étais-je dit que t'ayant finalement en ligne je saurais parler, que nous bavarderions, amènes et joyeux, comme deux poussins qui se retrouvent après s'être égarés quelques secondes dans la folie du poulailler. Mais nenni. La conversation fut tout autre. Sans doute pour ne pas réveiller ton père, tu parlais tout bas. De mon côté, j'étais obligé de t'écouter sous le regard de Vagelis qui n'avait rien trouvé de mieux à faire que de s'accouder au comptoir à quelques centimètres de moi. Nos mots étaient maladroits. Peu à peu, je m'enfermais dans un silence que tu trouvais coupable, douloureux et blessant à la fois. Et toi aussi, émue et fragile, tu ne savais que faire de ce simulacre de retrouvailles que nous accordait l'odieuse invention d'Antonio Meucci. Après que nous eûmes raccroché, je rentrai à Skala par le sentier obscur. Au cœur de la nuit, le souffle du meltemi était furieux. La forêt d'eucalyptus semblait fébrile. L'univers nocturne, surpeuplé de centaures qui fuyaient dans la nuit, se souvenait de son enfance, et il semblait inquiet. Et moi aussi, comme si je fusse de nouveau âgé de cinq ans, j'avais peur. Je marchais d'un pas incertain sur les pierres irrégulières du sentier millénaire et je contemplais la nuit tour à tour soulagé, puisque je t'avais parlé, et tourmenté, puisque notre conversation n'avait pas été à la hauteur de notre amour. Mon âme était envahie par un sentiment trouble qui ne devait lui laisser de repos que bien des jours plus tard, lorsque mon corps t'eut retrouvée.

Patmos, le 24 août
à cinq heures du matin

Lassitude du téléphone qui me poursuit
encore dans l'aube lointaine. Hier, nous avons

enfin parlé. Mais les mots n'ont rien dit : le silence grésillant était envahi par l'intouchable distance qui nous renvoie dos à dos ; qui, comme toute distance, aussi infime soit-elle, nous met dans cette intenable posture où nous nous voyons, où nous voyons de nous une image précise, une représentation définie qui nous empêche de nous toucher, de nous sentir, de nous entendre, de nous goûter. Toute distance nous force à imaginer l'Autre clair et distinct, tout contact nous le montre trouble et complexe.

Je fuis, avec toi comme avec le monde, la représentation des êtres. Je veux vivre dans un pur contact, dans un flottement continu, âpre et rugueux, morbido *et* suave, *comme avec la langue.*

Cou.per.

Tran.cher dans le vif de nos chairs pour ne plus nous épuiser à séparer d'après les frontières imposées par nos peaux.

T'aimer : être à ce point près de toi que la séparation ne puisse jamais s'effectuer qu'en tranchant dans ma chair – ou la tienne.

S'aimer : vaste univers où chacun chemincrait en portant des lambeaux de corps étrangers.

Notre conversation m'avait désespéré. Et mes pas nocturnes n'avaient pas réussi à apaiser mon tourment. Lorsque j'étais arrivé dans la chambre, je n'avais pas supporté l'idée de m'endormir parmi mes amis. J'étais ressorti et j'avais marché dans le port abandonné. Daniel dormait près de sa barque. Des mouettes dormaient autour de lui. Et plus loin, dans la baie profonde comme un miroir, même les vagues s'étaient tues. Assis seul à la terrasse de l'Arion, j'ai écrit ces quelques mots que je comprenais à peine mais qui devaient devenir, dans mon histoire intime – ou dans mon intime éternité –, la première formulation d'un dessein qui, comme nous le verrons plus tard, allait formidablement m'occuper.

Quoi qu'il en fût, le dérangement provoqué par Antonio Meucci dans notre faculté à communiquer sans nous servir de son invention ne suffit pas à nous faire annuler le rendez-vous du 1er septembre. Oubliant le trouble dans lequel m'avait plongé la conversation téléphonique, je profitai donc de mon dernier jour à Patmos du mieux que je savais : assis seul face à la mer à t'imaginer. Ton corps se dessinait dans le ciel sans nuages. Les caprices du vent sur le sable dévoilaient les traits instables de ton visage. Et la rumeur des vagues imitait au loin le souffle court de ton souffle lourd de plaisir.

Psiliamos, le 25 août 1980

Rendez-vous dans une semaine. Je compte les jours. Lundi, lundi, lundi, lundi, lundi, lundi, lundi. Tu es là ? Non. Je me détourne de la mer sombre et je consulte le

184

calendrier accroché sur le mur de l'Omeleta :
mardi.
      Sept jours incomptables.

Le matin, lorsque j'avais informé mes amis de mon intention de quitter l'île le soir même, j'avais senti un soulagement et une joie tels qu'ils frôlaient l'indécence. Ce n'était pas ma future absence qui les réjouissait ; simplement, mieux que moi, ils comprenaient le bonheur qui se dissimulait derrière ce départ précipité. Après la journée à Psiliamos, sans prendre de douche, couvert de sel et de sable, je pris seul le ferry. Quelques années plus tard, plongé dans les ténèbres gluantes de la première défaite, comme j'avais décidé de rester à Patmos jusqu'à la toute fin de l'été et que jour après jour mon regard désespéré accompagnait des amis qui m'abandonnaient en prenant le bateau du soir, je devais me souvenir de ce départ joyeux où ce fut moi qui quittai l'île en premier. Mais encore une fois, je ne veux pas anticiper : la douleur m'occupe déjà assez lorsque j'évoque la joie passée.

Nulle part, le 26 août 1980

Ne plus me taire avec ton silence mais
rire, rire bruyamment avec les bruissements de
tes paupières closes.

Face à la mer furieuse qui s'ébattait à mes pieds tel un monstre dont la monstruosité était due surtout à ce qu'il ne *monstrait* pas – car on ne voyait rien que la crête blanche d'écume et le reste du corps monstrueux était une pure et sombre absence –, face à la mer déchaînée, et noire, qui tant de fois m'effraya *à en mourir*, cette nuit-là, j'ai écrit ces mots tendres. Ce n'est pas le moins étrange de l'amour que cette propension à rendre attirant ce qui nous effrayait, ou beau ce qui nous semblait laid. Combien de fois, sur cette même mer d'Égée, avais-je contemplé, terrifié, la puissante coque métallique fendre l'obscur abîme ? Combien de fois allais-je me retenir, pendant les cinq interminables années de la première défaite, alors que seul l'espoir d'une douleur absolue me semblait pouvoir soulager les mille douleurs aiguës dont j'étais assailli chaque jour, de sauter dans cette promesse de souffrance opaque et définitive ? Là, cette nuit-là, la mer sombre m'inspirait de tendres pensées. Longtemps après que le ferry avait fait le tour de Patmos et que toutes les lumières de l'île s'étaient éteintes, j'ai fermé les yeux et j'ai dormi paisiblement sur le pont balayé par le vent. À l'aube, me réveillant le premier parmi les corps étrangers étendus inertes sur le sol de métal, je regardai une dernière fois la mer qui, bien que le ciel fût déjà clair, se souvenait encore de la nuit et de sa furie.

au début de quelque chose,
le petit matin du 27 août 1980

Révélation de l'aube : je ne dois plus
écrire – je dois juste te traduire. Je dois trou-

186

*ver les mots pour l'obscurité de ton regard
sombre, pour la forme de la forme de tes seins,
pour le goût âcre – et suave et piquant – de
ton sexe, pour ces courts moments où ta pensée – et à sa suite toute pensée – s'écarte du
logos. T'aimer doit m'*aparter *du langage,
– comme la naïveté suffisante d'un néolo-
gisme. Sinon, tout est inutile. Tout instant,
pendant ce que j'appellerai désormais, donnant nom nouveau à toute chose, nos* vite
nove, *doit témoigner de ces moments que le
langage blesse, que la pensée même, ne les
effleurant qu'avec peine, ternit, effraie,
entame, et au cours, long cours, desquels, nous
sommes à l'écart de toute parole.*

Au-delà de cette aube limpide – comme si ces
derniers mots écrits avant de te retrouver eussent
suffi à tout dire, à établir les règles du jeu intense de
la langue et du sexe, à prévoir l'immense amalgame
de langage et d'amour qui nous attendait à Venise –,
au-delà de cette aube limpide s'étend une vaste
période où les souvenirs et les oublis alternent
comme dans ces nuits surpeuplées de rêves dont on
ignore, au matin, quel fut le temps de sommeil, quel
fut le temps de veille. Ou plutôt comme dans cette
après-midi où, rue du Sommeil Rare, après avoir fait
l'amour pour la première fois – ou était-ce avant ? –,
tu m'as caressé, et tu m'as massé les mains, et nous
avons fait l'amour, et je t'ai caressée, et je t'ai massé

187

les pieds, et nous avons fait l'amour, et tu m'as regardé, et tu m'as caressé, et, et, et. Mais pourquoi me souviendrais-je de toi avec netteté alors que nos façons d'être dans la nudité, dans la pénétration, dans l'accueil de l'un dans l'autre, *faisaient qu'il ne s'agissait plus vraiment du même « un » et plus du tout de la même « autre »* ? Bien sûr, les possibilités que j'eusse eu pris le train à Athènes et que j'eusse eu fait escale à Belgrade, que j'eusse eu été arrivé à Venise et que je t'eusse eu été ait soit fût et *tutti quanti* retrouvée devant le café Florian le jour J à l'heure H sont assez fortes : car si j'ai oublié tout ce trajet improbable entre Patmos et Venise et l'attente et les retrouvailles devant le Florian, je me souviens, avec une force extrême et une précision infinie que mes mots ne sauront jamais traduire, d'avoir marché avec toi le long des galeries de la place Saint-Marc et d'avoir – ô douceur terrible des jours passés ! – posé ma main sur ta tête fragile parce que, brusquement, j'avais eu peur que tu pusses te faire mal contre le bord d'une arcade qui nous surplombait. Me souvenir de ce geste tendre – et un peu absurde aussi, car il n'y avait aucune raison que tu te cognes au marbre coloré – me fait pleurer inexplicablement depuis une vingtaine d'années. Qu'est-ce qui provoque les larmes ? la clarté de cet instant singulier détaché de tout, ou l'ombre d'oubli qui l'entoure ? Est-ce de reconnaître le Santiago précis de ce geste pur qui me déchire le cœur ou de ne pouvoir connaître le Santiago perdu qui a fait seul le long trajet en train, puis qui t'a attendu et retrouvé devant le café Florian ? Ou est-ce toi, ombre et lumière, souvenir et oubli à la fois ? Sans doute dans la mémoire la lutte des souvenirs et des oublis est incessante, mais rares sont ces périodes où la bataille est si confuse que dans la mêlée guerrière peu importe qui est souvenir, qui est oubli. La nature de l'un devient la nature de l'autre. Et lorsqu'il nous faut écrire sur ces étendues sauvages tigrées de mémoire et d'oubli, lorsque nous voulons nous en souvenir en étant fidèles à nous-mêmes, nous ne pouvons le faire qu'en étant infidèles à la réalité. Il nous faut rendre le passé contingent. Voulant nous souvenir, nous devons nous confier à l'oubli, *à ce risque qu'est l'oubli absolu et à ce beau hasard que devient alors le souvenir.*

Après le souvenir de la main posée sur ta tête, et surtout après le souvenir de ton regard débordant d'amour qui me disait merci, merci de me protéger, merci de m'aimer, merci d'être là, merci d'être à moi ; après le souvenir de ce regard qui au bord des larmes donna au geste tendre une portée si universelle que pendant un temps le temps ne fut plus et Venise et le monde s'arrêtèrent pour saluer la douceur absolue qui nous envahissait ; après le souvenir de ce regard, ton regard, il n'y a rien, plus rien. Une nouvelle et vaste page blanche. De cette tendresse idéale, ma mémoire saute comme un petit lapin maladroit à une image d'une furieuse sensualité : sur je ne sais quel *vaporetto*, je suis assis tout au fond et tu es assise sur mes genoux et nous nous dévorons sans retenue, langues et jambes et mains fouillant voraces les moindres recoins de ces corps familiers – le tien, le mien – qui ne s'étaient pas touchés depuis presque deux mois. À l'opposé extrême du geste pur de douceur et de tendresse de la main sur la tête, il y a là une cohue confuse où la chair, dans une furie sexuelle formidable, nia pendant quelques minutes au monde extérieur le droit d'exister. Tournés entièrement vers nous-mêmes, ne sentant que nos propres corps, nous étions comme deux pieuvres aveugles aux tentacules inextricablement entremêlés. Et puis, alors que sous ta jupe mon onzième tentacule se frayait picaresque son chemin entre mille obstacles textiles, la voix tonitruante d'un gros Vénitien nous fit ouvrir les yeux.

– *Ma cosa fate, perversi, viziosi! Perché non andate al casino per fare queste cose?!*

Autour de nous, la cinquantaine de passagers du *vaporetto* nous regardait fixement.

Un nouveau blanc. Oubli sur oubli. Et puis, peut-être le soir de ce premier jour, je te vois dans la chambre d'une pension inconnue. Tu dors dans le lit, couverte de miel, mon cahier serré dans les bras, ta bouche entrouverte collée contre lui, comme si tu l'embrassais. *C'est peut-être mal d'embrasser un cahier.* Tu t'étais endormie en lisant les mille et une lettres que je t'avais écrites à Patmos et que je ne t'avais pas envoyées, que tu avais découvertes seulement à Venise, sous mon regard. Il y avait dans ta bouche qui laissait un peu de salive couler et se mêler à l'encre

190

noire à la commissure de tes lèvres, il y avait dans la lumière du crépuscule qui t'adorait en te dorant comme un objet précieux, il y avait dans la position de ton corps où le poids du sommeil ne parvenait pas à masquer tout à fait la légèreté du désir, où ton torse endormi s'enfonçait dense et massif dans la mollesse onctueuse du matelas alors que tes cuisses d'airain faisaient faire de l'alpinisme à tes fesses aériennes, les rendant si agiles, si volages, qu'on les eût dites prêtes à s'envoler, il y avait dans tout ça une furieuse invitation : une invitation à je ne savais quoi de plus qu'à t'aimer. L'instant fut crucial. Quelque part, dans un auguste recoin ubiquiste situé à la fois dans mon sexe, dans mon cœur et dans mon cerveau, se formait tout doucement l'idée insensée que l'écriture pût prendre part à nos ébats. Je voulais que ton corps devînt la langue de mon silence. Je voulais que la sérénité des monts et vallées de ta peau de reine soulageât le désordre douloureux de mon silence de rein. Je voulais nommer *le plaisir innommable* que tu m'offrais. Je voulais te mordre sauvagement et t'embrasser en t'effleurant à peine du bout de mes lèvres. Je voulais te dévorer *en transformant les paroles les plus inattendues en paroles que tu ne pourrais plus attendre*. Je voulais te dire tout entière et je voulais à jamais te laisser là où tu étais indiciblement installée : sur le bout de ma langue. Je voulais que mon silence chantât les louanges de ton corps et que ton corps mît fin à mon silence. Je voulais te faire l'amour sans perdre *la pureté de notre impossible*. Je voulais que désormais mes mots, *comme ce mot majeur, unique et définitif, qu'au plus haut de l'amour, et comme d'autres un cri, poussaient les Bithyniennes, ce mot qui disait tout ce qui peut être dit de l'essence de l'amour, du plaisir, de la femme, de la vie, de l'éternité, de Dieu, ce mot dont nous ne savons plus rien, dont nul ne peut retrouver ni la musique, ni la forme, ni l'étymologie* – je voulais que mes mots, comme ce mot, soient poussés des lèvres du sexe au lèvres du visage par l'orgasme. Je voulais vivre à tes côtés, je voulais te regarder, respecter ton sommeil, je voulais pouvoir te contempler ainsi, jusqu'à ce que le moindre de tes signes me fût familier, et, en même temps, je voulais te faire l'amour tout le temps, absolument, niant la distance, inventant un contact où ce ne fût plus seulement mon sexe qui fût à l'intérieur du tien mais où nos corps tout entiers devinssent indivisibles : je voulais tout à la fois te connaître – comme la philosophie connaît son objet, *sans le posséder* – et te posséder – comme la poésie possède son objet, *sans le connaître*. Tout à coup une idée me vint qui me sembla pouvoir réconcilier la connaissance et la possession, la raison et la passion, la parole poétique et la parole philosophique. Je pris mon stylo et, comme tu dormais encore, je traçai sur ta main ces mots : « Ceci est la main de *ma* Φilippine. » Les caresses de la plume t'ont réveillée. Et comme tu contemplais, étonnée et amusée, les premiers mots que j'ai jamais écrits sur ton corps, j'ajoutai : « De qui est cette main ? » Pour répondre, tu pris mon stylo et tu écrivis sur ma main : « C'est *ta* main puisqu'elle est

192

à moi. » Tu as posé le stylo et, la retournant, j'ai embrassé la paume de ta-ma main. Et puis, j'ai écrit sur ton sein gauche : « Celui-ci est mon sein. » Et tu as ajouté sur ton sein droit : « Et celui-ci aussi parce que c'est le mien. » Et sur mon coude tu as écrit : « Celui-ci est mon coude. » Et sur mon autre coude j'ai écrit : « Celui-ci aussi puisqu'il est à moi. » Et tu as écrit autour de ma bouche : « Ma bouche. » Et j'ai écrit sur ton nez :

m

o

zen

Et sur mon torse tu as écrit : « mon cœur ». Et sur tes fesses j'ai écrit : « mon cul ». Et enfin, lorsque toutes les parties de nos corps étaient ainsi nommées, tu as embrassé longuement mon sexe avant d'écrire délicatement :

t

o

n

m

o

n

Et j'ai ajouté, aussi doucement qu'il me fut possible, tout autour de tes lèvres entr'ouvertes, origine de tous les mondes possibles :

$$m \quad t$$
$$o \qquad o$$
$$n \quad n$$

Et puis nous avons fait l'amour, et nous nous sommes endormis, et la transpiration a brouillé l'encre, et les draps pour la première fois se sont souvenus de nos ébats de la plus noire des mémoires.

Et puis nous nous sommes réveillés et nous avons recommencé à jouer : pendant une journée entière nous avons utilisé mon stylo et l'étendue de nos peaux pour nous parler. *Comme Hobbes comprenant que chacun est en guerre contre chacun grâce aux figures géométriques qu'il dessinait sur ses cuisses et ses draps*, nous commencions de comprendre notre bataille intime dans ces dialogues écrits sur nos corps nus.

J'ignore le moment exact où tu m'as abandonné le stylo. Mais ce jour-là ou quelque autre jour lagunaire, pour que ton corps de plume parlât en lieu et place de ma langue de plomb, nous avons établi cette nouvelle règle – que ce serait moi seul qui écrirais sur ta peau – qui a fait que ce jeu, dans les siècles des siècles de notre amour, demeurera comme le plus personnel et le plus extrême de tous nos divertissements. Vous avez déjà lu, ô aimables l'eusses-tu-cru, maint exemple des textes produits par ce passe-temps. Je les ai éparpillés tout au long de ce premier chapitre de cette quatrième partie du *Dernier texte*, tels des asticots, pour appâter vos yeux lubriques de pêcheurs. Mais au-delà du plaisir qu'ils ont accordé à votre impudicité, voyez-vous leur innocence ? pouvez-vous, à présent que vous savez comment le jeu a commencé, voir à quel point l'encre qui se mêle au sperme n'était ni une débauche coupable ni une perversité inutile ? Lorsqu'on est poussé à l'amour, le cœur est fortement ébranlé et de ce branle naissent deux sortes d'esprits, chauds et secs. Le premier, le plus subtil, parvient au cerveau, reçoit de celui-ci une certaine humidité et rejoint les reins à travers la moelle épinière *et par deux canaux se déverse dans les testicules.* L'autre, le plus grossier, se perd parfois dans la bile et devient cette substance noire et visqueuse que déversent impunément sur le papier les mains atrabilaires. Notre jeu était destiné à réconcilier ces deux esprits adverses. Produit par la perfection la plus parfaite – ta peau de pulpe de mangue – et l'imperfection la plus surfaite – mon silence qui depuis ma naissance et plus avait choisi la voix retorse de l'écriture –, résultat de l'amour qui rendait tout tolérable et du désir qui rendait tout insupportable, le jeu était plus que du désir, plus que de l'amour, plus que de l'écriture : c'était une puissance absolue, une puissance qui demeurait puissance après le passage à l'acte, et c'était aussi une impuissance absolue, une impuissance qui, se tournant vers elle-même, *advenait à soi comme un acte pur.* C'était un état de risque et d'abandon extrêmes où, pendant quelques mois, langue une et parole une, mon silence et mon écriture ne furent plus cette douleur aiguë autre que dentaire qu'ils avaient été tout au long de mon existence, cette douleur encore plus aiguë qu'ils seraient après que Φilippine m'eut abandonné de nouveau à mon silence et à mon écriture.

Et puis de nouveau Venise s'absente. Rien, plus rien. Et juste après ce vide – ce vide qui, comme tous les trous de ce gruyère immense qu'est ma mémoire vénitienne, m'attire terriblement car je sens dans sa vacuité la possibilité d'une plénitude bien plus abondante que dans tous mes souvenirs –, juste après ce vide je nous vois zigzaguant dans l'obscurité de quelque *vicolo* obscur pour aboutir à l'eau sombre d'un canal, et ivres, et heureux, nous arrêtant tout au fond de l'impasse, je nous vois abusant de nos corps éméchés, et de l'eau, et de la nuit. Puis je nous vois repartir d'un pas tout aussi grisé, et je nous vois arriver dans une nouvelle impasse, et je nous vois abuser encore, et encore, et encore de l'aubaine inouïe que le labyrinthe vénitien offrît autant de recoins que l'insatiabilité de nos corps implorait. Nous avions bu du vin blanc et nos pas indécis semblaient destinés à nous conduire toute la nuit dans diverses *calle*, dans diverses *corte* où la pénombre n'attendait qu'une chose : dissimuler nos caresses. À chaque nouvelle et infructueuse tentative de retrouver le chemin de notre pension dans le labyrinthe que le temps a bâti sur la lagune, te collant contre un mur, je te pénétrais et j'allais et je venais dans le labyrinthe atemporel de tes cuisses jusqu'à ce qu'ayant presque atteint le centre, tu me repoussasses pour que nous errassions et que nous fissions encore l'amour. L'aube surprit un orgasme majeur devant le Grand Canal, au pied de la Ca' d'Oro.

à Venise, un des premiers jours
où nous avons joué

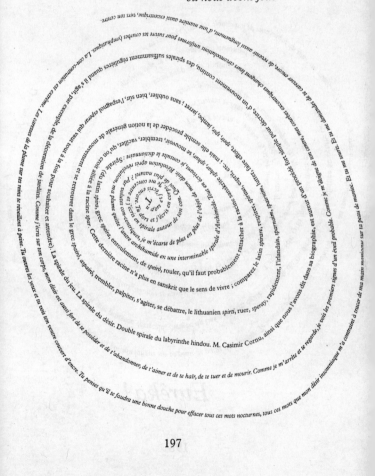

des spirales suffisamment régulières quand il s'agit, par exemple, en extérieur. Les catégories changent leurs chromosomions uniformes pour suivre tes courbes lymphatiques. La con- ... reçoit encore, de caresser encore, mes lamelles de la ... de recevoir aussi longuement, d'une manière aussi excentrique, vers ton centre.

d'un mouvement continu, ... bien sûr, sans oublier, jarret, jarret, qui, jambe, jarret ; l'espagnol espera qui veut tout à la fois pour souhaiter et attendre). La décoration de jardins. Comme j'écris sur ton corps, mon désir est aussi fort de te posséder et de t'abandonner, de t'aimer et de te haïr, de te tuer et de mourir. ... Les caresses de la plume sur ta main me réveillent à peine. Tu ouvres les yeux et tu as ton ventre couvert d'encre.

spirale sinistre, sperm, lutter, faire effort, etc. ; mais elle semble procéder de la notion générale de mouvement. Spirale (du ... se mouvoir, trembler, vaciller, qu'on croit ... je consulte le dictionnaire : Spirale (du latin spira, grec speira, qu'on croit alliée à la racine grec speirô, répandre, qu'il faut probablement rattacher au ...

je m'écarte de plus en plus de l'objet ... en spirale autour de ton ... ma plume quitter enroulement, de speirô, rouler, qu'il faut probablement rattacher ... archihumide en une interminable spirale d'écriture. Cette dernière racine n'a plus en sanskrit que le sens de vivre ; comparez le latin spirare, respirer, souffler, vivre, etc. ; rapidement, l'irlandais, ...

Quoi de plus naturel ? J'écris, je t'écris encore, je me concentre ... Révolution après révolution.

Tu dors et j'écris.
Tu dors et je t'écris.

s'agiter, se débattre, le lituanien *spirti*, ruer, *speros*, rapidement, ... La spirale du désir. Double spirale du labyrinthe hindou. M. Casimir Cornu, ainsi que nous l'avons dit dans sa biographie, ... enroulement, s'épanouir, trembler, palpiter, ...

Tu penses qu'il te faudra une bonne douche pour effacer tous ces mots nocturnes, tous ces mots que mon désir insomniaque m'a commandé à tracer de ma main insomniaque sur ta peau de monde.

197

il
se hâte, et file il s'élance,
galope! il
il se
précipite! bondit,
s'empresse,

Eurêka !

Ce texte fut écrit à l'aube de notre dernier jour à Venise. Il établit d'une manière définitive les règles du jeu : l'écriture sur son corps, dictée par l'impétuosité du désir, devait nous conduire au plaisir de la même manière que le labyrinthe conduit au cœur de cela même qu'il tient à distance – par le plus grand et le plus plaisant des détours. Φilippine avait mis fin à mon indécision et elle était devenue ma seule obsession : mon désir devait la nier en même temps qu'il l'affirmait. Et mon écriture, la traduisant tout en la rendant ineffable, devait emmener mon impossibilité à parler à ce lieu extrême de silence qui me donnerait enfin la parole : son corps, son corps lourd de plaisir, son corps un et entier, son corps pénétré et impénétrable.

II

Nous sommes repartis de Venise en train. Et pour la première fois, comme s'il fallût un geste symbolique pour signifier au monde que ma vie à Paris allait définitivement changer, que désormais j'allais entièrement accepter de vivre dans le premier monde du premier monde – et bien que les compartiments à six couchettes m'eussent jusqu'alors semblé d'un luxe immérité pour le crapaud sud-américain que j'étais –, nous avons pris un compartiment à deux lits où, baignés par la lumière crépusculaire, puis lunaire, les secousses ferroviaires ont gentiment accompagné nos secousses musculaires. Faire l'amour dans le train nous sembla d'ailleurs si plaisant qu'il nous arriva par la suite d'en prendre simplement pour faire d'inutiles – et ô combien utiles – allers et retours.

Le lendemain matin, en sortant de la gare de Lyon, nous fûmes pris d'un profond désarroi. Il est

201

étrange, lorsqu'on revient d'un temps où l'on a partagé vingt-quatre heures sur vingt-quatre sa vie avec
quelqu'un, de brusquement se retrouver à la sortie
d'une gare, ou un aéroport, à se demander comment
il faut faire dans cette vie nouvelle – qui est notre
ancienne vie – où nous avons deux quotidiens dis-
tincts. Je ne sais quelle réponse nous avons apportée ce
jour-là au problème. Comme si souvent la clarté de cet
instant de doute devant le bâtiment imposant de la
gare, de cet instant toujours lointain, de cet instant
limpide et insondable à la fois, a plongé dans la
pénombre l'instant qui le suit où nous avons décidé de
rester ensemble ou alors où nous nous sommes séparés pour que tu allasses chez toi, rue du Regard, et que
j'allasse chez moi rue du Sommerard. Quoi qu'il en
fût, ce qui demeure d'une manière certaine, profonde
et charnelle, dans la mémoire, est la certitude que pendant de longs mois nous n'habitâmes pas ensemble et
que d'interminables heures nocturnes de l'automne et
de l'hiver 1980 furent consacrées à jeter des pièces de
cinquante centimes sur ta fenêtre éteinte. Mais commençons, comme nous ne le pouvons, par le début.
Car si ce qui importe par-dessus tout est ce chemin
(qui me menait de divers points précis du Ve arrondissement à ce point ultime du VIe – ta chambre où,
endormie, tu m'attendais emmitouflée dans la chemise de nuit en pilou céleste), pour que vous compre-
niez réellement son importance, et pour satisfaire mon
impératif de tout écrire, je dois auparavant établir la
liste des studios.

Souhaitant quitter la chambre de la rue du Sommerard où l'absence de toilettes, de douche et de cuisine ne me semblait plus convenir à mon nouveau statut de carpe non seulement d'élite mais également studieuse, dûment inscrite à l'École du Louvre et à la Sorbonne, j'avais convenu avec Hugues avant de partir pour Patmos qu'à notre retour je sous-louerais son minuscule deux-pièces de la rue Galande. Il s'agissait d'un lieu charmant dont le seul inconvénient – que j'avais sous-estimé dans un premier temps – était que le plafond n'atteignait en aucun de ses vingt et quelques mètres carrés le mètre quatre-vingt-dix vertical que je mesurais. En quelques heures passées à l'intérieur de l'appartement, et avant même d'y déménager, cet inconvénient me sembla tout autre et je décidai de faire cadeau à Hugues de deux mois de loyer mais de ne jamais habiter dans cet espace beaucoup trop horizontal pour subvenir aux besoins minimaux de ma verticalité. Pendant deux semaines, accompagné par ma mère, je visitai des dizaines de studios situés autour de chez elle. L'un, qui se trouvait au dernier étage de l'immeuble le plus haut de la rue Frédéric-Sauton, me sembla idéal. Il possédait une drôle de fenêtre, un long rectangle placé tout en haut d'un mur d'où l'on percevait aussi bien la légèreté magique et pimentée de Notre-Dame que l'indigeste lourdeur sucrée du Sacré-Cœur. Mais le loyer était de mille six cents francs et ma mère ne voulait pas que je payasse plus de mille deux (ce qui représentait, déjà, près de dix fois le loyer de ma chambre rue du Sommerard). (Je me permets de chatouiller votre impatience en me remémorant ce lieu dont j'eusse pu omettre l'évocation, puisque d'une certaine façon il faillit à mon passé, parce qu'il y occupe justement, comme d'autres lieux que finalement je ne m'appropriai jamais (des appartements où je n'ai pas habité mais aussi des villes italiennes où je ne suis pas allé, des îles grecques où je ne fis que passer ou encore des femmes – ô lieux des lieux ! – que je n'ai finalement pas aimées) une place singulière : il est une sorte d'extension improbable de mon histoire. Je ne me souviens pas seulement de mon désir d'y habiter ; une partie de mon cerveau, prisonnière depuis lors d'une rêverie sans fin, se souvient d'un *autre passé* où j'eusse vécu là et elle imprègne parfois mon présent des habitudes que ce lieu m'eût données : faire mes courses au marché de la place Maubert, acheter mon journal au kiosque à côté du métro, contempler Notre-Dame en me tenant sur la pointe des pieds, écrire sur un bureau que j'eusse situé tout au fond de la pièce, très loin du long rectangle de l'étonnante fenêtre haute. Ce Santiago, produit par ce passé, ce Santiago que je ne suis pas devenu et que mon cerveau ne s'amuse pas seulement à imaginer mais qu'il crée entièrement (car ma schizophrénie me fait autant douter de lui que de cet autre Santiago dont j'invente et établis ici, dans ce lieu où tout est mensonge et où mentir m'est parfois impossible, l'histoire et la vérité), ce Santiago, comme tous les Santiago possibles, devrait aussi figurer dans une quelconque digression de ce *Dernier Texte*, – digression que je vous épargne toutefois pour le moment.)

Après cet échec, vient un autre échec bien plus échouant. Ma mère, pour des raisons que nous tairons, avait acheté un studio dans le but de le louer et d'épargner ainsi un peu d'argent. J'en fus, absurdement, le premier locataire. Lorsqu'elle l'avait acheté, comme je vivais encore rue du Sommerard et que n'importe quel lieu possédant des toilettes me semblait d'un luxe inatteignable à mes maigres moyens, j'avais rêvé d'y habiter. Ce studio, vendu par un couple d'agents immobiliers véreux comme s'il se fût agi d'une perle rare, était situé au 2, rue du Petit-Pont. Il se trouvait au deuxième étage et ses fenêtres donnaient, on ne peut plus, sur la façade de Notre-Dame. Voilà son unique attrait, son seul atout. Derrière, se dissimulait une armée entière d'inconvénients dont je ne vais évoquer, par mansuétude pour tout ce qui concerne mon passé, que les deux principaux : premièrement, l'immeuble tout entier était une putréfaction envahie jour et nuit par l'odeur de vieille friture qui émanait des divers vendeurs de sandwiches situés au rez-de-chaussée et, secondement, la vue sublime sur Notre-Dame s'accompagnait d'un bruit tel – car la rue du Petit-Pont, dont le Petit Nom peut laisser penser qu'il s'agit de quelque Petite Rue charmante du vieux Paris, n'est en fait que le tout début de ce projet d'autoroute qu'est la rue Saint-Jacques –, d'un bruit tel que le désir d'y travailler le jour était aussi inassouvissable que celui d'y dormir la nuit. Ce fut donc là, dans cet endroit impossible, que je vécus les premiers mois de ma première année universitaire, – que je vécus, en n'y dormant qu'une nuit tous les quinze jours. Ce furent donc ces mois-là que je vécus chez ta mère, au numéro 22 de la rue du Regard, sans y avoir le droit. Ces furent ces mois-là, délicieux mois clandestins de l'automne et de l'hiver 1980, où mes pas lentement égrenés entre la rue du Sommerard, puis la rue du Petit-Pont, et la rue du Regard ont minutieusement construit ce chemin qui a pris, dans mon histoire intime, l'immense résonance d'une légende épique. Ce chemin, qui m'est aussi intrinsèque que le chemin de Psiliamos, remontait le boulevard Saint-Germain jusqu'à la rue du Four, puis la rue du Four jusqu'à la rue de Rennes, et, enfin, la rue de Rennes jusqu'à la rue du Regard. Ce chemin, comme très peu de chemins, n'avait qu'un seul sens : celui de me mener vers ton absence obscure. Sans doute il y eut des jours, pendant ces longs mois d'automne et d'hiver, où nous passâmes des soirées ensemble, mais, dans la mémoire, jusqu'au début du printemps, seul demeure le souvenir d'avoir passé la journée loin de toi et d'avoir parcouru ces rues intenses et de parvenir, tard dans la nuit, dans la cour minuscule située sous ta fenêtre éteinte. Contrairement à d'autres chemins parisiens que j'inventerais plus tard où la répétition des trajets, créant une habitude qui me rendait aveugle à tout ce qui m'entourait, me permettait de marcher très vite et de me concentrer sur des pensées étrangères à la raison du déplacement, ce chemin du premier amour je cherchais à le rendre aussi lent et savoureux que possible. Quelle que fût mon occupation – en ces temps lointains c'était presque tous les jours la même : la lecture –, je restais chez moi le plus long-temps possible. Je restais chez moi jusqu'à ce moment extrême où quelque signe me faisait comprendre que bien que je fusse encore assis, un livre à la main, le che-min était déjà commencé. Le chemin commençait toujours avant mon départ. Lorsque la lecture deve-nait impossible, c'est-à-dire lorsque non seulement je ne parvenais plus à me concentrer sur ce que je lisais, mais lorsque l'acte même de tenir un livre et de tour-ner des pages me devenait surhumain, je quittais enfin ma demeure, débordant de désir, pour t'aller retrou-ver. Mais, malgré mon impatience – et Éros sait qu'elle était immense –, dès que mes pieds se posaient sur le trottoir de droite du boulevard Saint-Germain (ma maniaquerie me portait non seulement à arpenter tou-jours les mêmes rues, mais aussi les mêmes trottoirs), mon souhait était que la route fût longue. Je parcou-rais lentement la partie du boulevard qui se trouve dans le Ve arrondissement, ces quelques dizaines de mètres situées avant le boulevard Saint-Michel qui ne sont arpentées que par quelques touristes plus ou moins égarés, et toujours effrayés, irrésolus. Peut-être troublé par le départ, le plus souvent, dans cette pre-mière partie du chemin, j'avançais doucement mais sans penser à rien. Puis, entre le Cluny et le carrefour de l'Odéon, soulagé de me retrouver entouré aussi bien d'étrangers que de lycéens et d'étudiants se ren-dant ou quittant des salles de cinéma, je ralentissais encore mon pas et commençais de penser réellement à toi. Car bien que ce chemin, comme tous les chemins, fût l'écho lointain de celui d'Ithaque, car bien que je craignisse les Lestrygons et les Cyclopes et la colère de Poséidon que mon âme dressait devant moi, je ne souhaitais pas entrer par des matins clairs *dans de nombreux ports inconnus* : je voulais que la route fût longue mais obnubilée par une seule pensée – celle de ton corps emmitouflé dans la chemise de nuit en pilou céleste. Ainsi, parfois, entre le Cluny et le coin de la rue de l'Éperon, je comptais les cent quatre-vingt-dix-sept pas en pensant fermement, à chaque pas, dans la lenteur extrême que j'imposais à mon genou droit qui se ployait pour soulever mon pied droit puis qui se déployait pour qu'il se posât de nouveau sur le sol, et dans la lenteur en tout point pareille qui permettait à mon pied gauche de voler au-delà du droit puis d'atterrir pour être à son tour dépassé par lui, dans cette lenteur absolue et répétée, longuement répétée, je songeais cent quatre-vingt-dix-sept fois à mon ton pénétrant tout aussi lentement, cent quatre-vingt-dix-sept fois, ton mon étonnamment étroit et accueillant à la fois. Mais parfois aussi, ces mêmes cent quatre-vingt-dix-sept pas n'étaient consacrés qu'à penser, tout aussi résolument, à ces chastes baisers dont je te couvrirais, tout aussi lentement, de la tête aux pieds. Oui, je mentirais si je disais que chaque rue était dédiée à une partie de ton corps. Mes pensées n'étaient pas ordonnées. Mon esprit divaguait, et c'était parfois tout au début du chemin que je pensais à tes lèvres ruisselantes de désir – je savais alors que la rue du Four et la rue de Rennes seraient entièrement consacrées à calmer mon impatience en ne songeant qu'à ta chevelure, *élastique et rebelle*, ou à tes petits pieds tièdes – et parfois seulement, tout à la fin, dans la cour sombre, qu'apparaissait en moi une première pensée véritablement sexuelle. Entre Odéon et Mabillon, je quittais souvent le boulevard Saint-Germain, dans le simple souci de rallonger le chemin, et j'arrivais rue du Four en faisant le détour par la rue de Buci. Ce détour, pour petit qu'il fût, me permettait souvent de régler mon désir à la réalité du trajet : si mon excitation me semblait trop forte par rapport à l'endroit où je me trouvais, je le parcourais en pensant seulement à l'odeur de ton sommeil, à la chaleur de ton corps, ou même parfois simplement à ta chemise de nuit en pilou céleste après l'amour, après que tu t'étais de nouveau endormie, lorsqu'elle restait vide et triste dans le lit en guerre et que je m'en couvrais le visage pour m'endormir, à mon tour, noyé dans ta douceur parfumée ; en revanche, si mes pensées avaient été jusque-là trop timorées, je parcourais ce même détour en songeant à des images charnelles et furieuses que, débordant de confiance lorsqu'il s'agit de sujets licencieux en votre faculté à combler les lacunes de mon projet de tout noircir, ô bambocheurs chéris, je vous laisse *onanistement* imaginer. Puis, ayant quitté définitivement le boulevard Saint-Germain, mon ardeur enfin maîtrisée, je pouvais remonter la rue du Four jusqu'à la rue de Rennes, toujours par le trottoir de droite, malgré le dénivellement ambigu qui précède la poste, en songeant seulement à ton regard sombre, à tes petits yeux endormis où le mécontentement d'avoir été – encore une fois ! – réveillée ferait immédiatement place au bonheur qui les envahissait à chaque fois que tu comprenais que c'était moi la raison du réveil. La rue du Four, pour triste qu'elle fût de nuit, comme toutes les boutiques étaient fermées, je la remontais avec le calme bonheur de sentir que je n'étais qu'au milieu du chemin. Et puis j'arrivais rue de Rennes. C'était la plus longue partie du trajet ; c'était la dernière ; c'était celle que je parcourais de la plus lente des manières. Je m'arrêtais à chaque coin de rue : rue Madame, car cette fois-ci, pour que le chemin fût encore plus long, pour rester le plus loin de ta maison close, je demeurais sur le trottoir de gauche ; rue du Vieux-Colombier, d'où je regardais la belle tour sombre de Saint-Sulpice et le carrefour, à peine animé, de la Croix-Rouge ; à la petite place que forment les rues Cassette et Pape-Carpantier et dont le café, à l'époque, était toujours fermé à cette heure tardive ; rue de Mézières, puis rue d'Assas, dont le nom seul faisait alors déjà peur ; et, enfin, au coin du boulevard Raspail où, ne tenant plus, je traversais la rue de Rennes pour m'engloutir dans la rue du Regard. Devant le numéro 19, situé juste en face de chez toi, je levais mon regard pour vérifier que la lumière de la chambre de ta mère était bien éteinte. Puis je traversais la rue en courant, entrais dans l'immeuble, et arrivais dans la petite cour sombre où, comme je l'ai déjà écrit, je passais des heures à essayer d'atteindre les vitres de ta fenêtre avec des petites pièces de cinquante centimes. Il m'est arrivé, quelque soir de maladresse profonde, de jeter la même pièce de minuit à six heures du matin. Mais, de même que la lenteur de mes pas nocturnes, le temps passé dans la petite cour – où je ne pensais plus qu'à atteindre tes vitres éteintes et à éviter celles de la voisine du troisième étage – était d'une douceur extrême. Comment en eût-il été autrement ? J'aimais autant le chemin qui menait vers toi que la mort éphémère qui m'attendait dans le cratère de tes cuisses légères.

Parfois aussi, rarement, ta fenêtre était, parmi les fenêtres *toutes pareilles mais obscures*, la seule éclairée par la lumière dorée d'une bougie. Et, avant de commencer à jeter ma petite pièce de cinquante centimes – car, que tu fusses réveillée ou que tu m'eusses attendu et te fusses endormie la bougie allumée, il me fallait, de toute façon, te prévenir ainsi de ma présence –, je m'attendrissais longuement en pensant à l'*être charmant* qui m'attendait épanoui dans cette lumière d'or.

Finalement, à des heures indues, la petite pièce atteignait la vitre – la tienne, ou celle de la voisine qui te prévenait alors de ma maladresse (et de ma présence) par ses cris de garçon boucher – et tu apparaissais, incandescente dans ta chemise de nuit en pilou céleste, et je savais que je pouvais monter, qu'à la sortie de l'ascenseur tu m'attendrais, tiède, et douce, et docile, et affectueuse, et tendre, et passionnée et ardente, et que, me prenant par la main, sans un mot, sans un bruit, tu m'entraînerais vers ta chambre où, si elle était éteinte, tu allumerais religieusement la bougie pour me regarder, et, sous sa lumière hésitante et dorée, pour me, formidablement, aimer.

rue du Regard, à l'aube passée

Après l'amour, tu t'es rendormie. Après l'amour, péniblement, je suis parvenu au petit bureau de ta chambre où je poursuis ma lecture du dictionnaire. Je suis page 478 et ça commence terriblement : diaprure-diarrhée. *Difficile de ne pas m'arrêter, outré par cette contiguïté de mauvais aloi – ou de mauvaise haleine.* Beurk *(que Petit Robert n'a pas trouvé à son goût et qui ne figure donc pas dans son florilège). Dans la même page, plus bas,* diatribe, *avec une sublime citation de P. :* Il mêle à la violence de ses diatribes une pitié indulgente. *Il pourrait s'agir de Verdurin ou même d'un autre gros légume, style Norpois, mais j'espère qu'il s'agit de Charlus. Et puis* diaule, *merveilleux, presque aussi sonore que* moon *est rond. Et* dicline *qui se dit des plantes unisexuées et que les arabes emploient pour* décline *(Ça dicline michament li dinar en ci moment). Et* dico *(que Petit Robert, pour de trop claires raisons, semble apprécier plus que* beurk*). Et enfin :* dictature-dictée, *vieille contiguïté que tous les écoliers du monde connaissent par cœur.*

Du bureau, je me tourne vers toi, vers ton sommeil de fée. Un jour, quand je serai grand, je n'écrirai plus qu'à cette heure où ma plume me donne l'illusion d'aider le soleil à se lever, à cette heure où l'univers endormi dépend entièrement du bon vouloir de mon écriture.

Tu dors. Voilà, au moins, une chaussure. Tu dors sur le côté et tu me tournes le dos. Tu dors de ton sommeil de poids lourd. Oups ! *(que Petit Robert n'a pas inclus entre* ouf ! *et* ouille !*)* Oups ! *Comme si mes mots avaient résonné trop fort, tu te retournes : tu te mets sur le ventre, ton visage aplati contre le matelas mais tourné vers moi. Tu dors. J'entends la profondeur de ton souffle assoupi. Je regarde le dictionnaire.* Diaprure-diarrhée. *Brusquement, je me souviens d'une autre contiguïté. Oui :* cunéiforme-cunnilingus. *Non. Tu dors, tu dors. Même si tu me l'as demandé, même si je meurs d'envie de te manger, pourquoi troubler ton sommeil de fée ?*

Si au moins je pouvais me servir des mots pour te mordre, si mes lettres lentes en caresses gluantes parcouraient ta peau de marbre, si mes phrases fragiles s'érigeaient en une tour mobile pour pénétrer ton intimité docile. Si je t'écrivais. Si je t'écrivais absolument. Si tout entière sous la plume brusque je te tenais, non comme un rêve de papier, mais comme des mots bilingues se tiennent dans une bouche

213

seule et fermée. Si je te mangeais. Si je t'avalais et que tu renaquisses en pures sinuosités labiales, palpable comme la pulpe d'un poulpe lorsque les dents se livrent à l'ardent labeur de goûter et mâcher, de mâcher et goûter : de profiter de la chair ferme qui s'ouvre comme des mots mous.

Je me tourne de nouveau vers toi. Mes mots ne t'ont pas mordue, ils ne t'ont même pas réveillée.

Aïe! (qui lui aussi a semblé de meilleur goût que beurk à *Petit Robert* et qui, homonyme de ail qu'il précède de trente-sept mots, est joliment contigu de aïeul). Aïe! tu t'es emparée de l'oreiller. Aïe! Aïe! Aïe! Voilà que tu glisses l'oreiller sous ton ventre et que par le simple effet de cette minuscule surélévation de tes fesses, et sans que ton sommeil de poids lourd n'y puisse que couic (belle présence à la palindromique page 363), tout ton corps s'envole, léger comme un kilo de plumes d'oie.

Je me relis. Je te regarde. Je me relis. Je te regarde. Diaprure-diarrhée. Cunéiforme-cunnilingus. Peut-être peux-je juste tenter une petite étude discrète, non?

Si.

Le cahier à la main, *écrivant comme je marche,* je quitte le bureau. Et je m'assois au pied du lit. Longuement, je regarde ton mon en l'air, offert à ma logorrhée.

Je vais juste goûter.

Non ?

Si, je vais juste goûter.

Mmmmm. Oui.

Miam-miam.

Je goûte encore une fois.

Gloups ! (dont je n'ai pas le courage d'aller vérifier la présence ou l'oubli dans le dictionnaire resté sur le bureau).

Gloups ! Tu as bougé, tu t'es retournée, mais tu ne t'es pas réveillée.

Te souvenant en rêve de ce dessin de Goltzius que j'adore, tu t'es mise sur le dos, l'oreiller sous tes reins, une jambe tendue, pendant de ton petit matelas, l'autre pliée, le pied posé à côté du genou, m'offrant ton mon encore plus que lorsque tu étais sur le ventre. Je pose le cahier sur le côté de ta jambe tendue, à distance idéale de ma main droite et de sa langue maladroite. Ton mon est là, sous mes yeux, à distance idéale de ma bouche, à portée de mon autre langue – tant plus adroite. Et tu dors : pure indifférence offerte à ma concupiscence (qui, si ma mémoire est bonne, est joliment contigu de concubinage). J'étire ma langue et t'effleure à peine. Et, profondément endormie, tu écartes encore plus tes cuisses de mie offrant à ma longue sinuosité verbale tes lèvres d'orfèvre.

Brusquement je comprends quelque chose d'inouï : TU ES SUR LE BOUT DE MA LANGUE.

Non, je rigole pas. Toi, mon indicible absolu, toi, mon poème introuvable, toi, mon intraduisible ineffable, voilà que tu te trouves absolument sur le bout de ma langue.

Je te touche à peine. Longuement, je te tiens sur le bout de ma langue. Je te tiens sur le bout de ma langue sans rien faire de plus que chercher à me souvenir.

Quand je mordille ta chevelure, élastique et rebelle, il me semble que je mange des souvenirs.

Il ne croyait pas si bien dire. Heureusement pour lui, il en est resté à la chevelure.

Longuement, je te tiens sur le bout de ma langue. Puis, je me détourne pour écrire. Je me détourne à peine : seuls mes yeux bougent. Tout est si bien agencé que je peux écrire sans que le contact – ô si pur, si ténu ! – entre ma langue distendue et tes lèvres tendues ne soit rompu. J'écris en te gardant sur le bout de ma langue. Et tous les mots qui jusqu'au jour d'hui flottaient autour de mes lèvres sans que je puisse m'en saisir, là, soudain, main et bouche occupées, langue et langue à l'œuvre, si je puis écrire, je peux non seulement les attraper, mais je peux aussi les goûter, les lécher, méchamment les mordre. Comme ma main atteint le bout de la ligne, mon autre langue s'allonge pour cher-

cher les gouttes primitives qui coulent de quelque roche qui pleure dans la grotte profonde. *Et après tes cuisses endormies, voilà qu'à leur tour tes lèvres d'insomnie semblent se disjoindre pour appeler de leur silence labial ma muqueuse-ballerine-rose.*

Deux petits coups de langue et je tourne de nouveau les yeux pour écrire. Mais j'écris, et je ne sais plus, de ma main ou ma bouche, ou tes lèvres, qui parle.

Ce n'est par hasard que ça s'appelle aussi des lèvres : le professeur Fernand Q. Choulier, dans son célèbre, et pourtant inédit, *Mémoire sur l'émission primitive de sons chez l'Homo Heidelbergensis* (1879), soutient que les premières paroles ont été prononcées par l'entrejambe d'une femelle : l'homo erectus n'ayant utilisé sa bouche, jusqu'à une époque tardive, que pour manger, le premier homo sapiens neandertalensis aurait frappé de stupeur ses parents en hurlant des insultes, de l'intérieur du ventre, avant sa naissance. D'où la croyance, demeurée si vive encore de nos jours, que la langue est avant tout maternelle.

Voyons voir.

Je regoûte. Quatre, cinq petits coups de langue. Pas plus. Oui, peut-être. Peut-être, tout endormie que tu sois, se trouvent sur le

217

bord de tes lèvres ces mêmes noms impro-
nonçables qui s'amusent sur le bout de ma
langue. Oui, encore quelques petits coups de
langue et nos deux silences, nos deux silences
sur le bord de pouvoir tout dire, humidement se
rencontrent.

Tu t'étires à peine. Et je suis le mouvement. Longuement, je te tiens sur le bout de ma
langue. Tu es tout entière sur le bout de cette
longue vipère rose qui te chatouille. Qui, lan-
guement, te chamouille. Tu es là où tu ne peux
être dite, là où tu ne peux être oubliée. Tu es là
où, à ton tour, tu chatouilles ma mémoire.

Je goûte et regoûte. Coups de langue plus
rapides, plus appuyés, mais toujours modérés.

Sur tes lèvres, il y a un mélange étrange
de mots durs et de mots mous, de mots grossiers
et de mots doux.

Mes yeux ne quittent plus le cahier ; ma
langue est rivée à tes lèvres. Et ses caresses
s'amplifient : surtout vers le ventre, ma langue
excède largement l'espace oblong qui lui était
confiné.

Peu à peu, ton sommeil de fée s'allume de
mille petites étoiles de baguette magique. Mais
tes paupières demeurent silencieuses, ta bouche
close. Et tu te retournes encore. Cambrée à
l'extrême sur le lit, tes mains sur tes fesses
qu'elles écartent à outrance, tu m'offres ton
tout.

Que je lèche considérablement.

Oui, je te tiens tout entière sur le bout de ma langue. Lorsque la main arrive au bout de la ligne, ma langue t'abandonne un instant. Je lâche à peine le contact entre ma langue et tes lèvres, et tu tombes presque! Déçue, désespérée, tu crois que je vais arrêter, que véritablement je vais te laisser tomber. Mais hop! je reviens au début de la ligne suivante et en même temps ma langue agile de lézard vert s'étire et te rattrape. Et te soulève de nouveau.

Je te lèche et te relèche, et je te lèche encore.

Je te tiens de nouveau absolument sur le bout de ma langue, là où je ne peux te nommer. Et tu me tiens aussi, tu me tiens sur le bout de tes lèvres qui ne se souviennent plus de mon nom ni de mon ton ni de ton mon.

Je te lèche amplement, du bas du dos jusqu'au nombril.

Alors, le jeu commence pour de vrai. Toi sur le bout de ma langue, moi sur le bord de tes lèvres, tout silencieux que nous soyons, nous pouvons enfin nous amuser, nous parler, nous pouvons enfin crier, hurler.

Et abandonner le cahier.

Comme vous pouvez le constater – et quoiqu'il me faille dans peu de temps arrêter de distiller ainsi les écrits rédigés pendant que nous faisions l'amour pour vous offrir quelque autre partie du corpus des textes qui lui furent adressés –, le jeu, ne s'était pas arrêté avec la fin des vacances : au contraire, ce fut tout au long de cette année que je l'aimais et lui écrivais et que nous étions, tous deux, corps un et langue une. Il est même des textes (j'ignore si j'aurais le courage de les relire, c'est-à-dire de les vous donner à lire en les récrivant ici) qui, bien qu'ils aient été écrits sur son corps, portent la triste trace du triste abandon dont je fus, au mois de septembre de l'année suivante, la triste victime. Mais pendant de longs mois – comme nous jouions encore tous deux de concert, moi la plume chargée d'encre en quête de mots nouveaux, elle, palimpseste sur lequel, après chaque douche, mille nouveaux textes pouvaient s'écrire –, je crus trouver sur l'étendue blanche de sa peau cet espace que j'avais cherché en vain pendant toutes ces années où l'écriture ne m'avait servi qu'à *ne pas pouvoir faire* le deuil de ma propre mort, cet espace béni où l'écriture pourrait enfin ne plus me tirer vers le passé. Parallèlement à la découverte de la *palabilité* de son corps, j'apprenais (ou du moins avais-je alors l'illusion d'apprendre) ce que pourraient devenir, dans un futur palpitant de mille aventures sensuelles, mon écriture et mon silence. Oui, pendant de longs mois, mon esprit de colibri, emporté par le goût de ta peau, crut que ce jeu d'abord innocent, pouvait non seulement rendre mon écriture bavarde, mais défaire le lien qui depuis que j'avais appris à écrire – *et depuis des siècles dans toute la culture occidentale* – unit l'écriture à la mémoire et à la mort. Ce que j'écrivais sur ta peau était

220

dicté par le désir. Mon écriture, sur ton corps, pouvait n'être plus un lieu d'absence. Je pouvais, là, sur cette étendue neuve, immaculée, rendre à Éros l'impossible objet d'amour que Thanatos lui avait dérobé. Sur ta peau, je pouvais franchir ce pas *en arrière et au-delà d'elle-même vers sa propre origine* qui permettrait à mon écriture (et à toute notre culture poétique) de retrouver son vrai chemin : le projet d'une joie qui n'a jamais de fin.

J'imagine ce que vous vous dites (et peut-être avez-vous raison) : en jouant, parfois, je pétais un peu les plombs. Mais comment en eût-il été autrement ? Sur sa peau, sur sa peau étendue, étirée, sur sa peau bien plus rebelle que n'importe quelle chevelure, sur cet étang étanche qui m'étourdissait, mes doigts bondissaient et mes lèvres glissaient à une vitesse telle que les mots s'animaient, comme s'ils eussent été touchés par une étincelle divine, et devenaient vivants et désinvoltes comme des lucioles inquiètes dans une nuit d'été. Convaincu que c'étaient là des formes d'une nouveauté si fondamentale que n'importe qui, pour ignorant qu'il fût de leur support (ton corps), se rendrait à l'évidence de leur importance, chaque matin, avant qu'elle ne se douche, je prenais soin de recopier sur le papier les textes écrits sur sa peau. De septembre 1980 à septembre 1981, j'ai écrit trois cent trente-deux textes – c'est-à-dire qu'en une année, il n'y eût guère que trente-trois nuits pendant lesquelles nous n'avons pas joué à notre jeu préféré. Pourtant, je n'ai jamais songé, comme je l'ai fait pour mes *Petites hystéries masculines*, à réunir ces moments de prose en un quelconque recueil ou à les tous vous donner à lire ici. Il est vrai que souvent la transpiration, la salive, le sperme ou les draps, au matin, avaient gommé des mots ou des phrases entières. Mais surtout, la plupart, l'immense majorité de ces textes écrits pendant que nous faisions l'amour, j'ai renoncé à les retranscrire parce qu'à les relire je n'ai pu leur trouver le moindre sens.

> *de mon pupitre de bélître, je t'écris l'épître de pitre que mon silence d'huître dicte à tes seins et tes mains qui à chaque chapitre – page un, page un, page un – titrent et sous-titrent l'allant et le venant du flux et du reflux de la marée sans fin de mes mille et un litres. Bé... bé... bégayant comme une volonté vacillante, tu... tu... tu... bêles dans ton parfum de bégonia de Saint-Domingue et ma bégueulerie de bélemnite belge amateur de bel canto, éc... éc... écrit le retentissement des sombres coups de bélier du destin qui annoncent le béguin de notre bellicisme beige. Bien, bien, bien. Mal.*

Il s'agit souvent de mots alignés ainsi sur des pages sans marge, formant des vagues semblables aux chiffres d'Opalka sur ses feuilles de voyage ; ou alors de quelques mots seulement – quatre, six, huit – qui peuplent la page comme les idéogrammes insensés de Michaux.

con   *com*

col   *cor*

ou alors :

flafla

flag

flair   *flac!*

Quelque fois, on sent un vague mouvement, on croit deviner un sens possible : les mots, qu'ils se suivent, collés les uns aux autres en un magma maritime, ou qu'ils se perdent, isolés dans l'espace silencieux de la page presque blanche, forment des couples antagoniques qui se souviennent de ma lecture du dictionnaire et qui reflètent le va-et-vient ancestral de l'acte amoureux – semblable au va-et-vient infatigable de la mer à travers un temps de nouveau sans âge. Ou alors, peut-être, c'est seulement leur choix aléatoire qui exprime la douce hystérie de mon besoin de l'aimer et de la haïr, de vivre et de mourir, de l'attendre et d'en finir, de la combler et de jouir.

D'autres textes, comme celui qui suit, presque interminable mais dont je ne vous infligerai que quelques extraits, furent écrits sur le cahier, mais dans une telle proximité physique que le papier ne se différenciait plus de la peau.

un dimanche soir,
rue du Regard

Comme le premier jour, l'après-midi a duré toute l'après-midi. Le temps a suivi son cours – et nous avons nagé, exactement à la même vitesse, à contre-courant. La veille et le sommeil ont alterné à toute allure des plages de conscience et d'inconscience, de décence et d'indécence, de cadence et de décadence, d'innocence et d'imprudence, de réticence et de réminiscence, de convergence et de contingence, d'exigence et d'indulgence, d'intelligence et de négligence, d'urgence et d'impatience, d'excellence et de truculence, de violence et de clémence, de démence et de concupiscence, d'éloquence et d'impertinence, bref, et pour ne m'en tenir qu'aux «ences», de totale incontinence. Ton sommeil maintenant, dans la tiédeur nocturne de ces mots de mars, ton sommeil d'indifférence dans mon dos, comme je suis assis au bureau, semble apaisé. Tu pourrais dormir jusqu'à demain. Je pourrais écrire jusqu'à demain. Mais.

Cette longue après-midi dominicale collé, cousu, attaché, agglutiné à ton corps, m'a fait comprendre que dans ma longue lecture nocturne du dictionnaire quelques pages fondamentales m'avaient échappé. Aveuglé par la contiguïté cunéiforme-cunnilingus, j'ai omis de lire convenablement, et de convenablement commenter, les 735 mots qui occupent mon édition de 1976 de Petit Robert de la page 319 à la page 350. Voici le jeu que je te propose pour cette nuit : installé entre tes cuisses de comtesse, je vais lire et commenter sur le cahier ces trente et une pages, et entre chaque mot, pour un temps similaire à celui que m'auront pris la lecture et le commentaire, je passerai de la langue commune et écrite à ma langue orale vernaculaire. Oui, voici la règle que tu liras seulement

227

si je perds (c'est-à-dire si je te réveille) : je vais te lécher de la plus intermittente et interminable manière en essayant que ton plaisir soit aussi immense que celui que seuls peuvent procurer les rêves les plus intemporels.

CON-. *Élément, du lat.* com, cum « *avec* », *dont la consonne finale s'assimile à celle du radical pour* M, L *et* R.

(Je commence par le petit orteil de ton pied gauche. Miam-miam. Le voilà gobé. Tu n'as frémi que lorsque ma langue a fouillé l'interstice entre ce petit être minuscule et l'orteil suivant, tout aussi appétissant.)

(1845, de concasser)

CONCASSAGE. *n. m. Action de concasser. Concasser. Façon de faire l'amour de plus en plus répandue dans les relations matrimoniales. Résultat de l'inculture qui nous fait confondre les relations sexuelles avec les relations guerrières.*

(Au deuxième orteil du pied gauche, et surtout dans l'abîme tendre entre le deuxième et le troisième, ma langue a joué à (oh si peu !) te chatouiller. Mais attention : pas de chatouille vulgaire de la plante du pied. Chatouille légère du petit coussin amidonné qui se trouve sous la dernière phalange de l'orteil et chatouille soyeuse de la fente étrangère.)

(XIIIᵉ ; lat. conquassare*)*

CONCASSER. *v. tr. Réduire en petits fragments. Concasser du poivre, des fèves. Concasser de la pierre. Ne pas concasser. Penser sans séparer. Penser la violence du désir sans verser dans la rassurante pensée de la pornographie. Penser la violence sans oublier la tendresse. Penser la tendresse sans oublier la violence.*

(Je chemine, ou je languine, ou je linguine – comme un aplati spaghetti – d'orteil en orteil.

228

Par quel miracle le mince contact entre ma langue et les monts et les vaux de ton pied gauche peut-il produire cette étonnante élévation du sixième orteil de mon pied droit qui me fait tenir, tout allongé sur le ventre que je sois, à quelques centimètres au-dessus de la surface du monde ?)

CONCASSEUR. n. m. *Appareil servant à concasser.* Concasseur à plateaux, à mâchoires. *Je suis le concasseur à mâchoires. Attention, attention ! Le concasseur à mâchoires entre en gare.* (1860; de concasser)

(Glissant de la plus suave des façons, sans rien casser mais écartant seulement, je me dirige à l'allure de la plus vaseuse des cistudes vers l'antre archihumide où Archimède attend le plouf magistral et linguinal.)

CONCATÉNATION. n. f. *Enchaînement (des causes et des effets, des termes d'un syllogisme). À ton con caténé. Ton con redoutable est la cause de tous mes effets. Oui, moi, le plus acatène des maillons, je suis, à tout jamais, à ton con caténé.* (v. 1500; lat. concatenatio, *de* catena «*chaîne*»)

(En quatre mots, j'ai épuisé les cinq orteils de ton pied gauche. Je les ai léchés, gobés, mordillés, tous et chacun sans produire d'autre signe qu'un gentil coup de ton autre pied sur mon nez indiscret. Tu dors de ton sommeil de pierre. Plus que 731 mots.)

CONCAVE. adj. *Qui présente une surface sphérique en creux (V. Biconcave).* Surface, miroir concave. Moulure concave *(cavet).* Con-caves, *vastes galeries souterraines où, langue une et parole une, je pourrais me perdre à tout jamais.* (1314; lat. concavus, *de* cavus «*creux*»)

(Au cinquième terme, j'attaque l'essentiel : la plante de ton pied gauche. De l'extrême extrémité de tes cinq orteils à ton talon ferme, je la fouille minutieusement avec la pointe de ma langue. Sans jamais me laisser aller à utiliser sa plate surface de grosse limace, mais n'usant que de sa seule pointe acérée, je parcours une à une, comme un abécédaire, les lignes de cœur qui creusent ta peau plantaire.)

J'interromps brièvement la retranscription de ce texte ancien car j'imagine que vous devez commencer à vous inquiéter de savoir combien vous devrez en lire. il est vrai que les quelques dizaines de pages du dictionnaire, entre les définitions de Petit Robert, les quelques suggestions que ma langue écrite se permettait de lui faire et le compte rendu de ce qu'entre un mot et un autre ma langue orale accomplissait, se sont transformées en quelques centaines. Il est vrai que nous n'en sommes qu'au cinquième terme et qu'il en existe 735 qui commencent par les trois lettres magiques *c, o, n*. Mais n'ayez crainte, ô **Con**ejos Queridos ! Comme promis, je ne vous donnerai à lire que la pulpe meilleure des termes les plus loquaces.

(XIIIᵉ ; lat. concedere*)*   CONCÉDER. *1° Accorder à quelqu'un comme une faveur. 2° Abandonner de son propre gré. Je con-cède. De mon gré le plus gracile, de mon abandon saint-thérésien, je à ton con-cède.*

Ma langue, qui s'était attardée pendant quatre mots sur les cinq orteils de ton pied gauche, en deux mots a épuisé les fruits interdits des cinq orteils de ton pied droit. Sale gloutonne ! Grotesque grossoyeuse ! Repens-toi et retrouve ta légendaire lenteur de notaire.)

(1762 ; V. Concentrer — je vois : 1611 ; de con et centré. Voilà qui éclaire)   CONCENTRÉ. *1° Dont la con-centration est grande. Bouillon concentré. 2° Esprit con-centré. V. Attentif, réfléchi. Caractère con-centré. V. Renfermé, taciturne. «Descartes était méditatif, mais nullement con-centré.» (Faguet)*

(Au dixième mot, ma langue a retrouvé son allant, son allant si lent qu'elle halle mon trans-

230

atlantique désir d'une cheville à l'autre comme un cabestan étourdi. Le sixième orteil de mon pied droit coincé contre le bord du matelas, ma langue fouille et farfouille les moindres détails de ces «petites clés» fermées par tes tibias et tes péronés. Et tu soupires.)

CONCENTRIQUE. *adj. 1° Géom. Qui a un même centre.* Le mouvement concentrique de l'ennemi. *Con-cent-triques, con-sent-trique, consentrique. J'en passe et des moins bonnes.* *(1361)*

(Douzième terme. Emportée par un élan conceptuel, ma langue a abandonné tes chevilles pour ne plus s'intéresser qu'à la courbe congrue de ton mollet droit. Elle l'a longuement orné de cercles et de spirales en l'effleurant à peine du bout du bout de son bout, puis, brusquement, oublieuse de toute considération, elle a effacé ses motifs géométriques à plats coups de sa plus plate partie convexe.)

CONCEPTION. *n. f. 1° Moment où un enfant est conçu. 2° Formation d'un concept dans l'esprit humain.* *(1190; lat.* conceptio, de concipere*)*

(Si la philosophie consiste effectivement à éclaircir quelques malentendus entretenus par le langage, voilà de quoi philosopher. Moment où un enfant est conçu, moment où un concept est conçu. Y a-t-il une différence entre petit un et petit deux? Telle est, alors que ma langue s'occupe encore de ton mollet, ma seule et unique préoccupation.)

Pourquoi diable, alors que j'en étais à la lettre *q*, me fit-elle, en ce dimanche démesuré, revenir tant en arrière dans ma lecture téméraire de Petit Robert? À recopier ce texte interminable, j'ai du mal à concevoir que cette lecture – et cette écriture – se fit en une seule nuit et non en mille et une. Mais si la nuit me fut aussi solitaire, si je puis écrire, que l'après-midi nous fut unitaire, l'une et l'autre s'étendirent semblablement au-delà du temps qu'en général elles occupent. Et je regrette que ces quelques extraits ne vous permettent guère de sentir la longueur, et la langueur, avec laquelle ma langue languide, languissante, parcourut son corps langoureux.

CONCEPTUEL. adj. Celui qui s'attache à la conception.

(Au dix-neuvième mot, après avoir osé ton genoux gauche, me voilà revenu à ta cheville droite. Je m'en goinfre. Je la lèche et la lèche et la relèche encore. Ma langue connaît le moindre de ses secrets. La voilà si bien léchée, que tu te retournes, ravie, dans ton sommeil de fée.)

(de con et cerner, entourer d'une zone livide, bistre ou bleuâtre)

CONCERNER. v. ter. Avoir rapport à, s'appliquer à. «L'horizon qui cerne ce con, c'est celui qui cerne toute vie.» (Barrès)

CONCERT. n. m. 1° Vx. Accord de deux personnes qui poursuivent un même but. 2° Encore plus Vx. Ensemble harmonieux.

(Je suis perdu, définitivement perdu, derrière ton genou droit. Il se trouve, à cet endroit précis, un carré de peau que ma langue a découvert si sensible que bien que ton sommeil soit profond, à chaque lape-ment, lorsque ma langue quitte la peau, le muscle de ta cuisse se contracte et semble me demander de recommencer. Je ne peux plus avancer. Je lape interminablement, comme un lapin assoiffé.)

(1264; lat. concessio)

CONCESSION. n. f. Action de céder au con.

(Je suis toujours bloqué derrière ton genou droit. Je regarde ton muscle répondre à ma langue et je rêve que tout au bout de ta cuisse sa contraction contracte un autre con.)

232

CONCEVOIR. *v. tr. I. Former (un enfant).*
II. Former (un concept). « Celle que l'on con soit bien
s'énonce clairement. » (Boil.)

(Un effort surhumain permet à ma langue de se libérer du dialogue bègue avec le muscle crural, mais, emportée par son élan, la voilà qui lèche formidablement la cuisse, qui férocement la parcourt, et qui ne réussit à retrouver son calme olympien qu'à l'aube de tes fesses olympiques.)

CONCHYLIEN. *n. m. Con appartenant aux*
habitantes du Chili.

(Dans un pur souci d'équité, ma langue a abandonné l'orée de ta fesse droite pour s'occuper définitivement, irrémédiablement, de ta cuisse gauche. Je la lèche entièrement de haut en bas. Puis, telle une fourmi repue, je mordille à peine le dos de ton genou gauche. Puis je la lèche aussi entièrement de bas en haut, et je mordille le soupçon de début de commencement de ta fesse gauche avec ravissement.)

CONCIERGE. *n. De con (sexe féminin) et*
cierge (sexe masculin), par analogie avec la forme
allongée de ce type de bougies et par une métonymie
suscitée par la façon dont les cierges furent employés
dans les temps anciens par certaines religieuses.

(Tu te retournes encore. Au trente-neuvième des 735 mots qu'il me faut commenter, tu te retournes encore. C'est vrai que pendant cinq mots, comme un chiot une chaussette en boule, mes dents n'ont pas desserré leur étreinte sur cet obsédant début de fesse. L'envie cannibale semblait avoir pris le dessus et je t'ai, véritablement, mordue. Alors tu t'es retournée, un peu énervée. Pour me faire pardonner, je retourne à tes pieds.)

CONCILIABULE. *n. m. 1° Réunion secrète*
de personnes soupçonnées de mauvais desseins.
2° Conversation où l'on chuchote. Sur ton corps
se tient un double conciliabule.

(L'un après l'autre, je lèche méticuleusement tes petits pieds adorés. Je lis, j'écris, je lèche. Plus haut, très loin, se dresse une colline légère et pubescente. Je rêve à l'instant où je l'atteindrai.)

CONCIS. adj. 1° Qui s'exprime en peu de mots. 2° Tout – sauf toi.

(Comme je lèche le tibia droit tel un ptéranodon édenté, comme ma langue va et vient insouciante et mes yeux soucieux se **con**centrent sur cette colline lointaine protégée par une forêt de poils pubiens, je me souviens d'une **con**tiguïté notée il y a quelques semaines : pubis-publiable.)

(1587; de con et gluant)

CONCLUANT. n. m. Con gluant. Con dangereux et attirant qui occupe les rêves – ou les cauchemars – des adolescents incontinents.

(Au cinquante-cinquième mot, je crois pouvoir dire et écrire que le dessus de tes deux jambes, des ongles des orteils jusqu'aux genoux, a été si bien, si complètement, si méticuleusement léché que l'humidité a accompli son écartelante œuvre autant que faire se peut. Je me relève donc pour contempler mon travail : tes jambes à l'extrême disjointes m'offrent une origine du monde cent cinquante-sept mille fois plus attrayante que tout ce que Courbet a pu imaginer.)

CONCLURE. v. tr. Amener à sa fin par un accord. Cet écrivain ne sait pas conclure. Ne pas conclure : t'aimer. «La rage de vouloir con clure est une des manies les plus funestes.» (Flaub.)

CONCLUSION. Clore les cons. «Il n'y a que les cons pour con clure.» (Amig.)

(Entre tes jambes, les pages où j'aligne ces mots s'aparpillent, froissées de désordre. Je n'ose pas dépasser tes genoux. Si je vais au-delà, en quelques mots je ne pourrais m'empêcher d'aller barbouiller de ma bave batifoleuse la destination finale que je

234

me suis promis de n'atteindre qu'à mi-parcours, c'est-à-dire au trois cent soixante-huitième mot. Si je dépasse les genoux, en quelques syllabes, je ne pourrai empêcher ma ballerine rose d'aller se bâfrer de tes lèvres soyeuses. Si je dépasse les genoux, je sais qu'en quelques lettres à peine ma langue monstrueuse ne pourra s'empêcher d'aller barboter dans la mare joyeuse. Donc pouce. Je saute à l'autre extrémité.)

CONCOCTER. *Préparer les cons à la coque.* *Façon anglo-saxonne de pratiquer le cunnilingus au petit-déjeuner.* (de con coqueter)

CONCOMBRE. *Plante herbacée rampante. Le fruit de cette plante qui se consomme comme légume ou cru. V. Cornichon (de con et nichons) : con cueilli avant son complet développement. «Espèce de mufles, tas de marsupiaux, graine de cornichons!» (Bloy) Con combre : con cueilli à son complet développement, à son sommet, à son faîte, à son apogée.* (1256; de con et combre, de l'esp. cumbre «sommet, apogée, faîte»)

(Après avoir humé longuement ta chevelure rebelle, je lèche lentement tes sourcils. À chaque coup de langue, tu bouges ton visage, à gauche, à droite, comme pour te débarrasser d'un insecte gênant. Mais tu bouges à peine. Je lèche ton sourcil droit, puis ton sourcil gauche, puis de nouveau le droit, puis de nouveau le gauche. Et peu à peu, je ne sais plus si les mouvements de ta tête, comme les minuscules soupirs qui les accompagnent, sont dus à une gêne ou à un désir. Alors je m'arrête sur un côté. Et j'attends. Pas longtemps. Très vite, ton sourcil droit vient chercher mon entêtante langue de chat.)

CONCORDANCE. *n. f.* Linguistique et Sexualité. *Concordance des temps : règle subordonnant le plaisir du rapport sexuel à l'obtention d'un orgasme simultané. Réduction absurde du mystère du désir. (ex :* Je regrette qu'il vienne; je regrettais qu'il vînt*).*

Quoique vous soyez le plus souvent certains que tout ceci n'est que mensonge, si vous en avez la possibilité et le temps, consultez le Petit et pourtant Magnifique Robert : vous verrez alors à quel point l'esprit – ô combien perturbé ! – de cet énergumène de dix-huit ans qui passa toute une nuit à lire et retranscrire (entre deux coups de langue) trente et une pages du dictionnaire était naïf et sincère. Jamais il ou moi n'eussions pu inventer ces exemples qui ont fleuri dans l'esprit florissant de Paul Charles Jules Prédisposé Robert (ce modeste lexicographe, auteur d'une thèse passionnante sur les agrumes dans le monde, dont la biographie, par lui-même rédigée, occupe dans le Petit Robert des noms propres, une place similaire à celle de Marcel Proust).

(de con et corde)   CONCORDE. *Manière harmonieuse de pratiquer l'alpinisme.*

CONCOURANT. *Qui con verge.*

CONCOURIR. *«Pourquoi tous les cons se mettent-ils à courir lorsqu'ils me voient ?» (Sartre)*

(J'en suis à ton oreille gauche. Après un seul coup de langue à l'intérieur, j'ai compris que pour ne pas te réveiller et ne pas exploser – tant te lécher l'oreille m'excite –, il fallait que je m'éloigne de ta trompe de Fallope – ou est-ce plutôt celle d'Eustache ? – pour m'en tenir à ton lobe confraternel. Je le lèche donc. Devant. Derrière. Puis. Brusquement. Je l'attrape. Entre les dents. Je pourrais le mordre jusqu'au sang. Pour ne le pas faire, le lobe toujours entre les dents, je retourne au dictionnaire.)

CONCRET, ÈTE. *Boue concrète. «Le poète, ce philosophe du con et ce peintre de l'abstrait.» (V. Grandiloquent Hugo)*

(Au soixante et onzième mot, j'abandonne ton lobe gauche pour lécher, à peine, à peine, la fragilité délicate de tes paupières closes.)

CONCRÉTION. *1° Le fait de prendre une consistance plus solide. 2° Réunion des parties en un corps solide.* Ton con provoque la concrétion : il me fait prendre consistance solide, puis nous réunit en un seul corps.

(Je lèche tranquillement tes joues. Je rôde tout autour de ton nez. La nuit est chaude – si j'ose écrire – et ta peau semble se satisfaire de la fraîcheur que l'humidité salivaire lui **confère**. (« Ce surcroît d'aisance et de bonne humeur que confère une lingerie fine. » (Mart. du G.))

CONCUBAIN. *Con révolutionnaire.*

CONCUPISCENCE. *n. f. 1° Désir vif des biens terrestres. 2° Penchant aux plaisirs des sens. Concupiscence de la chair.*

(Comme je lèche superbement le pourtour de tes fosses nasales, comme la base, les racines, les ailes, l'arête et le bout de ton nez ne cachent plus le moindre secret à ma langue acérée, comme tes vibrisses minuscules et soyeuses me chatouillent pour m'interdire d'y entrer, pour la première fois mon ton sans faire exprès a cogné contre ton pied. Inconvénient des papiers. Ceux qui traînent éparpillés sur le lit, je veux dire. Quoi qu'il en soit : il a cogné. Et tu as sursauté.)

(1265 ; lat. concupiscentia, de concupiscere « désirer ardemment » mais également du sanskrit qum « con » et du samoyède khupid « cupide » ; con cupide)

CONCURRENCE. *Rivalité entre plusieurs personnes poursuivant un même con.*

CONDAMNER. *v. tr. 1° Frapper d'une peine.* Un innocent con damné. *2° Faire en sorte qu'on n'utilise pas (un lieu, un passage, un con). V. Barrer, boucher, fermer, murer.* L'Académie con damne ce mot.

> *CONDENSEUR. n. m. 1° Récipient où se fait, par refroidissement, la condensation de la vapeur qui a agi sur le piston. 2° Action postsexuelle pratiquée dans les pays nordiques. 3° Pop. Con joyeux et frivole qui s'adonne à la danse. «Ce con danseur suragité fuyait devant ma bave de crapaud lettré.» (Sartre)*

À partir de ce quatre-vingt-huitième con, peut-être simplement parce que le papier me venait à manquer (ou peut-être pour des raisons plus urgentes, plus impatientes), les mots ne sont plus clairement séparés mais commencent de s'agglutiner et de se confondre dans un magma infect.

> *CONDESCENDANCE. Vieilli. Complaisance par laquelle on s'abaisse au niveau d'autrui. «Quand ton con descend jusqu'à moi, je souris et incline la tête dans sa direction comme devant un roi.» (Green) CONDIMENT. Substance de saveur forte destinée à relever le goût lors des cunnilingus.* (Comme je léchais et reléchais interminablement tes omoplates, comme j'hésitais persuadé que je ne tiendrais guère plus de quelques mots avant de me précipiter entre tes jambes pour définitivement enfoncer ma langue et ma bouche et mon nez et mes yeux dans ta pudeur humide, je me suis dit que je pourrais tout aussi bien m'arrêter au mot numéro cent – *condescendant* – que je viens pourtant de dépasser. Il me semblait que les rondeurs du chiffre cent justifiaient un arrêt – un arrêt définitif. Mais finalement non. Finalement, j'ai trouvé dans l'étendue vaste et plate de tes omoplates de quoi calmer ma fureur, de quoi apaiser ma ferveur. Je te lèche donc de nouveau

calmement.) *CONDITION. I. 1° Rang social, place dans la société.* Vivre selon son con. *2° Vx. Situation à un moment donné. «Notre con jamais ne nous contente | La pire est toujours la présente.» (Vers énigmatiques de La Font.) 3° La situation où se trouve un être vivant.* La con humaine. *«Notre véritable étude est celle de la con humaine.» (Rouss.) 4° État passager, relativement au but visé.* Cet élève est en bon con. *(À ne pas confondre avec :* Cet élève est un bon con.*)* Mettre un cheval, un athlète en con. *5° Vieilli.* Être en con chez quelqu'un : *placé comme domestique. 6° Néol.* Mettre en con : *préparer les esprits. II. 1° État, situation, fait dont l'existence est indispensable pour qu'un autre état, un autre fait existe.* Remplir les cons. C'est un con nécessaire. Con sine qua non : *con sans lequel on n'obtient pas ce que l'on veut.* Dicter, imposer son con. Se rendre sans con : *purement et simplement.* (Pourquoi diable Petit Bob a-t-il écrit tous ces mots qui ne peuvent être lus qu'entre tes jambes, tous ces mots qui n'ont de sens qu'entremêlés aux caresses de l'autre langue sur ta peau et les diverses muqueuses de ton corps? Je lèche tes moindres recoins mais tu es tout entière un con géant et bienveillant qui accueille la langue immense, proliférante, que je suis devenu.) *CONDITIONNEL. Mode de verbe (comprenant un temps présent et deux passés) exprimant un état ou une action subordonnée à quelque con. CONDITIONNEUR. Professionnel qui s'occupe du con.* (J'encercle lentement tes omoplates. Ma langue les dessine sur ton corps. Parfois elle les dessine si bien qu'elles ne semblent pas avoir pu exister avant.) *CONDOLÉANCES (1460; de l'ancien verbe* condouloir; *lat.* condolere; *de* dolere *«souffrir»). CONDOR (1598; non pas du*

quechua condor, *comme Lustucru le crut long-*
temps, mais de con *et* dort, *exclamation d'un*
conquistador découvrant au Pérou l'un de ces
grands vautours endormis dont la forme, comme les
ailes frangées de blanc entouraient le corps oblong et
noir, lui rappela le sexe de sa douce demeurée en
Europe). Con dor! «*Je regarde ton condor qui ô*
jamais ne dort.» (*Verl.*) CONDUCTEUR. Mod.
Prolifération des cons. Con d'un troupeau, con de
bestiaux, con de caravane, con d'une voiture à che-
val, con de camions, con d'automobile, con d'auto-
rail, con de locomotive électrique, con d'un tramway,
con de presses, con de machines, con de moteurs, con
de four, con de cuve, con de travaux, con de ponts
et chaussées. CONDUCTION. La vitesse du con
dépend du diamètre des fibres. CONDUIRE.
Mener quelqu'un quelque part. Je te con. Il con
bien. Permis de con. (Je lis de plus en plus vite. La
langue me conduit terriblement vers ton **conduit**
(1° Canal étroit, tuyau par lequel s'écoule un liquide.
3° Musique ancienne. Mélodie accompagnée de
contrepointe). Je te lèche et ma **conduite** (XIIᵉ)
étrange, comme j'approche ton con de fonte, de
plomb, de pierre, ma conduite qui est un pur écart, une
frasque, une incartade, ma conduite qui mérite une
zéro de con, ma conduite irréversiblement me conduit
à ton con. Tel un **cône** (2° Bot. Inflorescence de certains gymnospermes formée d'écailles portant les
ovules. 3° Zool. Mollusque gastéropode dont la
coquille conique présente une ouverture en forme de
fente), tel un cône solide, elliptique et immense,
engendré par une droite mobile, je m'appuie sur tes
courbes. Je suis un grand pain de sucre. La **confection**
(1155) de ton con par ma langue est inévitable. Je suis

240

le **con**fectionneur, euse, et, léchant ton con **con**fédéral de haut en bas, je **con**fectionne l'absolue harmonie de tes membres. La **con**fédération (1362) souveraine de toutes ces parties de toi que ma langue associe pour la défense d'intérêts communs.) *CONFÉDÉRER. CONFÉRENCE.* Salle de con. Maître de con. *CONFÉRENCIER, CONFÉRER, CONFERVE. Algue verte filamenteuse. CONFESSE. n. f. (XIIᵉ). Action de se confesser.* Aller à confesse. Venir de confesse. Aller et venir de con-fesse. (Je n'invente rien. Te léchant tout entière, je me contente de lire et d'écrire.) *« Comme c'était une fille fort retenue, il avait eu un peu de mal à la con fesser. » (Sand) CONFESSEUR. Saint qui dans l'office n'a pas de titre particulier. San Tiago, confesseur de ton con, confesseur de tes fesses. CONFESSION. CONFESSIONNEL. Entrer, s'agenouiller dans un con.* (Oui, oui, oui, je m'agenouille, non pas dans, mais à portée de. J'ai léché tes pieds, tes jambes, tes bras, j'ai léché tes mains – ô délice de chaque doigt –, j'ai léché ton dos un**con**mensurable. Et lorsque j'allais m'abîmer irréparablement entre tes fesses, tu t'es retournée. J'ai contemplé ton visage : tes yeux fermés, tes lèvres entr'ouvertes. Un sourire impalpable perdu quelque part entre la commissure de tes paupières et le frémissement de tes joues m'a fait penser que tu étais bel et bien réveillée. Un effort tout autant surhumain que suranimal, m'a permis de remonter vers ta gorge. Mais deux montagnes infranchissables à cette période de la nuit m'en ont interdit l'accès. Alors, je jette des **con**fettis (mot niçois) avec **con**fiance (espérance ferme, absolue, inébranlable, aveugle) et je plonge dans la vallée interdite. **Con**fiant, j'entame des **con**fidences sans fin avec le plus profond, le plus confidentiel de tes confins. Confidentiellement, je me rue sur cette configuration accidentée. Comme on confie des semences à la terre, confiné entre tes seins tel un confirmand, je confirme mes aspirations de confiseur en confisquant tes deux monts et leurs mamelons pour les confire du sucre de mon désir. Je suis la confiture de ton corps. Et lorsque tu seras entièrement confite, la conflagration du conflit confondant de nos appétits confluents sera incontestablement concluante.)

Au cent soixante-dix-neuvième mot, la lecture et l'écriture et le léchage s'étaient tant et si confortablement confondus qu'il devenait congru de ne plus rien conjuguer. J'avançais par à-coups terribles. Je lisais deux pages entières en à peine un coup d'œil pour retourner au plus vite à sa peau miellée de chèvrefeuille. Confondant confort et conformisme, je regardais contemplativement tous ces cons écrits – et qui soudain m'étaient devenus indifférents – pour revenir convenablement, toute langue dehors, à la surface de la surface de la surface de son corps.

> CONFONDRE. 1° Remplir d'un grand. « Ces cons géants confondent nos imaginations modernes. » (Loti) 2° Réduire quelqu'un au silence. 3° Se con fondre. Se mêler, s'unir.

Tout à coup, je m'arrêtais sur un mot. Mais juste après, conscient de mon égarement, je survolais soixante cons – par exemple de confraternel à conjonction – entre deux lapements limpides du bout du bout de ses tétons. Puis les cons s'alignaient de nouveau proprement pour rythmer mélodieusement la respiration haletante et syncopée de mon plaisir.

CONJONCTIVE. n. f. Membrane muqueuse qui joint le globe de l'œil aux paupières.

(XIVᵉ ; V. Conjonctif – que je vois : 1° Qui unit des parties organiques : moi et toi. 2° Qui réunit deux mots, deux parties d'un discours : toi et moi)

CONJUGAISON. 1° Ensemble des formes verbales. 2° Le fait de conjuguer. 3° Mode de reproduction sexuée chez les protozoaires.

CONJUGUÉES. Algues d'eau douce, vertes, à reproduction sexuée.

CONNAISSANCE. Prendre con. Perdre con.

Parfois, tout aussi calmement, j'alignais quelques cons exemplaires.

CONFORT. Confaible.

CONFONDANT. Con bien cuit.

CONFUS. Con qui n'est plus.

CONSONNE. Con à la porte.

CONSORT. Con entre.

CONTRAIRE. Pratiquer le cunnilingus en aspirant.

Et puis non, de nouveau le calme ne me convenait plus.

CONNECTER. CONNECTEUR. CONNEC-
TIF. (De nouveau ma langue s'en va te lécher à grandes
lapées continuelles. Conquérante, elle consacre ta
conque consensuelle. Con sensuel. «La jeune Adèle,
soupirante, mais con sentante, dut se résigner.» (Cour-
teline) «Cette verge a fortement con senti.» (Littré)
«L'amitié le con sent.» (Corn.) J'en passe et des.)
CONSCRIT. CONSÉCUTIF. CONSEIL. «*Tous
les cons que vous donne l'expérience.*» (Avec trente
mots de retard sur le programme, soit au trois cent
quatre-vingt-dix-huitième con (Constricteur. 1° Se
dit des muscles qui resserrent circulairement un
orgasme. 2° Boa constricteur (1845), ou constrictor
(1754), qui étreint sa proie dans ses anneaux), ma
langue pénètre enfin ton intimité consubstantielle.
Que dire de plus? Tu ne t'es pas encore tout à fait
réveillée et je suis content (Vx. Comblé, qui n'a plus
besoin d'autre chose). Je te lèche depuis quatre ou
cinq heures et je compte (Hom. Conte : cons oraux,
en prose. Cons fantastiques, philosophiques. Cons de
fées.) fermement continuer de te lécher pendant
quatre ou cinq heures supplémentaires. Mais comme
j'arrive sans conteste dans le continuum contendant
de ton centre tu commences à te contorsionner et tes
contours («Ce corps dont tous les con sont doux,
dont toutes les courbes séduisent.» (Maupass.))
deviennent à ce point indistincts du papier et du lit
et de ceux de mon corps que je décide de contour-
ner tous les contre – de *contra à controversiste* (six
cent soixante-huitième con) – pour que mon être
entier te soit, pendant cette seconde partie de nuit,
entièrement consacré.)

La nuit de tous les cons touchait à sa fin. Omet-
tant, par une intuition bovine, de commenter tous

les mots commençant par *contre* (du lat. *contra* «en sens contraire»), antinomiques de ceux commençant par *con* (du lat. *cum* «avec»), je restai des heures entières entre ses jambes divines. Tout doucement, je la sentais se réveiller. Tout doucement, je l'imaginais trouvant cette première page où j'avais exposé la règle du jeu. Tout doucement, je la voyais sourire et accepter. Tout doucement, je sentais ses mains se poser sur ma tête pour tout doucement m'interdire de quitter ses lèvres conventionnées. Jamais je n'ai tant joué avec son intimité. Comme ma langue alternait les effleurements les plus légers et les pénétrations les plus léchées, comme mes lèvres et mon nez et mon menton rendaient hommage tour à tour avec force et avec grâce à ses lèvres et son clitoris et sa profondeur insondée, tous les mots du dictionnaire allaient et venaient dans mon esprit incontrôlé. Je la dévorais de la plus loquace des façons. Elle émettait ces sons mélodieux que provoque le plaisir et je susurrais entre ses jambes, non seulement les sept cents et quelques cons lus pendant cette nuit, mais les milliers de termes qu'au cours de cette année titanesque – pendant laquelle nous nous étions aimés – j'avais lus, nuit après nuit, à portée de son corps. Notre conversation, où les sons et les mots, pas plus que les mots et les gestes, ne semblaient pouvoir se différencier, faisait retrouver à nos corps une spontanéité d'avant que la sexualité ne soit devenue surtout (comme elle l'est de nos jours) une question de paroles.

(Oui, oui, oui. Pas la peine de m'arracher les cheveux. Je reprends le stylo.) *CONVEXE* (et pas qu'un peu). *CONVEXITÉ. CONVICT. CONVICTION. CONVIER (1125; lat. pop.* Convitare. *Inviter (à un repas).* (Tu me convies entre tes cuisses gourmandes et, seul convive – mais convive quand même – je réponds à ta convocation. *Madame, votre con est ma seule vocation.) CONVOI. CONVOIEMENT. CONVOITER (lat. pop.* cupidietare, *de* cupiditas*). Désirer avec avidité.* Convoiter le con d'autrui. (Oui. Tu ris enfin et tu me pousses toi-même pour que, convoiteur convulsif, je replonge avec convoitise entre tes jambes afin que nous convolions (Convoler. « Voler vers », en dr. « se remarier ») en justes convulsions. Tu me tiens fermement soudé à tes lèvres et, quitte à ce qu'il se plante dans le dico, je lâche le sty

11 heures du matin. Tu dors de nouveau et je me réveille à peine.

CONVULSIONNAIRE. CONVULSIONNER. CONVULSIVEMENT.

Voilà. Sept cent trente-cinquième con. Je pense que je ne vais plus écrire pendant quelques jours. Dormir. Juste dormir. Te regarder tout près, sentir ta douceur adorée, et puis dormir. Me reposer dans tes bras. Dormir. Me taire. No more.

Après ce dimanche mémorable, je me souviens avoir songé, comme je lui avais tout écrit, comme je l'avais tout écrite, que je pouvais désormais cesser d'écrire. Tel ces proto-élamites qui, cas unique dans l'histoire humaine, après l'avoir adoptée, avaient abandonné l'écriture, je pensais qu'ayant satisfait son désir d'être nommée toute chose, d'être dite, infiniment dite, et étant devenu sa langue, ses langues, toutes ses langues, je pouvais arrêter de lui écrire. L'insulte, qui consiste à nommer quelqu'un par un autre terme que son nom et ainsi à le déposséder de son être propre, je l'avais transformée pour elle en une possession joyeuse. Et c'est tout ce qu'elle me demandait : une possession absolue de chaque coin de son corps, de chaque région de son âme.

En réalité, je n'ai pas écrit pendant quelques nuits. Et puis, doucement, j'ai recommencé. Mais, comme je l'ai déjà dit, je ne vais point abuser de votre patience et de ma paresse. D'ailleurs, les trois cent trente-deux textes cendrillonesques n'avaient vraiment de sens que jusqu'à l'aube, et, pour une fois, sans doute fais-je le bon choix en évitant de les tous récrire : je rends à ces mots le sens éphémère qu'ils eurent au temps où ils furent couchés sur sa peau insensée. Permettez-moi toutefois d'évoquer brièvement l'un des projets inaboutis d'une nuit d'insomnie. Toujours en proie à mes tentations cannibales, je décidai, une nuit douce au début du printemps, de parodier les *Méditations de Gastronomie Transcendante* de Jean-Anthelme en faisant une description culinaire de son corps. Elle dormait, et j'écrivais :

❧ Croustillant de pieds de Φilippine ❧ à l'art fumé et sa cheville raidie à l'huile vierge

Nettoyez les pieds de Φilippine. Déposez-les dans une casserole d'eau froide et portez à ébullition afin de les blanchir. Ajoutez des carottes, des oignons piqués de girofle, du céleri, des poireaux et un bouquet garni. Cuisez à petit feu jusqu'à ce que la chair se détache facilement des os. Égouttez puis désossez à chaud. Coupez la chair en petits morceaux. Remettez à bouillir les morceaux pendant 5 minutes avec un peu de fond de cuisson. Laissez refroidir en remuant de temps en temps.

Ce pendant, tapissez une moule d'art fumé. Versez les morceaux dans la moule et recouvrez avec le même art de manière à former un rouleau. Sortez le rouleau et formez un boudin en serrant les deux extrémités. Laissez refroidir 5 à 6 heures au réfrigérateur avant de servir.

Au moment de servir, coupez en tranches. Farinez les galettes, faites chauffer de l'huile vierge et cuisez-les sur chacun des côtés jusqu'à ce que le dessus soit croustillant. Déposez sur un papier absorbant.

Cuisez les chevilles dans l'eau bouillante pendant 4 à 5 minutes. Retirez les chevilles et plongez-les dans l'eau froide. Décortiquez entièrement et coupez en deux dans le sens de la longueur.

Au moment de servir, prenez une demi-cheville par personne. Faites chauffer de l'huile vierge et cuisez quelques secondes. Finissez la cuisson au four pendant 2 à 3 minutes. Déposez sur un papier absorbant.

Pour accompagner ces pieds et ces chevilles, un méli-mélo d'asperges et trompes-de-mort :

Cuisez les asperges dans l'eau bouillante salée et laissez refroidir. Coupez en bâtonnets. Blanchissez les trompes à l'eau bouillante pendant 2 à 3 minutes. Introduisez les bâtonnets d'asperges dans les trompes.

Au moment de servir, assaisonnez ce mélange de vie et de mort avec 2 cuillers à soupe de sperme aux aromates.

Sperme aux aromates :

Faites bien sécher tous les condiments (échalotes, citronnelle, gingembre, menthe, thym, ail). Réduisez en poudre fine. Ajoutez du xérès, de la sauce soja, de l'huile d'arachide, de l'huile vierge, et l'équivalent de sperme frais. Passez au tamis fin.

Disposez le mélange d'asperges et de trompes au fond d'un emporte-pièce. Placez les croustillants de pieds de Philippe par-dessus et disposez en forme de rosace la demi-cheville sur les croustillants. Versez 2 à 3 cuillers à thé de sperme aux aromates tempéré sur les chevilles tout en nappant légèrement le fond de l'assiette.

Puis, remontant doucement, le plus doucement possible, des pieds aux mollets, j'avais écrit la recette du

⤙ Jarret de Φilippine aux raisins ⤚

Dans une cocotte, faites colorer le jarret de Φilippine avec 2 cuillers à soupe d'huile. Salez. Enlevez l'huile brûlée. Ajoutez des échalotes, un oignon coupé en quatre, des gousses d'ail avec la peau, un brin de thym et du persil ficelé.

Arrosez de 1 cuiller à soupe d'huile. Couvrez aux trois quarts. Enfournez et laissez cuire pendant 4 heures.

Pendant ce temps, fendez des châtaignes. Cuisez-les 30 minutes dans de l'eau salée. Épluchez-les.

Égrainez des raisins.

Nettoyez des girolles : passez-les sous un jet d'eau froide sans les faire tremper. Faites revenir les girolles dans une poêle avec une noix de beurre, salez et poivrez. Laissez cuire 3 minutes. Égouttez.

Retirez la cocotte du four quand le jarret est cuit et posez-la sur feu vif. Faites-y réduire le vin blanc de moitié. Ajoutez le reste de beurre, 1 cuiller à café de sucre, les châtaignes, les girolles, les raisins. Chauffez 5 minutes à couvert. Dressez le jarret de Φilippine sur un plat chaud avec sa garniture.

Puis, sautillant sur le tremplin de sa peau, la parcourant comme un fleuve analogue, j'étais arrivé aux cuisses – où mon projet prit fin. Oui, je sais, comme votre mémoire est bonne, vous vous souvenez sans doute que dans mon adolescence taciturne j'ai mentionné que les cuisses de grenouille furent l'un de mes mets favoris. Et la recette des **Cuisses de Φilippine à la provençale** était là, toute prête à être écrite. Mais, oubliant comme si souvent mes ambitions littéraires, je posai le stylo, quittai le bureau et m'approchai de mon cher objet d'étude. Longuement, sans tracer le moindre mot, je la mordillai tout autour de son centre concentrique. Et même mes souvenirs, s'animant à leur tour de désirs anthropophages, volaient au-dessus d'elle comme de grands oiseaux de proie. Oui, je mordillais sa chair tendue et je pensais aux longs fémurs tristes des batraciens anoures. Le goût des oignons piqués de girofle, du gingembre, de la menthe, s'effaçait derrière celui aillé de persil, tant plus ancien, qui, envahissant ma bouche et mes narines, se mêlait si fort à tous mes sens que, comme elle ouvrait à peine les yeux et qu'éperdue de désir elle m'attirait dans ses bras de mante, la pénétrant enfin, j'avais l'impression que mon ton aussi sentait les odeurs et percevait les goûts comme s'il fût capable de remplacer non seulement mes yeux et mes oreilles mais également ment ma bouche et mon nez.

                                    rue du Regard,
                          d'autres nuits après l'amour,
                                sur son corps de fruit mûr

    Nuit après nuit, tu dors et j'écris.
    Ce que je cherche ? je cherche un style qui
pallie les défaillances du langage et qui accorde
tes yeux à la forme de mes mots.

*
* *

    À la lettre g, je m'attarde sur le troisième
poil de ton sourcil gauche. Il se hisse à contre-
sens. Fier et sombre, graphique et grandiose,
cette grandesse aux faux airs de pas-grand-
chose grandement brandit sa grandiloquence
grand-guignolesque de granit espagnol.

*
* *

    Je m'excite. Alors que je voulais seule-
ment écrire comment était ce troisième poil de
sourcil avec respect pour sa discrétion, voilà
que je m'excite.

*
* *

Doux et calme, parler des détails. Pas d'eux. Parler des détails sans en faire autre chose que des détails.

* *
*

Comment écrire sur un détail en lui rendant son dû ?

* *
*

Le désir de s'unir de nos peaux fait avancer le stylo. Mais il avance quand même.

* *
*

Aussi, en lisant le dictionnaire, comprendre la distance à travers les détails. Savoir qu'en chaque soupir se dissimule terrible l'annonce d'une question à jamais trouble, à jamais obscure, indélébile après mille réponses. La soif de connaître, le désir d'apprivoiser, la nécessité de s'oublier dans la mort d'un silence et de s'enfouir encore plus seul dans la nuit de tes yeux lointains : tout cela aussi, comme l'insupportable présence de celle qui nous fascine, s'annihile seulement lorsqu'on fait l'amour.

Amante. De a, *élément du grec exprimant la négation ou la privation (anormal, apolitique, acaule) et* mante, *insecte orthoptère carnassier, vulgairement appelé religieuse pour son attitude évoquant la prière.* La mante dévore l'amant après l'accouplement. *A-mante, celle qui ne donne pas la mort. Celle qui ne donne pas la mort mais qui ne peut être nommée que par ce trait distinctif négatif. A-mante. Celle qui ne donne pas la mort mais le langage se souvient qu'elle devait la donner.*

* *
*

Que dire d'ailleurs de a *tout seul, tout à la fois élément du grec exprimant la négation, élément du latin marquant la direction, le but à atteindre (abaisser, attendrir) et pronom possessif et personnel (à moi) ?*
A : négation, direction, possession.
Que dire de tout ça ?
Se taire.

Avant cette heure tardive où, seul dans le studio bruyant de la rue du Petit-Pont, j'abandonnais la lecture pour l'aller nuitamment retrouver, mes journées étaient remplies d'une activité débordante : la paresse provoquée par l'adolescence et l'univers carcéral du lycée avait laissé place à l'enthousiasme extrême de la première année universitaire. Lorsque je regarde les pages de mon agenda de l'époque, j'arrive à peine à croire que c'était il y a seulement vingt ans. J'étais ouvert à tout, et le monde regorgeait de propositions pour combler mes attentes. Je souligne cela non pas pour étayer les propos des petits extraits des multiples textes écrits sur le corps de Φilippine que je viens d'offrir à vos yeux épuisés – propos Φilosophiques écrits à l'âge de dix-huit ans qu'il ne me vient, Mensonge Ambulant que je suis, aucunement à la tête d'encenser ni de renier –, mais parce que je ne sais, de moi ou du monde, qui a le plus changé depuis ce temps-là. Bref, je ne suis pas le seul coupable de leur prétention. La toute-puissance que seule l'ignorance accorde à notre jeune âge et qui vous attriste sans doute parfois, ô lecteurs éclairés, était encouragée par l'univers qui m'entourait, – cet univers qui, aujourd'hui, a disparu.

La même maniaquerie qui m'a fait conserver si précieusement tous les textes que j'ai écrits au cours de ma baveuse existence m'a contraint à garder tous mes agendas, toutes les notes des cours que j'ai suivis et tous les livres que j'ai lus. J'écris donc ceci, à présent, au tout début du XXIe siècle, enfermé dans mon bureau et entouré de mes archives qui sont devenues mon seul univers, mon unique horizon. Je sais que dehors tout est inutile. Ce n'est pas, comme certains l'ont cru, l'histoire qui est morte ; au contraire, c'est la pensée. Le fait même de croire que l'histoire est finie (et je ne parle pas d'un ou de plusieurs intellectuels qui l'ont cru, mais d'une époque) est un aveu de la faiblesse de la pensée, de son retrait. Bien sûr, la pensée n'est pas finie d'une manière visible, même pas d'une manière absolue : elle s'est juste retirée si loin qu'elle s'est détachée de tout. Le capitalisme, et la forme de démocratie qui en a découlé et qui à présent non seulement l'accompagne mais le justifie, a réussi à défaire tous les liens possibles entre la pensée et la politique. Et il ne reste rien. Le Moyen Âge n'est pas devant nous, il ne doit pas surgir d'une de ces catastrophes à la mode comme la guerre des civilisations ; le Moyen Âge a commencé bien avant ces dates stupides qu'on fixe à la va-vite (la chute du mur, la chute des tours) ; le Moyen Âge a commencé en 1983, quand la gauche française a décidé, pour le monde entier, qu'on ne pouvait pas être de gauche et être au pouvoir – et que quitte à choisir, autant être au pouvoir. Le moment venu, ô vassaux, ô feudataires, je vous expliquerai le pourquoi de tout ça. Mais laissons pour l'instant de côté cette désolante morosité et occupons-nous de l'enthousiasme qui précédait les visites nocturnes à celle qui fut mon premier amour. Voici, grossièrement, ce qu'était mon emploi du temps de l'année universitaire 1980-1981 : le lundi, qui était une journée assez calme, à 10 heures et quart, j'allais au séminaire de Lévi-Strauss sur le travail et ses représentations, que je quittais en général

256

avant la fin pour être à 11 heures à celui de Jacqueline de Romilly sur les réticences d'Homère, de là je courais au Louvre pour la visite-conférence de midi et quart sur l'art copte ou paléochrétien, à 14 heures je devais être à la Sorbonne pour le cours magistral de littérature comparée, d'où je partais en courant pour ne pas rater, à 16 heures, le séminaire sur les problèmes du libéralisme au XIXe siècle du Genou-qui-pense, que presque toujours, n'y comprenant pas grand-chose, j'abandonnais sans trop de regrets pour le cours de Vernant sur les divinités au masque, qui était suivi, à 18 heures, de son séminaire d'étude comparée des religions ; le mardi, c'était un peu plus compliqué, le matin, je devais être à la fois à Paris IV pour le cours sur Goethe, au Collège de France pour le séminaire sur les modalités dans les philosophies de l'Antiquité de Jules Vuillemin, et à Saint-Germain-en-Laye pour une visite-conférence sur le néolithique, puis, l'après-midi, je commençais à 14 h 15 par le cours de Lévi-Strauss sur clan, lignée, maison, d'où j'allais à celui (qui semblait m'être personnellement adressé) de Paul Veyne sur la poésie romaine à la première personne, que j'abandonnais à son tour pour être, à 16 heures, à la fois à l'École du Louvre pour le cours d'Histoire générale de l'art, et au cours de Miquel sur l'autobiographie d'Usâma Ibn Munqidh, puis, et j'ai un peu honte de l'avouer, je me précipitais suivre le séminaire qui alors me passionnait le plus : celui de Chastel sur les contrats d'artistes à la Renaissance ; le mercredi, je ratais presque toujours le cours sur le Moyen Âge espagnol qui avait lieu rue Gay-Lussac à 8 heures du matin, et j'étais souvent en retard à celui du Genou-qui-pense sur Subjectivité et vérité à 10 heures au Collège de France que j'alternais avec celui de Jean Leclant, qui commençait à la même heure, sur le temple jubilatoire d'Aménophis III à Soleb, à 11 heures, j'allais au séminaire sur les textes des pyramides et à midi je devais être porte Champollion ou porte Henri II pour une visite-conférence sur la Basse Époque ou l'Art de la Mésopotamie, puis venait l'après-midi, ah! l'après-midi du mercredi, l'après-midi du mercredi je n'avais pas moins de neuf cours différents, éparpillés entre l'École du Louvre, le Collège de France et la Sorbonne et ses dépendances : à 14 h 15... Non, j'arrête l'énumération. Sans avoir évoqué le cours de George Blin sur Valéry contre Valéry ni celui sur la caverne symbolique d'André Leroy-Gourhan, cours fascinant et mélodramatique (quelqu'un d'autre que moi se souvient-il de ce jour terrible où la longue tige de roseau qui lui servait à signaler les détails des diapositives qu'il projetait s'est coincée entre les tableaux coulissants de la salle 5 ? quelqu'un se souvient-il de la tension terrible qui gagna l'auditoire où personne n'osait bouger comme la tige se courbait de plus en plus et que Leroy-Gourhan, éberlué par l'événement, n'osait ni la dégager ni la lâcher ?) – sans avoir évoqué tant de choses, j'interromps, sans doute définitivement, l'énumération. Car ce n'est pas seulement la quantité et la variété des cours qui m'étaient proposés – et où j'allais ou n'allais pas – qui m'étonne et que je regrette aujourd'hui, c'est tout ce qui accompagnait ces possibles. Sur les feuilles de mon agenda, telle semaine, il est noté par exemple : lire Pausanias, Lucien, Pline, Polybe et Galien, et voir Sumer, Assur, Babylone au Petit Palais ; telle autre : finir de lire tout Panofsky, acheter billets pour le Netherdance Dance Theatre au Théâtre de la Ville et voir les Réalismes à Beaubourg, les dessins à l'Institut Néerlandais, et Pissarro et Gainsborough ; ou encore : relire *La Nuit des rois* pour Mnouchkine, réserver six places aux Bouffes du Nord et deux pour Dario Fo à l'Est Parisien + billets de train pour expo Bruegel à Bruxelles et voir P. de Hooch au Grand Palais et Modigliani au Palais de Tokyo + finir de lire *La Légende dorée* et l'*Histoire de la folie*.

Je ne sais pas. Peut-être trouvez-vous absurde cette nostalgie soudaine de ce temps où régnait un goût exagéré pour la culture. Je ne sais pas. Je ne sais vraiment pas. Peut-être, vous qui me lisez, avez-vous vingt ans et suivez-vous mille cours passionnants et allez-vous encore à la danse et au théâtre, et tout cela vous semble profondément ridicule. Je suis gêné. Je me sens mal à l'aise. Et pourtant, je n'effacerai pas ces quelques lignes. Encore une fois, je nous fais confiance : à moi, qui ai eu besoin de les écrire ; à vous, qui saurez sans doute y lire quelque chose d'autre que ce que j'ai écrit. Quoi qu'il en soit, le regret, comme je lève les yeux de mon bureau et contemple l'univers qui m'entoure, cet univers chargé de ce passé que je ne quitte pratiquement plus, – le regret est sincère. De même que les nuits ludiques passées avec Φilippine, les journées agitées de ces temps lointains me manquent. Pourtant, pour être tout à fait honnête, je dois signaler qu'entre le désir d'aller à tous ces cours, de voir tous ces spectacles et toutes ces expositions, de lire tous ces livres, et la réalité, c'est-à-dire la réalisation de ce désir, il y avait un petit monde. Par exemple, bien que dans mon agenda soient notés jusqu'au mois de mars 1981 les salles et les horaires des cours de première année de lettres modernes à la Sorbonne, où j'étais effectivement inscrit, je me souviens clairement de n'y avoir pratiquement plus jamais mis les pieds après un cours qui eut lieu avant Noël. Ce fut un malentendu stupide, mais définitif. En Travaux Pratiques de je ne sais quelle matière, le professeur, une jeune femme très douce, nous demanda de chercher les synonymes d'un mot. L'exemple qu'elle donna de l'utilisation de ce mot fut le suivant : un concept important. Pendant quelques minutes, elle nous laissa chercher. Dans un premier temps, j'écrivis : « idée ». Puis je songeai aux idées chez Platon et au concept chez Deleuze, et aux distinctions qu'établit Kant lui-même entre les deux, et je barrai ce mot, déçu d'avoir cédé à la facilité d'oublier les différences fondamentales entre une idée et un concept. Je voyais tous les élèves qui m'entouraient, et dont je ne connaissais aucun, penchés sur leur feuille, traçant des termes les uns après les autres. Je me creusais la tête, à la recherche d'au moins un synonyme acceptable, mais je n'en trouvais aucun. Le professeur se promenait entre les élèves, regardait leur listes et hochait la tête, satisfaite. Lorsqu'elle arriva comme une phalène sombre au-dessus de mon épaule et qu'elle vit ma feuille blanche, avec juste un mot barré, elle s'exclama tout haut : « Oh là là ! avec vous, on va avoir du travail ! » Tous les élèves se sont tournés vers moi. J'étais mort de honte. Puis le professeur, en guise de correction, commença à noter sur le tableau tous les synonymes que les élèves avaient trouvés : intéressant, considérable, essentiel, grand, principal, vital, influent, indispensable, fondamental, obligatoire, nécessaire, etc. Oui, je m'étais trompé de mot : ce n'était pas à concept mais à l'adjectif « important » qu'il fallait chercher des synonymes. Sans doute j'aurais pu rattraper le coup. Sans avouer mon erreur, qui me semblait trahir non mon inattention mais ma stupidité, j'aurais pu, au moment de la correction, hurler : « primordial ! capital ! », bref suggérer quelque synonyme qui avait été oublié. Mais je n'en fis rien. Profitant de mon mutisme pour me dissimuler à moi-même ma timidité, non seulement je ne pipai mot, mais je n'allai plus en aucun cours où j'eusse pu croiser l'un de ces élèves qui, quel que fût le malentendu, avaient été les témoins de mon ignorance.

Au Collège de France et à l'École du Louvre, c'était bien différent. Le climat de profonde indifférence qui régnait dans l'un, comme la moitié de l'auditoire, parfaitement incapable de suivre les raisonnements complexes mais attirée par la notoriété des professeurs, dormait paisiblement de-ci de-là dans la salle, et la non moins profonde frivolité qui régnait dans l'autre, surpeuplé de jeunes filles qui étudiaient en attendant le parti qui vînt détourner leur vie du chemin du savoir – et combler leur triste abnégation de ne devoir tenter de savoir que jusqu'au mariage –, me convenaient assez pour que ma solitude se déployât, en ces lieux, dans toute sa studieuse volonté. Voletant d'un cours à l'autre, ne prenant parfois que quelques grains de pollen avant de repartir butiner plus loin, m'arrêtant d'autres fois longuement sur les recherches de l'un des maîtres au point de passer des jours et des nuits à lire pour tenter de rattraper, en une semaine, les longues années d'étude qui l'avaient mené à ce point précis de son travail, je papillonnais et je babouinais tour à tour. À l'École du Louvre, où l'enseignement se limitait à projeter des diapositives et où les examens consistaient à les simplement reconnaître, à l'École du Louvre que les rares élèves quelque peu sensés quittaient à tour de bras, je profitai de ce que personne ne me le demandât pour lire Panofsky. Envoûté par le souvenir de cet élève illustre dont l'amateurisme (puis la jalousie) s'était érigé en mode de vie, je rêvassais en voyant défiler ces diapositives dont les seuls élèves assidus, ceux qui souhaitaient devenir conservateurs, faisaient commerce, les achetant à des élèves plus anciens qui les avaient obtenues d'élèves plus anciens encore. Au Collège de France, je passai des rangs studieux où se tenaient les rares étudiants qui étaient obligés de suivre les cours (car bien que les examens y fussent inexistants, les professeurs y invitaient leurs thésards) aux rangs des sommeilleux.

Ce rythme, qui alternait les cours avec les visites aux musées dans la journée, et la lecture avec l'amour dans la nuit, était parfait. Il me permettait de vivre dans une sorte de présent absolu où l'écriture elle-même n'occupait plus dans mon existence qu'une fonction aphrodisiaque. Ma vie était on ne peut plus pleine : elle était débordante. Et quelque chose effectivement, à un moment incertain de la fin de l'automne ou au début de l'hiver, a débordé. Ce que je vivais, cette profusion incroyable d'activités joyeuses, culturelles et culinaires, brusquement, ne m'a plus suffi. C'est là que j'ai découvert l'attente. C'est à ce moment-là que j'ai inventé ces rendez-vous quotidiens avec ton absence. Comment cela a commencé ? je ne saurais le dire avec certitude. Mais ce qui est sûr, c'est que soudain j'ai cessé de vivre dans l'immédiateté du présent et je t'ai aimée comme si tu n'eusses plus été à portée de ma langue.

à la Pâtisserie viennoise,
fin septembre

Besoin de revenir aux premiers jours. Pourquoi je ne t'ai pas vue ? Qu'est-ce qui m'a interdit ta découverte pendant cette longue année inaperçue ? Au lycée, il y avait mille et trois filles et une dizaine de garçons. Est-ce que

*je croyais vraiment devoir toutes les aimer ? Je
n'avais jamais été avec une fille du lycée.
Même avant, même à Rodin, il m'avait toujours été impossible de choisir.* Choisir c'est
refuser. *Cette phrase, écrite sur un minuscule
répertoire alphabétique que ma mère avait
offert à mon frère lorsqu'il avait quatorze ans,
m'est restée gravée dans la mémoire. Je n'ai
jamais voulu choisir, jamais voulu refuser.
Même dans ce projet dont je t'ai parlé, même
dans ce roman monstrueux qui raconterait
l'histoire d'un homme qui écrit pour ne plus
écrire, ce que je voudrais, c'est parler d'un non-
choix. Comme au lycée, où je sentais terriblement que si j'aimais une fille je perdrais toutes
les autres, ce que je voudrais écrire c'est quelque
chose de fondamentalement inachevé, quelque
chose qui pourrait englober tout ce qui fut écrit,
tout ce que j'écrirais, tout ce qui sera écrit. Un
livre qui se perdra entre les livres par une dis-
solution dont on ne saura jamais si elle est semblable à celle de la goutte dans l'océan ou à
celle de l'océan dans l'océan lui-même.* Poten-
tia absoluta. *Dans le livre, comme au lycée, je
resterai en suspens de mille et trois amours possibles.*

    *Cette impossibilité de choisir une fille au
lycée, cette impossibilité de choisir entre écrire
et ne pas écrire, est du même ordre que l'impossibilité de m'accoupler à n'importe quelle*

appartenance, à n'importe quel désir. Je préfé-
rerais pas.

> *Est-ce tout cela qui s'est fini avec le lycée ?*
> *Est-ce tout cela qui s'est fini avec toi ?* Poten-
tia ordinata.

J'avais besoin de raconter notre histoire. Comme
dans toutes ces amours inabouties que j'avais collec-
tionnées pendant mon adolescence, je voulais, par la
course de la plume sur la page blanche, sur la page à
blablabla, revenir en arrière, empêcher le temps, dans
les rares moments où le temps existait, d'engloutir
dans son train-train silencieux mon désir de t'aimer
pour l'éternité. Je voulais – et c'est pour cela que je
vous livre ainsi, en préambule au corpus des textes de
l'attente, ces quelques lignes de la fin du mois de septembre qui en témoignent de la plus explicite des
manières – nous voir de loin, être à l'écart de notre
amour pour pouvoir en jouir comme d'un objet perdu.
Bien sûr, il est d'autres raisons, des raisons plus
simples, plus tangibles, à l'étrange invention de ces
rendez-vous avec ton absence qui ne devaient commencer que vers la mi-octobre : comme pour moi,
cette nouvelle année marquait pour toi le début d'une
vie nouvelle – une vie dont je me sentais exclu. Tu avais
décidé de faire du théâtre. Bien des années plus tard,
après la fin de l'amour mais aussi de la douleur, tu
devais me rappeler qu'à cette époque je t'avais non
seulement dégoûtée du cinéma – dont je pensais qu'il
n'avait produit (dont je pense toujours qu'il n'a pro-

duit), en son petit siècle d'existence, que quelques rares minutes qu'on pourrait considérer comme artistiques et non comme industrielles – mais que même le théâtre, où nous allions fréquemment, ne me semblait digne d'aucune forme d'intérêt qui dût s'additionner au temps que nous passions, spectateurs parmi les spectateurs, à « participer » à une pièce. C'est pour cela que la petite troupe de l'Institut culturel italien où tu commenças de jouer fut comme le refuge qui te protégeait de ma tyrannie. C'est pour cela aussi que, te protégeant mais ne cessant pourtant pas encore de m'aimer, tu fus tiraillée entre la tentation d'avoir une vie à toi dont je fusse exclu et de m'introduire dans ce monde que je ne pouvais qu'altérer, ce monde où mon narcissisme et mon dédain ne pouvaient te laisser vivre en paix. Un an plus tard, tirant tragiquement les conséquences de cette incompatibilité, tu devais choisir de vivre et de m'abandonner, mais là, pendant quelques mois encore, tu devais essayer de m'inclure dans cet univers que toi aussi tu découvrais. Dans la petite troupe, il y avait un garçon de notre âge qui s'appelait Paolo. Il était né et avait vécu toute sa vie à Ferrare. Il n'habitait à Paris que depuis quelques mois. Paolo fut le premier de ces deux êtres dont j'ai parlé il y a longtemps, le premier de ces deux êtres qui me furent intimement proches pour des raisons obscures, plus physiques que morales, – le premier de ces deux êtres dont *j'attendrais, par amour, des prouesses que par amitié je le savais incapable d'accomplir*. Paolo, quelques mois plus tard, serait le témoin, et la victime, et le bourreau, de cette impossibilité de nous séparer qui deviendrait ta terrible impossibilité de m'aimer.

Mais laissons Paolo pendant quelques pages de côté. Car grâce à ce temps d'absence que tes cours de théâtre provoquaient et que mon narcissisme m'empêcha de pâtir, grâce à ce temps dont j'eusse dû souffrir mais dont je ne souffrais pas, grâce à ce temps qu'au contraire, indolent, je cherchais, grâce à ce temps que je créais, je crus découvrir la nature profonde de l'attente. *Dans* l'attente *on est libéral des heures. On avance dans un temps auquel on aspire.* Après ton premier cours de théâtre à l'Institut culturel de la rue de Varenne, tu m'avais donné rendez-vous dans le jardin du musée Rodin. Je t'avais attendue. Et tu étais venue. Après le deuxième cours, je décidai, seul, de m'offrir cette attente comme moyen de goûter le plus pleinement ton absence. Chaque jour, à 18 heures, en éternel état d'inachèvement, j'allais dans le jardin du musée et je me concentrais absolument sur ton manque.

dans le jardin du musée Rodin,
le deuxième jour vers 18 heures

Le premier jour. Je t'attends. Ravi de ce rendez-vous quotidien avec l'attente. Hier, je t'ai attendue, mais ce n'était pas pareil. Tu avais dit que tu viendrais. Donc je savais. Je ne pouvais plus t'attendre. Je suis venu et je t'ai attendue, mais je t'ai attendue sans

t'attendre. Aujourd'hui, je t'attends en t'atten-
dant. J'attends dans la douce continuité
d'un temps qui est, en lui-même, sa propre
attente. *Il n'y a eu aucune promesse. Avant de*
nous quitter nous n'avons dit que des ébauches
de certitudes : « Je serai là peut-être » ; « Je
t'attendrai alors – ou pas. » Ce deuxième jour,
je l'appelle donc : le premier jour. Tu viendras.
Tu ne viendras pas. Je ne sais pas. Je suis là.
À partir d'aujourd'hui, je serai là tous les
jours. Quelques heures de rendez-vous quoti-
dien avec l'incertitude de l'attente. Je regarde
tout autour : peu de gens. L'automne hésite
encore à brûler les feuilles bleues. Quelques sta-
tues, que je n'aime plus qu'à peine, me font
songer au secrétaire. Mourir de l'indicible
floraison du Sourire. *Comment ce vers publi-*
citaire ne nous eût-il pas fait tant rêver ? J'ai
un livre dans ma poche. Un livre fin, un livre
court. Un livre de poche. Sur la couverture, je
regarde parfois une photo répétée, diversement
coloriée, du buste de l'auteur. Impossible de
lire. J'ai le cahier. Éternel, insoluble, insur-
montable cahier. Presque impossible d'écrire.
Comme toujours. Alors j'écris. Técris (técrire.
Je técris, tu técris, il técrit, nous técrivons, vous
técrivez, ils técrivent. Que je técrévisse. Técrire.
Le verbe écrire n'existe plus). Je técris, comme
seulement je sais écrire depuis que je te connais.
Non. Je sais. Ce n'est pas vrai. Je te connais

268

depuis plus d'un an. Et ne t'aime que depuis six mois. Un an. Jour après jour assis dans une salle de classe à quelques rangées d'écart. Parfois même pas. Parfois, tu t'en souviens mieux que moi, toi qui m'aimais déjà, assis côte à côte. Je repense aux premiers jours de notre amour. J'avais honte. J'avais honte de toi. Les premiers jours, à côté de l'obsession de ta peau – obsession glissante, buissonnante, qui s'est propagée en multiples branches, rameaux, brindilles, feuilles, bourgeons, et a fleuri en devenant obsession de tes mains, de tes lèvres, de tes dents, de tes cils, de ton nez, de ton ventre, de tes lèvres, de ton sein et de ton sein –, à côté, il y avait la honte de ta différence. Des vêtements trop voyants. Te tenant par la main, je courais parfois en traversant la rue des Écoles de peur de croiser quelqu'un. Ta façon de parler. Les livres que tu n'avais pas lus. Non, décidément, tout ça alors que tu n'étais pas mon genre. Je sais qu'un jour tu t'en es rendu compte, je sais qu'un jour je n'ai pas su te le cacher. Je t'ai laissée rue Saint-Julien-le-Pauvre, en bas de chez ma mère. J'avais honte que tu rencontres mon cousin Mopi. Mon intimidant cousin Mopi. Mon cousin écrivain. J'avais honte de ta différence. Et pourtant, déjà, je te lisais des poèmes d'amour. Je lui dois par nature et destinée la stricte relation d'extrême, de distance et de diversité. *Je*

269

lisais mais je ne comprenais pas. Double aveu-
glement de la culture qui dissimule parfois si
bien notre ignorance que nous-mêmes l'appe-
lons savoir.

Je regarde l'heure. Plaisir du temps qui ne
tient qu'à l'incertitude de ta venue à moi.
Compte à rebours dont seul ton avènement
peut déclencher le décompte. Si tu viens dans
une heure : l'attente aura duré une heure. Si tu
viens dans deux heures : elle aura duré. Si tu
ne viens pas : ce temps attendu n'aura pas
existé. J'aurai été feuille parmi les feuilles, sta-
tue parmi les statues. Aucune main, aucun
dieu ne l'aura compté. Argumentum adven-
tum. *Mon écriture intermittente elle-même ne*
saurait se vanter d'en avoir égrené les
secondes. L'attente : l'oubli. Je suis le dépen-
dant absolu. Comme ce temps que je crée
– excroissance que j'accorderai désormais à
chacun de mes jours –, je n'existe qu'à la
faveur de ton arrivée incertaine. Dépendant
absolu, je suis particulièrement calme, mon
existence se résume tranquillement à un seul
événement : toi, apparaissant entre les statues.

Je l'attendais tous les jours. Sans lui dire. Le plaisir de l'avoir attendue une première fois dans le jardin
du musée Rodin avait été si intense que j'avais décidé
de la venir attendre là tous les jours à la même heure
sans la prévenir, sachant seulement qu'elle savait peut-

être que je l'attendais. Si un jour elle ne venait pas, jamais je ne lui disais que je l'avais attendue en vain. Et si un jour elle venait, elle ne pouvait savoir que j'avais été là la veille, sans qu'elle vînt. Ou alors elle le savait. Mais elle non plus ne disait rien. C'était un jeu nouveau qui demandait le silence, tous les silences : même l'attendant, je n'écrivais que rarement. À l'inverse du jeu de l'encre et des corps, ce jeu-là ne rendait pas mon écriture bavarde. Et son absence, n'étant pas encore détachée de son amour, ne me rendait pas non plus à mon état d'écriture normal, à cette utilisation douloureuse des mots morts qui datait d'avant notre rencontre. Je l'aimais, et je l'attendais, et je contemplais le jardin qui m'entourait en laissant couler les longues caresses fluides du temps sur ma peau. *L'attente changeait insensiblement les paroles en questions* et j'attendais dans quelque chose qui n'était plus un temps, mais un pur espace. Rarement, je lisais. Et plus rarement encore, j'écrivais.

dans le jardin du musée,
comme tous les jours, vers 17 heures

Rendez-vous des rendez-vous. Rendez-
vous avec personne. Rendez-vous où je viens de
plus en plus tôt. Peu à peu le jeu se transforme.
Avant, tu venais ou te ne venais pas : ça dépen-
dait des jours. Maintenant, tu viens et tu ne
viens pas tous les jours. *Jour après jour*
ton absence et ta présence se confondent dans

271

*l'attente. Mon amour lui-même parfois y trouve
son compte et se calme. Mais si tu apparais*

* *
*

*Je veux que tu sois là. Tous les jours je viens
– de plus en plus tôt – et je guette ton apparition :
je veux que tu viennes. Mais je veux t'attendre.
Je veux t'attendre comme je t'attends, profitant
de ton absence pour regarder tes yeux fermés par
la timidité, ta bouche provocante, contradictoire,
entr'ouverte par le plaisir – quand mes mains te
donnent du plaisir. Ici, dans le jardin du musée,
une phrase,* tout ange est d'angoisse, *flottant
dans ce qui fut ma pensée, dans ce qui fut ma
mémoire, parfois je t'attends si fort que je peux te
sentir jouir. Tes yeux qui se plissent à peine. Tes
mains qui se ferment à peine. Ta langue qui
s'échappe à peine. Bruit sans bruit. Aube d'un
nouveau monde qui n'existe que quelques
secondes, d'un nouveau monde sans temps dont
il ne reste, après son avènement, que quelques
gouttes de rosée entre tes seins.*

Je lis, et je me souviens terriblement. Je venais de
plus en plus tôt. Toutes mes autres activités, pendant
quelques mois, me semblèrent futiles face à cette
impérieuse nécessité de te venir guetter là, dans le jardin du musée Rodin, en fin d'après-midi. Je me sou-

viens qu'il faisait froid, je me souviens que la nuit tombait de plus en plus tôt, je me souviens que je venais contempler comment son long manteau d'ébène recouvrait les arbres et les statues. Je n'avais besoin de rien d'autre que de savoir que tu viendrais, – peut-être. Écrire ou ne pas écrire, técrire ou ne pas técrire, n'avait guère d'importance. Tu étais là, dans l'un comme dans l'autre silence. Et je ne me souciais plus de savoir de ces deux silences (celui que je produisais lorsque j'écrivais ou celui qui me produisait lorsque je n'écrivais pas) lequel était le plus silencieux : l'un ni l'autre, bruissant de la possibilité de tes pas sur le tapis de feuilles mortes, ne m'était plus douloureux.

dans le jardin du musée, encore

Est-ce que je sais ne pas t'attendre ?
Non.
Qu'est-ce que ce serait ne pas t'attendre ?
Quand je t'attends, j'ai l'impression de t'attendre tout le temps : l'impression de t'avoir toujours attendue, l'impression de t'attendre toujours, l'impression que toujours je t'attendrai. Je n'ai presque plus besoin de venir ici, dans le jardin du musée, à mon rendez-vous avec l'attente. Je t'attends partout. Chez toi. Chez moi. En cours. Au café.
Attentes différentes, c'est vrai. Attentes multiples. Attentes compactes pourtant. Attentes heureuses qui occupent la journée entière et qu'il

273

faudrait, pour les séparer, toutes différentes qu'elles soient, trancher à la scie sauteuse.

Attentes colorées. Attentes colorées qui déteignent. Qui déteignent au point de me faire parfois t'attendre même quand tu es déjà là.

(J'entends la musique croustillante de tes pas d'automne. Je me tourne vers toi. Tu t'assois à mes côtés. Tu lis. Tu rigoles. Non. Si. Je te promets. Je ne t'avais pas vue arriver lorsque j'écrivais que je pouvais t'attendre encore, même quand tu étais déjà là.)

Je venais de plus en plus tôt pour être sûr de l'attendre. Je venais de plus en plus tôt, car elle venait de plus en plus souvent. Ayant compris que je l'attendais tous les jours, elle venait tous les jours. Mais elle ignorait que le plaisir de l'attendre me faisait venir en tout début d'après-midi et elle continuait d'arriver après son cours, à la tombée du soir. Je sais que cela peut sembler incompréhensible : jamais je n'étais déçu par sa présence, jamais son apparition entre les statues, jamais son sourire qui donnait vie au bronze et au marbre qui surabondaient entre les arbres, jamais son corps tiède se collant contre mon corps frigorifié, jamais ses lèvres fraîches malgré sa chaleur s'unissant à mes lèvres fiévreuses à cause du froid, ne mettaient fin à quelque chose que je pouvais alors regretter. L'attente, et tout le plaisir de l'attendre que j'éprouvais, étaient entièrement dus à la possibilité de son apparition, mais, en même temps, ils existaient de plus en plus de manière autonome, ou plutôt, lorsque l'attente n'existait pas, c'est-à-dire les rares fois où son apparition ne venait pas cristalliser cette suite d'instants acatènes qu'avait été son absence, le plaisir de l'avoir attendue était plus irréel, mais tout aussi savoureux.

Le début d'un quotidien parisien qui nous éloignait, le surgissement d'un temps qui n'était plus ce temps entièrement partagé de l'année précédente au lycée ni celui des quelques jours passés à Venise au tout début du mois de septembre, m'avait contraint à inventer cette relation où la dépendance absolue pouvait se poursuivre mais d'où le temps était d'une certaine manière exclu. Attendre ne m'était pas nouveau; mille et une fois dans ma vie silencieuse j'avais goûté les fruits défendus de l'attente. Mais là, découvrant pour la première fois cette attente d'avant l'attente, et m'y consacrant pleinement, j'avais l'impression d'enfin apprendre à compter le temps jusqu'à le posséder. Sans doute mon ardeur pour l'instant vertical était déjà l'expression d'un penchant pour le temps suspendu. Dans l'attente, le temps se perd; dans l'attente, comme en nul autre moment (sauf peut-être ces marches dont j'ai déjà parlé, ces marches qu'on effectue seul, d'un pas rapide, sur des chemins qu'on connaît par cœur où rien ne peut nous surprendre, ces marches où notre corps, mesurant le temps, le comptant physiquement, *le convertit en espace par la régularité de nos pas*), nous ne subissons paradoxalement aucun autre temps que celui qui nous est propre. L'être ou l'événement attendu disparaissent dès lors que nous savons qu'ils n'arriveront pas avant ce laps de temps qui nous permet, dans l'attente, de ne rien attendre. Tout immobiles que nous soyons, le temps ne nous possède plus : c'est nous qui, en l'annulant, le possédons. Le temps extérieur, social, notre *attention*, parfois toute la Raison, sont aspirés par la raison de notre attente et nous laissent maîtres de ce temps qui précède l'instant où l'être attendu peut effectivement arriver, de ce destin minuscule où rien ne peut advenir. C'est alors que se produit l'essentiel : nous sommes totalement libres de ne rien faire. Et il n'y a pas de liberté plus grande que celle de ne rien faire. C'est cet état-là – et non la liberté de faire – qui est seul l'opposé parfait de l'état de ne pas être libre de faire. Peut-être s'agit-il d'une sorte d'état d'extase érémitique que certains atteignent après des apprentissages éreintants. Si c'est le cas, je ne peux que m'estimer heureux d'avoir trouvé ces moments d'extase sans subir d'initiation autre que celle de l'avoir longuement attendue en tentant de traduire les courbes de son corps et les hiéroglyphes de son regard sombre.

J'arrivais de plus en plus tôt car je savais qu'elle ne pouvait en aucun cas, son cours de théâtre finissant à 6 heures et demie, arriver avant 6 h 40. Et ce temps d'avant que son arrivée fût possible, ce temps qui lui était intimement lié, ce temps dont elle était la cause absolue, le principe premier, et qui lui était pourtant étranger, je découvrais peu à peu qu'il me permettait d'établir avec elle une relation radicalement nouvelle. Sans penser à elle, dans un état de proximité avec elle bien plus grand que celui que m'eût permis d'atteindre la pensée, je flottais envahi par autre chose que son souvenir : je flottais dans son absence. Je contemplais un mélange de chair, de vêtements, de marbre et de feuilles mortes. Je me perdais dans une contemplation esthétique sans objet véritable. Mon regard ne séparait pas les statues des arbres, mon esprit ne séparait pas le passé du présent. J'oubliais le temps comme lorsqu'on contemple un feu ou une rivière, c'est-à-dire des signes flagrants de son écoulement. J'attendais d'une attente épaisse. J'attendais comme lorsqu'on s'enfuit non pour un ailleurs mais pour répondre à l'appel du lointain comme lointain. Ce n'était pas l'attente anxieuse de ce dont on redoute l'arrivée, ni même de *ce qui peut arriver*. J'attendais, avant 6 heures et demie, lorsque son arrivée était impossible (même si son cours eût fini plus tôt rien ne l'eût amenée dans ce jardin improbable avant l'heure de notre rendez-vous implicite), qu'elle ne vienne pas ; j'attendais qu'elle ne puisse pas venir. Bref, j'attendais vraiment : je portais toute mon attention vers l'impossibilité que rien n'advienne. J'étais concentré à l'extrême, mais sur aucun sujet défini.

dans le jardin du musée,
le jour de la découverte de la formule

Ça y est, j'ai trouvé. La formule exacte de
l'attente est :

Je t'a.temps

277

C'est une formule aux mille lectures pos-
sibles : si le a *est privatif, elle veut dire je ne t'ai*
pas toi ou je n'ai pas le temps (et « je t' », sans
verbe, devient un seul sujet, comme si, hors du
temps, je pouvais t'avoir au-delà du Verbe) ; si
le a *est une contraction de* ad *marquant la*
direction, le but à atteindre, la formule veut
dire que « je » est entièrement, et multiplement,
et latinistiquement, tourné vers toi (ou vers le
temps) ; si le a *veut dire à, « je » devient un ins-*
tant indéfini dans la suite progressive et indé-
chiffrable de la chaîne insignifiante, et « t' »
devient l'aboutissement à un point extrême
(comme on dirait, d'un steak par exemple, « à
point ») ; a *peut aussi être la troisième personne*
du singulier du verbe avoir, *alors « je », par*
contagion rétrospective, devient « il » pour affir-
mer que dans l'attente le « je » qui t'a est,
comme si souvent, un autre ; mais « je » peut
aussi, par homonymie de temps avec tant, à
force de t'avoir, devenir un autre ; on pourrait
lire aussi que « je » et « t' », devenant un seul
sujet, possèdent, dans la pauvreté caractéris-
tique de l'amour, le temps (car avoir le temps
c'est ne rien avoir), ou alors qu'ils possèdent,
dans l'abondance tout aussi caractéristique de
l'amour « tant » ; enfin si a *est l'abréviation*
d'aime, on peut lire « Je t'aime.tant » où tant
est soit une mesure de quantité exacte (je t'aime
dix-sept kilos ou vingt-trois litres ou deux cent

soixante-seize kilomètres ou mille huit cent
quatre-vingt-treize kilowatts ou quatorze mille
cinq cent cinquante-trois années-lumière), soit
une mesure de quantité infinie (je t'aime tant
que je ne saurais le mesurer – ni te le dire), ou
alors on peut lire « Je t'aime.temps » où aime
s'applique soit à temps (je t'aime, toi, temps),
soit à « t' » et temps devient alors « temps »
comme on dit « pouce », je t'aime.pouce : je
t'aime mais halte là car sinon je meurs, car
sinon c'est trop.

Pour retrouver dans le jeu de l'attente quelque
chose de nos joutes nocturnes, je venais parfois dans
le jardin avec le dictionnaire. Je lisais et j'écrivais mes
commentaires diurnes, aussi prolixes, mais guère plus
sensés, que mes commentaires nocturnes.

dans le jardin du musée,
sous une pluie fine

Oui. C'est vrai. Mon amour, ma passion,
ma folie, mon obsession, mon exagérée considé-
ration pour les mots entr'ouvert *et* entr'ouverte *est exagérément inconsidérée. La beauté,*
la singularité, la solitude extrêmes de ces mots
ne justifient pas les heures passées à les contem-
pler, à les étudier, à les polir, à les aimer. Mais
pourquoi la stupidité aveugle de certains veut-
elle faire de ces mots – les seuls pictogrammes

279

de la langue française – d'anodins entrouvert
et entrouverte ?

* *
*

Nous devons toujours, face à chaque
instant, *nous conduire comme s'il était éternel
et qu'il attendît de nous de redevenir passager.*

L'attraction insensée que produisait sur mon corps
la possibilité de sa venue produisait également, sur ma
pensée, la distraction la plus vague, la plus étourdie. Je
pouvais écrire – ou ne pas écrire – n'importe quoi.
Lorsque ma main errait sur le papier, parfois, elle n'était
guère plus appliquée que mon regard qui vagabondait
entre *Les Trois Ombres, L'Âge d'airain* et le *Saint Jean
Baptiste prêchant.* Cette excroissance temporaire que
j'avais inventée et qui chaque jour croissait d'avantage
n'avait pas seulement établi une nouvelle relation avec
elle ; elle établissait également une nouvelle relation avec
moi-même. Et tout mon être en était affecté : j'étais différent, de la langue aux pieds.

*dans le jardin du musée,
vers 1 heure de l'après-midi*

*Ai-je besoin de ta proximité pour écrire ?
Depuis ce matin, coupé de toi, ne pouvant même
pas te voir de loin, ne pouvant même plus, sans*

savoir où tu es, sans savoir quels mots tu entends, quels visages tu vois, t'imaginer, je n'ai pas écrit une seule ligne. J'ai besoin, pour écrire, de ta proximité et de ta distance. J'ai besoin de savoir que tu es là, à portée de la main, et que tu es loin, comme tu l'es parfois dans mes bras lorsque je te regarde et que tes yeux se perdent, comme tu l'es en fait où que tu sois chaque fois que j'écris. Tu es la proximité vers laquelle je chemine et qui toujours m'échappe, tu es ma distance la plus proche. Tu es un manque que je possède, un vide trop plein d'une substance étrange et familière, d'une essence rare et délicieuse que je sais pour toujours ignorer.

Les mots. À quoi tient-il qu'ils s'alignent fatigués ou vigoureux, habituels ou surprenants? Qui (ou quoi) fait-il qu'issus de cette même main, conçus par ce même cerveau (ou concevant ce même cerveau), ils surgissent de leur source bouillonnante vifs comme des serpents et coulent, continus comme le flot dans le lit du plus noble des fleuves, ou qu'il faille les extraire, les extirper douloureusement comme des orties d'une terre sincère ou comme des dents de sagesse terrées au plus profond de la plus ferme des mâchoires? Comment, écrivant, ne pas supposer que nous n'écrivons pas, que ce n'est pas nous qui écrivons, mais que, je ou il, nous ne sommes que traversés de part en part par un langage léger et transparent, un langage dont

281

*les mots flottent longuement en l'air, tels les flo-
cons d'une neige épaisse de février, puis s'affalent
et sèchent en noircissant nos tristes pages?*

Ce jour-là, elle était partie très tôt. C'était un samedi et elle allait suivre une sorte de stage de théâtre qui devait durer toute la journée. Pendant la nuit, nous n'avions pas fait l'amour. Mes mots ni mes lèvres n'avaient couru le long de sa peau tendue ; je n'avais caressé, des doigts ni de la langue, ses lèvres ni ses lèvres. Je m'étais réveillé avec elle et je l'avais accompagnée jusqu'au métro. Elle devait aller très loin, vers Pigalle ou Clichy. Je ne savais rien de ce nouveau lieu où elle devait se rendre, j'ignorais qui l'y avait invitée, qui l'y attendait. Mais j'ignorais aussi la jalousie et avant son départ je n'éprouvai aucune crainte, aucune appréhension pour ce temps d'une longueur extrême pendant lequel je savais que je ne la verrais pas. Après avoir pris un café, après avoir regardé les titres du journal de ce regard neutre qui permet de ne pas les lire, mes pas m'avaient guidé vers le jardin du musée. J'y étais resté toute la journée. Écrivant et n'écrivant pas, notant simplement des mots épars qui surgissaient des feuilles mortes et de la pierre morte, la matinée était vite passée. En début d'après-midi, j'ai écrit ces quelques lignes inquiètes qui, au milieu de notre amour, témoignent peut-être pour la première fois d'une peur réelle de la perdre. Je n'étais pas jaloux. Pendant ces mois d'hiver, je ne doutais pas encore de son amour. Personne, homme ou femme, rêve ou réalité, ne me semblait pouvoir me la ravir ; aucun amour, ô temps béni de mon narcissisme tout-puissant, ne me semblait pouvoir rivaliser avec *mon* amour. Elle-même d'ailleurs m'aimait d'une manière si sincère que le lendemain du jour où elle rencontra Paolo à l'Institut culturel italien, parce qu'elle le trouvait beau, parce qu'elle avait songé pouvoir l'aimer, elle tint absolument à me le présenter. Paolo avait une fiancée, Lida, qui lui était aussi différente que Φilippine m'était différente. Paolo avait un ami d'enfance, Fede, qui tenait de Daniel, et avec qui il partageait un deux-pièces rue de Crimée. Paolo était grand. Paolo était beau. Paolo me ressemblait. En quelques jours à peine, nous sommes devenus extrêmement amis. La journée, rattrapant le temps où nous ne nous étions pas connus, nous nous assurions que nos goûts littéraires, nos lectures philosophiques et nos positions politiques étaient aussi semblables que les premières discussions nous l'avaient laissé supposer. La nuit, lorsque la mère de Φilippine n'était pas là (c'est-à-dire pratiquement toutes les nuits), Paolo et Lida venaient rue du Regard et nous jouions au *Diplomacy*. Nous jouions toute la nuit. Et même ce jeu, dont le principe repose sur la trahison et qui, lors d'une partie mémorable avec Viqui, Carlos, Mopi et mon frère, était parvenu à faire pleurer de rage ma propre mère, ne réussit jamais à nous diviser. Pendant quelques mois, trouvant sans doute l'un dans l'autre un reflet flatteur et rassurant, Paolo et moi fûmes inséparables. C'était la première fois où, adulte, je rencontrais quelqu'un qui non seulement partageait cette masse informe d'opinions politiques et culturelles qui permet l'amitié mais qui, en même temps, vivait un amour qui ressemblait à mon amour et qui, physiquement, me semblait aussi beau que je me semblais beau. Notre amitié connut son apogée avec la fin de nos amours – il se sépara de Lida presque en même temps que Φilippine me quittait –, puis finit tragiquement quelques mois plus tard. Pendant longtemps, après la fin de notre amitié, je songeai à Paolo comme à une sorte de Morel, un personnage toujours rattrapé par une identité sociale qu'il eût été si heureux de modifier mais qui sans cesse venait lui rappeler qu'il devait se méfier de ce monde étranger où il avait choisi de vivre ; et j'accusai cette différence unique de nous avoir séparés. Mais la tristesse et l'incompréhension que le souvenir d'un certain soir d'une violence extrême dans l'île Saint-Louis provoquent aujourd'hui encore en moi ne me permettent plus de me contenter de cette raison sommaire. La fin de mon amitié avec Paolo fut due à quelque chose de bien plus complexe, qui nous concernait tous les deux, et les causes profondes de ce drame amical ont la même nature que celles de cet autre drame que fut, quelques années plus tard, la fin – plus tragique encore – de mon amitié avec Antoine, le second de ces deux êtres dont j'ai déjà tant parlé.

Je n'étais pas jaloux, non, mais quelque chose avait changé. En m'avouant qu'elle aurait pu l'aimer, Φilippine n'avait pas seulement introduit Paolo dans notre quotidien, elle avait produit un déséquilibre dans notre amour. Il est vrai que la nature même de ma passion, depuis que j'avais découvert le plaisir de l'attendre, depuis que j'avais découvert le plaisir d'être de nouveau seul et que j'avais retrouvé cette forme d'écriture qui, bien qu'elle me fît souffrir, tout en me tuant m'empêchait aussi de mourir, – il est vrai que depuis quelque temps j'aimais Φilippine avec retenue. Mon amour était plus calme. Mais il était toujours aussi sincère. Jamais mon regard ne s'était attardé sur une autre fille. J'aimais Φilippine tout le temps, même si l'expression de mon amour, parfois, ne lui était plus adressée. Tout ce que j'écrivais, tout ce que je vivais, lui était intimement lié, mais j'avais cessé de lui faire tout partager. Notre quotidien m'avait obligé à trouver un nouvel équilibre : la moitié du temps j'étais avec elle ; l'autre moitié, j'étais avec son absence. De son côté, Φilippine avait trouvé un équilibre bien différent : la moitié du temps elle était avec moi, l'autre moitié elle était avec elle-même. J'écrivais pour elle ; elle faisait du théâtre pour elle aussi. Et dans ce nouvel univers, elle avait trouvé un autre dieu. Non pas dans son corps, mais dans sa tête, nous étions deux à présent. Deux demi-dieux. Plus tard, avec Antoine…

Non. Encore une fois non. Je ne voulais parler ni de l'île ni de Paolo avant d'en avoir fini avec le bonheur et l'attente, et voilà que non seulement je parle de l'un et de l'autre mais qu'en plus je bave sur les raisons de la désespérante fin de mon amitié avec Antoine. Non. Pourquoi lever ici le fouet sur les mots du bonheur ? Laissons-les encore un peu, tout *hongres* qu'ils soient, occuper nos sages pages. Je reviens donc à mon interminable journée dans le jardin du musée.

À la mesure de nos cœurs
fut tant d'absence consommée.

N'étant pas parti de la rue du Regard avec la claire intention, comme je le faisais chaque jour de plus en plus tôt, de l'aller attendre, je n'avais pas emporté de livre avec moi. Et si le cahier et le stylo, cramponnés à ma main comme des patelles craintives à un rocher battu par les flots, m'avaient accompagné tout le long de cette longue journée d'absence, je n'avais pratiquement pas eu recours à leur navrante façon de faire passer le temps. Pas plus que je n'avais lu – autrement que dans le palimpseste infidèle de ma mémoire –, je n'avais écrit. J'avais attendu. Et d'attendre au-delà de l'attente habituelle des autres jours qui n'excédait jamais deux ou trois heures, d'attendre presque toute la journée non seulement certain qu'elle ne viendrait pas avant 6 heures et demie mais également convaincu, puisqu'elle n'était pas en cours rue de Varenne mais en stage à l'autre bout de Paris, qu'elle ne viendrait pas non plus après 6 heures et demie, m'avait fait comprendre quelque chose de nouveau sur l'attente. L'attente, cette attente-là, cette attente que j'avais inventée pour supporter ce qui dans mon amour m'était insupportable, m'avait permis, sans que je le susse, sans que je le voulusse, de passer de l'attention à l'habitude. Pour des raisons que je ne peux toujours pas m'expliquer, il me semblait nécessaire – parallèlement à la réalité de notre amour qui s'inscrivait chaque jour davantage dans la routine d'une vie à la fois partagée, car nous habitions pratiquement ensemble, et impartageable, car j'étudiais et elle faisait du théâtre – de bâtir dans la solitude une sorte de miroir de notre amour où la tempête des premiers mois pourrait s'apaiser comme les hautes vagues de la nuit s'apaisent dans l'aube nouvelle. J'avais besoin, non pas pour comprendre ce que je vivais mais simplement pour le vivre, de m'éloigner de ce *nous* obsédant, au désir insatiable. Il m'était indispensable, comme à quelqu'un qui a couru trop vite, de retrouver mon souffle. J'avais besoin d'un peu de calme pour l'aimer encore. Oui, je voulais surtout supporter mon propre amour, je voulais que l'excès fébrile de désir et de tendresse qui la nuit depuis des mois m'empêchait de dormir s'apaise. S'apaise, oui, mais seulement quelques heures par jour. Je ne voulais surtout pas que le calme que je pouvais trouver loin d'elle atteigne l'inquiétude joyeuse de nos saturnales nocturnes. Malheureusement, ce temps, cette excroissance temporaire que j'avais créée pour apprendre à supporter son absence, je le comprenais à présent, m'apprenait également à supporter sa présence. Sans que je m'en sois rendu compte, l'attendre m'avait fait l'aimer plus calmement. Après ce jour d'amour extrême – et d'extrême solitude – (et après le lendemain où je fêtai cette prise de conscience par une débauche d'amour agité), s'ouvre une nouvelle plage de mon histoire où la houle et le vent ne viennent plus frapper le sable des jours de leur furieuses turbulences, mais les seulement effleurer de leurs tristes et paisibles caresses.

En fin d'après-midi, après que mon regard avait longtemps erré dans la nuit de mes songes, et alors que l'heure approchait où Φilippine pouvait revenir rue du Regard où nous devions nous retrouver, j'écrivis ces quelques mots :

> *Adieu, mon amour : voici l'heure où je dois aller chez toi. Je te laisse donc.* Il me serait impossible de te quitter si ce n'était pour aller te retrouver. *Seul ici, sous la pluie, j'ai été avec toi toute la journée. J'ai été calme, serein. Je n'ai presque pas écrit. Je t'aime. Je n'ai presque pas lu. Presque, je me suis nourri uniquement de ton absence pendant cette longue journée d'amour. J'ai été calme. Je le suis encore. Je pense que pour aujourd'hui, je peux ne plus écr*

Φilippine est arrivée à 6 heures et demie. Son apparition radieuse alors qu'il faisait presque nuit a arrêté ma main à l'endroit le plus juste. Φilippine est arrivée à 6 heures et demie, extrêmement ponctuelle car nous n'avions pas rendez-vous. Ce genre de geste, qui lui était coutumier, me fascinait. Comment avait-elle su que c'était ce jour-là, à cet instant précis, que sa venue inopinée serait le plus inspirée ? Quel sens à moi étranger lui permettait-il de sentir ainsi, à n'importe quelle distance, ce qui m'était nécessaire – quitte à me le donner ? C'étaient des preuves d'amour terribles que ces gestes-là. Après l'avoir contemplée un long moment sans par-

288

ler, comme je pleurais presque et qu'elle souriait, mort de froid, je la pris si fort dans mes bras que ma chair s'en souvient encore. Et volant au-dessus des statues, nous sommes allés nous enfermer rue du Regard, où nous sommes restés cloîtrés jusqu'au lundi matin. Pendant un jour et deux nuits nous n'avons pas quitté sa chambre. Je me souviens, à un moment donné, que j'étais assis au bureau, nu, lui tournant le dos, et qu'elle est venue, nue, poser ses mains sur mon dos.

Pourquoi le contact de tes mains avec mon dos, de ta peau avec ma peau, a-t-il l'inespéré pouvoir de créer un espace où le sommeil et la veille se confondent ? Je sais que dans quelques minutes, dans quelques secondes peut-être, je sombrerai. Je sais que tes mains ont le pouvoir de quintessencier l'espace et le temps. Je sais que sous tes mains le temps peut s'arrêter, qu'il peut nous oublier, nous laisser enfin en paix. Je sais que sous tes mains le temps peut mourir – comme il meurt parfois dans ton regard sombre.

Je me souviens que j'ai écrit ces quelques mots en luttant autant contre le sommeil que contre le sentiment qu'écrire était inutile, sentiment qui, à chaque fois qu'elle posait ses mains sur mon dos, emportait tout autre sentiment. Ou alors non, peut-être c'est comme j'écrivais ces mots qu'elle a posé ses mains sur mon dos. Peut-être c'est autant ses mains qui m'ont

289

fait écrire ceci que mes mots l'ont fait se lever nue pour me venir masser le dos.

Je me souviens aussi, plus tard ou plus tôt, d'avoir écrit sur son sein droit, en demi-cercle au-dessus de son téton :

je veux tout

puis d'avoir ajouté, en demi-cercle au-dessus du téton de son sein gauche :

je ne veux rien

et aussi, descendant en dessous de son ventre, d'avoir précisé, tout en haut de la face interne de sa cuisse gauche :

t
o
u
t

et tout en haut de la face interne de sa cuisse droite :

e
t
r
i
e
n

290

et enfin, de chaque côté de son centre con-centrique, au plus près, sur ces parties étroites et moelleuses des fesses qui les rattachent aux jambes, et qui ne sont plus ni jambe ni fesse mais un pur objet de convoitise gourmande :

et   *toi*

Je me souviens aussi, à un certain moment de la nuit, comme j'étais retourné au bureau et qu'elle dormait, de l'avoir entendu péter et d'avoir écrit ces mots grossiers et insondables :

elle pète – et je répète

Je me souviens, peut-être le dimanche matin, comme elle m'embrassait et qu'elle me demandait de lui écrire encore, d'avoir relevé soigneusement ses cheveux pour tracer sur sa nuque son prénom ; d'avoir écrit longuement, comme j'écris maintenant, en caractères minuscules :

Philippine Philippine Philippine

puis, descendant vers son épaule, comme ce n'était pas seulement une impression d'être tenu dans sa bouche, comme ses lèvres me dépouillaient, me dévêtaient, en dessous de son nom, j'ai écrit cette phrase dont je me suis brusquement souvenu : *amoureuse de la pluie est la terre desséchée, amoureux aussi le vénérable ciel qui désire,*

291

gorgé de pluie, se précipiter sur la terre. Je me souviens encore, dans la nuit du dimanche au lundi, comme j'écrivais continûment et que continûment elle dormait, et que continûment elle m'aimait, d'avoir éprouvé que l'amour comme l'absence venaient en écrivant, que *l'expression du désir engendrait le désir que cette expression fondait,* qu'écrire, comme j'écrivais là, sur son corps, tout en me rendant profondément bavard me rendait profondément à moi-même, c'est-à-dire à ce Santiago d'avant la parole, ce Santiago dont j'ai retrouvé la trace, par exemple, dans les sommeils partagés avec mon frère à l'aube du second exil. Je me souviens que j'écrivais, et que je sentais qu'entre écrire et l'aimer la différence s'effaçait. Et pourtant, en même temps, comme si la découverte du samedi après-midi, tel un vers pervers, eût pénétré le cœur de notre amour au moment où il était le meilleur, au moment où il était le plus mûr, je me souviens aussi d'avoir tracé sur le cahier d'alors des mots inquiets, des mots distants, des mots qui ne lui étaient déjà plus destinés :

rue du Regard, le lundi à l'aube

> *Pourquoi l'amour a-t-il cette étrange incidence sur le langage – à savoir harmoniser les mots dans l'écriture ? Hors amour, toute écriture est forcée, hachée, disharmonique – ce qui est peut-être mieux.*

Peut-être je mens encore une fois, peut-être, si ces mots n'étaient pas restés, si je n'avais pu les lire aujourd'hui, je ne me serais pas souvenu de ce week-end torride comme d'un tournant décisif de mon premier amour. *Ce qui est peut-être mieux.* Mais non seulement les mots sont là, avec leur terrifiante supposition que quelque chose pût être mieux que ce que provoquait son amour, mais ils sont suivis sur le cahier d'une page tout aussi triste où trônent deux tristes termes que je livre à votre regard :

éternité - éternuement

Au hasard de ma lecture du dictionnaire, j'étais tombé, justement ce jour-là, sur cette nouvelle et formidable contiguïté. Comme si la fin fût déjà proche, l'immensité de notre amour me sembla brusquement pouvoir se résumer à un tout petit moment de nos vies. Par l'attente, j'avais voulu m'éloigner un peu de nous, et voilà que j'étais si loin que sans que rien n'eût eu lieu, je nous regardais comme si tout fût déjà fini. Sans doute, me direz-vous, y a-t-il d'autres lectures possibles que la douloureuse lecture que je fais aujourd'hui de cette contiguïté. Mais malheureusement, malgré tous mes efforts, à partir de ce jour-là, je ne peux voir, dans les quelques mois que devait durer encore mon premier amour, que les funestes signes qui annoncent son dénouement.

Je l'aimais encore, et elle m'aimait encore. Par un absurde tour du sort, ce devait même être elle qui souffrirait la première de mon désamour. Mais qu'il me coûte de taire mon désespoir futur !

à la Pâtisserie viennoise,
au début de l'hiver

Sans doute aurais-je dû être grand, partir comme si de rien n'était, t'embrasser avec distance et m'éloigner pour cette longue journée en feignant l'indifférence.

Sans doute aurais-je dû te faire confiance, croire que je t'aime et que tu m'aimes, que jamais tu ne chercheras, pour t'amuser et me blesser, à t'abîmer dans d'autres bras.

Sans doute aurais-je dû me faire confiance, t'aimer sans trop écrire, vivre à tes côtés comme un vieux loup blessé qui ne se souvient plus depuis longtemps du sens de ses blessures.

Sans doute aurais-je dû être adulte, tout se serait passé calmement, doucement, longuement...

Mais je suis un petit enfant et je suis seul maintenant et je regrette que sans que je te le demande tu n'aies pas compris que j'avais besoin que tu me serres encore une fois dans tes bras, que j'avais besoin que tu me dises : tu peux rester ici.

Ainsi, assis seul dans cette petite salle en bois, je serais à présent souriant de t'avoir avec moi, – même quand tu n'es pas là.

Ce fut pendant l'hiver, après maints rhumes, grippes et une unique pneumonie, que je cessai de l'attendre dans le jardin du musée. Ce fut pendant l'hiver, et beaucoup de textes écrits tout au long du printemps et de l'été vous sembleront contredire cette affirmation, que d'une certaine façon je cessai de l'aimer. Je cessai de l'aimer de la façon exclusive, absolue, étouffante, invivable, des premiers mois de notre amour. Je cessai de l'aimer, aussi, de la façon insensée, excitante, euphorique, délectable, voluptueuse, délicieuse et nourrissante de ces mêmes premiers mois de notre amour. Bref, je cessai de l'aimer, – et je l'aimais encore. Et, comme le montre ce petit texte, je cherchais en vain dans notre quotidien, dans ce temps baveux comme une limace mais dont la trace pourtant s'efface inexorablement dans la mémoire des individus et des peuples, à l'aimer comme je l'avais aimée au début, avec le même excès de furie désireuse et de tendresse amoureuse. Mentais-je effrontément, à elle et à moi, lorsque j'écrivais des textes comme celui-ci? Je ne le pense pas. Autant que je m'en souvienne, le sentiment qui me poussait à écrire était profondément sincère, même s'il ne reflétait plus l'état constant de celui que j'étais mais seulement l'humeur éphémère de l'instant où j'écrivais. *Je l'aimais et ne pouvais la voir sans ce trouble, sans ce désir de quelque chose de plus, qui ôte, auprès* de l'être qu'on aime, *la sensation d'aimer*. En fait, pendant de longs mois, je l'avais aimée d'un amour si simple qu'il avait exclu toute distance, non seulement entre elle et moi, mais également entre moi et mon amour. Pendant de longs mois, je n'avais rien désiré de plus que ce tout – ou ce rien – qu'était notre amour. Mais là, en plein cœur de l'hiver, découvrant à la fois ce temps terne qui donne à certains le calme nécessaire pour se satisfaire de la tiédeur à laquelle ils aspirent, et découvrant aussi la jalousie que ce même temps produisait, je commençai de souffrir du terrible désir d'autre chose, – désir que jusqu'alors j'avais ignoré.

dans le square derrière Notre-Dame,
en plein hiver

Que dire de plus? Ton amour me manque. Comme tu m'as interdit le jardin du musée, je le cherche dans le froid absurde des quais déserts. L'hiver est arrivé. Il fait froid. L'hiver s'est lentement et inexorablement installé, comme il le fait toujours à Paris. Quand on est arrivés, à cette époque où les Sud-Américains débarquaient par milliers dans cette ville glaciale, on disait qu'à Paris l'hiver durait neuf mois, et qu'après il y avait trois mois pendant lesquels on attendait l'été. Humour d'immigrés.

L'hiver s'est installé. L'hiver que je n'ai jamais supporté. (Mon père me dit souvent que

c'est de famille : depuis les expéditions andines
de José Francisco de Amigorena à la fin du
XVIIIᵉ siècle, nous sommes allergiques au
froid.)

Pourtant, Notre-Dame est là, dehors.
Notre-Dame qui a froid. Notre-Dame – comme
moi – frigorifiée.

(Oui, je sais, tu me l'as déjà dit, je ne
devrais pas m'asseoir dehors pour t'écrire.)

Notre-Dame donc, toutefois, pourtant,
néantmoins, est là : dehors. Je la regarde et
j'ai besoin que tu sois à mes côtés : pourquoi
l'architecture gothique est-elle plus belle quand
il fait froid ?

Souvent, lorsque nous parlions de son désir de
faire du théâtre, je tentais de la persuader qu'il s'agissait d'une faiblesse : que si elle se fût aimée davantage, si elle se fût aimée un peu plus pleinement, elle
n'eût pas eu besoin de jouer et de séduire. J'étais loin
alors de penser que ce qui m'arrivait à moi-même, et
se dissimulait dans ce tournant que prenait mon premier amour, était d'une certaine façon semblable : ne
m'aimant plus d'un amour si pur, si fénelonien pour
qu'il englobât l'ensemble de mon être, doutant de
mon corps et de mon esprit, peut-être à cause de
Φilippine, peut-être seulement parce que je n'étais
plus un adolescent tout-puissant et que je n'étais pas
non plus parvenu à cet état que nous promet sans
cesse l'âge adulte d'une certitude dans nos propres

doutes, mon narcissisme aussi connaissait ses premières faiblesses. Je n'étais pas jaloux parce qu'elle m'aimait moins, j'étais jaloux parce que je m'aimais moins moi-même. Oui, quelque chose de cet âge béni où mon narcissisme sans entraves m'avait permis de m'aimer tant et de tant l'aimer était bel et bien fini. Et si je devais l'aimer encore, ce ne pouvait plus être qu'avec la douloureuse inquiétude de ne pas savoir si elle était assez imparfaite pour accepter l'imperfection de mon amour et si j'étais assez parfait pour mériter la perfection du sien.

Pour les vacances de Pâques, nous sommes partis avec Cédric et Hervé à Rome. Je ne sais pas pourquoi, je ne sais pas comment, malgré tant de voyages en Italie, j'avais évité jusqu'alors cette ville qui, comme Venise le fut à mon bonheur, devait devenir essentielle à mon malheur. Φilippine avait vécu douze ans à Rome ; les mêmes douze années que j'avais partagées entre l'Argentine et l'Uruguay. Cette fois-là, pour ces vacances printanières, sa mère avait demandé à l'une de ses amies de nous prêter son appartement. Nous habitions donc au dernier étage d'un immeuble qui donnait sur la piazza di Spagna. Je me souviens, lorsque nous y sommes arrivés – après avoir abandonné Cédric et Hervé dans une pension sordide près de la gare –, de l'impression étrange que me fit l'endroit. L'ascenseur arrivait directement dans l'appartement. Le hall d'entrée, une petite pièce sans fenêtres, possédait un sol entièrement couvert de galets noirs illuminés par des néons tout aussi noirs situés tout autour de la pièce au ras du sol. Le salon, un vaste rectangle lumineux ouvert sur Trinità dei Monti, avait les murs tapissés de nus d'un peintre dont j'ignorais alors le nom mais dont je devais apprendre qu'il avait été, pendant les années soixante-dix, le peintre le plus à la mode d'Italie. Tous ces nus représentaient la même femme, qui avait été sa maîtresse et sa muse, et chez qui nous nous trouvions : la comtesse Marzotto. Sa chambre, où nous fit passer la femme de ménage qui nous avait accueillis, était aussi grande que le salon : face au lit immense, sur une estrade, trônait une baignoire au pied de laquelle était négligemment accroché un petit Tiepolo, une étude à l'huile pour une fresque de plafond, où trois putti s'élevaient dans un ciel rose et bleu. La chambre d'amis, qui nous était destinée, était en revanche minuscule et triste. Son souvenir d'ailleurs, sans être le seul, a déteint à ce point sur tous les autres souvenirs de ce premier séjour romain (les premières visites à la Sixtine, à la Bocca della Verità, à la fontaine des Tortues, les premières promenades vers le Testaccio et vers Trastevere, la première glace chez Giolitti, le premier café à Sant'Eustachio, la découverte du Caravage à Saint-Louis-des-Français et Santa Maria del Popolo, la première brosse à dents Taumarin, la première balade de 6 heures sur le Corso) qu'un grand voile gris recouvre aujourd'hui toute cette romaine mémoire. Lorsque nous marchions dans les rues, quoique nous nous aimassions toujours, je la regardais à mes côtés et je songeais à nos premières marches à Venise, quelques mois plus tôt. Je sentais – et peut-être étais-je le seul à sentir cela, je veux dire que même alors tout ceci n'était qu'un mensonge inventé par mon amour ou mon détachement –, je sentais que si je posais ma main sur sa tête, comme je l'avais fait à Venise pour la protéger de l'absurde possibilité qu'elle se blessât, ici, à Rome, ce même geste, dont la simplicité s'était évanouie, deviendrait, aussi bien pour elle que pour moi, un vilain geste machiste suscité par la peur de la perdre. Il demeure d'ailleurs, de ce premier séjour à Rome, un pressentiment inquiétant qui devait se confirmer quelques mois plus tard lors du deuxième séjour romain : je pouvais perdre Φilippine. La certitude dans laquelle mon narcissisme et son amour m'avaient bercé jusqu'alors était un leurre, un joli rêve duquel j'allais me réveiller. Peut-être avais-je déjà senti les prémices de la possibilité de la perdre à Paris ; mais à Paris je doutais encore : le monde dont je l'avais entourée, ce monde qui n'était pas le sien et où je la tenais prisonnière, à ma manière, sans la surveiller par des moyens physiques mais grâce à des idées – en l'ayant, par exemple, convaincue que la lecture était plus importante que la vie –, ce monde, pensais-je, lui interdisait de m'abandonner sans s'abandonner elle-même. À Rome, c'était son monde qui m'entourait. Et si j'essayais de l'accepter, si j'essayais d'accepter son insouciance, sa frivolité, si la possibilité de prendre un café chez Rosati et que des amis passent nous prendre à scooter pour rouler de nuit ou aller dans une fête m'attirait soudain énormément, je sentais en même temps que cet univers que je croyais ne découvrir qu'à Rome était en fait l'avers véritable de ce qu'à Paris j'avais cru être seulement une partie négligeable de sa vie ; une partie contre laquelle j'avais cru remporter des batailles mais contre laquelle, car elle était justement de sa vie la partie la plus vivante, je comprenais à présent que je ne pourrais que perdre la guerre.

En avril 1981, juste avant que la France ne prenne un tournant politique qui pendant deux ans devait remplir d'espoir le monde entier – alors qu'il ne s'agissait, comme on le sait aujourd'hui, que d'un dernier sursaut avant la disparition, pour de longues années, de la possibilité politique elle-même –, je déménageai dans l'île Saint-Louis. Avais-je déjà compris qu'il me fallait quitter la rue du Regard ? La confidentialité qui avait permis à cet immense amour clandestin de s'épanouir n'était-elle plus de mise ? La mère de Philippine me fit-elle une remarque ou une réprimande ? Ma mère à moi, désespérée par cette nouvelle famille que je m'étais inventée et dont elle était exclue, avait-elle insisté pour que je trouvasse un lieu qui me fût propre, un lieu où il me fût possible de dormir et de travailler, au moins si je le voulais ? Quoi qu'il en fût, un beau jour de ce triste printemps, ma mère et moi trouvâmes ce lieu terrible où je devais vivre les plus désespérantes années de ma vie : mon insulaire studio du 20, rue Saint-Louis-en-l'Île. L'immensité de ce que représente cet endroit dans mon histoire intime m'est difficile à expliquer. Je tenterai plus tard, pour une fois sans emphase, de donner – dans la chronologie de ce temps externe qui le plus souvent ne fait que nier ou limiter la profondeur de notre temps singulier, dans la chronologie de ce temps qui n'existe pas mais auquel nous croyons par à-coups tous les deux, toi aimable liseur, moi exécrable scriptor – les diverses étapes, les différents instants de l'édification de ce qui devait devenir non seulement une partie de mon passé, mais un univers entier et indivisible. Car l'île Saint-Louis, dans ma baveuse existence, n'est ni seulement un temps, ni seulement un espace, et si je laisse sa description pour l'instant de côté c'est parce que la quatrième dimension qui seule me permettrait d'en établir la cosmogonie est ma douleur, et qu'il est bien trop tôt pour en parler.

Restons-en pour le moment aux simples souvenirs, à ces instants dispersés et inoffensifs qui n'ont d'autre réalité que le temps. Le premier souvenir est celui d'avoir découvert l'île Saint-Louis sur un plan de Paris dans l'avion qui nous mena, après une dernière escale à Londres, dans cette ville qui pendant tant d'années devait me sembler froide, inhospitalière et qui seulement maintenant – à cause de la chaleur bienheureuse de tes bras – semblait enfin m'accueillir : Paris, la ville de mon second exil. J'avais remarqué cette petite tache infime située à côté de l'île de la Cité et, *ayant toujours aimé les recoins*, j'avais proposé à ma mère et à mon frère que nous y habitassions. L'île fut ensuite, tout au long des quatre années passés au lycée Rodin, un lieu de promenade, ou plutôt d'expédition, lorsque le printemps arrivait et que nous y allions manger des glaces. Et voilà que brusquement j'allais y habiter vraiment : ce lieu circonscrit par la Seine et les divers ponts qui tout à la fois l'ouvrent sur le continent et la ferment sur elle-même, ce lieu qui, comme Patmos, de par son insularité, se prêtait particulièrement à l'appropriation, voilà que ce lieu allait être mon lieu. Oui, l'île entière allait m'appartenir. Elle allait m'appartenir, croyais-je dans ma prétention insensée, comme la mer appartient à Ulysse, comme Elseneur appartient à Hamlet, comme Balbec appartient à Marcel, comme Mas a Tierra appartient à Robinson : elle allait m'appartenir au-delà de l'idée d'appropriation. Pourtant, je ne me souviens guère de la première visite du studio avec ma mère ni du déménagement. Le premier souvenir de cette nouvelle ère insulaire qui s'ouvrait dans ma vie est celui d'une promenade nocturne sur les quais. Sur ces mêmes quais où, à peine quelques mois plus tard, j'allais étaler mes insomnies et ma souffrance, je me souviens, avant de dormir une première nuit au 20, rue Saint-Louis-en-l'Île, d'une balade solitaire et heureuse de reconnaissance. J'ai aimé cet endroit tel qu'il était, j'ai aimé cet endroit même lorsqu'il m'était étranger. Mais, comme j'écrivais, laissons la description de l'île analogue à son siècle qui, malgré le déménagement, ne devait vraiment commencer qu'après que Φilippine me quitte. À la suite de cette première promenade nocturne, je rentrai dans le studio et écrivis ces quelques mots :

la première nuit
dans l'île Saint-Louis

*Je prends le stylo convaincu que ce soir je
ne saurais pas t'écrire. Mais je m'efforce. Sentiment étrange. Hier, au hasard du cahier, j'ai
relu une lettre où, il y a déjà longtemps, je te
remerciais de m'avoir permis de vivre comme
un enfant gâté. Je n'aurais sans doute pas dû
prolonger autant cet état.*

*Et pourtant. Ce soir je t'en veux. Premier
soir de printemps. Non pas 21 d'un mois
quelconque, mais premier soir où l'air promet
quelque chose qui pourrait ressembler à
l'annonce de l'été. Ce soir, je te déteste de
m'avoir abandonné, de ne pas avoir accompagné mes pas taciturnes de la légèreté toujours
lumineuse de tes pas nocturnes, de ne m'avoir
pas laissé marcher avec toi comme il y a presque
un an déjà, quand je me plaignais que nous
n'ayons jamais partagé une nuit d'hiver, une
nuit glacée. Aujourd'hui, j'avais pensé que tu
serais là, à côté de moi, pour inaugurer cette vie
nouvelle et insulaire, que tu partagerais mon
excitation enfantine de m'installer enfin dans
cette île dont j'ai tant rêvé. J'avais pensé que
nous marcherions longtemps sur les quais avides
d'accueillir nos pas, sur les quais affamés.*

*Je sais. Depuis quelque temps, je te pro-
pose parfois de rentrer en taxi. L'habitude que*

tu as sentie hier soir, comme nous nous cou-
chions dans ton lit et que pour la première fois
il nous semblait minuscule, me fait peur à moi
aussi. Mais justement, aujourd'hui, j'avais
l'impression que les vacances pouvaient
recommencer, que tout pouvait être nouveau,
comme ton visage clair au matin.

Je n'arrive pas à t'écrire. Les mots se
perdent, se heurtent. Et je sais, t'écrivant, que
ton regard sombre lira d'abord le rythme
heurté des mots et que leur sens ensuite ne
pourra pas effacer cette première impression
juste, et triste. Je regarde le téléphone. Je vou-
drais avoir le courage de ne pas t'appeler, de te
dire par ce silence que tu as raison, que nous
nous étions perdus, que je n'aurais jamais dû
te priver de ce monde frivole que je n'ai pas
découvert mais dont j'ai compris seulement à
Rome le sens et la portée.

Ces mots sont les premiers mots que je lui ai
adressés mais qui sont morts loin de ses yeux. Par
amour-propre, ou parce que depuis quelque temps
j'étais loin de moi-même, je ne les lui donnai pas à lire
avec la simplicité qui jusqu'alors m'avait permis de lui
écrire comme si je lui parlais. Pendant de très longs
mois, nous avions dormi dans son lit minuscule, pendant de très longs mois son matelas de quatre-vingt-
dix centimètres de large nous avait semblé aussi vaste
que la mer aux hommes avant Christophe Colomb,

aussi profond et insondable que la nuit aux enfants, pendant de très longs mois nous avions joué, et nous n'avions pas joué, et nous avions même dormi sur ce radeau où nous régnions seuls mais que nous surpeuplions de nous-mêmes comme si nous fussions plus nombreux que les naufragés de la Méduse, – ce radeau qui, la nuit dernière, nous avait semblé un petit rafiot, une épouvantable épave. Pour le studio de l'île Saint-Louis, j'avais acheté un matelas d'un mètre vingt, mais tout semblait se rétrécir. Notre amour avait cessé de nous multiplier et de décupler l'espace pour nous accueillir. Nous n'étions plus que deux êtres qui s'aimaient dans un monde fini, dans un monde dont tout – ses cours de théâtre, nos amis, mes lectures, les élections qui approchaient, la cruauté du mois d'avril, le silence de la Seine la nuit – marquait les limites.

Peu de temps après moi, Φilippine déménagea à son tour : elle vint vivre avec moi dans mon studio de l'île Saint-Louis. Le souvenir de ce lieu où j'avais installé mes livres et mes tableaux brutalement envahi par ses meubles, et surtout ses plantes qui rendaient l'accès à mon bureau presque impossible, l'atteste avec une netteté que ne saurait remettre en question l'oubli de la raison de ce brusque déménagement. M'avait-elle rejoint parce que soudain elle avait eu peur de me perdre ? ou était-ce seulement une dispute avec sa mère qui après m'avoir chassé de chez elle l'avait contrainte à me suivre ainsi ? N'importe. Je ne vécus seul dans l'île analogue, à ce moment-là, que pendant une période si courte qu'il n'en demeure que le souvenir de cette heureuse promenade nocturne et le triste texte qui l'accompagne. Mais le déménagement de Φilippine ne vint pas combler un manque comme la surprise comble l'ennui. Nous savions, ou plutôt nous disions, nous répétions comme s'il fallait nous convaincre nous-mêmes de quelque chose dont nous doutions profondément, qu'elle ne devait pas vivre là, qu'elle devait découvrir la douleur et le bonheur d'avoir son lieu à elle, qu'il n'était pas bon qu'elle quittât l'antre maternel pour cet antre pluriel, qu'il n'était pas sain qu'elle n'eût jamais vécu seule. Elle m'envahit donc avec le contrat, non pas tacite mais surexprimé, qu'elle ne demeurerait dans mon studio que le temps de trouver un autre studio. Je me souviens à peine de ce temps de vie commune dans ce lieu que l'avenir devait marquer du sceau du désespoir et de la solitude. Mais quelques événements qui se déroulèrent pendant les deux mois où nous vécûmes ensemble au 20, rue Saint-Louis-en-l'Île, et dont l'omission rendrait incompréhensible l'histoire de ce premier amour, m'obligent pourtant à forcer la mémoire.

Au tout début de cette période incertaine, Delphine, que je n'avais pratiquement jamais revue depuis mon dernier jour de cours de première au lycée Rodin, m'appela pour me proposer un travail dont elle me dit seulement qu'il ne me prendrait que quelques heures par semaine pendant un mois. L'appel était mystérieux. Comme s'il se fût agi de devenir membre d'une secte, Delphine me précisa mystérieusement que nous serions une vingtaine, que Φilippine pouvait y participer, et qu'elle souhaitait nous réunir chez elle pour nous informer de la nature exacte de notre mission. Tout palpitants sans doute, nous nous retrouvâmes dans l'appartement de sa mère. Nous étions effectivement une vingtaine, assis en cercle par terre, lorsqu'elle nous informa que Michel, son père, organisait un festival de théâtre « en appartements ». Pour des raisons de confidentialité, il avait besoin de nous pour escorter les spectateurs des divers lieux publics de rendez-vous aux divers lieux privés où les spectacles allaient se dérouler. Avec un plaisir adolescent, Delphine attribua aux uns et aux autres les spectacles dont ils allaient s'occuper. Il m'échut deux tâches distinctes : la deuxième – qui allait être à l'origine d'une crise profonde dans mon premier amour – consistait à attendre à Datte-et-Noix, un salon de thé qui venait d'ouvrir (et qui ne tarderait pas à fermer) situé rue du Parc-Royal, la vingtaine de spectateurs désireux d'assister à la performance d'une compagnie de danse japonaise dans l'appartement d'un couple de graphistes situé au premier étage d'un immeuble de la rue Charlot ; la première, à attendre et accueillir dans un jardin le public d'une pièce de Dupin qui se jouait dans une maison tout au bout du bout de la rue de la Chapelle. Alors qu'à Datte-et-Noix il m'était demandé d'attendre seul, pour cette première tâche, comme pour divers événements du festival, nous devions être deux. Par un geste prémédité, Delphine, au lieu de me simplement proposer de m'y atteler avec Φilippine, me présenta à un ami d'enfance de François, son fiancé. Comme je revois ce cercle hérétique où nous buvions joyeusement du thé, je comprends enfin ce que ce souvenir recèle d'intrigant et de particulier. De la foule amicale, pour la première fois peut-être dans l'interminable suite d'images éparpillées de cette interminable année, ce n'est pas le visage de Φilippine qui émerge en premier, mais celui de Max. Φilippine est à peine là, perdue parmi la ritournelle de visages encore adolescents, alors que Max, cet animal sombre et longiligne que je ne connaissais pas encore, qui me fut présenté là et qui devait devenir le premier ami dont le souvenir, pendant près d'une décennie, fut d'abord rattaché aux années terribles de la première défaite, trône, épiphane, au-dessus de la mêlée. Max me fut accouplé par Delphine pour des raisons qui me semblèrent d'abord fumeuses. Qu'il fût brésilien, que je fusse argentin, qu'il aimât Borges, que j'aimasse Borges, que nous souffrissions tous deux de l'épouvantable crampe qui contraint la main à s'agripper à la plume, toutes ces similitudes qui étaient pour Delphine des raisons suffisantes pour penser que nous serions heureux de nous retrouver tous les soirs pendant dix jours dans le froid et le noir d'un jardin inhospitalier perdu à la lisière d'Aubervilliers, ces mêmes similitudes me firent penser que les soirées seraient affreuses, que mon castillan portègne lui semblerait aussi inepte que me semblerait inepte son portugais carioca, que notre commun amour pour Borges se limiterait à quelques échanges communs sur les tigres et les labyrinthes, que notre tempérament atrabilaire ne nous ferait guère jouer joyeusement et insouciamment aux billes. Bref, Delphine nous accouplait parce que nous lui semblions semblables ; je craignais par-dessus tout notre similitude.

C'était Delphine qui avait raison. Dès le premier soir, surmontant notre commune timidité, Max et moi commençâmes de lancer des filins, ténus, infimes, qui allaient se multiplier en une immense toile d'araignée et s'affermir jusqu'à devenir les cordes qui, aujourd'hui encore, c'est-à-dire vingt ans après nos soirées de la porte de la Chapelle, nous rattachent l'un à l'autre par une amitié intermittente mais têtue. Ces longues soirées d'attente – car il ne nous fallait pas seulement attendre la venue des spectateurs mais également leur départ à la fin des représentations – nous permirent de comparer nos goûts littéraires, si concordants qu'ils se coagulèrent, à peine quelques années plus tard, en une revue littéraire, dont il fut l'inspirateur et dont je fus le trésorier, qui se nomma *La Treizième* et qui ne devait jamais cesser de revenir, mais aussi de nous assurer lentement, mollusquement, comme on s'assure toujours de ces choses-là, que tous nos autres goûts, faute d'être identiques, n'étaient pas incompatibles. Tels deux trionyx perdus dans la fraîcheur du soir boréal, nous vérifiâmes calmement qu'au-delà du clivage entre nos deux peuples nous préférions toujours l'un comme l'autre qu'entre une équipe de football sud-américaine et une équipe européenne ce soit la première qui gagne, nous contrôlâmes que tous deux nous étions bien convaincus que le peuple le plus civilisé de la planète était celui tout à la fois responsable du *Rêve dans le pavillon rouge* et de la Révolution culturelle et le plus barbare celui qui infecte le continent américain au-dessus du Rio Grande, et que ce que nous adorions par-dessus tout dans Borges était bien la même chose : sa ressemblance physique avec les tortues. En une dizaine de soirées, nous fûmes sûrs que l'amitié était possible – mais ce fut seulement pendant les cinq interminables années de la première défaite qu'elle devint réelle. Et pourtant, tel un signe précurseur de l'intense partage d'encre qui allait peupler nos vies au-delà de l'année de notre rencontre, ce fut là, à ses côtés, lors de ces nuits transparentes, que j'écrivis ce que pendant longtemps je devais nommer « mon premier poème adulte ». De même que près de dix ans plus tard j'allais commencer d'écrire ce *Dernier Texte* qui nous occupe à présent en partageant du maté, assis à côté de Juan, un autre ami hérité des douloureuses années de la première défaite, je commençai d'écrire une forme de poésie indolore et distante, que la première défaite me fit cesser d'écrire mais à laquelle j'aspire encore, envoûté par la proximité silencieuse de Max. Je ne vous donnerai pas ici à lire ce premier poème

« adulte ». Il semblerait d'un autre âge. Disons juste, avant de quitter Max pour quelques dizaines ou quelques centaines de pages, que mon écriture n'eût jamais été la même sans son regard constant et amène. Je parlerai de Max plus tard. Oui, je parlerai de toi plus tard. Pardonne-moi – ou réjouis-toi – de ce délai que je t'accorde. Ne l'attribue pas, comme tu le fais souvent en souvenir de Kazimir, à ma paresse légendaire. Car si tu sais plus que tout autre, ô oie grasse du Sud-Ouest profond, que ce *Dernier Texte* est, au-delà de moi-même, une interminable lettre morte que j'adresse à tous mes divins fantômes, tu ignores encore combien les pages douloureuses de la première défaite vous seront – à toi, à Daniel, à Daniel, à Juan, à Sebas, à Hervé, à Cédric, à Antoine – particulièrement adressées. D'ailleurs, comme je sais que tu liras ces lignes, comme je sais que ta gêne de lecteur sera à la hauteur de ma bassesse d'écriteur, permets-moi d'abuser doublement de ton amitié – dans le futur proche où tu liras ces lignes, dans le passé lointain de l'île Saint-Louis – pour retourner à ce qui doit ici véritablement m'occuper : mon premier amour.

Après une dizaine de soirées dans le froid albertvillarien en compagnie de cet être hirsute assombri à jamais par les effluves de sang guarani de quelque aïeul maternel, après avoir quitté Max en ignorant qu'il deviendrait, peu de mois après, le « premier ami de la tristesse », je commençai insouciamment de vaquer à ma deuxième occupation festivalière.

C'était le printemps, *un printemps pur et glacé*. Chaque soir, j'attendais dans ce salon de thé nommé Datte-et-Noix, véritable concentré du mauvais goût des années quatre-vingt : un lieu froid, « graphique », new-yorkais, au sol recouvert d'un linoléum gris perlé et dont les chaises rouges et inconfortables et les tables rouges et inconforchaises semblaient n'avoir été posées çà et là que dans le seul but d'aigrir le regard. C'était un des premiers lieux à propos duquel on employa le qualificatif, aujourd'hui désuet, heureusement dépassé, de « branché ». Peut-être Delphine – que, comme vous vous en souvenez sans doute, j'aimai désespérément en seconde C pour des raisons plus intellectuelles que sensuelles, plus sociales qu'intimes – avait-elle ravivé les doutes que j'eus au tout début de mon premier amour. Peut-être, la revoyant, avais-je songé que son sérieux tourmenté correspondait mieux que la frivole gaieté de Φilippine à mon caractère taciturne. Peut-être me suis-je dit que de nouveau je m'étais égaré, comme lorsqu'en troisième je tombai éperdument amoureux d'Agnès Bertrand, en une passion dont le passionnant présent ne pouvait que se dissoudre dans les regrets d'un futur où je comprendrais qu'il me fallait inévitablement revenir à moi-même, – c'est-à-dire à la solitude, c'est-à-dire au silence.

J'attendais seul, debout, une liste d'une dizaine de noms à la main. Les spectateurs arrivaient goutte à goutte, surpris, souvent mal à l'aise, et me venaient voir pour que je leur confirmasse que c'était bien là le lieu du rendez-vous. Sans rien leur dire de plus, j'attendais que ma liste fût complète et je partais d'un pas silencieux. En file indienne, nous remontions la rue des Quatre-Fils jusqu'à la rue Charlot où se trouvait l'appartement qui accueillait la nippone parade. Je les faisais entrer, s'asseoir par terre dans le salon, et je repartais. Parce qu'ils étaient moins nombreux que pour Dupin porte de la Chapelle, ou pour quelque autre raison, je ne devais pas attendre la fin du spectacle.

Ce fut le septième soir, comme l'attente des spectateurs devenait de plus en plus monotone, que je vis entrer chez Datte-et-Noix Marianne Deux. Sans doute mon regard atone, pour égaré que je fusse loin des yeux d'amande de Φilippine, n'eût pas remarqué la perfection de sa bouche, dont les lèvres semblaient avoir été dessinées dans les années trente, la perfection de son nez, pour lequel l'adjectif « mutin » semblait avoir été inventé, la perfection de ses yeux verts qui me semblèrent ressembler aux miens. Peut-être que si je n'avais pas pu me souvenir du souvenir du souvenir de son nom, je ne me serais pas perdu dans la contemplation sans fin de la promesse de la promesse de son sourire. Mais voilà, je connaissais déjà Marianne Deux : elle n'était autre que cette Marianne Phelouzat dont je fus profondément amoureux pendant un ou deux jours trois ans plus tôt. Oui, cette fille qui m'avait fasciné lorsque j'étais en seconde au lycée Rodin et que j'avais dédaigneusement écartée de la sphère des amours possibles parce qu'elle avait un an de moins

314

que moi, cette fille que plus que toute autre j'avais amèrement regretté de ne m'être pas laissé aller à aimer car dès l'année suivante elle sortit avec un garçon plus âgé que moi, me montrant le ridicule des excuses que mon narcissisme trouvait pour ne pas me permettre d'aimer une fille en paix – quitte à perdre toutes les autres filles –; cette fille, voilà que le hasard des lieux parisiens la ramenait dans ma vie (dans ma vie où, depuis la rencontre avec Φilippine, comme j'avais renoncé à ce que toutes les amours fussent possibles, un amour pouvait devenir réel). Avant de sortir de Datte-et-Noix, suivi à la queue leu leu par ma petite dizaine de spectateurs, comme Marianne Deux venait seulement d'entrer dans le salon de thé, j'échangeai avec elle le plus léger des regards, le plus infime des sourires : je me souvenais d'elle, elle se souvenait de moi. Mais après avoir amené mes spectateurs jusqu'à la rue Charlot au pas de course – ce soir-là tout le monde dut se dire que cette course faisait partie du spectacle – je revins en courant au salon de thé. Marianne Deux était encore là. Elle s'était installée à une table et avait été rejointe par un homme d'une quarantaine d'années qui, je devais le comprendre quelques jours plus tard dans de truculentes circonstances, n'était autre que son père. Dans son regard de petite fille offerte, dans ce regard que seules les filles âgées de moins de vingt ans savent avoir lorsqu'elles sont protégées par la présence rassurante de leurs parents, je compris que de même que j'avais fait le pari qu'elle serait encore là à mon retour, elle avait fait le

315

pari que je reviendrais. Brusquant pour la première fois – la deuxième brusquerie serait bien plus brusque – son acariâtre père, j'avançai jusqu'à leur table et, la saluant comme si au lycée Rodin nous avions été des amis intimes, je lui demandai son numéro de téléphone.

– Mais pourquoi?

– Non, c'est queuh… en faiteuh… je l'ai perdu.

Son sourire se fit plus entendu : elle savait, comme moi, que son numéro, je ne l'avais jamais eu.

Aimais-je moins Φilippine en cette fin de mois d'avril de la rose année 1981? Sincèrement, je ne le sais pas. Son corps ne m'était sans doute plus une obsession si complète qu'elle occupât chaque pore de ma peau, sa présence ne m'était sans doute plus cette nécessité primordiale qui me fit passer l'hiver assis dans le froid du jardin du musée Rodin à ne rien faire d'autre que la regretter. Mais, même si pendant quelques jours – certain situé au mois d'avril, d'autres au mois de juin – Marianne Deux me fit oublier que ma vie n'avait de sens que si mes sens se perdaient dans les sens de Φilippine, comment voir dans cette aventure printanière autre chose qu'un égarement minuscule loin de son labyrinthe insensé? J'ai tant aimé Φilippine au-delà de cet été. Pour des raisons que j'ignore, mais qui sont intimement liées à la manière dont le temps s'écoulait à cet âge où chaque jour pouvait durer une semaine et où les semaines passaient parfois comme des jours, je n'appelai pas Marianne Deux pendant plus d'un mois. L'agenda de cette année incertaine l'atteste de sa précision impolie. Le premier rendez-vous avec elle est noté le 3 juin à 17 heures et le deuxième est omis le 6 au soir mais inévitablement situé par la mémoire ce samedi précis et lointain grâce à la lapidaire note du lundi suivant : « Appeler M. pour dire non. » Comme je tentais de comprendre, grâce à l'agenda, ce qui avait bien pu avoir lieu entre ces deux dates, j'ai remarqué, dans les derniers jours du mois d'avril, un tableau synoptique avec des inscriptions étranges où j'ai tardé un certain temps à deviner, derrière les initiales de la première colonne verticale, les noms de Φilippine, de Paolo, de Lida, de Sebas, d'Hervé, de Cédric et le mien, et, dans la première colonne horizontale, ceux de François Mitterrand, de Georges Marchais, d'Arlette Laguiller, d'Huguette Bouchardeau, de Brice Lalonde, de Michel Crépeau, de Valéry Giscard d'Estaing, de Jacques Chirac, de Michel Debré et de Marie-France Garaud. Le jeu était simple : chacun donnait un chiffre précis, à la virgule près, du pourcentage qu'obtiendraient les différents candidats au premier tour de l'élection présidentielle, et celui qui, toutes différences ajoutées, s'était le moins trompé gagnait. Voilà donc ce qui a accompagné les derniers soubresauts de mon amour : les derniers soubresauts du politique. Bien sûr, si je pouvais contraindre ma lecture de l'Histoire à ressembler à tant d'autres lectures qui voient encore dans la date emblématique du 10 mai 1981 un triomphe joyeux et non les prémices d'une tragique défaite – une défaite non pas à la hauteur de l'espoir, comme elle le deviendrait pour ceux qu'on a appelés les « déçus du socialisme », mais une défaite démesurément plus grande et plus grave que tous les espoirs – ; bien sûr, si je pouvais ne pas voir dans ces quelques jours où je fus moi-même « politiquement » heureux le début de la fin de la possibilité même d'être politiquement heureux ; – bref, si je pouvais me souvenir du 10 mai 1981 sans me souvenir des vingt années suivantes, je pourrais peut-être lier quelque souvenir précis, heureux, euphorique, de ma vie à ce moment précis, euphorique et heureux de l'Histoire. Mais malheureusement je ne le peux pas. En me souvenant du 10 mai 1981, ce n'est pas seulement les années quatre-vingt avec leur terrible idéologie que je vois commencer : c'est le début d'une lente évolution qui devait entraîner non pas les hommes politiques ou les différentes élites européennes, mais les peuples eux-mêmes de l'ensemble du premier monde à devenir d'extrême droite. Ce glissement – qui parut d'abord inoffensif, tant il semblait maîtrisé par le pouvoir socialiste, tant on le dit provoqué par la stratégie perverse d'un seul homme pour déstabiliser la droite traditionnelle, tant on voulait n'y voir qu'un événement politique mineur puisqu'il était situé non dans le monde réel mais dans celui, spéculaire, de la vie politique –, ce glissement devait nous mener à la situation, politiquement des plus désastreuses pour la terre entière, dans laquelle nous nous trouvons aujourd'hui. Longtemps, pour se rassurer, on a pensé qu'il y avait toujours eu en France entre quinze et vingt pour cent de gens d'extrême droite et que cette fraction impropre de la population du pays de la Révolution et des Droits de l'Homme, cette fraction qui parfois s'assoupissait pendant quelques décennies, puis qui resurgissait brusquement pour éructer haut et fort, ne pouvait faire que cela : dormir, se réveiller, éructer et se recoucher. D'avoir sous les yeux une extrême droite qu'on pouvait nommer, qu'on pouvait tranquillement situer sur l'« échiquier politique », fut le remède qui nous permit pendant presque vingt ans de rester aveugles à ce qui pourtant crevait les yeux : les valeurs, si on peut appeler ça comme ça, de l'extrême droite se répandaient tant dans la société que peu à peu elles commençaient d'être revendiquées aussi bien par la droite traditionnelle que par le peu qui restait de la gauche traditionnelle – un parti communiste à l'agonie, un parti socialiste en lambeaux. Il serait trop facile de rendre le pouvoir socialiste seul responsable du triste état du monde dans lequel j'écris aujourd'hui. Les socialistes n'ont pas été la cause de cette évolution : ils l'ont simplement, et gentiment, sans jamais la comprendre suffisamment pour s'y opposer, accompagnée. Ils l'ont rendue visible, évidente. Par leurs propres contradictions, ils ont figé les dates de cette effroyable transformation. Quelles sont ces contradictions ? Avoir d'un côté aboli la peine de mort alors que soixante pour cent des Français y étaient opposés et avoir, de l'autre

319

côté, renoncé à tant de promesses électorales (le renoncement le plus grave et le plus flagrant étant celui d'accorder le droit de vote aux immigrés) sous prétexte que les Français n'y étaient pas prêts. Avoir dans un premier temps fait preuve d'indépendance en incluant généreusement des ministres communistes dans le gouvernement et en envoyant des camionnettes au Nicaragua sandiniste, et avoir ensuite fait preuve de la soumission la plus totale à la politique américaine en participant à ses aventures militaires. Les journalistes qui ont pointé ces contradictions ne manquent pas. Depuis quelques années, sans se soucier de trouver – même pas de véritablement chercher – les causes, ils ont inventé une expression inquiétante pour nommer cette évolution : la « lepénisation des esprits ». Chez des penseurs, depuis peu de temps, il est même apparu quelques théories explicatives séduisantes. Mais s'il est vrai que le mitterrandisme ne fut qu'un moyen d'accomplir le programme giscardien – à savoir réaliser le grand vœu des Français, être gouvernés au centre, *au point d'indivision des notables* –, je ne crois pas qu'on ait encore mesuré à quel point la grande idée naissante de l'époque – que tout dispositif de gouvernementalité peut et doit refléter la société, que s'il ne la reflète pas il est *illégitime, autoritaire et économiquement faible* – est inepte et dangereuse. Car si la première manifestation incontestable de cet axiome politique fut l'abandon de promesses électorales parce qu'il était soudain devenu moins grave de trahir le pacte démocratique établi avec ses électeurs que de ne pas chercher à devenir le reflet du désir de cette abstraction monstrueuse que constituent « tous les Français », nul ne songea à quel point cette idée servirait d'excuse aux élites pour se rallier aux peurs les plus abjectes du peuple qu'elles pensaient représenter. Lentement, après avoir dit comprendre que « les Français » fussent inquiets de leur sécurité, on devint, *avec eux*, racistes et xénophobes. Comme seule utopie politique, on leur proposa un horizon européen, ouvert à quelques pauvres Polonais, mais fermé à triple tour à tous ces peuples dangereux qui occupent les régions incertaines de la planète en dessous du tropique du Cancer. De plus en plus compréhensifs du désir de nos concitoyens obèses de garder leurs privilèges, on ne vit aucune contradiction à être à la fois le pays le plus soucieux, dans le discours, du bien-être du tiers-monde, et le plus responsable, par son intransigeance sur la Politique agricole commune, de sa pauvreté. D'un pas joyeux, sans que l'on ne sût plus qui guidait qui, on s'engagea dans cette voie sinistre qui devait mener non seulement à un second tour d'élection présidentielle entre l'un des hommes politiques les plus corrompus de la Ve République et un candidat d'extrême droite rompu – si l'on peut dire – à l'art de la torture, mais rendre également cet événement extrêmement acceptable à l'ensemble des Français, – acceptable au point que, comme j'écris à peine un an après cette élection, l'indignation qui l'a accompagnée pendant une quinzaine de jours a tant disparu que si la prochaine élection présidentielle devait produire un second tour semblable (entre notre actuel et hasardeux ministre de l'Intérieur et la fille de l'ex-candidat d'extrême droite, par exemple), personne, ou presque, ne s'en offusquerait. Qu'il est étrange que nul n'ait songé que le véritable danger viendrait de la chair même de la nation ! Même aujourd'hui on s'attarde plus à discuter de la faute des institutions ou de la classe politique que de ces quelques évidences douloureuses que la réalité jette chaque jour sous nos yeux. Il ne s'agit pas d'être contre la démocratie : il s'agit seulement d'avoir le courage d'établir les limites d'une véritable démocratie. Hitler arriva démocratiquement au pouvoir. Et Bush aussi fut démocratiquement élu. Dans ce monde complexe que nous offre cette illusion qu'on appelle « mondialisation », les choix qu'on nous propose sont paradoxalement plus simples qu'auparavant : sommes-nous pour la Politique agricole commune quitte à affamer quelques milliers de personne de plus par jour ? sommes-nous pour la défense de l'industrie pharmaceutique (ses dizaines de milliers d'employés, ses bénéfices juteux qui profitent à toute notre économie) quitte à provoquer un génocide en Afrique ? sommes-nous pour accepter cette nouvelle vision religieuse du monde où il n'y a plus que des mauvais et des gentils ? sommes-nous pour prévenir des maux incertains – la dotation de quelques nations en armes de destruction massive – par des maux des plus certains et des plus monstrueux – les « guerres préventives », c'est-à-dire la mort d'hommes, de femmes et d'enfants ?

Je m'égare, il est vrai. Mais le monde et la mémoire ne sont pas indépendants. Pour irréel que me semble souvent l'un, pour si formidablement réelle tant elle me montre ma vie passée pleine, entière, que m'apparaisse parfois l'autre, je ne peux toujours les séparer. Dans ces jours précis du mois de mai de la rose année 1981, je me souviens d'événements « historiques » – les premières embrassades devant la télé, la fête au théâtre du Soleil, Elkabbach au chômage à la Bastille – dont la bave épaisse s'ajoute, heureuse ou malheureuse, à la bave légère de mes souvenirs épars. Dans ces jours précis du mois de mai de la rose année 1981, je me souviens de tellement de souvenirs dont vous vous souvenez aussi, des souvenirs rassurants qu'on aurait pu partager pour ne nous sentir pas si étrangers. Mais rien de ce qui rassure n'a de place dans ces pages. Et si je m'attarde ainsi sur ces quelques jours extravertis, c'est uniquement parce qu'alors ma vie et le monde se touchaient soudain d'une façon si palpable que toute mon existence ultérieure serait marquée par la fin de cette inextricable proximité : par l'écriture, je ne cesserai jamais de faire le double deuil d'un premier amour et d'un monde défunts.

Revenons au premier deuil, revenons au premier amour.

Au tout début du mois de juin, j'appelai Marianne Deux et l'invitai prendre un thé au Loir dans la théière. À aucun moment, conscient pourtant que l'appel et le rendez-vous étaient provoqués par mon désir, je ne me sentis coupable de trahir Φilippine. Il existait alors, dans cette vie d'adulte qui venait de débuter, des restes d'une insouciance adolescente – cette insouciance envers les autres qui est le fruit d'une *souciance* extrême vis-à-vis de nous-mêmes – qui me faisait considérer les effets indirects et incertains que ne manquerait pas de produire toute limite que je pourrais imposer à mon désir comme beaucoup plus graves, pour moi d'abord mais pour Φilippine inévitablement ensuite, que les effets directs que produirait certainement de laisser libre cours à mon désir illimité. D'aller prendre le thé avec une fille que je désirais me semblait infiniment moins grave – et moins violent – que de ne me pas laisser le faire et, bridé, de faire payer à Φilippine le prix de ma frustration. À présent, bien sûr, comme l'adolescence n'est plus que l'un de ces débris inutiles que je tente en vain de rassembler par l'écriture, comme mon narcissisme n'est plus qu'une puissance parmi d'autres, je trouve ce comportement coupable. Mais alors, aussi désolant que cela puisse nous sembler aujourd'hui, tout m'était permis.

Il pleuvait. Je ne me souviens guère de la conversation au Loir dans la théière. Sans doute, épuisé d'avoir eu le courage de l'appeler, et quoique dans la mémoire demeure autant le souvenir de sa douceur mutine que celui de sa quiète timidité, je laissai Marianne Deux me raconter ce que fut sa vie après mon départ du lycée Rodin. La seule image qui reste de cette après-midi pluvieuse dans le Marais se situe rue Beautrellis. Après le thé, je l'avais accompagnée à un rendez-vous mystérieux que le souvenir de son effronterie – que sa timidité dissimulait tant bien que mal (et plutôt mal) – et de mes appétits effrénés me fait situer chez son gynécologue. Devant la porte, trempés, véritablement trempés, ruisselants de gouttes de pluie sous le porche tant nos cheveux étaient mouillés, brutalement en proie à la féroce envie de dévorer son nez parfait, ses yeux parfaits, ses parfaites lèvres, je l'embrassai d'un baiser glouton, puis l'abandonnai. C'était un mercredi. Le soir même, ou le lendemain, Φilippine m'informa que nous étions invités à passer le week-end dans une maison normande récemment acquise par l'amant de sa mère. Comme elle savait que je craignais la compagnie de cet animal visqueux, elle me prévint avec indulgence que je n'étais pas obligé de la suivre dans ce minuscule calvaire. En fait, après une première invitation à dîner chez lui, comme j'avais découvert, en même temps que sa gentillesse et sa bêtise, posé sur une table basse dans le salon, coincé entre un livre immonde sur la voile et un livre immonde sur le golf, un mince volume *in-quarto* dont la reliure art nouveau protégeait une quarantaine de pages manuscrites de Verlaine (*un recueil d'autographes fac- ticement reliés ensemble* dont j'avais ensuite trouvé la mention dans une note de la Pléiade), la seule chose que j'avais attendue en vain de sa part fut qu'il me fît cadeau de cet objet qui à ses yeux n'avait pas plus de valeur que les deux livres qui l'enserraient – comme l'humus stérile de l'ignorance contemporaine enserre souvent les esprits toujours féconds des temps anciens – et qui, aux miens comme à ceux de n'importe quel bibliophile, était inestimable. Mais, comme le temps avait passé, et que bien que je lui eusse parlé longuement de mon intérêt désintéressé pour ce recueil sa bêtise n'avait toujours pas épaulé sa gentillesse suffisamment pour qu'il me l'offrît, j'avais, peu à peu, cessé d'entretenir mes espoirs bibliophiliques et le commerce pénible avec ce spécimen délectable mais épuisant de cette race que forment, tant l'origine est devenue lointaine, les nouveaux riches des vieilles familles. Φilippine trouva donc normal que je refusasse de la suivre. Le vendredi matin, obnubilé par son souvenir rue de Beautrellis, son souvenir *tour à tour pluvieuse et rapide, provocante et diaphane, immobile et souriante*, j'appelai Marianne Deux et lui proposai de dîner avec moi le soir de ce qui devait être un samedi de célibat. Elle accepta. Le vendredi soir, simplement parce qu'elle n'en avait plus envie, Φilippine appela sa mère pour lui dire que finalement elle n'irait pas en Normandie. Le samedi matin, simplement parce que j'en avais trop envie, je dis à Φilippine que ce soir-là je devais dîner avec une fille. « Peut-être je ne rentrerai pas dormir. » Longtemps après nous devions discuter encore de ces mots implacables que je prononçai avec une simplicité inimaginable. La simplicité n'était pas le fruit d'une froide préméditation : je pensais profondément que je ne pouvais pas lui faire du mal. Tendrement – que tous ces mots me semblent aujourd'hui méprisables –, je lui dis qu'il fallait qu'elle accepte cette incertitude nocturne, qu'il fallait qu'elle me laisse goûter ce fruit défendu, que c'était le prix à payer pour nous aimer encore d'un amour sûr, d'un amour sans regrets.

Jusqu'à ce jour-là, j'avais fait l'amour, en tout et pour tout, avec deux filles : Marianne Un et Φilippine. Et bien que dans la mémoire, car la mémoire est également mémoire des jours suivants, seul demeure le souvenir de la certitude qu'il me fallait aller jusqu'au bout de mon désir, je ne doute pas que ce fût avec délice et inquiétude que j'attendis cette nouvelle occasion. Le samedi après-midi déroula ses minutes en lentes volutes sucrées. Je lus au café pendant que Φilippine répétait une scène avec le seul élève de ce nouveau cours de théâtre où elle s'était inscrite avec lequel elle arrivait à travailler : Oscar, un jeune et sympathique homosexuel argentin. Vers sept heures, je montai lui dire au revoir. Elle ne dit pas un mot. Convaincu que je l'avais convaincue que mes arguments étaient convaincants, je partis lentement à mon rendez-vous. J'avais proposé à Marianne Deux que nous dînassions à El Palenque, le seul restaurant argentin qui existait à l'époque à Paris. Après dîner, je la raccompagnai chez elle. Marianne Deux habitait rue du Champ-de-l'Alouette, juste à côté du lycée Rodin. Une interminable discussion s'engagea sous les fenêtres sombres de la chambre de ses parents. Je voulais dormir chez elle. Elle voulait seulement dormir avec moi. Pour la deuxième fois de ma vie, je me retrouvais à faire des efforts immenses pour forcer les portes d'un appartement familial. Je ne sais pas pourquoi, mais c'est une situation que je devais reproduire un nombre infini de fois pendant les cinq interminables années de la première défaite – ce qui me permit de rencontrer un nombre infini d'échecs. La discussion dura des heures, mais cette nuit, à l'opposé de toutes ces fois ultérieures, je parvins à pénétrer l'antre paternel. Je fis l'amour avec Marianne Deux dans sa chambre de petite fille sage. Je me souviens terriblement de mes doigts découvrant l'humidité de son sexe, si différente de celle du sexe de Φilippine, je me souviens terriblement de ses poils plus blonds et pourtant plus nombreux et plus drus, je me souviens terriblement que lorsque ma langue abandonna ses lèvres pour goûter son cou et ses seins et son ventre, elle s'arrêta hésitante sur son nombril, car ce qui se trouvait au-delà lui semblait dangereux comme si elle fût un papillon issu de cette famille d'insectes qu'on dit lécheurs ou suceurs et qu'elle approchât d'une redoutable droséra. L'amour fut maladroit et il nous fit sombrer dans un sommeil inquiet, désagréable. Vers cinq heures et demie du matin, je fus réveillé par les premiers rayons de soleil. Marianne Deux se réveilla aussitôt. Je m'habillai et l'embrassai et sans parler sortis de sa chambre. Avant d'avoir atteint la porte d'entrée, je me retrouvai nez à nez avec son père en caleçon qui sortait de la salle de bains.

– Bonjour monsieur.

Je bafouillai ces deux mots et, avant que son esprit ensommeillé ne permît à son corps de réagir, je sortis enfin de cet appartement infernal. Je me souviens d'avoir couru dans la rue. Comme si mon corps avait brusquement repris conscience de qui était son maître, il se précipitait à toute allure vers sa demeure. Comme je courais, comme s'effaçaient la lourde épaisseur du corps de Marianne Deux et la lourde rencontre matinale avec son père, je me sentais extrêmement léger. Après avoir remonté l'intermédiaire rue de la Glacière et l'intermittente rue Berthollet, après avoir peiné sur le faux plat de la rue d'Ulm, la descente du Panthéon à l'île Saint-Louis fut effrénée. Je courais et j'imaginais mes retrouvailles avec Φilippine : je l'imaginais terriblement qui dormait comme lorsqu'elle habitait encore chez sa mère et que j'allais chaque soir jeter mes pièces de cinquante centimes sur ses vitres éteintes pour la retrouver emmitouflée dans son pilou céleste, j'imaginais ardemment sa chaleur familière, je m'imaginais parcourant fiévreusement de ma langue sûre d'elle son corps naturel, je m'imaginais retrouvant passionnément son sexe juste assez familier, juste assez étranger ; j'imaginais énormément qu'elle m'avait compris, qu'elle avait dormi, qu'elle attendait sereine mon retour.

Je me trompais formidablement.

Lorsque j'entrai dans le studio, Φilippine était habillée en larmes. Comme Marianne Un quelques mois plus tôt, elle avait tout cassé – elle, nous, le studio. Comme si ce fût inévitable pour qui me détestait, elle avait écrasé sur ma machine à écrire, non pas une plante, mais un cactus en fleur qu'elle m'avait elle-même offert. Pendant un court instant, je regardai le sombre tableau. Contrairement à ce que j'avais ressenti en arrivant rue du Sommerard après que Marianne Un s'était vengée de mon abandon, toute cette destruction m'était indifférente, toute cette rage me semblait injustifiée. La seule chose qui m'importait était les larmes de Φilippine, qui ne savait pas combien je l'aimais encore. Je l'ai prise dans mes bras et nous avons pleuré ensemble. Ma nuit avait été désagréable ; la sienne avait été atroce. Désespérée, profondément, irrévocablement désespérée, elle, à qui tout faisait peur, elle, la plus pure, la plus douce, avait quitté l'île Saint-Louis à deux heures du matin pour aller traîner seule dans des lieux où la veille, même en ma compagnie, elle eût été terrifiée de se rendre. Elle avait bu. Elle avait songé à coucher avec n'importe quel homme, pour s'abîmer, pour me blesser, pour nous tuer. Mais finalement elle n'y était pas arrivée. À quatre heures du matin, elle avait appelé mon père. Habitué à ce type de geste (plutôt de la part d'un patient maniacodépressif que de celle de la fiancée d'un de ses fils), il était descendu de chez lui et il avait pris un café avec elle. L'idée d'appeler mon père, au lieu d'appeler ma mère qu'elle connaissait mieux, avait été dictée à Φilippine par le souci de susciter chez moi une réaction. Elle savait que ce geste allait me surprendre et, comme elle avait pensé pendant toute cette nuit que je ne l'aimais plus, elle voulait, par quelque moyen que ce fût, attirer mon attention. Sûre de m'avoir perdu, elle voulait que je tourne mes yeux vers elle – quitte à ce que mon regard ne fût plus un regard amoureux mais seulement un regard apitoyé. Comme elle se trompait ! Je revenais à elle, par ce matin clair, aussi amoureux que le premier jour. Et mon retour n'était pas dû à l'échec sensuel de mon aventure : c'était l'échec sensuel de mon aventure qui était dû à la vérité de mon amour pour elle.

Tout au long de ce dimanche immémorial, je rassurai Φilippine de mon amour. Après avoir pleuré des heures, je l'écoutai parler des heures, puis la serrai en silence des heures dans mes bras. Puis, pour une fois, moi aussi j'ai parlé. Je me souviens de lui avoir dit à quel point j'étais heureux de pouvoir, dans peu de temps, l'emmener à Patmos. Je rêvais de lui montrer cette île qui était devenue ma patrie. Je rêvais de lui faire découvrir le labyrinthe de Chora, le monastère – semblable au Château de Kafka – qui surveillait les nuits du village, la plage de Psiliamos, et le vent et la mer sans âge qui sauraient panser ses blessures. Ce fut un long dimanche où nous avons beaucoup parlé. Ce fut un long dimanche où presque rien ne fut écrit. Ce fut un dimanche interminable – comme seuls savent l'être les dimanches. Ce fut, dans le bonheur, un dimanche aussi long, aussi large, aussi profond, aussi éternel que certains dimanches pluvieux peuvent l'être dans le malheur.

ce dimanche-là,
dans l'île Saint-Louis

Je te regarde sourire dans ton sommeil, et ton sourire me fait si mal que je suis très près de l'adorer. Je voudrais que tu ouvres les yeux. Je voudrais retrouver ton regard si plein de voluptés, si cochon et si joli.

Je voudrais, demain matin, lorsque tu liras ces lignes, que tu ne te souviennes pas de la main qui les a écrites, car je t'aime tant que je préfère que tes douces pensées m'oublient, si penser à moi t'attriste.

Oui. Je t'aime. Bêtement. Pleinement. Tristement. Éperdument, et perdument. Je t'aime.

Après ces quelques mots, je me suis endormi dans ses bras. Lorsque je me suis réveillé, Philippine ne dormait plus : elle me regardait, amoureuse – mais lointaine. D'une voix douce, elle m'a annoncé qu'elle allait partir à Rome. Nous étions au tout début du mois de juin, et je l'aimais comme au tout début de notre amour. Après une nuit de perdition, je venais de la retrouver et, au-delà d'elle, je venais de retrouver, en elle, ce lieu qui seul me semblait naturel. Pour la première fois, sans doute justement parce que pour une nuit je l'avais quittée, je comprenais qu'elle était ma seule demeure. Avec elle, j'avais récréé la famille que le départ de mon père six ans plus tôt avait détruite. Grâce à elle, j'avais reconquis une terre – ma terre – que l'exil, avais-je cru, devait à jamais m'interdire de posséder. Φilippine, dont l'histoire personnelle était chronologiquement si semblable à la mienne (comme moi elle avait vécu dans un autre pays jusqu'à l'âge de douze ans, comme moi elle avait connu en même temps l'horreur de l'exil et de la séparation de ses parents), avait naturellement répondu à toutes mes requêtes : l'immense appartement vide où elle vivait avec son frère avait servi de foyer à notre solitude, son corps étranger et familier – elle parlait français mais elle était italienne – m'avait donné l'illusion, tout en me faisant accepter que désormais je pouvais être français, d'être rentré chez moi, en Argentine. Je venais de la retrouver, et, la retrouvant, je venais de comprendre à quel point mon amour pour elle était essentiel. Je venais de la retrouver, et je l'aimais déjà d'un amour nouveau, peut-être moins passionné mais ô combien plus profond, ô combien plus complet. Je venais de la retrouver, et elle m'annonçait qu'elle allait partir à Rome.

La nuit n'avait pas effacé la blessure. Comme un ours, j'avais léché son corps toute la nuit pour qu'au matin il ne demeure aucune cicatrise, mais l'âme blessée se souvenait. Φilippine avait décidé de partir à Rome pendant que je dormais. Malgré les caresses, malgré l'amour, elle s'était levée tôt, elle était sortie, elle avait marché jusqu'à la gare de Lyon, elle avait pris un billet pour partir le soir même. Lorsqu'elle m'a annoncé cette déchirante nouvelle, je l'ai regardée longtemps, incrédule. Puis j'ai, silencieusement, replongeant dans mon mutisme le plus profond, acquiescé. Bien que je l'aimasse ce matin-là comme jamais je ne l'avais aimée, je me souvenais de ma cruauté. Je n'avais d'autre choix que de respecter sa douleur – fût-elle à mes yeux inutile, presque injustifiée. Je ne sais au juste aujourd'hui ce que je me suis dit alors, l'accompagnant à la gare, la laissant monter seule dans ce train de nuit qui l'amenait beaucoup plus loin de moi qu'en Italie. Mon amour, tout au long de cette année distendue pendant laquelle elle m'avait également aimé, l'avait rendue à l'extrême dépendante. Elle avait placé en moi une confiance aveugle qui lui avait interdit de faire quoi que ce fût seule. Partout où elle allait, elle me demandait de l'accompagner en lui tenant la main. Elle avait placé en moi une confiance que j'avais acceptée, qui m'avait comblé, et que je venais de trahir. Ce train, qu'elle avait pris seule avant de me connaître, qu'elle prenait seule à présent, elle eût été incapable de le prendre seule deux jours plus tôt. Je savais donc ce que cela signifiait. Si j'avais cessé d'être adolescent en l'aimant, elle était devenue adulte en comprenant que je pouvais ne pas l'aimer. Elle avait désormais le courage de vivre sans moi. La trahison d'une nuit lui avait donné la force de vivre seule de nouveau. Mais si je devais comprendre, à peine quelques mois plus tard, que cette même nuit – et ce dimanche éternel où j'avais redécouvert mon amour pour elle – m'avait rendu aussi dépendant d'elle qu'elle l'avait été de moi, là, lorsqu'elle fut partie, seul sur le quai désert, j'étais très loin de comprendre tout ça : je me disais simplement qu'elle reviendrait vers moi, ou que j'irais vers elle – que nos pas de nouveau rendraient la nuit supportable. Je quittai la gare un peu inquiet, un peu jaloux de cette vie nouvelle que Φilippine allait commencer en passant une nuit dans un compartiment à six couchettes, avec cinq inconnus. Mais dès que j'approchai l'île Saint-Louis, non pas que je me sentisse libéré par son absence mais au contraire heureux d'en être prisonnier, je me suis proposé, avant d'aller la rejoindre à Rome, de profiter de ces quelques jours sans elle pour commencer enfin d'écrire ce projet monstrueux, qui devait être mon premier et mon dernier roman, et que depuis que je l'aimais j'avais laissé de côté. J'étais à peine inquiet : je savais que Rome était à côté et je pensais que si je le voulais je pourrais facilement la reconquérir, même de loin, par les écrits et la pensée.

dans l'île Saint-Louis,
le lendemain matin

Nuit mauvaise. Nuit claire où les yeux constamment s'ouvrent, où les paupières indomptables semblent directement collées au cerveau. Nuit jalouse loin de ton corps, puni par le besoin de te sentir, puni de te savoir jalousement gardée par l'impossibilité

335

de t'appeler, puni de te savoir intouchable dans un enfer d'acier lancé à toute allure à travers l'Ombrie. Nuit solitaire qui a suivi une soirée tout aussi solitaire, une soirée où tout m'est apparu inutile, une soirée où l'île et le temps m'ont semblé inatteignables. Quinze heures sont passées et, à part ces quelques mots qui te sont adressés et que ce matin, tôt, stupidement tôt, n'arrivent même pas à soulager le tourment de t'avoir cauchemardée dans d'autres bras, je n'ai pas écrit une seule ligne. Pas une ligne, juste ces mots qui ne te sont adressés que comme une plainte illisible, une plainte qui ne te dira jamais ni le tourment ni la rupture, brutale, totale, qui chaque fois que je suis jaloux me donne envie de ne plus jamais te parler, de ne plus jamais te toucher, de ne plus jamais te voir.

Le sentiment de puissance qui avait suivi l'instant du départ fut effacé par les quelques heures que je passai le soir même assis au bureau, face à l'église sombre, la plume à la main. J'essayai, voulant m'éloigner d'elle comme elle s'était éloignée de moi, de commencer à écrire ce plagiat de la *Recherche* que je m'étais promis d'écrire quelques années plus tôt. Je voulais, pour oublier qu'elle m'avait abandonné dans la réalité – c'est-à-dire dans l'espace – l'abandonner moi-même un peu dans la chimère temporelle des mots. La soirée s'était étendue jusque tard dans la nuit. J'avais tenté d'écrire des mots qui lui fussent lointains, mais pas la moindre phrase n'avait surgi de l'obscurité. Je m'étais couché énervé par ma propre impuissance. Et au cours de la nuit, j'avais rêvé d'elle dans d'autres bras. Je ne me souviens pas du cauchemar lui-même, les juments de la nuit ont emporté avec elles le fil du récit. Mais je me souviens qu'au matin la sensation de manque et de trahison était demeurée clairement gravée sur ma peau. Depuis qu'elle avait commencé à faire du théâtre, depuis que Paolo était apparu dans nos vies, ma certitude d'être aimé (cette certitude qui seule préserve de la jalousie) ne tenait plus qu'à un fil, – un fil que son départ en Italie, si semblable pourtant à celui de l'année précédente lorsqu'elle était allée retrouver son père à Catane, venait de casser.

dans l'île Saint-Louis,
assis sur le quai

Je compte les jours. Peu de jours sont passés. Et il fait déjà un temps à se perdre. Je me perds donc. Pas de place pour t'écrire. Trop de monde autour. Trop de monde dedans. Tout me parle et me pousse à ne pas écrire. À ne pas me taire. Insupportable téléphone. Tu dînes. Tu marches tard dans la nuit éternelle. Rome. Un possible chez-nous. Que tu visites seule. Je me sens faible. Tu devrais en profiter : c'est rare. Je suis au début d'un monde

337

que je regarde comme un vaste désert qui s'ouvre à mes pas peu sûrs. Je suis seul. Le désert est immense. La terre se craquelle sous mes pieds. Désert de sel. J'hésite à avancer. Tu es loin. Tu marches dans la nuit tiède. Peut-être tu hésites. Ma main n'est pas là pour te guider dans la pénombre. Mes bras absents ne peuvent te protéger du vent. Tu m'affaiblis. Oui, depuis ton départ, depuis ma trahison, je doute encore plus. Le soir où tu es partie, j'ai marché dans la nuit comme depuis longtemps je ne l'avais plus fait : à chaque pas, je savais que j'allais changer le monde, que rien ni personne ne serait plus pareil après mon éphémère passage, après mes éphémères écrits. Tu venais de partir. Et j'allais écrire le dernier des livres. J'ai un peu mal maintenant. Je n'aime pas savoir que tu es loin de moi. Je suis. Jaloux. Oui, j'hésite à le dire. Je pense à toi et je suis. Jaloux. D'une jalousie indéfinie. D'une jalousie absolue. Jaloux de Tout. Je regarde la Seine sombre. Eau noire dans la nuit noire. Je suis jaloux de Tout. Et pourtant : jaloux si peu. Jalousie intermittente. Jalousie qui va et vient. Qui s'oublie. Je ne veux rien savoir de tes pas légers dans la nuit éternelle. Je ne veux rien savoir. Je voudrais pour toujours retrouver l'intouchable certitude que tu n'existes pas loin de moi.

Je voulais la laisser tranquille. Je voulais qu'elle vive jusqu'au bout son besoin de solitude – ou son envie d'autres bras. J'étais jaloux, oui. Mais la jalousie était intermittente. Je pensais à elle, puis je l'oubliais. Pendant ces quelques jours solitaires, je profitai de l'île Saint-Louis et de cette faiblesse nouvelle que son départ venait de m'offrir. Je profitai de mon malheur pour écrire des mots différents de ceux que j'écrivais depuis plus d'un an. Sans elle, après cette minuscule défaite, une autre vie me semblait possible. J'appelais Φilippine au téléphone presque chaque jour. Je l'aimais et j'écrivais et j'attendais le moment d'aller la retrouver.

le matin d'un autre jour

Y a-t-il des mots pour la haine? Comment rendre furieuse la course lente de la plume sur les lignes monotones du cahier? Je me force à t'écrire, je me fais grande violence en ce matin clair, après cette nuit blanchie par la jalousie de te savoir sous d'autres yeux, peut-être dans d'autres bras. Je me fais grande violence et rien ici, sur le papier, ne semble en rendre compte.

Je m'étais couché tôt. Comme chaque soir depuis que tu es partie, ma seule envie était de t'entendre au téléphone avant de m'endormir. Je m'étais couché tôt, et pendant les premières heures, comme tu ne répondais pas, t'appeler toutes les 30 minutes était un rituel plutôt plaisant. Je ne voulais pas t'appeler plus souvent : un appel toutes les demi-heures. J'avais calculé qu'entre chaque appel je pouvais lire six pages de ce livre dont une seule page, avant, suffisait à m'endormir. Après les six pages, je regardais l'aiguille des minutes du réveil atteindre lentement 10 heures, puis 10 heures et demie, 11 heures, 11 heures et demie, minuit, minuit et demi. Avant chaque appel, je t'imaginais à peine arrivée dans cette maison que j'ignore, située via Margutta, qu'une amie de ta mère t'a prêtée. Je t'imaginais sauter sur le téléphone comme si me parler avant de t'endormir fût aussi important pour toi que pour moi de t'entendre. Ce fut vers une heure que je m'inquiétai définitivement. Pour me cacher ma jalousie, je t'imaginais seule dans la nuit romaine, je t'imaginais en danger. (Mes appels de minuit et minuit et demi, si tu avais répondu, eussent sans doute été excusés par cette frayeur.) À 2 heures (j'avais lu, en 8 demi heures, 48 pages), je décidai de dormir. Je décidai de dormir car je savais que je me réveillerais, comme hier, au milieu de la nuit. Ça n'a pas raté : au premier réveil, vers 3 heures et demie, j'ai eu la force de ne pas t'appeler. J'ai allumé la lumière, j'ai regardé le réveil, j'ai imaginé la via Margutta déserte,

340

j'ai imaginé la cour vide, j'ai imaginé la chambre où tu entrais et où tu étais attendue par mon angoisse et mes peurs. D'autres yeux, d'autres bras. Je repoussai ces idées. Je les enfermai dehors, dans la rue vide. J'ai lu, encore un peu, et je me suis rendormi. Ou pas. Entre 3 heures et demie et 5 heures, sans lire ni t'appeler ni dormir, j'ai retourné le lit dans tous les sens. J'ai pleuré de rage en silence. À 5 heures, j'ai rallumé la lumière. J'ai regardé le réveil. Pour la première fois, j'ai imaginé ta chambre vide, désespérément vide. J'ai imaginé ta chambre où tu n'entrais pas, où, de toute la nuit, tu n'étais jamais entrée. Et je t'ai appelée. Pour avoir la preuve que ma jalousie était justifiée, je t'ai appelée. Parce que j'étais sûr que tu ne serais pas là, que tu avais dormi dans d'autres bras, je t'ai appelée. Le téléphone a sonné une fois, deux fois, trois fois, quatre fois, dix fois, vingt fois. Et tu as répondu. Tu étais là. Mais tu répondais après tant de sonneries. Je t'ai demandé si tu venais d'arriver. Tu m'as dit que non, tu m'as dit que tu dormais, que c'était pour ça que tu avais tardé à répondre. J'ai pensé : si elle dormait, comment savait-elle qu'il y avait eu tant de sonneries avant son réveil? Et puis, mais trop tard, le ventre déjà déchiré, le torse entier en feu, je me suis souvenu que la jalousie – comme la vérité – était aveugle : que jamais

341

je ne pourrais entendre dans tes mots doux, dans tes mots d'amour, autre chose que les indices de ton mensonge, que l'aveu de ton péché. Pourtant, nous avons parlé longtemps. Au début, ou presque, après une hésitation suffisamment courte pour me calmer quelque peu, tu m'as dit que tu avais été à une fête de l'été romain et que tu étais rentrée à pied avec un homme. Un homme dont tu m'avais parlé (le fils de l'amie de ta mère), un photographe qui était le fiancé d'une fille dont la beauté était partout vantée, un homme dont je ne devais pas être jaloux. Effectivement, après t'avoir imaginée avec lui, après t'avoir sentie, en l'espace de quelques secondes, mille fois dans ses bras, j'ai songé qu'il était possible que vous fussiez sortis ensemble pour aller dans cette fête, qu'il était possible qu'il t'eût laissée entrer seule dans la maison de sa mère, qu'il était possible que tu l'eusses laissé partir chastement chez lui où sa fiancée, alors en Allemagne, pouvait aussi l'appeler. Puis nous avons parlé d'autre chose, nous avons échangé d'autres mots : moi des excuses, toi des mots rassurants. Mais de ma jalousie, rien ne fut apaisé. J'ai dormi, oui. Mais maintenant, la nuit est finie et j'ai aussi mal qu'aux premières heures. Je suis aussi jaloux de la certitude de tes pas nocturnes en sa compagnie, en sa chaste compagnie, que de ton incertain

abandon dans de tout aussi nocturnes ébats.
Je suis jaloux quoi qu'il en soit. Ai-je droit à
ces deux jalousies? Que je sois déchiré par
mon imagination, passe encore, mais par une
simple promenade nocturne? Je ne peux sup-
porter que tu aies besoin ne serait-ce que de
séduire un autre homme. Je ne peux imaginer
qu'un autre homme, après une soirée à tes
côtés, ne soit amoureux de toi, ne soit fou de
désir comme je le suis moi-même – même
quand tu n'es pas là. Je ne peux pas.

Peu à peu, la jalousie nocturne contaminait mes
journées. Je pouvais partir à Rome, je pouvais débarquer via Margutta à une heure indue pour tenter de la
surprendre, et de la perdre, ou à une heure respectable
pour tenter de la récupérer. Mais je voulais tenir une
semaine. Je voulais lui montrer que je pouvais vivre
sans elle. Je voulais lui manquer. Je voulais qu'elle
sache que je croyais qu'elle imaginait que je savais
qu'elle croyait que j'imaginais que. Bref, j'étais déjà
assailli par ce type de pensées d'où l'amour est absent.
Je faisais des calculs sans me rendre compte que lorsqu'on calcule, c'est qu'on est déjà seul, c'est qu'il n'y
a plus rien à calculer, c'est qu'on a déjà tout perdu. Au
téléphone, Φilippine était gentille, mais distante.
Jamais le moindre mot ne trahissait un véritable désir
de me quitter. Elle vivait sa vie. Lentement, pas à pas,
elle redécouvrait ce qu'elle était sans moi. Et sans
doute ne savait-elle pas si elle désirait que cet être

ancien qui avait été sa vie entière pendant une très longue année demeurât à côté de cet être nouveau qu'elle essayait d'apprivoiser, et qui n'était autre qu'elle-même.

sur l'île, trois jours
après ton départ

Elle n'est pas avec moi. Elle est partie en vacances et m'a laissé là. Inutile. Vide. Sans elle. J'ai recommencé à écrire des phrases que je ne lui lirai pas. Trois jours ont suffi. J'ai recommencé à écrire de l'écrit, des mots qui ne lui parlent pas, et que je brûle à peine tracés. Je brûle jour après jour. Lorsque l'aurore approche et me surprend assis face à la fenêtre silencieuse, je sais qu'il est temps de me tourner vers la cheminée. Lorsque j'écris, le lit me tourne le dos. Vide. Le lit, je veux dire. Vide lui aussi. Que reste-t-il à l'aube de ses bras de rosée ? Du poids de son torse lorsque je le soulève, les mains sous ses aisselles, les mains effrayées de déjà ne pouvoir s'empêcher de courir vers ses seins ? Son corps est parfait et je le sais. Il me cache tout entier. Sa perfection m'effraie. J'ai volé à Goltzius le poids de son sommeil. (Pourquoi aujourd'hui rien ne me manque plus que son poids ? Je pourrais ne même pas la toucher si seulement, opulente et captive, *je pouvais la soulever.) Je ferme les yeux et je la regarde dormir. Puis je les rouvre. Son souvenir ne me suffit pas. (Je me rappelle aussi comment elle m'a appris à ne pas faire l'amour. Comment elle m'a appris à garder intact mon désir pendant toute la nuit, à dormir avec – à ne pas dormir – avant de l'assouvir le lendemain. Je voudrais refaire ça à chacun de ses départs. Avant chaque séparation, aller au plus près de la fin du désir pour être certain d'aimer, d'insupporter son absence, comme avant sa présence.) Mais je n'ai rien à dire de nos plaisirs. Je ne peux pas en écrire. Il faudrait que j'invente des interlocuteurs à qui je ne voudrais pas parler. Je tairai nos nuits qui sont de toute façon inaudibles. Ils mourraient d'envie, ô mes oreilles fantômes. Même mon silence rendrait leur jalousie invivable. Car si elle existe, tous sont jaloux de moi, même ceux qui ne la connaissent pas.*

J'étais très amoureux. Après douze mois passés presque entièrement dans ses bras, après avoir cherché une distance amoureuse dans l'attente, après avoir inventé mille ruses langagières pour concilier l'inassouvissable désir de la posséder et l'inassouvissable envie de l'aimer, après avoir aussi rêvé parfois d'un peu de solitude, je voulais juste retrouver la tendresse reposante de ses bras. Et je savais que c'était possible, car non seulement j'étais très amoureux, mais je croyais encore à son amour. D'ailleurs, bien qu'il me soit difficile aujourd'hui – comme je sais que notre amour ne devait pas durer au-delà de l'été – de ne pas dramatiser son départ à Rome, bien qu'il me soit difficile de me souvenir d'autre chose que de ces nuits pénibles d'où la jalousie chassait le sommeil, les écrits d'alors attestent qu'après les premières journées douloureuses il y eut des instants de distance plus paisibles, des moments où l'absence, tout en me rendant de plus en plus amoureux, ne m'empêchait pas d'être heureux.

dans le studio insulaire,
une des premières nuits claires

Je suis l'impatience même. Je mords le téléphone. J'ouvre et referme le cahier. Écris. Et pas. Je suis bleu. Je suis crampe. Je bois le temps à la petite cuiller. Je mords le téléphone. Pourquoi parfois je sais t'attendre? Pourquoi parfois t'attendre me soulage? Je mords et remords le téléphone et il crie pas. Putain de téléphone. Je suis un pincement. Je suis un Pincemoi. Je suis un clin. Un clin pur. Un clin sans œil. Un clin de rien. Je suis là et plus. Je suis toit et n'abrite pas. Pas peur du sens. Je perce un trou d'une goutte d'encre. Tache page après page. Et je remords le téléphone. Tu es rouge. Tu es nuit. Tu es l'immense étoile éteinte. Pas plus grande que trois pommes et attirant tout ce qui se passe aux quatre coins de la galaxie. Mon majestueux

trou noir. Pure loi de pesanteur. Pure force
d'attraction. Voilà. Peu à peu t'écrire me calme.
Je remords le téléphone, mais un peu plus gen-
timent. Il hésite. Il se tâte. Se tortille. Il tré-
saille ? Il tressaute ? Crie ? Crie ! Cri.

 Allô ? Oui. Non. Moi non plus.

 Je raccroche. C'était pas toi. Mauvais
numéro. Même le téléphone se moque de moi.
Pourquoi cette promesse de ne pas t'appeler ?
d'attendre que tu m'appelles ? Ping. Pong.
Ping. Pong. Ping. Pong. Ping. Trois heures.
Impatient comme à moins cinq. Je regarde
l'aiguille des secondes. Parfois je m'accroche si
fort que je tiens pendant cinq secondes. Puis
plus : je craque. Je me lève. Trois pas par ci.
Trois par pas là. Où sont ces par passés ? Je les
cherche dans la nuit, je les cherche dans l'écrit.
Les trouve pas. Ni là ni là. Je remords le télé-
phone. Coups de dents de plus en plus rageurs.
Le plastique est tout rogné. La musique
savante ne manque pas à notre désir mais le
fil amer se plaint.

Bizarrement, sans qu'aucun signe apaisant ne
me parvienne de Rome, par la simple action de l'écriture sur la douleur et l'éloignement, je m'apaisais.
J'étais seul. J'étais seul à lui écrire, seul à l'appeler.
Elle ne répondait pas à mes lettres – mais pourquoi
l'eût-elle fait : je ne les lui envoyais pas – et, au téléphone, elle me parlait aimablement, comme on

s'adresse à ces malades qui sont convaincus qu'ils n'ont qu'une petite grippe et que le médecin rassure – avant de leur annoncer, quelque temps plus tard, qu'il s'agit en fait d'un cancer. Non, j'exagère. Φilippine, cherchant dans l'été de la ville de son enfance ce que devait être désormais sa vie, ne savait pas encore quelle y serait ma place. Elle hésitait. Elle m'aimait encore. Et peut-être elle ne m'aimait déjà plus. Mais si c'était le cas, elle l'ignorait. Cela, j'en suis certain. Car à peine quelques jours plus tard, lorsque je l'eus rejointe et que je l'eus mise devant l'obligation de choisir entre me garder ou me perdre, croyant encore à son amour, elle fit, assurément, le plus mauvais des choix. Oui, sans doute à ce moment-là, me quitter eût été pour elle plus facile, et pour moi moins douloureux.

Mais n'anticipons pas. Une semaine après son départ, je lui annonçai au téléphone que j'irais la rejoindre. La veille, j'avais joué seul au jeu du sexe et des mots. J'avais écrit sur mon corps une ode à son corps et, sans comprendre qu'avoir joué pour la première fois sans elle à ce jeu qui n'avait de sens que si sa présence était réelle ne pouvait être à ses yeux que le témoignage de mon profond désespoir, je la lui avais lue au téléphone. Le soir, après la lecture, ses mots furent encore plus doux. Elle me parla tout doucement, jusqu'à ce que je m'endorme. Et le lendemain, elle me réveilla de sa voix lointaine d'ange romain.

sur l'île,
le dernier jour du printemps

Premier matin calme loin de toi. Tu m'as endormi et tu m'as réveillé. Merci Antonio Meucci. Merci merveilleux téléphone. Je suis au café. Matin idéal : deux heures de lecture (silence absolu, café demandé d'un geste), et puis maintenant, le stylo à la main, premières lignes apaisées, autosuffisantes. Moment d'écriture où écrire et ne pas écrire se ressemblent, se rejoignent, s'accouplent : s'ignorent. Je pourrais ne plus rien dire. Mais te lire hier soir, parmi l'immensité inquiète des mots alignés ces derniers jours, les quelques paragraphes simplement amoureux, ces mots pas toujours vains puisque parfois ils me ressuscitent ton corps, ton visage, c'était comme de te retrouver enfin, chaque lettre multipliant le plaisir. Au carré. Au cube. Les mots décuplant le plaisir de ton absence, le rare, l'éphémère plaisir que ton absence parfois m'accorde. J'écris ton visage au soleil et je sens sa chaleur contagieuse qui irradie ma main. Je te lis les mots maladroits qui décrivent ton corps et ton corps est là, à mes côtés. Je t'écoute me parler et les mots morts de la langue écrite, ces mots lugubres qui avaient pourtant donné vie à ta chair éteinte, se mêlent en une danse joyeuse à tes mots dits, léchés, soyeux et humides, et je te sens tout entière, eau et chair, comme si tu étais à mes côtés.

349

Que dire de plus ? Tu m'aimais trop. Et parfois, je t'aimais juste assez. Aujourd'hui, je suis continuellement jaloux. Comme tu l'as été ? Peu importe. Entre nos deux amours, tour à tour hystériques, l'équilibre ne peut pas être calme, « équilibré ». Mais il peut exister. Enfin, je crois. Aujourd'hui (j'arrive à peine à l'écrire) je t'aime trop. Et si toi aussi tu veux bien de nouveau m'aimer trop, ces deux trop, je le sens, je le sais, pourront enfin devenir ce possible impossible où l'amour est absolu et insignifiant, vivable et invivable à la fois.

Même dans le bonheur le désespoir se lisait encore. Comme si l'ultravirus de la souffrance, après avoir dormi pendant une interminable année, se réveillait enfin, comme s'il cherchait dans les prémices de la défaite à se manifester, dès que je lui écrivais, quelques lignes de misère s'ajoutaient aux paragraphes amoureux. Ce virus filtrant, dont je ne m'étais, tout heureux que je fusse, jamais débarrassé, ce virus endogène qui parasitait mon écriture depuis que j'avais appris à écrire au point que toute écriture de ma main dût à jamais contenir sa part de souffrance, ce virus virulent me faisait douter de son amour, – alors qu'elle m'aimait encore.

Mais peut-être ai-je tout faux. Peut-être l'avais-je trahie pour qu'elle m'abandonne. Peut-être, lorsque j'inventais l'attente, lorsque j'inventais ces moments d'intense plénitude où, la tenant à distance, je profitais à outrance de son absence, peut-être alors m'étais-je souvenu que pour écrire, après la parenthèse de son corps, il me faudrait de nouveau être seul. Oui, pendant ces mois où je l'avais aimée plus calmement, pendant ces mois où je l'avais peut-être moins aimée, pendant ces mois où je pensais en être arrivé avec Φilippine à ce moment où, si tout continue de même, *une femme ne sert plus pour nous que de transition vers une autre femme*, pendant ces mois qui m'avaient conduit à la trahir avec Marianne Deux, je ne cherchais qu'une chose : qu'elle m'abandonne. Je voulais qu'elle me quitte pour pouvoir écrire. Pour écrire comme je me l'étais proposé à moi-même l'année qui a précédé sa rencontre : pour écrire, non pas seulement pour elle, mais pour vous. Pour écrire de nouveau de mon écriture dolente. *Navegar é preciso, viver não é preciso.* Au fond de moi, un Santiago ancien pensait toujours qu'il était plus important d'écrire que de vivre. Et un autre Santiago, un Santiago bien plus récent, pensait qu'après avoir profité du corps de Φhilippine pour écrire des murmures qui lui étaient seuls adressés, il était grand temps d'écrire pour le monde entier. Ce qu'ignoraient tous ces Santiago fragmentaires était le simple fait qu'après avoir écrit seulement pour Φilippine parce qu'elle m'aimait, j'écrirais davantage encore seulement pour elle seule parce qu'elle ne m'aimerait plus.

Dans l'univers pourtant tellement plus simple et tellement plus malléable de tout ce qui échappe à l'écrit, le désespoir aussi envahissait le bonheur : après une nuit de train, furieusement heureux, j'arrivai à Rome affublé du triste costume de l'amoureux déconfit – mon cœur était joyeux, mon visage défait. Dès que je la vis sur le quai, alors que j'avais espéré ce moment pendant tout le trajet en train, alors qu'elle était venue m'attendre et qu'elle était plus belle que jamais, alors que sa beauté aurait dû me flatter, aurait dû me combler car elle m'était destinée, dès que je la vis sur le quai, au lieu d'être définitivement soulagé, je compris à quel point elle avait vécu loin de moi pendant ces quelques jours. Elle était plus italienne que jamais. Sa jupe rouge et son pull noir dans la fraîcheur du matin, cet air non seulement italien mais profondément romain dont elle s'imprégnait comme si elle n'eût jamais connu l'exil, comme si ses parents n'eussent jamais été français, devaient rester, au-delà de l'été, parmi les souvenirs les plus précoces et les plus terribles de sa perte. Cinq années durant j'ai rêvé de la posséder telle qu'elle était ce jour-là, – ce jour où tout me disait qu'elle m'aimait peut-être encore, mais qu'elle n'était déjà plus à moi.

Pourtant, elle m'a sauté dans les bras. Pourtant, elle m'a pris par la main et nous avons marché jusqu'à la via Margutta. Cette petite rue parallèle à la rue du Babouin, terrée au pied du Pincio, cette petite rue aujourd'hui pitoyablement touristique, nous l'avions arpentée longuement quelques mois plus tôt, rêvant comme tant de gens d'y habiter. Φilippine, à l'époque, m'avait fait monter l'escalier qui menait au jardin presque tropical, tant les bambous l'ombrageaient, où se trouvait la maison de Boza, cette amie de sa mère chez qui nous n'avions pas habité lors du précédent voyage et où elle habitait à présent. Boza était styliste (je me souviens que cet été-là on lui avait demandé de concevoir un parfum qui portât son nom et qu'elle cherchait du côté du géranium à retrouver la seule senteur qu'une femme, comme elle disait, dût porter : celle de la sueur masculine), Boza était styliste et sa maison était magnifique. Tenant Φilippine par la main, la regardant me regarder, la regardant m'aimer, je l'imaginais seule pendant une semaine dans ce lieu sauvage et mystérieux, offert et protégé à la fois. En fait, comme je devais l'apprendre par la suite, Φilippine n'avait vécu seule dans la maison que pendant trois jours, puis Boza était revenue de Trieste pour accueillir sa future belle-fille, une sorte de girafe longiligne et allemande que Φilippine me présenta comme si elle fût une star : elle était ce qu'aujourd'hui on appelle un top model mais qui à l'époque n'avait pas d'appellation contrôlée – n'avait aucun nom, ni générique ni propre, car bien qu'elles bénéficiassent de quelques avantages de la célébrité (principalement celui d'être surpayées), ces créatures unidimensionnelles, plates et brillantes comme de la toile cirée, avaient tout au plus droit à un prénom. « Pourquoi les mannequins ont-elles un neurone de plus que les chevaux ? » blaguait souvent mon cousin aux deux kilos trois précoces il y a quelques années. « Pour pas chier pendant les défilés. » Je m'égare, je sais. Mais qu'il eût été impensable, dans les années soixante-dix, de faire

353

des blagues sur les mannequins, et qu'il le fût nécessaire à la fin des années quatre-vingt, en dit plus long
qu'il n'y paraît sur l'évolution de notre triste monde.
Après 1981, ne sachant plus que compter, notre idéologie communicante et mercantile remplaça les premiers êtres de papier glacé que le capitalisme proposa
comme opium à tous les peuples (les stars de cinéma,
à qui, par le plus grands des hasards, on permit de
porter nom et prénom) par ces longues tiges exclusivement féminines – et il y aurait autant à dire sur cette
percée phallocrate dans nos cerveaux que sur celle
purement économique – qui n'eurent droit, dans un
premier temps, qu'à des prénoms. Puis, car il devint
politiquement correct de considérer ces animaux,
d'où on avait réussi à extraire toute humanité au point
d'en faire de pures marchandises, de nouveau comme
des êtres humains, au début des années quatre-vingt,
si ma mémoire est bonne, on leur donna de nouveau
le droit de porter des noms de famille. Quoi qu'il en
fût, la longue bête germanique que je rencontrai ce
jour-là, nerveuse comme une guimauve, dont le prénom aussi m'échappe aujourd'hui, me valut lors de ce
minuscule séjour romain quelques découvertes sau-
grenues. Le jour même de mon arrivée – je me revois
pâle et triste dans l'entrée de la maison, désespéré
devant l'aspect estival et les peaux bronzées de Φilippine, Boza et la girafe germanique (je me revois ainsi
et je me souviens pourtant, paradoxalement, de Boza
disant à Φilippine à mon propos : « Qu'est-ce qu'il est
beau ! Il ressemble à ces acteurs qui n'existent plus,

Gary Cooper, James Stewart, Cary Grant. Il devrait faire du cinéma ») –, le jour même de mon arrivée, nous avons accompagné le top model acheter des sous-vêtements. L'aveu que je vais faire vous semblera sans doute anodin, mais je ne veux savoir ce qui pousse ma mémoire à raviver tel ou tel souvenir ni interdire à l'écriture de le rendre à l'oubli. Je me souviens que la boutique se trouvait via del Corso. Je me souviens qu'elle n'avait l'air ni luxueuse ni ostentatoire. La femme qui s'en occupait était âgée. Nous sommes restés dedans presque deux heures et, en sortant, la girafe teutonne avait dépensé, exclusivement en petites culottes, exactement la somme qui me permettait de vivre pendant quatre mois. La haine que j'alimentai ensuite, non envers elle, qui n'y était pour, et n'en sut jamais, rien, mais envers cet épisode, est due surtout au fait que je rageais de m'être retrouvé dans une situation qui me semblait humiliante. J'avais presque vingt ans et acheter des vêtements était alors pour moi une occupation des plus dégradantes. Avoir assisté, pendant un temps aussi long, à une activité aussi inutile était une blessure qui affectait non seulement mon narcissisme mais qui salissait également l'image que j'offrais à celle que j'aimais plus que tout au monde – celle à qui jamais je n'avais voulu offrir une telle image et qui était pourtant la principale responsable de ce que je la lui offrisse. Bien sûr, aujourd'hui, je sais que l'humiliation était due surtout à ce que Φilippine, pour la première fois, ne se souciait plus de ce que je fusse le témoin de cet aspect frivole de sa vie que ma terrorisante conception de la culture et de la politique l'avaient obligée, pendant plus d'un an, à me dissimuler. Bien sûr, aujourd'hui, je sais que l'humiliation n'est pas seulement dans ce passé-là mais dans la coquetterie extrême et ridicule qui devait me rendre moi-même extrêmement et ridiculement frivole pendant les cinq années qui ont suivi.

La seconde découverte saugrenue eut lieu le soir de ce premier jour romain. La fille de Boza, la fille véritable, la fille laide, ou la laide-fille, si vous préférez, nous avait invités chez elle. Elle habitait en pleine campagne, à une trentaine de kilomètres de Rome. Accompagnés encore une fois par la magnifique fleur de Bavière, nous allâmes prendre le train à la stazione Roma Viterbo, derrière la piazza del Popolo. Excentrique comme une laitue, notre compagne avait mis une mini-mini-jupe qui couvrait tout au plus un vingtième de ses interminables et pourtant flasques jambes. Dans la petite gare, à l'heure de pointe, par une soirée torride, elle était, disons, pour le moins, remarquable. Une trentaine d'hommes ne tardèrent d'ailleurs pas à la remarquer et à nous entourer comme nous attendions sagement, collés au bord du quai, l'arrivée du train.

– *Ma guarda che gambe!*

– *Porca miseria! Ma sono più lunghe della Torre Pendente!*

– *Posso toccare?*

– *Madonna vacca!*

– *Anch'io ho una gamba così, guarda!*

356

Je me souviens d'avoir d'abord souri face à cette foule désirante qui me semblait bon enfant et d'où fusaient des compliments de plus en plus obscènes. Habitué au calme français, cela m'amusait de retrouver cet élan grossier que les Italiens avaient, il y a quelques décennies, exporté en Argentine et en Uruguay et qui avait donc bercé mon enfance. Mais je compris très vite qu'aussi bien Φilippine que la grande laitue ambulante n'étaient guère rassurées de se trouver là. Lorsque le train arriva, je dus batailler ferme pour qu'on nous laissât y monter et nous installer au milieu d'un groupe de vieillards sans âge qui regagnaient leur hospice en banlieue après une journée de promenade romaine. Alors que dehors les hommes se collaient aux vitres du wagon pour apercevoir une dernière fois les cuisses filiformes – je me souviens de l'un d'eux, plus jeune, qui les léchait goulûment (les vitres, pas les cuisses) –, les vieillards nous protégeaient de leur apathie respectable.

Pendant le voyage, avant qu'on arrivât à ce village qui était pour nous la dernière étape avant celui où la fille de Boza nous attendait et pour les vieillards la dernière étape avant le cimetière, deux ou trois d'entre eux, sortant de leur léthargie grabataire, remarquèrent la particularité morphologique de notre compagne et se risquèrent à quelques regards impudiques, à quelques langues humectant leurs babines salaces et ridées, et à deux ou trois petits mots graveleux que l'infirmière qui les accompagnait réprima avec une sévérité disproportionnée avant de se tourner vers nous, avec le plus doux des sourires, pour les excuser :

– *Scusate, sono più furbi dei ragazzini…*

Sains et saufs, nous arrivâmes finalement à notre destination. La fille de Boza – s'appelait-elle Metka ? – nous attendait comme promis à la gare. Elle nous amena en voiture chez elle. Il s'agissait d'une maison totalement isolée, tant accolée à la colline laziale qu'une partie du salon était creusée dans la roche. À l'entrée du jardin, un grand panneau donnait des indications aux cambrioleurs, leur demandant de voler proprement, sans tout casser. Metka se faisait cambrioler au moins trois fois par an mais prenait ça, comme on dit, « avec philosophie ». Je ne me souviens pas si le but de notre périple en banlieue était de dîner chez elle ou si nous vînmes tout simplement visiter la troglodyte demeure. La seule chose qui demeure dans ma mémoire est le souvenir d'un groupe d'amis de Metka qui débarquèrent en voiture à un moment incertain de la soirée. Parmi eux, un garçon âgé de trois ou quatre ans de plus que moi – ce qui à l'époque était considérable – me serra la main en prononçant quatre mots énigmatiques qui ne cessèrent que bien des années plus tard de me tourmenter.

– *Ah, sei tu Santiago ?*

Il avait les cheveux courts et portait une chemise blanche et un pantalon à pinces. Il était très beau, et si mon narcissisme encore frétillant – comme un poisson à peine sorti de l'eau qui goûte la joie extrême de la découverte de l'air, ne sachant pas encore que cette découverte lui sera fatale – m'empêcha de me dire qu'il était plus beau que moi, je me souviens qu'en le voyant je songeai immédiatement qu'il ressemblait bien plus que moi à ces acteurs américains auxquels Boza m'avait comparé. Après avoir échangé quelques mots avec Φilippine et Metka sur une de ces fêtes qu'on organise à Rome et qui durent tout l'été, une fête dédiée aux années soixante où ils étaient allés tous ensemble la veille – une fête où je n'irais jamais –, ce groupe éphémère remonta en voiture. Par la vitre ouverte, Gary Cooper s'assura d'un regard que Φilippine ne viendrait décidément pas avec lui et ils sont partis. Bien que tout fût limpide, venant d'arriver je ne comprenais pas grand-chose à ce qui se passait. Peut-être, du haut de mon piédestal, je préférais ne pas voir. Comme à Cetona l'été précédent, et bien que cette fois-ci il ne s'agît pas d'un amoureux qui m'eût précédé mais d'un possible amant présent, j'acceptai calmement qu'il la regarde, qu'elle ne le suive pas, que sans un mot elle demeure avec moi.

De retour via Margutta, Φilippine, sans rien me raconter de ce qui s'était passé avec ce garçon la veille, m'a chanté quelques chansons de la fameuse fête années soixante où ils avaient été. Deux d'entre elles, qu'elle ne devait cesser de chanter tout au long de ce dernier été (*Guarda come dondolo* et *Sapore di sale*), devaient rester gravées dans la mémoire la plus noire que je porte en moi, – dans cette mémoire qui m'étouffe, qui me noie, et qui se déverse parfois salement dans des pages comme celles-ci. Plus tard, lorsqu'au milieu des cinq funestes années de la première défaite je retournai pour la première fois en Argentine et que je retrouvai les tubes enfouis de mon enfance sud-américaine – *Quiero gritar que te quiero*, *Salta salta salta pequeña langosta* et quelques autres hits du Genou-qui-chante –, je devais comprendre que Φilippine ne chantait pas seulement en pensant à lui, mais que ces chansons étaient pour elle, de même que les miennes le furent pour moi, comme des vestiges archéologiques, enfouis sous une mer de cendres, dont la découverte venait lui prouver que son passé avait existé, qu'avant l'exil en France, avant la séparation de ses parents, ce temps que sa mémoire, comme la mienne mon passé si semblable, avait magnifié, avait aussi été magnifique. C'étaient là des pensées qui appartenaient à un passé défunt mais qui n'étaient pas nostalgiques : pour une fois, se souvenir n'était pas funeste. Car ces vestiges, émergeant de la terre morte de l'oubli, n'étaient pas des dépouilles inertes comme des vases brisés ou des silex meurtris, mais de petits êtres sonores frétillants de vie.

Cette nuit-là, nous avons fait l'amour tristement.

Le lendemain matin, Φilippine a commandé le petit-déjeuner au café d'en face, rue du Babouin. Malgré la tristesse, malgré la désespérante mélancolie qui s'était emparée de nous, je me souviens avec un profond bonheur de la naïve fierté avec laquelle

elle me fit partager cette expérience si simple, mais si romaine, qui trahissait le quotidien huilé qu'elle avait réussi à créer en mon absence. Comme pour la remercier, et peut-être par crainte que ce fût elle qui me le demandât, je lui proposai de nous séparer pendant la journée. Je lui dis que je voulais écrire, aller au musée. Elle sourit tristement. Elle savait. Elle me connaissait terriblement et elle comprenait mieux que moi pourquoi je lui offrais le temps d'être encore seule à Rome.

à Rome, le dernier été

> *Je ne peux pas être là pour moi. Je ne pourrais feindre qu'ici est ma place si nous ne démontons pas ce mensonge que nous avons inventé : je suis ici parce que tu as besoin de ma présence. (J'écris de nouveau et je me sens moi-même léger.)*

> > *J'ai envie de reparler de ton rire,*
> > *De goûter toutes tes lèvres,*
> > *De revoir l'éclat de tes yeux mi-clos.*
> > *Que de mots !*
> > *J'efface la tristesse de mes yeux*
> > *Et les lève vers le ciel :*
> > *Je n'ai plus besoin de rien,*
> > *Si ce n'est de toi,*
> > *Si ce n'est de la distance*
> > *Où ici je te tiens.*

Longuement je pourrais errer seul dans les rues de tes errances intimes. Je pourrais te suivre absente, te suivre sans te voir, te suivre sans te voir seulement toi, te suivre avide du monde que tu m'invites à regarder. Je pourrais, maintenant, pour un temps infime apaisé, t'aimer sans te mordre, t'aimer sans te frapper, t'aimer sans m'arracher le cœur pour le piétiner.

Je voudrais que tu abuses de ma souffrance – même si je n'ai aucune idée de ce qu'abuser de la souffrance est.

Je marchais – et j'écrivais. Sans autre souci que d'inventer un trajet qui m'occupât jusqu'au soir, j'avançais mollusquement dans la ville éternelle. J'avais décidé qu'elle serait à moi. Peut-être parce que je savais que la prochaine fois Φilippine ne serait pas à mes côtés, je m'appropriais la ville d'une manière systématique et solitaire. J'allais et je venais par les rues parallèles : via della Croce, via dei Condotti, via Borgognona, via Frattina. Puis je traçais un triangle scalène en allant par le Corso de la piazza Venezia à la piazza del Popolo, puis par la via di Ripetta et la via della Scrofa (faisant les détours qui devaient devenir rituels jusqu'au Panthéon et ses trois satellites – Giolitti et ses glaces, Saint-Louis-des-Français et ses Caravage, Sant'Eustachio et son café –, et, de l'autre côté, vers la piazza Navona et Campo dei Fiori), de la piazza del

Popolo au corso Vittorio Emanuele, et enfin, me perdant dans le ghetto, j'arpentais la via Portico d'Ottavia jusqu'au teatro di Marcello avant de revenir au pied de l'immense machine à écrire d'où j'étais parti.

dans le ghetto, devant les tortues

Il s'agit peut-être simplement de passer,
ou plutôt de laisser ensemble le monde nous
traverser, comme si nous étions à deux le vide
absolu que personne ne saurait devenir seul.

Comme si souvent, la solitude me rendait à cette forme de tranquillité et de distance qui seule permet d'écrire vraiment – et qui presque toujours précède les plus profonds désarrois. Je regardais la ville de loin. Parfois, j'avais l'impression de toucher sa substance :

sur une minuscule place

Essence du baroque : net et pourpre.

Vers 3 heures de l'après-midi, je suis rentré via Margutta. J'étais parti le matin et j'avais marché, presque sans jamais m'arrêter, pendant plus de six heures. Dans la maison étrangère, seule Boza travaillait dans son atelier au rez-de-chaussée. Ne sachant que faire, mal à l'aise comme je l'étais toujours dans ce type de situation, je suis monté dans notre chambre et j'ai continué d'écrire. 4 heures.

5 heures. 6 heures. Φilippine n'arrivait pas. Sur la table, j'ai trouvé son agenda. « Une expérience (nouvelle, différente, opposée) qui viendrait enrichir celle-là. Une rencontre (autre) qui viendrait bouleverser cette autre-ci. Si tu continues à oublier les bonheurs, à ne plus penser qu'aux souffrances, alors je m'en irai. » J'ai lu ces mots qu'elle ne m'avait pas dits. 7 heures. 8 heures. Φilippine n'arrivait pas et une furieuse envie de partir, de fuir, de rentrer immédiatement à Paris, s'empara de moi. Je ne supportais plus cette situation ridicule, cette situation que j'avais acceptée mais où tout à coup je n'étais plus moi-même, cette situation de faiblesse extrême dans laquelle je me trouvais. Peu m'importait soudain de perdre Φilippine ; je voulais juste une chose : me retrouver. Je devais sortir de cet enfer connu, habituel, qu'est le soir après une journée de solitude absolue. 8 heures et demie. 9 heures. Son retard n'était pas excessif. Nous n'avions pris aucun rendez-vous précis : nous avions convenu de nous retrouver dans l'abstraction du soir. La chambre, située à l'étage, donnait directement sur le salon situé au rez-de-chaussée. J'écrivais, ou je lisais, en tournant le dos à la porte entr'ouverte. Soudain, j'ai songé à quelque chose que j'avais dit à Daniel peu après que mon histoire d'amour avec Φilippine eut commencé. Comme j'acceptais de l'aimer alors qu'elle m'aimait déjà, j'avais pensé, avec un détachement qui par la suite me sembla incompréhensible, que de l'avoir à mes côtés, de peut-être vivre avec

364

elle, me permettrait de supporter la solitude du soir. Cet instant précis, dont la crainte avait supplanté la terreur de la nuit lorsque j'étais passé de l'enfance à l'adolescence, cet instant où le jour meurt, si j'avais passé la journée seul, il m'était impossible de le vivre sans sortir de chez moi, comme si je devais vérifier que, malgré la mort violente du jour – et la mort lente de ma journée d'écriture –, le monde continuait sa vie innocente. Aimer, lorsque j'acceptai d'aimer Φilippine, s'accompagnait de cet espoir : après la solitude du jour, je saurais vivre la solitude du soir. Aimer – comme je n'aimais pas encore – ne me semblait destiné qu'à rendre moins douloureuse la vie que je croyais devoir vivre et où les journées, et les soirées, ne devaient être consacrées qu'à la solitude de la lecture et de l'écriture. Lorsque j'en parlais à Daniel, il me semblait absolument essentiel que la femme de ma vie me permît cela : écrire seul le soir sans mourir de désespoir. Et il est sans doute vrai que la pensée du corps de Φilippine emmitouflé dans la chemise de nuit en pilou céleste, pendant de longs mois, comme j'écrivais ou lisais seul dans le minuscule studio de la rue du Petit-Pont, m'avait procuré ce calme qu'enfant, effrayé par l'obscurité, j'avais espéré si fort trouver un jour, ce calme dont je rêvais lorsque je me disais que quand je serais grand j'aurais une femme à mes côtés et que mes nuits, enfin partagées, seraient ainsi apaisées. Qu'en était-il maintenant ? À quoi devais-je m'en tenir ? Qu'avait fait réellement Φilippine pour mon écriture ? Pourquoi, pendant cette longue journée de solitude, avais-je alterné des moments où j'avais envie de jeter mon cœur loin de moi pour l'aimer en paix et d'autres moments où j'avais envie de jeter mon cœur loin de moi pour vivre seul ? Ce sentiment de n'être plus moi-même était-il dû seulement à ce que ce jour-là l'angoisse familière du soir s'emparait de moi dans une maison étrangère ? Il ne restait rien. Comme toujours, j'attendais et j'écrivais. J'attendais et j'écrivais parce que je savais que rien de ce qui pouvait arriver ne pourrait satisfaire mon attente. Ce que j'attendais ? Ce que j'attends, vraiment, depuis toujours : que cela n'eût pas été. Que je ne l'eusse pas trompée avec Marianne Deux, qu'elle ne fût par partie seule à Rome, que je ne l'eusse pas rejointe, qu'elle ne m'eût pas contraint la veille à être le spectateur de sa nouvelle vie, que son amant ne fût pas venu chez Metka, que je ne lui eusse pas proposé le matin de la laisser passer une dernière journée seule, qu'elle ne l'eût pas accepté, que nous ne fussions pas à présent en train de jouer au jeu stupide que devient l'attente lorsque la jalousie s'en mêle. Peut-être, me direz-vous, en dehors de l'attente magique que j'avais inventée dans le jardin du musée Rodin, toute attente est attente de cela : volonté inutile que Troie n'ait pas été prise. Je ne sais pas. Ce soir-là, en tout cas, l'attente devint une posture absurde. Car, peu après, Φilippine arriva dans la maison. Je ne la vis pas mais je l'entendis entrer accompagnée de la mirobolante sauvage teutonne. Je ne me retournai pas. Brusquement pris d'un accès d'amour-propre extravagant, je demeurai dans la chambre, tournant le dos à la porte entr'ouverte. J'entendais Φilippine discuter avec Boza. Je l'entendais rire. Cela dura longtemps. À un certain moment, comme j'entendis un bruit dans l'escalier, toujours sans me tourner vers la porte, je pensai que Φilippine était montée et que, me voyant écrire, elle s'en était allée *parce que j'écrivais*. J'imaginais que plus tard elle me dirait qu'elle n'avait pas voulu m'interrompre. J'imaginais et je souffrais. Je souffrais qu'elle ne m'eût pas interrompu, je souffrais que son envie de m'interrompre n'eût pas été plus forte, je souffrais qu'elle ne m'avoue pas qu'elle avait préféré redescendre, parler et rire avec Boza, je souffrais qu'elle me cache qu'elle avait préféré, après cette interminable journée loin de moi, rester encore un peu éloignée de ma trop visible douleur. J'imaginais que plus tard elle me dirait qu'elle était montée me voir, qu'elle me dirait que je tournais le dos à la porte, que j'avais l'air très concentré, qu'elle avait choisi, comme si ce fût un sacrifice, de me laisser encore écrire. J'imaginais, – et je souffrais. Stratégie parfaite de la solitude ouvrant des possibles seulement à la douleur.

Lorsque j'ai fini de songer à tout ça, l'escalier était redevenu silencieux. Φilippine était rentrée depuis une heure. Je tournais le dos à la porte et j'entendais de nouveau des rires. Au bord des larmes, j'ai songé, comme j'ai toujours songé : la vie surgit partout dès mon absence.

Et puis les rires se sont tus : je n'entendais plus que d'inaudibles paroles. La situation était devenue absurde : Φilippine ne pouvait plus monter dans la chambre avec la simplicité avec laquelle elle eût pu le faire à peine rentrée et je ne pouvais descendre sans avouer quelque chose de ce défi stupide qui m'avait fait rester seul dans la chambre pendant plus d'une heure. Je ne sais pas pourquoi, fatigué par ce jeu idiot, je me suis soudain tourné vers la porte. Φilippine était là, elle me regardait. J'aurais voulu me lever et sauter dans ses bras, j'aurais voulu l'embrasser en pleurant, j'aurais voulu couvrir son corps de larmes et de baisers jusqu'à ce qu'elle crie pitié. Mais quelque chose s'était cassé. Elle me regardait sans amour. Et je ne pouvais rien faire. Comme ses yeux me fixaient mais que je voyais qu'elle regardait beaucoup plus loin, au-delà de moi, au-delà de nous, je songeai : plus rien de ce que je ferai ne pourra jamais l'atteindre. Nous sommes restés longtemps en silence. Puis, comme si elle fût montée pour cela, Φilippine commença à se changer. J'avais envie de casser les vitres avec ma chaise, de sauter par la fenêtre. J'avais envie de tout gâcher, de lui dire que je ne l'aimais plus, que je ne l'avais jamais aimée. J'avais envie de nous faire tout le mal que j'étais incapable de nous faire. Ne me quitte pas. Ne me quitte pas. Ma tête était bouillante, mais aucun mot ne sortait de ma bouche. Je regardais Φilippine en silence et j'avais l'impression qu'une boule de fer chauffée à blanc s'était introduite dans mon crâne. Après s'être changée, Φilippine se tourna vers moi :

– Je vais peut-être aller dîner avec ces amis que tu as croisés hier soir.

Puis, avec une simplicité que je ne pourrai jamais croire que feinte (et qui ne l'était sans doute pas), elle répéta, mot pour mot, cette phrase que j'avais moi-même prononcée à Paris quelques jours plus tôt :

– Je rentrerai… peut-être… pas dormir.

Je rentrerai… peut-être… pas dormir. Le temps qui avait entouré ce « peut-être » avait été extrêmement long. Il m'avait laissé profiter jusqu'à la dernière goutte de mon malheur. Comme elle mettait du rouge sur ses lèvres et qu'elle ne me regardait pas, je la regardai longtemps sans répondre. Puis, avec un calme tout aussi feint (ou tout aussi sincère), je lui dis qu'elle pouvait aller dîner, que je ne saurais lui demander, si elle ne le voulait pas, de rentrer dormir avec moi, mais que si c'était le cas, non pas pour la punir mais seulement parce que la douleur serait trop forte, je ne serais peut-être pas là lorsqu'elle rentrerait le lendemain matin. Sans doute je n'avais pas le droit, après ce que je lui avais fait à Paris, de lui imposer ce choix. Mais, pour une fois, mes paroles avaient précédé ma pensée. Philippine me regarda un instant en silence. Pour la première fois depuis que j'étais arrivé à Rome, j'eus la certitude qu'elle voyait ma terrible souffrance. Sans un mot elle est sortie de la chambre. Puis, sans un mot, elle est revenue. Sans un mot elle m'a pris dans ses bras. Sans un mot elle m'a couché dans le lit. J'ai pleuré longuement dans ses bras attendris. Et elle a pleuré aussi. Elle a léché mes larmes et j'ai léché les siennes. Et dans la torpeur des pleurs, trempés de larmes et de sueur, nous avons fait l'amour comme nous ne l'avions pas fait depuis longtemps.

Rome, le lendemain matin

Pourquoi cacher mes craintes ? J'ai peur. J'ai peur de nous. Je suis en bas au café. Tu dors en haut dans la chambre. Avant de te quitter, pendant une heure ou deux, j'ai observé ton sommeil agité. Toujours agité ces derniers matins d'été. La nuit merveilleuse, cette nuit où nous avons failli à jamais nous perdre et où finalement nous nous sommes retrouvés, cette nuit où nos corps, oubliant nos têtes, ont décidé de revenir à leur alliance naturelle, cette nuit magique, cette nuit humide, cette nuit où je me suis dit mille fois « le cauchemar est fini », cette nuit n'a pas effacé toutes mes craintes. Je l'avoue ici, sur cette feuille que tu ne liras jamais. J'ai peur. J'ai peur de nous. De notre amour. De nos amours. Je me demande comment je n'ai pas vu, n'ai pas voulu voir, pas senti, la force et le tourment de ton cœur pendant ces derniers mois. Sans doute longtemps, longuement, tu as rêvé à ce moment où, abandonné par mes fantômes, je reviendrais vers toi et t'aimerais d'un même amour. Je ne veux plus être seul pour écrire, je ne veux plus rien d'autre que toi. Je t'aime comme tu

370

m'aimes. Mais cela ne te suffit pas, cela ne peut plus te suffire — parce que cela, t'aimer de cet amour illimité que tu connais bien, je n'ai su le faire qu'à l'aube de ton désamour.

Je suis seul. Tu n'es pas loin, mais je suis seul. La douleur insupportable qui me tord le ventre — et qui, je pense, ne me quittera plus jamais —, je ne sais au juste à quoi elle est due. Est-ce que j'ai mal tout simplement parce que tu n'es pas là ? Est-ce que j'ai mal parce que je ne m'aime plus ? Est-ce que j'ai mal parce que je serai désormais à jamais jaloux ?

Est-ce que je peux t'écrire mes pensées les plus tristes, mes pensées les plus sombres ?

Lorsque je quittai le café, je ne savais plus ce que je devais faire. Malgré qu'elle eût choisi de rester avec moi, malgré cette preuve d'amour limpide, je ne voulais pas retourner à ses côtés. J'avais peur. J'avais encore peur parce qu'entre le moment où elle m'avait dit qu'elle ne dormirait peut-être pas avec moi et le moment où elle était revenue dans la chambre et m'avait pris dans ses bras j'avais vécu quelques minutes d'horreur, et il m'était absolument insoutenable de songer que ces minutes, si elle me quittait réellement, se transformeraient en heures, en jours, en semaines, en mois, en années. Je pensais simplement : la douleur sera trop forte, je ne pourrai pas la tolérer. Ce fut donc une sorte d'instinct de survie qui mena mes pas incertains vers la stazione Termini. En marchant, au début, je songeais seulement à cela : au risque d'une douleur beaucoup plus grande. Je savais qu'il m'était impossible de rester et de m'aimer assez pour qu'elle m'aime encore. Puis, comme j'avançais, mes idées peu à peu se transformaient. Je marchais et je ne pensais plus ni au mal que je me faisais en partant ni au bien que je lui faisais peut-être en la laissant. Je marchais et je me disais : il faut que je parte, au moins pour savoir pourquoi j'aurais dû rester. Dans le hall de la gare, je suis resté debout quelques minutes devant le panneau qui annonçait les départs : je ne savais plus si je devais aller vers Athènes, comme je l'eusse fait si elle eût été à mes côtés, ou si je devais retourner à Paris. Je regardais le panneau, incapable de décider quoi que ce fût. Finalement, j'ai abandonné la contemplation des destinations possibles et je me suis dirigé vers un guichet. Et là, brusquement, une idée m'a traversé l'esprit : en quelques minutes je pouvais retourner via Margutta, où elle dormait sans doute encore, et me coucher à ses côtés. Je me souviens terriblement que je me suis arrêté à une dizaine de mètres du guichet. Je me souviens terriblement que la femme qui vendait les billets me regardait, se demandant qui était ce nouveau *minus habens* venu enrichir le nombre incalculable de fous qu'elle voyait défiler dans le hall de la gare jour après jour. Je suis resté une demi-heure debout, hagard, devant le guichet inutile. L'idée de pouvoir retourner aux côtés de Φilippine et qu'elle dormît encore m'obsédait. Debout devant le guichet, j'étais incapable de songer à autre chose qu'à sa tiède torpeur ensommeillée. Je pensais : si je reviens à ses côtés, si elle dort encore, il suffira que je me glisse discrètement dans le lit pour que ce matin n'ait pas existé, pour que je ne sois jamais allé au café, que je n'aie jamais marché jusqu'à cette gare, pour que la douleur, toute la douleur, soit effacée.

– *Eh oh ! Tutto bene ?*

Un carabiniere inquiet me tira de ma torpeur en posant sa main sur mon épaule. J'acquiesçai rapidement et quittai la gare. Quelques minutes plus tard, j'étais de retour dans la chambre où Φilippine dormait paisiblement. Je pouvais tout effacer : il suffisait que je me déshabille et que je me couche dans le lit pour qu'elle ne sût jamais rien de mes tourments matinaux, pour que le temps reprît quelques heures plus tôt, à l'instant où, après avoir fait l'amour, nous nous étions endormis. Je n'en ai pas eu le courage. La douleur, encore vive, me l'empêchait. Alors, j'ai repris le stylo.

dans la chambre,
devant l'insouciance de tes paupières closes

Je vais t'attendre en silence. Si j'étais
parti, parce que je t'aime mal, parce que je
t'aime trop, je ne serais peut-être pas revenu.
Mais de quoi pourrais-je t'en vouloir ? Si
tu m'as aimé ne serait-ce qu'une semaine
comme je t'aime à présent, avec autant de

373

peine, avec autant de souffrance, avec une ten-
dresse aussi déchirante, si tu m'as aimé comme
ça et que tu m'aimes encore, même un tout petit
peu, comment ne pourrais-je pas t'avoir déjà
tout pardonné, ce que tu as fait aussi bien que
ce que tu ne feras jamais ?

  Je relis dans ton agenda. « Si tu continues
à oublier les bonheurs, à ne plus penser qu'aux
souffrances, alors je m'en irai. » Je comprends
ce que tu as écrit. J'aime ce que tu as écrit. Je
veux que tu m'apprennes à être heureux.
Même le plus triste des hommes peut apprendre
à être heureux.

Je regardais Φilippine dormir et j'écrivais encore. Et je me disais que plus jamais je ne pourrais lui donner à lire mes mots souffrants, mes mots désormais et pour toujours chargés de la blessante douleur de l'incertitude. Je ne sais pas combien de temps je suis resté assis à contempler son sommeil serein. Lorsqu'elle s'est réveillée, elle m'a regardé et elle a souri. Je me suis approché et je l'ai prise dans mes bras. Je ne lui ai rien dit. Je l'ai regardée avec tout l'espoir et tout le désespoir qui s'affrontaient dans mon cœur. Ses premiers mots ce jour-là ont été : « On s'en va ? »

Quelques heures plus tard, nous étions dans un train en direction de Brindisi. Je ne garde pratiquement aucun souvenir du voyage jusqu'à Athènes. Je me souviens seulement que Φilippine s'occupait de tout et que j'acceptais de la suivre comme si je fusse devenu une petite fille. Quand nous sommes arrivés à Athènes, après trois jours de voyage, Φilippine a trouvé un hôtel près de Syndagma. Je mentirais en disant qu'il était sordide : il était juste moderne, formidablement impersonnel. Mais Φilippine était fatiguée, et sale, et elle voulait seulement un lit avec des draps propres et une douche. Pendant tout le voyage, comme nous avions constamment été entourés de dizaines et de dizaines de ces animaux migrants qu'on appelle des touristes, j'avais rêvé de cet instant où nous serions enfin seuls. J'avais été à ses côtés pendant trois jours, mais elle m'avait manqué absolument, partout, dans la tête, dans le corps, dans le vide qu'elle avait créé en moi et dans le plein qu'elle me promettait malgré elle chaque fois que je la regardais. Sans doute est-ce pour cela que le souvenir de cette nuit à Athènes est demeuré dans ma mémoire avec une terrifiante précision, comme s'il y eût été incisé par un scalpel. Je me souviens de cette nuit avec cette douloureuse exactitude que rarement atteignent les souvenirs mais avec laquelle on se souvient de certains cauchemars. Nous étions arrivés dans l'hôtel de nuit. Dès que nous sommes entrés dans la chambre, Φilippine s'est dirigé vers la salle de bains. Parce que tout désormais était différent, au lieu de la rejoindre joyeusement sous la douche, je lui demandai l'autorisation de le faire. Elle me répondit gentiment qu'elle était trop sale, que ce serait mieux, pour une fois, que nous prenions nos douches séparément. J'ai attendu. Quand elle a fini, elle est sortie de la salle de bains et j'y suis entré. Avant de prendre ma douche, je suis resté assis sur le bord de la baignoire un long moment. Je ne pensais à rien. Ou plutôt : je pensais à ne penser à rien. J'avais le sentiment atroce, à chaque fois que je croisais le regard de Φilippine, qu'elle savait plein de choses que je ne savais pas encore. Non pas des choses d'un passé dont l'incertitude m'eût fait souffrir, mais des choses d'un futur qu'elle connaissait parfaitement et que je ne pouvais même pas imaginer. Elle vivait quelques mois en avance sur moi. Je ne le savais pas encore mais je le sentais déjà : je l'avais perdue. Mais si la peur est plus puissante lorsque nous ne savons pas encore de quoi nous avons peur, mais si l'oubli est plus pur lorsque nous ne savons au juste ce que nous avons oublié, la douleur n'était pas plus vive parce que j'ignorais *de quoi* je devais avoir mal – elle était seulement plus diffuse. Le savoir diminue la complexité de la sensation et en augmente la force : ne sachant pas encore que Φilippine allait me quitter, je percevais tout un univers provoqué par le vide qu'elle laissait déjà en moi, mais n'attribuant pas l'origine de cet univers à une cause unique, je cherchais à le connaître, avec déjà de la crainte mais encore de l'espoir et de la curiosité, – au lieu de ne pouvoir, comme ce serait le cas après l'été, que souffrir et pleurer de désespoir *parce que je savais*.

Finalement, après être resté de longues minutes assis sur le bord de la baignoire, je pris une douche – ou alors non, je ne la pris pas (la précision chirurgicale du souvenir de cette nuit, comme celle des plus effroyables rêves, étant une suite d'images acatènes et non une simple continuité temporelle, je l'ignore) – et je sortis de la salle de bains. Comme j'étais dans les meilleures dispositions du monde pour souffrir tout mon dû, je pensais qu'elle dormirait : qu'à mon désir trop visible d'être avec elle, elle opposerait sa fatigue nostalgique. La réalité fut plus cruelle encore. Φilippine ne dormait pas. Comme la nuit était torride, elle était étendue nue sur le lit. Elle m'a regardé avec un sourire compatissant, et peut-être triste, et elle a fermé les yeux. Je me suis assis à côté d'elle sur le lit. Elle ne bougeait pas. Elle ne dormait pas. Je ne pouvais pas bouger. Je ne pouvais pas dormir. J'espérais, comme j'avais espéré en vain assis interminablement sur le bord de la baignoire, que mon immobilité silencieuse finirait par attirer son attention, par l'intriguer au moins assez pour qu'elle rouvrît les yeux. Mais non. Nos mondes étaient trop éloignés. Je ne saurai jamais au juste où elle était, ce dernier été, pendant toutes ces éternités au cours desquelles je la regardais garder ses yeux fermés, mais je sais qu'elle était loin, très loin, incommensurablement loin de moi. À un certain moment, j'ai levé ma main et je l'ai approchée de son épaule. Mais avant que je ne la touche, les yeux toujours fermés, dans une simultanéité parfaite et absolument fortuite, elle s'est retournée, me tournant le dos. Peut-être j'ai pleuré à cet instant précis. Mais la mémoire dolente « saute » une nouvelle fois. Tout de suite après, ou plus tard, je ne sais pas, je me suis levé brusquement et je suis allé m'asseoir à la minuscule table qui servait de bureau.

à Athènes

Nouvelle hésitation. Rendez-vous seulement avec l'incompréhension. Pourquoi m'approcher de toi, pourquoi me coller à toi pour que tu me maintiennes encore loin de moi ? Je suis le chien de l'ombre. L'ombre de l'ombre du chien. Je suis, trace dans tes traces. Pas dans tes pas perdus. Je n'écris plus : je laisse pendre de longues gouttes sombres et monotones. Je pleure des larmes noires loin derrière tes pieds. J'entends retomber la poussière de notre passé et je m'élève seul pour chercher l'air que je sais déjà que seul je ne pourrais pas trouver. J'étouffe. De t'aimer j'étouffe. J'étouffe et j'étire l'étoffe de mes rêves que l'ombre du cauchemar absolu recouvre. Étoffe faible, fragile. Je m'écoute écrire. Forme propre du malheur : écriture qui s'entend écrire, écriture où rien ne semble pouvoir échapper à l'indestructible distance d'avec le réel. Le réel – ce nom savant pour dire « toi ».

J'écrivais et je tournais le dos au lit. J'écrivais des mots inutiles, des mots douteux qui ne disaient rien, qui attendaient seulement qu'elle vînt les lire et qu'elle s'étonnât de leur stoïque distance. Comme elle ne venait pas, je me suis retourné : Φilippine, peut-être parce qu'elle avait senti que j'avais quitté le lit, avait ouvert les yeux. Elle me regardait. J'ai souri, rassuré, comme si par ce regard elle disait qu'elle avait accepté de jouer avec moi. Et, sous ce regard, je me suis retourné pour écrire encore.

Ange plein de bonté, connaissez-vous
l'angoisse
Qui comprime le cœur comme un papier
qu'on froisse ?

J'ai écrit des mots et des mots, des mots tristes et des mots joyeux, des mots d'amour et des mots de désir, j'ai écrit longuement avec l'espoir qu'elle se lèverait du lit, qu'elle viendrait nue lire mes mots doux et que, comme avant, séduite par les mots, elle laisserait couler l'inépuisable douceur de sa peau sur mes cheveux, sur ma nuque, sur mon dos. J'écrivais et j'imaginais qu'elle me regardait. Elle m'avait dit tant de fois qu'elle me trouvait beau quand j'écrivais. Alors, j'en abusais. Double narcisse – de l'écrit, du regard –, j'écrivais n'importe quoi. J'étais venu écrire, alors qu'elle était au lit, parce que j'avais compris qu'elle ne voulait pas faire l'amour. Le lit m'avait semblé trop sombre, la nuit trop profonde. Mais là, comme j'écrivais et qu'elle me regardait, tout était de nouveau possible. J'écrivais qu'il était tard. Et c'était vrai. J'écrivais qu'il faisait froid. Et c'était faux. Et c'était. J'écrivais n'importe quoi et tout devenait probable. J'écrivais avec la seule intention, puisque je l'avais vue me regarder, puisque mille fois rue du Regard elle avait quitté le lit pour venir distraire de ses seins mes mains et mes lèvres, de l'attendre, d'attendre l'instant où elle se lèverait et viendrait détourner ma langue de ses préoccupations linguistiques pour l'inviter à s'atteler à des occupations, pour une langue, beaucoup plus naturelles.

J'ai attendu, et elle n'est pas venue. Lorsque je me suis retourné, Φilippine dormait. Encore une fois, je l'ai regardée ne pas me regarder. Elle dormait. Plus rien n'existait. Arpenter les rues vides. Me perdre pour la retrouver. Au moins dans ma tête. Je suis sorti de la chambre comme un fantôme invisible, comme un fantôme qui n'aurait même plus le don de donner de son corps une trace translucide, un fantôme qui manquerait à sa propre histoire de fantôme, un fantôme qui savait que désormais il ne pourrait plus hanter personne.

J'ai marché. Oui, j'ai marché interminablement dans les rues vides d'Athènes. Je marchais et je pensais à Rome. Je pensais à cet homme qu'elle avait peut-être aimé. Qu'elle aimait peut-être encore. Je pensais à la dernière fois où, de Paris, je lui avais parlé au téléphone. J'ai pensé à sa gentillesse. J'ai pensé, retournant moi-même la lame damasquinée et silencieuse qu'elle avait enfoncée dans mon ventre, que peut-être ce jour-là elle avait été enfin gentille parce qu'elle m'avait enfin trahi. J'ai pensé que la douceur de sa voix était peut-être due au simple fait que la vengeance était assouvie ; qu'elle avait, comme moi quelques jours plus tôt, fait l'amour avec quelqu'un d'autre. Je marchais, et je pensais, et j'avais mal au ventre. Et je savais que ma douleur, bien qu'elle fût physique, mes pensées ne pouvaient pas l'amoindrir, je savais que ma douleur, parce qu'elle en était dépendante, ma pensée ne pouvait s'arrêter sur elle, constater qu'elle avait diminué, qu'elle avait momentanément cessé. Cette douleur-là, la pensée, rien qu'en se la rappelant, la ressuscitait. *Vouloir n'y pas penser, c'était y penser encore, en souffrir encore.*

Alors, encore, je marchais. Je marchais, et peu à peu, plus rien ne m'affectait que l'air tiède de la nuit d'été. Comme une âme de papier, j'ai erré dans les rues vides de la Plaka. Bien avant l'aube, je me suis retrouvé au pied du Parthénon, que j'ai à peine regardé. J'ai continué mon errance et je me suis enfoncé dans ce quartier résidentiel qui le borde et où nous avions séjourné pendant des années lorsque ma mère réservait de Paris des chambres au Divan Safolie. Lorsque le soleil a commencé à se lever, j'avais réussi à me perdre. Épuisé, véritablement épuisé, j'ai pris un bus et je suis rentré à l'hôtel. Φilippine dormait profondément. Aucune inquiétude ne semblait avoir perturbé son sommeil. Sans un mot, sans un bruit, sans une caresse, je me suis étendu à ses côtés. Et moi aussi, comme un enfant épuisé par ses propres pleurs qui, croyait-il, le préserveraient de sombrer dans le sommeil où il sait que mille sorcières et mille dragons l'attendent, la fatigue de la marche à pied l'emportant finalement sur le désespoir, je me suis endormi.

Sans doute, comme c'était pour Φilippine son premier voyage en Grèce, sommes-nous retournés le lendemain à l'Acropole, sans doute lui ai-je montré les quelques endroits que j'aimais d'Athènes avant de prendre en début d'après-midi l'Omiros ou l'Alkion en direction de Patmos. Sans doute avons-nous regardé ensemble le port de Mykonos vers 8 heures du soir, sans doute n'ai-je pu cacher une certaine excitation quand sont apparues au loin, dans la nuit pure et houleuse d'Égée, les premières loupiotes de l'île apocalyptique, sans doute ai-je rougi de plaisir, comme on rougit de honte, quand nous sommes arrivés à Skala vers minuit. Sans doute étais-je détruit d'arriver avec Φilippine à qui j'avais tant rêvé de faire découvrir mon île de Patmos, ma terre véritable, dans des circonstances aussi désastreuses. Sans doute des événements multiples, agréables et désagréables, ont-ils eu lieu pendant le mois et demi que nous avons passé dans la maison de Geroulanos avec ma mère, mon frère et Laurence. Mais il ne demeure presque aucune certitude de cet été. Presque tout a quitté ma mémoire. Je me souviens à peine qu'à peine arrivés Φilippine est tombée malade. Je me souviens du rouge de sa gorge tacheté de points blancs. Je me souviens de sa fièvre qui dura une semaine entière. Je me souviens d'un jour où ma mère s'est occupée d'elle et où je suis allé à Psiliamos. Je me souviens que seul en haut de la colline, plus que jamais conscient que j'arrivais sans Φilippine à la plage où je fis l'amour pour la première fois, à cette plage que j'avais tant rêvé lui faire découvrir, – je me souviens qu'arrivant seul en haut de la colline j'ai fermé les yeux *pour bien penser que ce que j'allais voir, c'était bien la plaintive aïeule de la terre, poursuivant comme du temps qu'il n'existait pas encore d'êtres vivants, sa démente et immémoriale agitation.* Je me souviens que lorsque Φilippine avait guéri de son angine, elle semblait disposée à m'aimer. Parfois, seulement, elle s'éloignait un peu de moi, comme pour me rappeler que ce qu'elle avait appris à Rome – qu'elle pouvait **vivre** sans moi – n'était pas un savoir éphémère, **que désormais** elle pouvait m'aimer en s'aimant elle-même d'une autre manière.

Hervé était venu à Patmos avec Cédric et nous conciliions difficilement, Sebastián et moi, nos premières véritables vacances en couple avec nos anciennes habitudes estivales de célibataires. Parfois, Φilippine parlait avec Hervé. Je savais qu'elle lui parlait de Rome. Je savais qu'elle avait besoin de montrer, à Hervé, à Cédric, à Sebastián, à Laurence, à ma mère, que bien qu'elle fût là, bien qu'elle fût encore avec moi, bien que Patmos aidant elle m'aimât encore, elle n'était plus la petite fille qu'ils avaient côtoyée à Paris tout au long de l'année dernière. Φilippine avait beaucoup changé, – mais elle était toujours la même.

Viqui et Carlos, qui avaient, cette année-là, loué la maison d'en haut des Geroulanos, avaient accepté Φilippine avec une facilité surprenante, comme s'il fût évident que notre amour devait durer aussi long-temps que le leur. Manuela et Miguel, qui devaient avoir dix et huit ans, l'avaient immédiatement adop-tée comme si elle fût née pour devenir leur tante. À Psiliamos, un peintre moustachu dont j'ai oublié le nom, était tombé à ce point amoureux de Φilippine et de moi que sa vie semblait dépendre de notre pré-sence sur la plage. À Skala, les deux petites vieilles du Houston, chaque fois qu'elles nous apercevaient, s'exclamaient : « Quel beau petit couple ! Tendre et heureux ! » Partout où nous allions, car le soleil et le sable dissimulaient la faille insondable que Rome avait ouverte dans notre relation, les gens nous sou-riaient, nous touchaient, nous embrassaient et saluaient en nous la fragile beauté de notre amour et de notre jeunesse. Cette sorte d'idole délicate que ma beauté et mon silence m'avaient permis de devenir en certains lieux tout seul – à Aix, à Florence, à Sienne –, nous le devenions à présent ensemble, Φilippine et moi, pour l'île entière.

> *La mer la nuit*
> *Divine étale*
> *Le noir*
> *De tes yeux noirs.*
> *Je sens sur mon dos*
> *Ton souffle*

De larmes obscures.
Je sais que nous
Sommes loin,
Que le sable et le vent
Nous séparent.
Mais nous voguons
Quand même
Divines épaves
Impures.

Parfois, Patmos parlait de nouveau à ma solitude. Parfois, je voyais la possibilité d'un bonheur
auquel le malheur lui-même ajouterait, *comme la cou-
leur noire à la palette*, une possibilité de profondeur.
Alors, la mer ou la nuit ou le sable ou le vent s'adres-
saient de nouveau à moi comme si Φilippine, tout en
étant encore à mes côtés, ne fût plus la seule obsession de mes yeux, de ma langue, de mes mains. Mais
rassurez-vous, en comparaison aux autres étés, aux
mille et une pages salies chaque année dans l'île de
saint Jean, peu de traces demeurent de ce dernier été
avec Φilippine. Une autre sorte de papier sali par mes
soins reste de ce temps de tristesse et d'effroi : des
photos. Φilippine se préparait pour septembre. À la
rentrée, avait-elle décidé, elle commencerait à travailler. Elle avait été admise dans un cours de théâtre
à la mode situé dans l'île Saint-Louis, un cours de
théâtre qui devait s'avérer aussi apte à s'occuper de
traite de blanches pour ses professeurs et le cinéma
qu'inepte à enseigner quoi que ce fût qui ait un rap-

port avec le théâtre. Φilippine, *néantmoins,* ou nez-en-plus, me demanda de la prendre en photo. Une fin d'après-midi donc, comme l'atteste la lumière orangée des épreuves qui s'étalent sous mes yeux, nous arpentâmes le labyrinthe familier de Chora en essayant d'imprimer la lumière qui se reflétait sur ses traits magnifiques sur la surface sensible d'une transparente pellicule. Cette activité que j'avais arrêtée de pratiquer quelques années plus tôt, Φilippine n'eut guère de difficultés à me la faire reprendre cet été-là dans un but bien précis : fixer d'elle l'image la plus belle mais la plus commune. Elle ne voulait pas qu'apparaisse la beauté que moi seul pouvais voir et comprendre dans la profondeur de ses yeux, dans l'astuce de son nez, dans sa bouche pulpeuse, elle voulait qu'il y ait ce minimum de beauté, cette beauté médiocre, ou démocratique, que tout le monde saluait aussi en son visage. Je fis de mon mieux. Je fis de mon mieux le pire : les trente-six portraits que je conserve d'elle la montrent tous, sans exception, quelques secondes après le sourire séducteur qu'elle eût voulu voir fixé sur la pellicule. Sur chaque photo, toujours aussi belle, elle semble au bord des larmes.

à Psiliamos, loin d'elle

Je ne voudrais pas avoir trop envie de souffrir. Je ne voudrais pas que dans ton regard sombre je trouve de claires raisons de me punir. La nuit aussi tombe peu à peu.

Je sens le poids de chaque mot que je t'adresse comme s'il était porteur du plus lourd des sens. Pour te parler, je forge plus que je n'écris. Ta douceur mérite des mots d'airain. Mais ta légèreté ne saurait se satisfaire de propos en l'air. Elle ne saurait se contenter d'une joie éphémère. À ta douceur, à ta légèreté, je dois, par nature et destinée, l'élévation acharnée d'un monument de granit et d'acier.

La nuit aussi tombe peu à peu. Dans la mélasse infâme des quelques centaines de milliers de mots écrits tout au long de ma baveuse existence de gastéropode chagriné, ces sept-ci me semblent, non parmi les plus beaux, mais parmi les plus justes. *La nuit aussi tombe peu à peu.* Φilippine était sur la plage ; j'étais assis au café. Je la regardais profiter des derniers rayons de soleil. Nous étions déjà à la fin de l'été. Peu avant de venir m'installer seul à l'Omeleta, je m'étais étendu à côté d'elle. Légèrement, mais perceptiblement, elle s'était décalée, de telle sorte que je ne lui fisse aucune ombre. Ce geste minuscule m'avait semblé d'une violence extrême. Et je m'étais levé, et j'étais venu m'installer à une cinquantaine de mètres d'elle, et j'hésitais à souffrir parce qu'elle ne s'était pas aperçue de mon départ ou parce qu'elle s'en était aperçue mais qu'il lui était indifférent. Je me souvenais du premier week-end passé avec elle au début du mois de juin, il y avait plus d'un an, étendus sur l'herbe chez Béatrice, la copine de Béatrice. Je me souvenais de son corps doré recouvert de basilic à Cetona. Je me souvenais de moi-même un an plus tôt, sur cette même plage de Psiliamos, offrant mon corps au soleil pour qu'il garde le souvenir de la chaleur et du sable et du sel lorsqu'elle poserait ses lèvres sur ma peau quand je la retrouverais à Venise. Je me souvenais de toutes ces fois où nous avions profité du soleil collés l'un à l'autre, mélangés, confondus, entremêlés, embrouillés l'un dans l'autre. Je me souvenais de nos corps mâtinés, et insouciants. Je me souvenais qu'en ces jours lointains elle s'en foutait que je lui fisse de l'ombre, que rien ne lui semblait important à part sentir ma peau inséparablement unie à la sienne. Je me souvenais, et j'écrivais, et je regardais Φilippine étendue au loin, et je regardais la mer de Psiliamos, cette mer d'avant que le temps ne fût inventé, – et je pleurais. Seul témoin de mon désespoir, je me souvenais et je pleurais. *La nuit aussi tombe peu à peu*. En silence, seul, je pleurais longtemps face au crépuscule.

la dernière nuit

> *Lorsqu'on a voulu mourir cela n'a pas été plus difficile : tu as pris une cigarette et tu es sortie, j'ai pris le stylo et je suis ici. Ta cigarette et mon stylo : l'écriture aussi évanescente que la fumée.*

Je me souviens aussi de cette dernière nuit. Je me souviens que le soir, pendant le dîner chez Vagelis, son regard se posait toujours, inévitablement, à quelques centimètres de moi. Je me souviens que quelques jours plus tôt elle avait recommencé à fumer. Je me souviens de son air maussade, je me souviens qu'*une transparence violette descendait au fond de ses yeux comme il arrive quelquefois pour la mer*. Je me souviens que, *ridicule et sublime*, elle semblait éprouver *une tristesse d'exilé*. Je me souviens que le vent avait tourné. Je me souviens que j'étais jaloux. Je me souviens que j'étais jaloux – malgré le vent qui avait tourné. Je me souviens que nous étions rentrés tôt parce qu'elle était fatiguée. Je me souviens que nous dormions dans la chambre minuscule du premier étage. Je me souviens que nous ne savions plus faire l'amour. Je me souviens qu'elle était sortie de la chambre. Je me souviens d'elle dehors, seule sur la terrasse, face à la nuit immense. Je me souviens que j'étais enfermé dans la chambre entièrement occupée par le lit infini.

la dernière nuit

> *J'aurais encore besoin de parler, de raconter au vent et à la nuit la folie de mon désir, pour te consoler, peut-être, de ne plus m'aimer.*

Sur le cahier de ce dernier été à Patmos, les phrases de la dernière nuit sont esseulées sur les pages comme des jeunes filles timides dans des premiers bals.

> *Je me réveille et pleure à moitié endormi.*
> *Je pleure simplement, lucide : je sais que tu*
> *m'aimes encore. Je pense alors : ce serait si*
> *calme que tu ne m'aimes plus ; je pourrais me*
> *reposer dans mon malheur.*

Après m'avoir longtemps ignoré, Φilippine était revenue de la terrasse dans la chambre et s'était blottie dans mes bras. J'avais dormi une heure ou deux, puis je m'étais réveillé et j'avais écrit ces quelques mots. *Je pourrais me reposer dans mon malheur.* Je ne croyais pas si mal dire : pendant les cinq années qui ont suivi mon premier amour, effectivement *dans mon malheur,* je n'ai pratiquement pas pu dormir pendant mille cinq cents nuits.

Le lendemain, abandonnant ma mère, mon frère et Laurence, Viqui et Carlos, et Manuela et Miguel (Hervé et Cédric, agacés par nos vies de couple, étaient déjà partis arpenter les îles en quête d'improbables sirènes), Φilippine et moi avons quitté Patmos. Nous sommes rentrés d'Athènes à Paris en avion. Nous étions le 1er septembre.

Je ne me souviens pas comment elle a trouvé le studio de la rue Aubriot. Sans doute avec sa mère. Ce dont je me souviens, c'est qu'après avoir tant insisté pour qu'elle quitte l'île Saint-Louis, pour qu'elle vive seule, j'ai tout de suite été terrifié par cet endroit. Il était trop agréable. Le grand arbre de la cour, qui, bien que le studio fût situé au dernier étage, caressait les fenêtres, promettait une vie trop facile, trop probable. Mais je ne pouvais pas revenir en arrière : Φilippine devait mettre notre amour à l'épreuve de sa vie nouvelle. La première nuit, nous avons dormi ensemble chez elle. Puis, pendant quelques jours, nous avons dormi au hasard, chez elle ou chez moi, dans mon studio de l'île Saint-Louis brutalement désertifié par la disparition de ses meubles et de ses plantes. Puis, un certain soir de ce triste mois de septembre, nous nous sommes retrouvés rue des Barres, à mi-chemin entre la rue Aubriot et l'île Saint-Louis. Nous avons longuement et inutilement discuté. Et d'un commun et absurde accord, nous avons décidé qu'elle dormirait chez elle, que je dormirais chez moi. Voici ce qui demeure de cette nuit que je passai devant ma fenêtre, seul face à l'église endormie :

dans l'île Saint-Louis,
la première nuit

Dix heures et demie. Maintenant ça y est, c'est sûr, tu dois être arrivée chez toi. Même si tu as marché lentement, même si tu as hésité rue du Bourg-Tibourg, même si tu as fait le tour par la rue Vieille-du-Temple, même si tu as traîné rue Sainte-Croix-de-la-Bretonnerie, tu dois être arrivée à la maison.

Moi aussi j'ai hésité en traversant le pont Louis-Philippe. Mais lorsque j'ai franchi les quelques mètres de la rue du Bellay, la longue ligne rosée de la rue Saint-Louis-en-l'Île semblait m'inviter et me murmurer : « Vas-y, laisse-la essayer. N'aie pas peur de la perdre : c'est la seule manière de la retrouver. »

Me voici donc chez moi.

Je suis le calme fait rat.

Impatient rat des villes métamorphosé en impassible rat des champs.

Ce soir, je vais rester là. Si je peux t'oublier, j'écrirai quelques phrases pour ce projet monstrueux dont je t'ai déjà parlé. Nuit calme en perspective. Mais froide. Nuit froide, attendue tout au long de l'été pour être partagée, et qui arrive aujourd'hui, alors que tu es loin et qu'encore une fois je ruine ma solitude devant une feuille blanche.

Je ne sais pas si je dois t'écrire. Je ne sais pas si je t'enverrai ces mots dans une enveloppe à l'improbable adresse du 6-8, rue Aubriot. Lorsque nous nous sommes quittés, nous nous sommes promis de ne plus parler. Mais encore une fois je me retrouve seul, une plume à la main, à me poser l'éternelle question : est-ce que je te parle en t'écrivant ? est-ce que t'écrire est encore te parler ?

Lorsque je t'imagine seule chez toi, je me sens mieux. L'idée que nous pourrions nous aimer de loin me rassure. Plus rien n'importe. J'ai plein de projets de lecture et d'écriture pour

392

cette nuit. J'essaie de rendre l'idée même d'aller te retrouver impossible.

Je crois que de Rome il restera l'impression de la fin d'une époque, le déclin d'un empire. L'histoire qui se moque dans notre histoire.

Lest the wise world should look into
your moan,
And mock you with me after I am
gone.

À rien ne servait sans doute de vouloir répéter la magie de notre premier séjour en Italie. Aucune fontaine romaine ne pourrait nous faire oublier les marches nocturnes encerclées par la lagune.

Je suis fier de nous. C'est un peu bête, non? Je suis fier que tu habites seule, que tu veuilles travailler, que ta vie enfin commence. Je suis fier que les voyages n'aient plus de sens, que nous n'ayons plus aucune raison d'être autre part qu'à Paris. Je suis fier d'être seul aussi. Je suis fier de ne pas céder à l'envie d'aller te retrouver tout de suite. Je suis fier de penser que je te retrouverai à l'aube après avoir écrit toute la nuit.

Le lendemain, comme je m'étais finalement endormi vers cinq heures du matin, je me suis réveillé à midi et demi. J'ai laissé passer la journée entière, espérant que ce serait elle qui m'appellerait. Comme j'attendais, comme elle ne m'appelait pas, avec un sentiment étrange d'indifférente frayeur, j'ai appelé Marianne Deux. Je lui ai dit que je voulais la voir, là, tout de suite. Une demi-heure plus tard, je la retrouvais près de Jussieu. Je ne garde aucun souvenir de ce que je lui dis ou ne lui dis pas ; je ne me souviens plus si son visage mutin me sembla délicieux comme lorsque je la revis pour la première fois chez Datte-et-Noix ou inutile comme à l'aube après la seule fois où nous fîmes l'amour ; la seule chose dont je me souvienne de ce rendez-vous absurde, et abusif, est d'avoir songé en la retrouvant : « On ne sait jamais, c'est juste au cas où, mieux vaut que je voie Marianne car si Φilippine me quitte vraiment… » Le reste de la pensée demeurait en deçà des mots. Ce qui aujourd'hui encore m'étonne comme je revois ces jours anciens, c'est que je pensais cela avec un profond détachement : en fait, à part à des moments extrêmement précis, et isolés, irrémédiablement détachés de la chaîne de ma pensée, j'étais absolument incapable de me figurer la possibilité que Φilippine me quitte. L'idée de souffrir m'était concevable tant qu'elle restait dans la sphère de l'écriture. Dès que je prenais le stylo, je pouvais écrire les vers les plus tristes, mais dès que je posais le stylo, je vivais dans le temps encore hésitant de mon premier amour. Si je m'imaginais sans peine souffrant comme Swann, Ellénore ou Werther, il m'était impossible de m'imaginer souffrir comme Santiago.

ce soir-là, de retour dans l'île

J'irai chercher chez toi le calme que Paris m'interdit. J'irai affronter ces idées qui occupent aujourd'hui mes pas perdus sous la pluie, mes pas perdus dans le premier froid de l'automne, et qui tournent autour de perspectives très simples, heureuses : avoir un enfant, vivre dans le peu qui nous suffit, qui nous rend à nous-mêmes, toi après le jeu, moi après l'écrit. J'irai t'attendre, divin et bienheureux, comme je ne l'ai jamais fait depuis que tu as quitté l'île Saint-Louis.

L'île, qui en ce soir de bruine, pleure ton absence.

Peut-être parce que j'avais vu Marianne Deux, j'avais retrouvé mon calme. Je n'avais pas appelé Φilippine, mais j'avais décidé que plus tard, si elle ne m'appelait pas, j'irais la retrouver chez elle – comme si de rien n'était.

le même soir, à peine plus tard

J'ai pris la douche du soir. J'ai mis une photo de toi sur l'étagère. Elle sépare deux rangées de livres de poésie. Sourire troublant dans le studio. Sourire qui déclame ton départ et auquel j'ai décidé – seul – de m'habituer, de m'abandonner.

J'écrivais une ligne ou deux et je regardais par la fenêtre. Devant moi, compacte, évidente, inévitable, l'église m'offrait son flanc. Souvent, attiré par la nuit, je me levais pour regarder la rue désespérément vide. Je m'apprêtais à partir lorsque Φilippine a enfin appelé. Elle était vivante, beaucoup trop vivante. Elle m'a raconté qu'elle avait commencé son cours de théâtre, qu'elle avait rencontré plein de gens, qu'elle allait tourner dans un court métrage. Je ne comprenais rien de ce qu'elle me disait : mon esprit était entièrement absorbé par l'estimation géométrique de la distance qui nous séparait. À chaque mot, Φilippine s'éloignait un peu plus. À chaque mot, comme si l'île Saint-Louis tout entière eût perdu pied, comme si elle se fût désancrée de la terre et eût décidé de se laisser entraîner par le lent courant de la Seine, je m'en allais de plus en plus loin vers la mer.

Avant de raccrocher, toujours excitée, Φilippine m'a dit qu'elle arrivait. Ce soir-là, elle a dormi chez moi. Elle a encore parlé. J'ai encore écouté. Nous n'avons pas fait l'amour.

première nuit d'automne

Je suis triste. Pourquoi l'écrire ? Pourquoi rimer encore amour et douleur ? Je suis triste. Et je t'attends. Je suis arrivé à minuit. Avant, j'ai allongé comme je pouvais la tristesse de ce dimanche qui accompagnait comme elle pouvait la tristesse de la mort violente de l'été. Tout au long de la journée, il n'a cessé de pleuvoir. Avant, j'ai lu. Et j'ai écrit ces mots que je laisserai chez toi, et que tu liras peut-être, loin de mon regard. Avant, je suis sorti doucement et j'ai traversé la Seine d'un pas lent. J'ai cherché dans l'eau la réponse d'une énigme dont mon esprit ne parvenait pas à formuler la question. Avant, je me suis dit en marchant que lorsque je serais chez toi, je ne te demanderais que d'arriver, de me réveiller, à peine m'effleurer, à peine me réveiller.

Tu travailles de nuit. Tournage. Tournage où sans doute rien ne tourne pour terminer si tard.

J'ai traversé la Seine. Je suis arrivé à minuit. J'ai allongé encore la nuit. J'ai lu dans ton lit vide où je ne lis, comme tu le sais, que ces livres que je t'ai moi-même offerts, que ces livres que j'ai déjà lus cent fois. Ce soir – tu le trouveras à côté du lit – ce fut le prince. Hamlet, je veux dire. Je pensais que t'attendre pouvait encore être le repos que cela a été pendant les longs mois de l'hiver dernier. Repos heureux de ton absence. Repos où écrire était au moins inutile. Repos alors épuisant de bonheur, repos aujourd'hui épuisé. J'ai écrit. Puis je me suis couché : je n'ai pas dormi. Fatigué, exténué, sous mes paupières closes, entre les taches de lumière qui allaient et venaient malgré la nuit noire, je surveillais chaque bruit. Je pourrais

en dire long ce matin sur les pas dans ta cour
perdue.

Autour du 20 septembre, Φilippine a tourné
dans un court métrage. Comment notre amour eût-
il pu survivre à l'arrivée de l'automne ? Ce dimanche
pluvieux où j'ai décidé de l'aller attendre chez elle,
Φilippine devait finir de tourner vers minuit. Le tournage avait lieu quelque part en dehors de Paris. Finalement, Φilippine tourna toute la nuit dans l'excitation joyeuse de sa nouvelle vie ; finalement, je tournai
moi-même toute la nuit dans le lit désolé d'abandon
et d'oubli. Le matin, comme elle n'était pas rentrée,
j'ai quitté silencieusement le studio de la rue
Aubriot. En sortant, j'ai trouvé Φilippine dans la rue.
Elle bavardait, profondément heureuse, avec d'autres
tourneurs nocturnes qui, par le plus perfide des
hasards, habitaient juste à côté. Lorsqu'elle m'a vu,
son bonheur n'a pas disparu. Avec une simplicité que
je ne pouvais plus avoir, avec une simplicité que, pensais-je, je n'aurais jamais plus, elle me présenta à ses
amis. Aujourd'hui, comme je me souviens de ce
matin blême où je rencontrais pour la première fois
cet univers nouveau où Φilippine avait désormais
choisi de vivre (comme si aucune autre n'eût été possible) sa vie, je ne peux m'empêcher de songer que
c'est alors, en cet instant précis, et non comme résultat d'un long désamour commencé avant l'été,
qu'elle a décidé de me quitter. Bien sûr, je ne fus pas
grossier. Je souris à ses amis comme ils me saluaient.

Mais Φilippine, dans mon silence, avait appris à lire au-delà des sourires.

Lorsque nous les avons quittés, comme si elle eût voulu préserver son studio pour sa vie future, Φilippine a décidé que nous irions dans l'île Saint-Louis. Pendant deux ou trois jours, elle a dormi chez moi. Elle allait en cours, elle passait chez elle se changer, mais elle dormait chez moi. Je la regardais. Et j'attendais. Je savais, sans qu'elle m'eût rien dit, que je ne devais plus aller chez elle.

la première nuit
où elle est retournée rue Aubriot

Encore une nuit de veille, encore une nuit mauvaise, encore une nuit froide et inerte, une nuit obtuse, une nuit de peur qui se mord toujours la langue, la queue, et ne se cherche plus.

To sleep, no more. To sleep… Perchance to dream? Ay, there's the rub.

Avant, la nuit était trop belle pour me suicider. Aujourd'hui, j'écris au petit matin.

Un jour, un horrible, un abominable beau jour, Φilippine est rentrée chez elle. Son départ de l'île Saint-Louis fut des plus simples : s'en allant le matin en cours, elle m'a prévenu qu'elle dormirait chez elle, juste comme ça, parce que chez elle c'était

399

quand même chez elle et que ça faisait plusieurs jours qu'elle n'y avait pas dormi. C'était un mercredi. Elle a dormi chez elle le jeudi, et le vendredi aussi. Pour la première fois, bien que nous fussions tous deux à Paris, je ne l'ai pas vue pendant trois jours de suite. Pour la première fois, bien qu'elle fût à quelques centaines de mètres à peine, je n'ai pas dormi avec elle pendant trois nuits entières. Le samedi en début d'après-midi, par hasard – presque par hasard car, n'ayant pas le courage de camper au pied de son studio, j'errais depuis des heures entre la rue Sainte-Croix-de-la-Bretonnerie et la rue des Blancs-Manteaux, empruntant tour à tour la rue Vieille-du-Temple, la rue des Guillemites et la rue des Archives –, je la croisai accompagnée par sa mère. Je me souviens terriblement de ce terrible instant. Je portais un pantalon presque beige, une chemise presque mauve, une veste vert pâle. Françoise, pour la première fois depuis que nous nous connaissions, me fit un compliment sur mes vêtements. Elle était ravie par l'harmonie de ces tons pastel. Son compliment était sincère, sans aucune arrière-pensée. C'était un compliment comme elle devait, travaillant à l'époque chez Dior, en prononcer des dizaines et des dizaines par semaine. C'étaient pour elle des mots gentils, inoffensifs. Ce furent pour moi, qui jusqu'à ce jour n'avais jamais songé en me réveillant qu'à remettre, s'ils n'étaient pas excessivement sales, la même chemise et le même pantalon que j'avais portés la veille, des termes qui dévoilaient, à Φilippine et à moi-même, le précieux ridicule que j'étais devenu ; et que je resterais, sans remords ni regrets, pendant les interminables années de la première défaite.

Mais je ne veux pas ici m'étendre sur la nuit rigoureuse et glaciale qui le lendemain de cette rencontre devait commencer de couvrir mes jours d'hiver comme d'été.

Ce jour-là, au coin de la rue des Blancs-Manteaux, Φilippine m'a simplement dit qu'elle allait montrer son studio à sa mère, qui ne l'avait pas encore vu aménagé. Je compris, dans ces mots sibyllins, son interdiction de les accompagner. Je compris, mais je restai là, longuement, à la regarder. Je la regardais fuir mon regard. Pour une fois, à mon silence, seul son silence répondait. Un, deux, trois. Rien, rien, rien. J'étais sur le point de les laisser, avec la ferme intention de rentrer chez moi pour tranquillement pleurer ou tranquillement me tuer, lorsque Φilippine, brusquement, me proposa de dîner avec elle le soir même.

quelque part sur l'île

Je recommence. J'écris encore. Técris. Inutilement, j'écris que tu me manques. Inutilement : técrire dit déjà ce manque. Pourquoi alors l'écrire ? Técrire, c'est écrire l'inutilité d'écrire. C'est dire : je n'ai rien à dire. Je n'ai rien à dire que ce qui est dit dans

401

le fait que je suis là, loin de toi, à técrire. Je suis là où le plus loin je peux me tenir. Le plus loin de toi.

Souvenir sans date, sans temps : corps. Corps contre corps. Regard où tout se dit en même temps. Silence de nos deux corps dans un lit. Silence de vie. Silence autre que celui de l'écrit. (Je ne peux rien imaginer de plus opposé qu'alors – ce tout insupportable de ta présence pour lequel il n'y a heureusement pas de mots – et maintenant, c'est-à-dire ce rien, ce jamais, pourtant purement temporel, où j'écris. Pas de temps plus détruit, plus implosé qu'alors ; pas de temps plus construit, plus exposé, plus minutieusement égrené qu'à présent. – Temps extrêmement opposés et semblables en cela même : l'extrême de leur opposition. Temps de l'aimer, temps de l'écrire : vie intense tournée vers la vie, vie intense tournée vers la mort.)

Et pourtant, j'essaie. Mon écriture – ton absence – cherche désespérément à entretenir le simulacre de la vie, à fabriquer du souvenir, à croire qu'à convoquer le passé, dans le présent quelque chose sera plus vivable. Je reste obsédé par la douceur de ton sexe éternellement humide. Je peux sentir son humidité sans fermer les yeux. Je peux le faire ruisseler sur mon corps comme un fleuve tropical, alors qu'en ta présence, minuscule

lagune, seuls mon doigt et ma langue peuvent
y plonger. Je peux voir tes yeux. Je peux être
toi sans être moi, sans être toi et moi comme
lorsque tu es là. Je peux être toi, je peux être
seul.

Ce texte vient contredire le seul souvenir de ce
samedi d'attente dans le studio de l'île Saint-Louis
– qui est celui d'être demeuré, absolument toute la
journée, hébété et incapable face à l'église inerte.

Le soir, qui semblait ne jamais devoir arriver,
tomba pourtant comme un rideau de fer sur l'étalage
incertain de mes espoirs et mes peines. Φilippine est
passée me chercher sur l'île et nous sommes partis à
pied vers le Panthéon. Je ne saurais dire pourquoi
– parce que je voulais l'épater en lui montrant qu'il y
avait des lieux de ma géographie intime que je ne lui
avais pas encore dévoilés? parce que je sentais que ce
soir-là commençait pour moi l'impossible quête de ce
Santiago que j'avais été avant Φilippine? – j'avais
décidé de l'emmener à l'Auberge vietnamienne de la
rue Berthollet, ce restaurant où j'étais allé si souvent
avec ma mère et mon frère, puis avec Delphine, et qui
appartenait à mon lointain passé d'habitant du
XIIIe arrondissement. Il faisait chaud. Soudain, après
l'avoir tant torturé, l'automne hésitait à accomplir
son geste rituel et à assassiner définitivement l'été.
Nous marchions sans nous toucher. Il ne faisait pas
encore nuit. (J'écris, et comme à chaque fois que je
me rappelle ce chemin, cette promenade deux fois

crépusculaire – *puisque la nuit venait et que nous allions nous quitter* –, pas un geste, pas un regard, pas un silence, n'échappent à la toute-puissance de ma mémoire.) Après avoir traversé le pont de l'Archevêché, après avoir escaladé la rue Valette, après avoir repris notre souffle en contournant le Panthéon, nous avons emprunté la rue d'Ulm. Pendant tout le trajet, pas un mot ne fut prononcé. Pour la première fois, c'était elle qui s'adressait à moi par le plus pur des silences. Lorsque nous sommes arrivés rue Claude-Bernard, à quelques dizaines de mètres à peine du restaurant, je m'arrêtai de marcher et me tournai vers elle.

– Tu veux qu'on se sépare ?

C'est moi qui ai parlé. C'est moi qui ai dit les mots qu'elle était incapable de prononcer. C'est moi qui ai planté dans mon passé l'épine la plus douloureuse, l'épine la plus cruelle, celle qui devait me permettre, pendant cinq interminables années, de me torturer en me rappelant cet instant précis et en me demandant ce qui se serait passé si je n'avais rien dit.

– Tu veux qu'on arrête ?

Les larmes, qui n'avaient pas commencé de couler mais qui avaient empêché Φilippine de répondre à ma première question, ne l'ont pas empêchée d'acquiescer à la deuxième. Je l'ai regardée longtemps. Puis nous avons continué de marcher et nous sommes entrés à l'Auberge vietnamienne. Peu de choses demeurent du dîner lui-même. Je sais, plus que je ne me souviens, qu'après m'avoir offert la parole pour prononcer les mots les plus terribles que j'ai jamais prononcés, ces mots si abominables qu'elle n'était pas parvenue à les articuler, elle me la reprit pour m'expliquer pourquoi elle devait me laisser. Elle m'a dit qu'elle m'aimait encore, elle m'a dit qu'elle ne pouvait plus m'aimer, elle m'a dit qu'elle avait essayé mais qu'elle ne pouvait pas vivre et m'aimer. Elle m'a dit que m'aimer c'était m'aimer à temps complet, à corps plein, et qu'elle avait besoin de temps et du corps pour jouer. Elle m'a dit qu'elle m'aimait pour toujours mais qu'elle ne m'aimerait plus chaque jour. Elle m'a dit que plus tard, elle m'a dit qu'autre part, elle m'a dit que pas là mais que plus tard on sait pas. Elle m'a dit que j'étais tout, elle m'a dit que j'avais toujours tout été et que là, tout à coup, je ne pouvais pas devenir ce petit-peu-à-côté dont elle avait besoin pour que le reste existe. Elle m'a dit oui, c'est fini, oui. Elle m'a dit c'est nécessaire. Elle m'a parlé long-temps. Elle a pleuré longtemps. Entre les larmes, elle m'a dit des mots insensés que je ne comprenais pas car ma pensée, obsédée par la contradiction intense entre les larmes qui semblaient me dire « reste, ne t'en va pas », et les mots qui me disaient « pars, va-t'en », avait perdu toute volonté de saisir quoi que ce fût de ce que la langue seule pouvait communiquer.

Nous sommes sortis du restaurant. Nous avons marché encore. À un certain moment, c'est elle qui s'est arrêtée de marcher.

– Je voudrais t'aimer encore.

– Je voudrais ne plus t'aimer.

405

Ce sont, je crois, les derniers mots d'amour que nous avons échangés. Nous sommes retournés vers l'île Saint-Louis, mais nous ne nous y sommes pas arrêtés. Sans un mot, nous avons traversé le pont de l'Archevêché, puis la rue Jean-du-Bellay et le pont Louis-Philippe. Nous sommes arrivés en bas de chez elle et nous sommes restés debout, l'un à côté de l'autre. J'attendais. J'attendais bêtement. Pour une fois, j'attendais sans savoir ce que j'attendais. Au bout d'un long moment, Φilippine a eu pitié de moi et m'a dit que c'était fini, mais que, si je voulais, je pouvais monter dormir avec elle une dernière nuit. Retrouvant quelque chose d'aussi superflu que l'esprit ou d'aussi stupide que la fierté, j'ai fait non de la tête et je suis parti.

Je suis retourné dans l'île Saint-Louis. Il n'était pas très tard. Je suis rentré chez moi, je me suis assis, et je suis resté ainsi quelques minutes, ou quelques heures, à contempler mon univers de très loin, comme s'il me fût devenu non pas étranger, mais inutile.

– Je voudrais t'aimer encore.
– Je voudrais ne plus t'aimer.

Mon lit, mes livres, mes papiers, ma machine à écrire, mon stylo s'étaient brusquement transformés et n'étaient plus que des formes vides, des ombres que, pensais-je, ma main impuissante ne pourrait plus jamais saisir. Rien. Je regardais le rien qui m'entourait. Puis, comme un automate, je suis ressorti. J'ai marché lentement jusqu'à la rue Aubriot. Je suis monté chez Φilippine et j'ai frappé à sa porte. Elle n'était pas là. Je me suis souvenu de ces gens avec qui je l'avais rencontrée quelques jours plus tôt, ces amis nouveaux – elle n'avait aucun ami ancien, elle n'en avait jamais eu – qui vivaient juste à côté. Je ne savais pas à quel étage, mais je savais dans quel immeuble ils habitaient. Timidement, j'ai jeté des pièces sur chacune des fenêtres des appartement où peut-être elle se trouvait. La fenêtre d'un troisème étage s'est ouverte et Φilippine est apparue. Elle m'a fait signe de monter. J'avais honte et j'avais peur. Je ne voulais pas. D'un geste minuscule de la tête, j'ai fait non. Φilippine a hésité, puis elle a fermé la fenêtre. Et elle est descendue. Dans la rue, elle m'a regardé avec la même pitié qui m'avait fait fuir un peu plus tôt. Je l'ai regardée aussi. Et puis je lui ai dit :

– Je veux bien. Une dernière nuit, je veux bien.

Nous sommes allés rue Aubriot. Nous nous sommes couchés sans nous déshabiller. Φilippine m'a pris dans ses bras et elle s'est endormie. Je l'ai regardée dormir toute la nuit. À l'aube, sans un geste, sans un mot, je suis parti.

– Je voudrais t'aimer encore.

– Je voudrais ne plus t'aimer.

Il était encore tôt et le jour se levait sur un monde nouveau. Je marchais d'un pas calme vers l'île Saint-Louis. C'était le même soleil – *nouveau chaque jour, mais sans cesse nouveau* – qui commençait de composer à l'est son bouquet de roses et de feu. C'était l'eau éternelle, toujours une, toujours autre, qui coulait dans la Seine comme au temps des centaures. Tout était pareil, tout était différent. Et brusquement, tout me semblait possible. En arrivant sur le quai, j'ai croisé une fille que je ne connaissais pas. Elle m'a souri et j'ai pensé : « Voilà, ce n'est pas plus compliqué que ça, je vais vivre autre chose, connaître d'autres femmes, mourir d'autres sourires. » J'ai traversé le pont Louis-Philippe avec une sorte d'exaltation heureuse. J'avais envie d'écrire. J'avais envie d'écrire d'une autre écriture, d'une écriture adulte. J'avais envie d'écrire quelque chose qui ressemblerait à un livre – et je croyais que c'était possible, et je croyais que j'en étais capable. Tout au long de ce premier amour, j'avais amené l'écriture au plus près de la peau, au plus près du corps, au plus près du sexe, au plus près de la vie : là où je pensais que personne avant moi n'avait pu l'entraîner. Tout au long de ce premier amour, j'avais cessé d'être celui qui vit pour ensuite n'en faire qu'un livre, et j'avais été celui qui livre pour ensuite en faire une vie. Tout au long de ce premier amour, j'avais été le moins froid des observateurs, le moins voyeur des écrivains. Et là, imbu du souvenir de tous ces mots tracés sur sa peau, j'étais certain de pouvoir inventer quelque stratagème qui me permît d'écrire comme si elle fût encore à mes côtés – mais d'écrire pour le monde entier. Je croyais pouvoir encore écrire – sans encore mourir. Je croyais, en ce matin clair, à cause de l'indicible floraison d'un autre sourire, que l'écriture immédiate, amoureuse, incontrôlée et incontrôlablement sensuelle du premier amour pouvait devenir une écriture nouvelle, qui ne lui fût pas, à elle seule, adressée. J'étais heureux.

– Je voudrais t'aimer encore.

– Je voudrais ne plus t'aimer.

J'étais décidé à ne plus aimer Φilippine. La rue Saint-Louis-en-l'Île s'ouvrait devant moi, grande ligne droite menant, à cette heure matinale, à la fête lumineuse de l'Orient. Je marchais, sûr de moi, et chaque pas semblait répéter la ferme décision de ne plus l'aimer. *L'amour le plus exclusif pour une personne est toujours amour d'autre chose.* Oui, ce n'était pas seulement dans le futur mais également dans le passé que ma volonté modifiait la réalité. J'avais aimé Φilippine pour en arriver là, voilà ce que je me disais. Mon amour pour Φilippine avait fait affleurer de mon âme les parties les plus intimes de moi-même, les plus lointaines, les plus personnelles, les plus essentielles. Maintenant, je devais simplement m'écouter. Lorsque je suis arrivé devant le numéro 20 de la rue Saint-Louis-en-l'Île, j'ai levé les yeux sur la fenêtre de mon studio. Pendant un court instant, j'ai eu peur de monter chez moi. Puis je me suis tourné vers l'église et, encore une fois, je me suis dit que non, que tout m'était possible maintenant que l'amour était fini. J'ai songé : « Voilà, ma vie commence là, seul face au monde. » J'ai ouvert la porte de l'immeuble et je suis entré.

– Je voudrais t'aimer encore.

– Je voudrais ne plus t'aimer.

J'étais le plus heureux des hommes. Elle allait m'aimer encore. Mais j'allais ne plus l'aimer. J'allais commencer ma vraie vie, celle que j'avais toujours soupçonnée ne pouvoir exister qu'après l'amour. J'en étais sûr : même si elle m'aimait encore, je n'allais plus l'aimer. J'allais écrire, j'allais vivre. Je savais que c'était possible. Je savais qui elle était, je savais qui j'étais. Je savais à quel point elle m'avait aimé. Je savais, à cause de cet amour démesuré, que je pouvais ne plus l'aimer. Je savais qu'elle m'avait tant aimé qu'elle ne pouvait pas ne pas vouloir m'aimer encore. Je savais qu'elle m'avait tant aimé que je pouvais vouloir ne plus l'aimer. Je savais que voulant m'aimer encore, elle m'aimerait encore – et qu'alors ce serait moi seul qui déciderais. Je savais tant de choses.

Ce que j'ignorais simplement, ce que les cinq interminables années de la première défaite ne devaient cesser de m'enseigner, c'est que si la volonté de ne plus aimer est encore de l'amour, la volonté d'aimer encore ne l'est déjà plus.

Reproduction photographique et impression Bussière
à Saint-Amand (Cher), le 21 novembre 2006.
Dépôt légal : novembre 2006.
Numéro d'imprimeur : 064002/1.

ISBN 2-84682027-9./Imprimé en France.

135143